U0902460

国家社科基金项目结题成果

文学话语的类型学研究

王汶成◎著

人民出版社

目 录

第一章　文学话语及其类型学的研究方法（代导论）

第一节　“文学话语”的概念解析

文学话语的类型学研究关涉到三个方面的问题：一是如何理解文学话语这个概念？二是什么是类型学的研究方法？三是文学话语类型学研究应包括哪些重要内容？这三个问题逻辑上相互关联，理论上相互支撑。先谈第一个问题。

近些年，“文学话语”（literature discourse）一词已频繁出现在文学研究的著述中，但由于在这个词的概念理解上歧见颇多，致使该词的使用比较随意，误用和滥用的情况多有所见，因而有必要对这一语词概念的内涵做一番辨析和厘定的工作。如若仅从字面上解，所谓文学话语，无非是指文学交际中说话者“说出的话”。这里说的“说话者”应该包括参与文学交际的所有角色，既有作品的作者及其在作品中假托的叙述人和所叙故事中的人物，也有作品的接受者（广义的接受者：读者、批评者、出版发行者以及各类传播者等）。照这样的理解，文学话语就是指与文学交际活动相关的所有角色说出的所有的话。对文学话语的这一解释显然与通常说的“文学语言”乃至“文学言语”都不尽相同。参照索绪尔对“语言”（langue）和“言语”

（parole）的区分①，文学语言似应指文学交际中的说话者所运用的语言规则及其构成的系统，文学言语则是指说话者个人运用这些语言规则而展开的说话活动。由此看，无论文学语言还是文学言语，都不能简单地等同于文学话语，都不能不加辨别地相互混用，尽管这三个语词之间的关系极为密切。任何在“文学语言”和“文学言语”的意义上使用“文学话语”的做法，都是对文学话语一词的滥用，都是对文学话语概念的误解，都可能导致理论上的混乱。所以我们首先要澄清，我们这里要解释的既不是文学“语言”，也不是文学“言语”，而是有其特定含义的文学“话语”（discourse）。

但如果仅仅从字面上将“文学话语”理解为文学活动中“说出的话”，还是远远不够的，还需要进一步探究文学活动是怎样的一种活动？文学话语又是怎样的一种话语？这就需要借助于当代的“话语理论”（theories of discourse），才有可能给之以合理的解答。须知，文学话语一词原本就是在当代话语理论的启发下提出并被广泛使用的。

说到话语理论，我们不能不再次提到索绪尔。索绪尔在区分了语言与言语的不同之后，接着又区分了“语言的语言学”和“言语的语言学”。他所谓“语言的语言学”，就是研究语言规则及其系统的语言学，他认为只有这种语言学才是唯一科学的语言学。至于言语的语言学，他说道，“可以说有一种言语的语言学”，但是，“言语活动的整体是没法认识的，因为它并不是同质的”，“所以在言语中没有任何东西是集体的；它的表现是个人的和暂时的”。② 他的意思是，言语的语言学由于面对的是千差万别的个人的言语现象，因而要想使之成为一门科学几乎是不可能的，应该被排除在科学的语言学之外。尽管如此，索绪尔“言语的语言学”的提法仍然为以后的语言学和语言哲学的研究开启了一个新思路。正是沿着这个思路继续前行，才产生了后来的话语理论。

当然，话语理论的产生并非只是起于对索绪尔提出的“言语的语言学”的批判性响应，现代语言哲学的发展似也起到了更直接的推动作用，事实上，话语理论的产生本身就标志着语言哲学的一个新发展。所谓现代语言哲

① 参见［瑞士］费尔迪南·德·索绪尔《普通语言学教程》，高名凯译，商务印书馆 1980 年版，第 35 页。

② 参见［瑞士］费尔迪南·德·索绪尔《普通语言学教程》，高名凯译，商务印书馆 1980 年版，第 40、42 页。

学，是说伴随着西方20世纪初的“语言转向”而兴起的一种哲学研究的主要趋向，这一趋向的早期代表主要是索绪尔开创的结构主义思潮和英美分析哲学。总体上看，在现代语言哲学的早期发展中，尤以维特根斯坦的“语言游戏”（sprachspiel）说对话语理论的影响最大。我们知道，后期的维特根斯坦从逻辑哲学转向了语言哲学，从逻辑语言转向了日常语言，突出强调语言的日常运用，提出“一个词的意义是它在语言中的使用”的观点，并用“语言游戏”的说法标识这种在某一特定语境中的“语言的使用”①。他在比较了儿童学习母语等语言活动与下棋等游戏活动的相同点之后说：“我也要把由语言和那些活动相互交织在一起的整体称为‘语言游戏’。”② 如果只从突出日常语言运用方面看，维特根斯坦的“语言游戏”很接近于索绪尔所说的“言语”，但从总体理论倾向看，两者又有根本的不同。索绪尔认为言语活动作为对语言的使用，是出自纯粹个人的发挥，言语活动之间没有“同质性”，因而无法进行科学的研究。与之相反，维特根斯坦则否认言语活动中“私人语言”的存在③，认为语言游戏像任何游戏活动一样，也要遵守一些因重复和习惯而集体议定和约定的“规则”，除了普遍的“语法规则”外，还有各种言语活动的游戏规则，“规则总是告诉我们同样的东西，我们根据它告诉我们的东西去做”④。因而，使用语言的行为不是纯然个人的行为，而是有一定规则可循的集体合作的行为，完全可以依据其某种“家族相似性”（不一定是“同质性”）对此进行科学的研究。⑤ 从这方面看，维特根斯坦的语言游戏理论与稍后的话语理论似有更为直接的促动关系。

一般认为，话语理论是对探讨言语交流活动中的话语现象这样一类研究的统称，这类研究大约在20世纪20年代兴起，在欧美各国分别展开，二战后获得了重大进展，并形成了一些极具影响力的理论，如俄国巴赫金的对话理论、英国奥斯汀和塞尔的言语行为理论、美国格赖斯的会话理论、法国福

---

① ［英］路德维希·维特根斯坦：《哲学研究》，蔡远译，中国社会科学出版社2009年版，第32页。

② ［英］路德维希·维特根斯坦：《哲学研究》，蔡远译，中国社会科学出版社2009年版，第10页。

③ ［英］路德维希·维特根斯坦：《哲学研究》，蔡远译，中国社会科学出版社2009年版，第137页。

④ ［英］路德维希·维特根斯坦：《哲学研究》，蔡远译，中国社会科学出版社2009年版，第127页。

⑤ 参见［英］路德维希·维特根斯坦《哲学研究》，蔡远译，中国社会科学出版社2009年版，第48页。

柯的权力话语理论以及布尔迪厄的合法话语理论，等等，从而构成了现代语言哲学中一支强大的生力军。这其中，对我们理解文学话语概念最具借鉴意义的首推巴赫金的对话理论，因为这一理论就是在研究文学话语的基础上建构起来的，理应对理解文学话语的概念更为重要。

早在 1929 年，巴赫金在对陀思妥耶夫斯基小说创作的研究中就勾画出了他的对话理论的雏形。他指出陀氏小说话语的独特性，就在于“有着众多的各自独立而不相融合的声音和意识”，在于“由具有充分价值的不同声音组成的真正的复调”，而“创造了一个复调世界，突破基本上属于独白型（单旋律）的已经定型的欧洲小说模式”正是陀氏小说创作的最高成就。在此基础上，巴赫金又从小说话语的研究上升到一般话语的研究，并将他的一般话语理论称之为“超语言学”（trans linguistics）。他说，“我们的分析，可以归之于超语言学；这里的超语言学，研究的是活的语言中超出语言学范围的那些方面”，“指的是活生生的具体的言语整体”。巴赫金所说的超语言学，就是指在言语交际宏观视域中的“话语”研究，显然已涵盖了索绪尔所说的仅限于研究个别“语言使用”的“言语的语言学”，只是索绪尔将言语的语言学排除在科学的语言学之外，巴赫金则认为“语言学从活的语言中排除掉的这些方面，对于我们的研究目的来说，恰好具有头等的意义”。在巴赫金看来，他构建的话语理论，即超语言学，不仅是一种科学的研究，而且“无论语言学还是超语言学，研究的都是同一个具体的、非常复杂而又多方面的现象——语言，但研究的方面不同，研究的角度不同”，因而有着无可替代的理论价值和广阔的学术前景，必须对其进行系统而深入的研究。①

概括地说，巴赫金的话语理论有这样几个要点：其一，巴赫金的话语理论建立在坚实的语言哲学的根基之上，并蕴含着深厚的语言哲学的内涵。他把他的话语研究与人的全部交际活动领域直接联系起来思考。他认为人的全部日常生活和社会实践的领域，都离不开主体间的相互交际，而主体间相互交际的最能体现人的本质的形式就是话语（在巴赫金的著述中，话语也常常被称为“表述”，因为表述被看作是话语交际的单位）。因而，人的任何

① 参见［俄］巴赫金《陀斯妥耶夫斯基诗学问题》，白春仁等译，生活·读书·新知三联书店 1988 年版，第 29、30、250 页。

实践活动都是交际活动，都是对语言的使用，都有话语的存在，“人类活动的所有领域，都与语言的使用相关联”，“语言是通过具体的表述（表述是语言的事实）进入生活，生活则是通过具体的表述进入语言”。[①] 在巴赫金那里，人的生活实践活动、交际活动以及话语活动，是三位一体的，是紧密相连、不可分割的。

其二，既然巴赫金的话语理论是在人类交际的图景上解说话语现象，就必然要突出话语的社会性，并在此基础上创造性地提出了“言语体裁”的概念。巴赫金认为，每一话语虽总是由某个人说出，但一个个体在特定的语境中说出什么话语、怎样说出话语，则是由某种或强或弱的社会规约决定的，“言语与语言一样具有社会性”，这种社会性就体现为在言语交际中形成的、客观存在于言语主体之外的“言语体裁”。巴赫金说，“每一单个的表述，无疑是个人的，但使用语言的每一领域都锤炼出相对稳定的表述类型，我们称之为言语体裁”，“我们总是用一些特定的言语体裁说话，也就是说我们所有的表述都具有一定的相对稳固的典型的整体建构形式”，“说者所面对的不仅是它必须遵循的全民语言形式（词汇和语法系统），而且还有他必须遵循的表述形式，即言语体裁”。但“人们可能觉得，言语体裁彼此是那么不同，以致不可能有一个统一的角度来研究它们”，“大概正因为这个原因，言语体裁的整个问题从未真正提出过”，因而“研究表述的本质以及人类活动不同领域中表述体裁的多样性”，也就是研究话语的各种形态和类型，就成为巴赫金话语理论的重要内容。[②]

其三，巴赫金话语理论的核心议题是对话语“对话本质”的全面论证和深入阐释，这也是巴赫金贡献给我们的珍贵学术遗产中最具创造性的思想。巴赫金在他的著述中反复申明的一个观点是：话语既然是言语交际中说出的话，就总要涉及交际中的至少两个说话者，这就构成了两个话语主体间的对话关系。只要话语还是交际的产物，只要交际还必须要通过话语，那么话语就一定是对话的。所以，他反复强调，“言语本质上具有对话性”，“对话以其单纯和鲜明而成为言语交际（思想交际）的经典形式”，“对话的泛

---

① 参见［俄］巴赫金《文本　对话与人文》，白春仁等译，河北教育出版社 1998 年版，第 140、144 页。

② 参见［俄］巴赫金《文本　对话与人文》，白春仁等译，河北教育出版社 1998 年版，第 194、140、161、164、141、143 页。

音在任何表述中都附丽于表述的基调之上"，"一切话语都具有的内在对话性，和外在的对话形式"。[①] 这即是说，凡是交际中的话语无不具有对话性，只是在对话的形式上有所差别。有的有明显的"外在布局"，如日常生活中的会话等；有的可能潜在于话语内部的含义关系中，需要对话语进行深入分析才能被揭示出来，如"内心独白"（对话体现为自我对话）、独立存在的语篇（对话体现为语篇对他人话语的引述和他人对语篇的"应答性理解"）等。巴赫金认为，话语的本质不只在于表述什么，更在于这一表述与其他表述之间构成的应答关系，"表述不仅指向自己的对象，而且指向他人关于这对象的言语"，"与他人话语的关系，原则上不同于与对象的关系"，只有与他人的对话关系才体现着话语的本质。在巴赫金看来，即使是貌似独白的话语形式也具有一种内在的对话性，"不管表述的独白性多么强（如科学与哲学著作），也不管它是如何聚精会神于自己的对象上，它不可能不在某种程度上回答此前就这一对象、这一问题已经讲过的话"，"然而表述不仅与前在的环节，也与言语交际的后续的环节相联系"，"表述是为他人构建的"，"说者从一开始就期待着他们的应答、他们的积极的应答性理解"。[②] 巴赫金提出的这一对话理论深刻地揭示了话语中说话者之间的互为主体的关系，并将这一关系置于说话者与话语对象之间的主客关系之上，确立它是一种更为本质的关系。巴赫金这一思想的提出有其重大的理论意义，在当代条件下，巴赫金旗帜鲜明地反对独白式的话语专断，大力倡导对话合作精神，这或许能为当代人的生存困境寻求到一条切实可行的突围之路，同时也为"话语"这个概念注入了"对话"这一最具根本性的内涵。

其四，巴赫金的话语理论的另一个重要内容，就是他对语言功能的深刻揭示和独到见解。巴赫金指出，以往的语言学只是推重语言表达思想情感的"表意功能"，而对语言交流思想情感的"交际功能"，不是"完全忽视"，就是"估价不足"，将其"推向某种次要的辅助性的地位"。巴赫金认为，这是以往语言学（甚至包括索绪尔"这样严肃的"语言学）的一个重大缺陷，导致这一缺陷的主要原因就是它们都没有看到话语的主体间性和对话交

① 参见［俄］巴赫金《文本　对话与人文》，白春仁等译，河北教育出版社 1998 年版，第 194、154、224、208 页。

② 参见［俄］巴赫金《文本　对话与人文》，白春仁等译，河北教育出版社 1998 年版，第 180、181、178 页。

流性。在它们的观念里，“仿佛只有一个说者，而没有对语言交际的其他参与者的不可或缺的态度。即使他人的作用受到注意，也只是视为仅仅消极理解说者的一个听众……而如果此时语言也还能成为交际的工具，那么这只是语言的辅助功能”。巴赫金通过阐明话语的对话本质，纠正以往语言学对语言功能的误解，提出了语言的首要功能就是说话者之间的交际功能，而语言的其他功能都只有在交际功能的视域内才能得到合理的解释。他在引用了列宁的“语言是人类交际的重要工具”的话之后接着说，“不论它（语言）的功能有多少种类（叙述、称名、表现情感、提出问题），它们都超不出交际的范围——这是言语活动的主要任务和目的”，“交际作为语言主要的、组织性的和包罗万象的功能既可以表现为对事件和事实的简单的叙述，又可以表现为对各种事实现象的称名（或指代），还可以表现为带有某种程度情态色彩的问题或请求的形式”。[①] 这就是说，语言的交际功能是通过话语来实现的，由于话语的言说“意图”或“主旨”的多样性和不可穷尽性，语言的交际功能也体现为多种多样的不同形式，如告知、指示、宣布、询问、应答、请求、命令、承诺、劝说、感谢、赞同、批评等等各种具体形式，这各种具体形式都包括在言语交际活动的范畴之中。巴赫金关于语言交际功能多样性体现的思想，在后来的言语行为理论那里得到了更系统、更深入的阐发。所以，让我们再来了解一下言语行为理论的主要观点，这对我们准确把握文学话语这一概念也是很有必要的。

言语行为理论（the theory of speech acts）是在20世纪60、70年代由英国分析哲学家奥斯汀创建、后又由美国分析哲学家塞尔发展起来的一种话语理论。这一理论认为，日常语言交际中的话语不只是“指称事物”和“记述事实”，它本身还是一种“做某种事情”的行为。例如，一人向另一人说：“请关上窗户。”这句话不仅指出了“现在窗子是开着的”这个事态，而且还实施和完成了一个“请求别人做某事”的行为。即如奥斯汀所说：“说出那样一种话语，就是完成某种行为。”[②] 这一理论还认为，这种由话语完成的行为可分析为相互联系的三个层面的构成：一是“言内行为”，即话

① 参见［俄］巴赫金《文本　对话与人文》，白春仁等译，河北教育出版社1998年版，第149、150、231、232页。

② ［英］约翰·奥斯汀：《记述式与完成行为式》，载涂纪亮主编《语言哲学名著选辑》，生活·读书·新知三联书店1988年版，第202页。

语所表达的事态（如窗子现在开着），也称为“以言指事”或“以言表意”；二是“言外行为”，即话语所实施的行为（如请求关上窗子），也称为“以言行事”；三是“言后行为”，即话语所取得的效果（请求被接受，窗子关上了，或者请求未被接受，窗子没有关上），也称为“以言成事”或“以言取效”。任何言语行为都应该从这三个层面加以分析，其中，第二个层面是话语本身完成的行为，第一个层面是引起这一行为的情景，第三个层面是这一行为可能引发的后果。而且言语行为在日常交际中有多种具体样式，就像巴赫金讲的语言交际功能有多种具体表现形式一样。为了把握不同言语行为的特性，塞尔以“行为要旨”“词与世界之间的适应方向”“表现出来的心理状态”等方面的不同为依据，将言语行为区分为“断定式”“指令式”“承诺式”“表情式”“宣告式”五种类型，认为所有具体的言语行为都可划归为这五种类型。在这三种分类依据中，“词与世界的适应方向”尤为重要。属于表情式的言语行为“没有适应方向”，“说话者既不使世界去适应词，也不使词去适应世界”，如道歉、感谢、祝贺、欢迎、哀悼和痛惜等。而属于断定式的言语行为的“适应方向是从词到世界”，言谈的内容或与世界一致或不一致，因而有真与假之分，如叙述、说明、描写、推论等。其余三类言语行为的适应方向都是“从世界到词”，都是让世界的某些事态因这类言语行为而改变，如请求、允诺、劝告、宣布等。[①] 这就意味着后三类的言语行为的实施还可能造成世界事态的改变。沿着这一思路，塞尔又用言语行为的这种效力解释了“制度性事实”的建构和形成。塞尔认为，像指令式、承诺式、宣告式这些类型的言语行为，假如真正有效，就能促使世界适合于话语意向而发生变化，就能促成新事态的出现。前提是，这些言语行为必须经过重复以至被普遍认同而结成某种“集体的意向性”，并被赋予某种“功能归属”，形成某种“建构性规则”，就可以创造出一种客观的“制度性事实”。塞尔指出，“人类具有能够使之超越单纯的社会性事实而达到制度性事实的非凡能力。人类从事的不仅仅是单纯的体力合作，他们还在一起交谈、占有财产、结婚、组成政府等等”，“述行语常常是创造制度性事实

---

① 参见［英］约翰·塞尔《对以言行事行为的分类》，载涂纪亮主编《语言哲学名著选辑》，生活·读书·新知三联书店1988年版，第215—234页。

的”。[1] 这可以说是言语行为理论给予我们最富启发性的思想，它第一次在话语理论的意义上深刻揭示了客观存在于我们社会中的种种体制和制度得以构建的话语根源。总之，如果说巴赫金话语理论的最大建树是全面而深入地阐明了话语的对话本质以及对话双方的互为主体的关系，那么言语行为理论的最大建树则是阐明了话语的施为本质，阐明了交际中的话语不仅是相互应答的“说话”，而且还是相互配合的“做事”，因而这种“做事”可以发挥实际的效力，可以导致旧事态的改变和新事态的创构。

上述当代话语理论为我们全面而深刻地把握文学话语的概念提供了强有力的理论支撑。总起来说，我们应抓住这样几个要点来理解文学话语这一概念：第一点，依照巴赫金的观点，真正意义上的话语只能存在于言语交际中，没有交际就无所谓话语，没有交际的视角也不会看到话语的“话语性”。文学活动不单单是一个作者创作作品的活动，它还包括读者（广义的读者）接受作品的活动，因而它当然就是一个在作者与读者之间展开的言语交际活动，诚如美国当代哲学家乔纳森·卡勒说的“小说通过一部书与读者交谈”[2]，正是在这种“交谈”的活动中说出的话才能被称之为话语。所以必须将文学话语放到文学交际的范畴中来理解，这是把握文学话语这个概念的首要一点。

其次，交际中的文学话语是通过语言的使用来构成话语、来完成交际的任务的。这里说的“语言的使用”主要还不是指对“语法规则”的使用，而是指对维特根斯坦所说的“语言游戏规则”和巴赫金所说的“言语体裁规则”的使用。这就是说，文学话语是按照文学的游戏规则和体裁规则使用语言的，这种使用不同于非文学话语（日常话语、科学话语、法律话语、新闻话语等）的使用，是一种对语言的特殊用法。那么，这是怎样的一种用法以及这种用法遵循了怎样的游戏规则和体裁规则，也就成为我们把握文学话语概念必须搞清的重要问题。

再次，从巴赫金的观点看，任何交际活动中的话语都不可能是独白，都涉及两个以上的对话者，都必然体现为各种不同方式的对话。文学话语当然

① 参见［美］约翰·塞尔《心灵、语言和社会》，李步楼译，上海译文出版社 2006 年版，第109—121 页。

② ［美］乔纳森·卡勒：《当代学术入门　文学理论》，李平译，辽宁教育出版社、牛津大学出版社 1998 年版，第 77 页。

也不例外，也是一种对话。但文学话语的对话是一种非常特殊的对话，若与日常会话相比，至少有以下几点不同：第一，日常会话是口头对话，文学话语主要是书面语的对话；第二，日常会话是说话者面对面的对话，文学话语是作者通过创作文本和读者通过阅读文本而发生的对话，因而总是一种间接的不照面的对话（个别特殊情况除外）；第三，日常会话是在场的即时的对话，文学话语一般都是不在场的延迟的对话；第四，日常会话一般采取对谈的方式，其对话性非常明显，而文学话语则常常是无言的对话，如读者阅读作品时的情感性和理解性的回应，如作者不直接说话而假托叙述人、人物等代言人出面说话，这都使得文学话语的对话性比较隐蔽，需要经过分析才能见出。所以，从根本上说，文学话语中的对话就是作者与读者之间的对话，只是这种对话常以隐蔽的形式展开。此外，如若再从对话的语境和主旨等方面看，文学对话还会显现出更多的特点。总之，深入探讨文学话语的对话本质及其对话特性，也是把握文学话语概念的极重要的方面。

最后一点，按照塞尔的“任何话语都是由一个或更多个以言行事的行为组成的”[①] 说法，文学话语理应也是一种以言行事的话语，或叫作“述行语”“施为语”。但问题是，文学话语有何为？文学话语做什么事？乔纳森·卡勒在讨论这个问题时说，“文学批评家们接受了述行语的概念，认为它有助于描述文学话语的特点”，因为“文学言语像述行语一样并不指先前事态”，而是“创造它所指的事态的”，“使思想、观念得以产生”，“给人以快感”等。[②] 卡勒给文学话语列举的这几种所作所为，应该说都符合文学话语的实际，都可以找出具体作品加以论证。例如《红楼梦》的确创造了一个大观园的生活世界（尽管这种创造有现实生活世界的参照），也提供了人应该如何生活的思想，当然也给了读者以无限的审美愉悦。但是，还需要进一步探讨的是，文学话语的这些所作所为是如何联系起来的，譬如，要搞清《红楼梦》为什么要创造那样一个生活世界以及如何创造了那样一个世界。显然，《红楼梦》创造那样一个生活世界，恐怕主要不是为了告诉人们现实生活是个什么样子（因为现实生活每个人都有其切身感受，人们从文

---

① ［英］约翰·塞尔：《对以言行事行为的分类》，载涂纪亮主编《语言哲学名著选辑》，生活·读书·新知三联书店1988年版，第232页。

② 参见［美］乔纳森·卡勒《当代学术入门　文学理论》，李平译，辽宁教育出版社、牛津大学出版社1998年版，第101—102页。

学作品中最需要知道的不是这些），而是为了告诉人们生活本身是怎么回事，人应该怎样生活，人应该过一种怎样的生活。这样，在文学话语里，“创造”（构想世界）与“告知”（提供思想）这两个行为就紧密结合起来，而且这两个行为的“结合”又是以取悦于人的审美方式（思想蕴含在创构的世界里并用精美的语句加以表述）完成的，这样，“给人以快感”的行为又与前两种行为联系起来。由此可知，文学话语虽以多种言语行为合成，但这多种行为间又有一种内在关联，其中“以艺术审美的方式完成思想交流”应该处于基本地位，属于其他所有行为赖以展开的基本行为。文学话语的这种以言行事的程式或规则，绝不是哪一个人独自确定的，而是通过世代无数次的“有差异的重复”而历史地形成的，在这里，“重复形成规则”，而“差异”则“可能改变事情”[①]。但迄今为止，文学话语这一“以艺术审美的方式完成思想交流”的基本行为程式并未发生根本改变，只是在以怎样的审美方式以及交流怎样的思想方面有种种不同的表现。如《红楼梦》与当代的“玄幻小说”所做的事情都一样，都试图以取悦于人的方式给人以思想，区别在于，前者希望人们严肃地思考和对待生活，后者则提倡通过沉溺于幻想的虚拟世界而达到对现实生活世界的暂时遗忘。因而，文学话语的基本行为也可以确定为完成关于如何生活的思想交流。再从另一方面看，既然所有的文学话语都是在力图以不同审美方式完成着思想“交流”的行为，那么，要真正理解这一行为，还必须将其放置于对话交流的语境中加以思考。就是说，文学话语的思想交流的行为是在作者与读者之间的对话关系中完成的。正是面对读者的吁请，作者才承诺提供某种思想，而作者的这种承诺同时也是向读者发出的吁请，请求读者响应和理解这一思想。没有作者与读者间的这种应答和对话，就没有任何言语行为的完成。无论是思想的交流，还是生活世界的创造，还是审美愉悦的产生，都是在作者与读者间的相互吁请和相互承诺中实现的，这种实现的标志就是经过双方的对话而达成的“认同”或“共鸣”。所以文学话语的“施为性”以其“对话性”为前提，而文学话语的“对话性”又以其“施为性”为目标。两者之间的关系问题也是理解文学话语概念时必须解答的关键问题。

---

① 参见［美］乔纳森·卡勒《当代学术入门　文学理论》，李平译，辽宁教育出版社、牛津大学出版社 1998 年版，第 111 页。

总括上述几点，我们对文学话语这一概念是不是可以做出这样的解释：文学话语就是文学言语交际活动中的所有参与者说出的话，这些话不仅是对语言规则的特殊运用，而且还遵循一定的言语体裁规则，是一种特殊的对话方式和行事方式，是参与者之间进行思想交流和发生相互影响的一种特殊方式。文学话语研究的任务就是对这种话语各方面特殊性的解析和阐明。

第二节 类型学的方法

首先解说什么是“类型学”（typology）。狭义的类型学只是指语言学的一个分支学科，全称叫作类型语言学（typological linguistics），即专门对人类语言进行分类研究的学科，也称语言类型学（linguistic typology）如美国语言学家克罗夫特认为“类型学是对语言类型进行分类的科学”[①]，这是狭义的解释。广义的类型学是指一种研究方法，即一种对研究对象区分为各种类型（types）的方法。作为研究方法的类型学，几乎可以被所有的学科所运用，如荣格讲的心理类型、巴甫洛夫讲的高级神经活动类型、马林诺夫斯基讲的文化类型、巴赫金讲的话语类型等，都是从各自不同的学科对类型学方法的著名运用。因此，简要地说，我们讲的类型学的研究方法就是学术研究中对所研究的对象进行分类并区分为不同类型的方法。

从原初的意义上讲，“分类”（classify）其实是人类认识世界的最基本的方法。当远古的人类还没有学会用词语给世界万物分类命名的时候，世界在那时人的眼里还是混沌一片。索绪尔从语言学的角度说：“若不是通过语词表达，我们的思想只是一团不定形的、模糊不清的浑然之物……在语言出现之前，一切都是模糊不清的。”[②] 然而，语词的发明却可以使人给世界万物一个名称，从此，人们知道了那个在空中发光的东西叫“太阳”，那个在地上哗哗流淌的东西叫“河流”，那个突起的庞然大物叫“山峰”……这一切前所未有的改变都来自于语言的产生以及用语言给世界万物命名的结果。“命名”（naming）应该是人类认识史上最伟大的事件，人类认识的发展因

① ［美］威廉·克罗夫特：《语言类型学与语言共性》，龚群虎等译，复旦大学出版社 2009 年版，第 55 页。

② ［瑞士］费尔迪南·德·索绪尔：《普通语言学教程》，高名凯译，商务印书馆 1980 年版，第 157 页。

此而出现了第一个拐点，此后，世界对人来说从“混沌”逐步走向了“澄明”，这正如中国的先哲们说的“无名天地之始，有名万物之母”①、“道行之而成，物谓之而然”②。那么，命名何以有如此之威力？命名又是怎么回事呢？首先，命名离不开语词，语词又离不开概念。语词与概念的关系就是索绪尔说的符号的能指与所指的关系。索绪尔认为能指与所指的关系就像一张纸的两面，是不可分割的。③ 命名就是用某一语词指称某物，之所以能指称某物，是因为这一语词的概念就是关于这一事物的。比如汉语“江”这个词，它最初意谓中国南方的一条最长的水道，这样一个意谓或概念一经形成，用“江”这个词标示这条水道的命名也就完成了。其次，无论是概念或者词语或者命名，都是对世界万物的认识，都是由这种认识而获得的一系列成果。原始的居民先是察觉或体认到了中国南部有一条从西向东流的长长的水道，然后才建立起关于这条水道的概念，才发明了“江”这个词，才用“江”这个词给这条水道命名。所有这一切都建立在对世界认识的基础上，都是对世界认识的产物和结果。再次，从根本上说，原始人类的这种认识就是对世界的“区分”或“分类”，只有将世界区分为各种事物类型，世界才有了“眉目”，才有了条理和秩序，才不是“模糊不清”的不可认识的。索绪尔曾谈到不同的语言对世界的“概念的划分”也是不同的④，他说的“概念的划分”其实就是对世界的归纳和分类。正是在这种归纳和分类中，世界万物的概念得以创建，世界万物的界限得以划定，世界万物的命名也得以完成。德里达也因此提到过“区分类型”的认识论意义，“类型一词一旦说出，一旦被接收者听到，一旦有人试图理解它，某种界限就划定了”⑤，尽管德里达作为一个解构主义者是在否定的意义上谈“界限划定”的。总而言之，命名就是对世界最早的划分或分类，而分类则是人类认识世界的最原初、最基本的方法。

---

① 《道德经》第一章。

② 《庄子·齐物论》。

③ 参见［瑞士］费尔迪南·德·索绪尔《普通语言学教程》，高名凯译，商务印书馆1980年版，第101、158页。

④ 参见［瑞士］费尔迪南·德·索绪尔《普通语言学教程》，高名凯译，商务印书馆1980年版，第162页。

⑤ ［法］雅克·德里达：《文学行动》，赵兴国等译，中国社会科学出版社1998年版，第159页。

如前所说，分类就是将事物总体区分为不同的类型。之所以要分成不同的类型，主要是因为构成这一事物总体（例如“树”）的个体数量在理论上说是无限多的，人们要想直接认识这无限多的个体，既无从下手，也不可穷尽，只能将它们分成有限的几个类型，才有可能认识它们。比如研究语言，你不可能把全世界所有的语言都研究到，你只要对这些语言加以分类，选取几种有代表性的语言进行研究，就能对语言总体有所认识了。英国语言学家科姆里在强调分类方法对语言学研究的必要性时也是这样说的：“假定我们有一个适量的总体后，接着的问题是决定从这个总体中选用哪些作品，既然试图研究全世界的语言是无法实行的。”[①] 此外，从积极的方面说，分类的方法也是认识事物的共性所必需的。当我们把某一事物区分为几个类型之后，我们不仅认识了这几个类型各自涵盖的这一事物诸个体的共性，还同时认识了涵盖这几个类型的这一事物总体的共性。还以语言学为例，科姆里认为语言的类型研究与共性研究之间不仅不“冲突”，而且是“并行开展的”，“两者只是同一研究企图的不同倾向”，“因此开展任何一项语言类型研究总是涉及对语言共性做出某些假设”。[②] 以研究语言共性为己任的普通语言学就是建立在语言类型学之上的，没有分类的语言类型学的研究作为基础，就无法构筑起总体的普通语言学的大厦。因此，严格说来，类型学的研究及其分类的方法，实际上是类型区分与共性概括的统一，是研究事物共性的必经之路，是从个体事物的认识上升到总体事物的认识的不可或缺的中介，因而任何学科的研究都必然或多或少地借助于分类的方法。

分类方法既然是人类认识世界的基本方法，是所有学科普遍使用的方法，那么它就是一种根本的逻辑思维的方法。作为一种逻辑的方法，其具体程序的起点就是对被分类事物的比较。没有比较就没有鉴别，从比较中看出事物之间的异和同，逻辑学上也叫“识同”和“辨异”。“识同”和“辨异”虽代表两种相反的认识向度，但在具体的认识中两者又是并行不悖的，识同的同时也是辨异，辨异的同时也是识同。譬如我们看到一棵柳树，马上认定“这是一棵柳树”。在这个过程中，我们一方面把眼前的这棵柳树与以

---

① ［英］伯纳德·科姆里：《语言共性和语言类型》，罗天华译，北京大学出版社 2010 年版，第 11 页。

② 参见［英］伯纳德·科姆里《语言共性和语言类型》，罗天华译，北京大学出版社 2010 年版，第 35、37 页。

往见过的柳树做了比较，认出了它们是同一种东西（识同）；另一方面，我们也把这棵柳树与其他的树（如松树等）区分开来了（辨异）。可见，无论识同还是辨异，都是比较的结果，同时也成为分类的根据。正是通过比较，我们或者从“异”中见到了“同”，或者从“同”中见到了“异”，我们才能据此对事物实行了分类。比如，当我们在比较异同中认定眼前的这棵树是一棵柳树时，我们已经将这棵树划归到柳树这个类型里去了。但是，作为分类的逻辑根据的“识同”和“辨异”，毕竟代表着两个不同的认识向度，这就导致了分类的逻辑行程实际上也是在两个向度上展开的：一个是由“识同”所主导的“向上的抽象化”向度，一个是由“辨异”所主导的“向下的具体化”向度。这两个向度又分别构成了分类的两种方式：“向上的抽象化”构成“归类”（归纳类型），“向下的具体化”构成“划类”（划分类型）。还是举柳树的例子来说明。假如我们看到一棵柳树时偏注于这棵柳树与松树、槐树、榆树等的相似点，我们会说“这是一棵树”，这就是向上的抽象化的分类，也就是归类。再假如我们看到一棵柳树时偏注于这棵柳树与其他柳树的相异点，我们会说“这是一棵垂柳”，这就是向下的具体化的分类，也就是划类。归类偏向于对事物总体的认识，而划类偏向于对事物个体的认识。康德就曾正确地指出过分类的这两个向度或两种方式，他说：“通过划分，我们从较低概念上升到较高概念，又从较高概念下降到较低概念。”[①] 康德在这里说的划分（分类）的“上升”和“下降”的两条路向，也涉及“较高概念”和“较低概念”这两个逻辑层次，在逻辑学里这两个逻辑层次分别被称之为“属”和“种”。也就是说，分类经由归类而上升到高一级的“属类”，如同将“柳树”归之于“树”；分类经由划类而下降为低一级的“种类”，如同将“柳树”划分为“垂柳”“旱柳”等。这样，被区分的类型总是处于属或种的不同的逻辑层次上。而且，分类中无论是向上的归属还是向下的分种，都可以层层逐级连续展开。如“柳树”可以向上归为“树”，再向上归为“植物”，再向上归为“生物”；也可以向下分为“垂柳”，再向下分为“阔叶垂柳”“窄叶垂柳”等等。因此，为避免陷入逻辑混乱，掌握分类方法首要的一点就是：要搞清分类的逻辑行程（分类要以由比较而来的识同辨异为根据），要搞清你的分类属于哪一种逻辑方式

① ［德］康德：《逻辑学讲义》，徐景行译，商务印书馆2010年版，第142页。

(归类或划类)、处于哪一个逻辑层次(属或种)之中，尽管在实际的分类研究中，这两种分类方式或分类层次往往是相互关联地结合在一起的。

另一个有关类型学方法的重要问题就是如何选取和确定分类的参照点，这种参照点在语言类型学里称为“参项”(parameter)。前面说过，分类是以比较中的识同辨异为根据的，但实际上这个根据还有一个根据，这就是你是参照事物哪一方面的特征进行比较和识同辨异的，如果没有这样一个参照点，你就无从比较，也分不出异同，也无法分类。分类总要依据一个参照点，总要有一个分类参项。譬如你要给你书架上的书分类，你必须先设定一个分类的参项，你或者按书的内容划分，或者按出版社划分，或者按书名的首字母划分……可供分类的参项也许很多，你总要根据分类意图选择一个，这样才能把你的书分为各种类型。学术研究中的分类更是如此，科姆里就认为确定分类参项是语言类型学研究的首要前提:“为了作语言类型研究，必须确定某些参项，根据这些参项给世界语言划分类型。”[①] 为了分类而确定某些参项，虽然出自分类者的主观选择，但这种选择又不是随意而为的。科姆里指出，在语言类型学的研究中，并不是所有的分类参项都具有同等重要的意义，“显然有些参项业已证明比其他参项更重要、更有意义”，而判定这些参项意义大小的主要标准就是看它是否更能深化对相关语言共性的认识，“这一事实意味着我们已选择的参项不只是任意的，相反，我们选择的参项使我们获得有关那些语言的结构和有关一般跨语言类型的重要知识”[②]。但是，由于类型学研究对象的整体性和复杂性，我们仅从某一参照点上选取某一参项对其进行分类，还是避免不了片面性的，即使这个参项极具认识价值。我们还必须从各个方面选取多个参项给以分类，才能对研究对象形成较全面的审视和较综合的把握。这就产生了一个如何选取一组分类参项使之相互配合而具有最大阐释力的问题。科姆里认为，我们为语言分类确定的这些参项“在逻辑上都是互相独立的，但结果证明它们之间都有很高的相关程度”，“逻辑上彼此独立但可以以这种方式联系起来的参项网络分布越广，

① [英] 伯纳德·科姆里:《语言共性和语言类型》，罗天华译，北京大学出版社 2010 年版，第 37 页。

② 参见 [英] 伯纳德·科姆里《语言共性和语言类型》，罗天华译，北京大学出版社 2010 年版，第 41、42 页。

进行类型研究的依据越有意义”。[1] 这就是说，类型学研究应该选定具有较高认识价值的分类参项，而且还应致力于从多方面选定分类参项，这些参项的相关度越高，覆盖面越广，这种分类研究就越有效力。

关于类型学方法，还有一个与上一问题相关联的问题需要探讨，这就是既然分类选项是由研究者人为确定的，每个研究者都可以从自己选定的参照视点给研究对象分类，那么这样分得的类型能否具有一定的客观规约性呢？如果没有客观规约性，分类不就成为一种各行其是的完全主观的东西了吗？巴赫金在解释他提出的“言语体裁”（即话语类型）时，对这一问题做出过很有说服力的回答。他论证说，某些言语体裁的分类之所以“尚无一致公认”，一是因为“进行分类的学者们，往往违背分类的基本逻辑要求，即统一的依据。分类变得十分贫乏而且界限不清”；二是因为“对语言风格（语体）的体裁本质缺乏透彻理解的直接结果，是未能依照人类活动领域对言语体裁进行有据分类的直接结果”。依照巴赫金的意见，言语体裁的分类尽管是主观的，但只要符合逻辑和事理，就能获得一种主观的客观性，所以他说，话语类型“具有规范的意义，不是由说者创造的，而是为他规定了的”；还说，“话语类型是话语的典型形式”。[2] 他这里所谓的“典型形式”，就是指可以作为“典范”“范型”的形式。德里达从解构主义否定的意义上，也承认类型具有客观规约性，并将这种客观规约性概括为“类型法则”的概念。他说道，“类型一旦确定，就必须服从某种规则”，“‘类型’会规定‘属于’还是‘不属于’……类型这一法则均含有这一‘属于’和‘不属于’这样划定范围性的意义。这一点适应于对一般类型进行的各种类型划分……它被认为是非自然的，需要依靠法则或秩序才可以进行”。[3] 显然，认为类型是一种划定界限和范式的法则，就是承认类型的客观规约性。但同时，德里达又从其解构主义立场出发认为这种客观规约性是可以改变的，甚至是可以破除的。原因在于类型法则的内部有“对立法则的存在”“内在性

---

① 参见［英］伯纳德·科姆里《语言共性和语言类型》，罗天华译，北京大学出版社 2010 年版，第 42—43 页。

② 参见［俄］巴赫金《文本　对话与人文》，白春仁等译，河北教育出版社 1998 年版，第 146、164 页。

③ 参见［法］雅克·德里达《文学行动》，赵兴国等译，中国社会科学出版社 1998 年版，第 160、159 页。

的分裂”及其所导致的“变异”，“所有上述分裂瓦解性‘变异’只要重复就会发生”，“其目的是颠覆类型分类的确定性，分解它们的分类方法，瓦解其经典分类词汇的稳定性”，结果是“类型的法则也制约着使类型进入生产、繁殖、谱系遗传及衰变的过程和动因”。德里达将这种类型法则的“衰变”称为“类型法则的法则”，“我想用最简单、最节省、最正式方式提出这种我称之为关于类型法则的法则。准确地说，它是一种交叉重叠原则，一种混杂原则，一种相互寄生性机制”。[①] 在这里，我们无意全面评价德里达的对错，但他指出的类型法则的变异性则是符合实际的。试想，当某个类型一旦被确立起来，反复进行的每一次给具体事物的“归类”，都是对这一类型的强化，同时也是对这一类型的修改，因为具体事物总是与它所归属的类型有这样那样的出入（交叉、混杂）。这样的修改叠加起来达到一定的限度，就可能造成类型法则的“衰变”。比如你将一个同性恋的女人归入“女性”这个类型时，已经是对这个类型法则的一次修改，因为在以往女性类型的范畴中并没有给同性恋女人留有位置。再从另一方面看，类型给事物规定了一个范型，划出了一个界限，虽然能使事物变得清晰可辨，变得秩序井然，但同时也可能把对事物的认识框定在这个范型和界限之中。然而，对事物的认识总要深化，事物本身也在发展变化，这就有可能溢出或突破原有的范型和界限，从而引起类型法则的改变。例如，当今的观念艺术、行为艺术、大地艺术等新样式的出现，就有可能酿成原有的关于艺术的类型法则的改变。当前学术界关于艺术定义、艺术边界问题的争论，在很大程度上就是原有艺术类型法则陷入不稳定状态的反映。维特根斯坦也曾谈到语言游戏的多样性，他指出：“这种多样性也不是某种固定的、一成不变的东西，而是有许多我们可以称之为新种类的语言、新的语言游戏会出现，而某些其他种类的语言和语言游戏则会变得过时而被人遗忘。”[②] 同语言游戏类型的这种情况一样，其他事物的类型法则不仅可能被修改，还可能被“遗忘”，甚至被新的类型法则所取代。所以，无论是维特根斯坦的观点，还是德里达的观点，都在反复提醒我们注意，类型的客观规约性是相对的，是有限度的。类

① 参见［法］雅克·德里达《文学行动》，赵兴国等译，中国社会科学出版社1998年版，第161、164、180、163页。

② ［英］路德维希·维特根斯坦：《哲学研究》，蔡远译，中国社会科学出版社2009年版，第19页。

型的法则是历史地形成的，也是历史地改变着的。我们在运用类型学的方法、给研究对象进行分类的时候，就不能谨守以往有关的类型法则，将其视为不可逾越的标准和样板，而是应该在此基础上勇于革新，做出新的理论尝试和探索。唯其如此，才能使我们的分类研究既深化了对研究对象的认识，又应合了研究对象本身的发展变化，从而促启新的分类法则的创立。

第三节　文学话语的类型学研究

上一节讲过，类型学的方法是人类基本的具有普遍意义的认识方法，几乎所有学科的研究都会自觉不自觉地运用这一方法，不运用这一方法，对研究对象的认识就不能从个体上升到总体，就不能从个性上升到共性，而把握对象的总体和共性恰恰就是所有科学研究所要达到的更高目标。当然，正如我们知道的，当代解构主义者强调类型学方法的相对性和局限性，尤其强调类型法则的可变性，在他们看来，更重要的应该是把握研究对象的个体差异，而类型学方法正是试图以模式化的类型削平了个体差异。即如前面提到的德里达“类型法则的法则”的说法，表面上好像是讲对类型法则的修改，而实际上则是对类型学方法本身的一种解构和否定。解构主义为了强调个体差异而否定类型学的方法，其理论上的偏颇是显而易见的。首先，类型学的方法与辨别个体差异并不必然冲突。因为分类有归类和划类两种方式，如果说从下而上的归类主要建立在相似性的基础上，那么从上而下的划类则主要建立在差异性的基础上。而且相似性和差异性也不是截然分开的，当我们说某些东西相似的时候，同时也意味着这些东西与其他东西有差异。其次，人类认识的更高的目标并不是指向个体差异性，而是指向总体的相似性。因为个体的差异是不可穷尽的，其呈现的表征也是变幻不定、极易流逝的，企图认识所有个体的差异，既无可能，也无必要。只能使用分类的方法以便在把握相似性中把握差异性，而且相似性才是事物的更内在、更稳定、更本质的东西，因而也是人类认识的更高指归。因此，我们坚持认为，类型学的方法依然是包括文学研究在内的所有学科普遍使用的基本方法。英国文学理论家福勒在 20 世纪 80 年代末就曾断言，在解构主义的热潮逐渐消退之后，“文学类型理论很可能会占据新的显著地位。这是因为它提供了一条向前迈进的路”[①]。现在看，福勒的这一预言或许已经变为现实。

对文学艺术的类型学研究自古就有，而且还很发达。中国古代文论中最重要的著作，如《文赋》《诗品》《文心雕龙》《诗式》《二十四诗品》等，都将诗文类型的研究作为其主要内容。而西方古代亚里士多德的《诗学》、贺拉斯的《诗艺》以及近代的莱辛的《拉奥孔》、库勒的《论素朴的诗和感伤的诗》等，也都贯穿着文学和艺术的类型学研究的传统。只不过中西古近代文论的类型学研究还大都局限在文体风格类型的范围内，准确地说这都是对文学体裁类型的研究，而不是对文学话语类型的研究。诚如巴赫金说的，“从古希腊直至今日”，“言语体裁（即话语类型，引者注）的整个问题从未真正提出过。而得到过研究的，主要也是文学的体裁”[②]。伴随着语言学转向和话语理论的兴起，特别是在巴赫金为创建对话理论而对陀思妥耶夫斯基小说话语所作的开创性研究发表之后，“文学话语”一词才流行起来，对文学话语的研究才开展起来。但就目前总的情况看，文学话语的研究多是集中在一般理论的阐述（如有关文学话语基本概念的研究）或具体个案的分析（如某个文学文本的话语分析）两个方面，而对文学话语类型的专门研究则相对薄弱。这就使得前两个方面的研究缺乏中介联系，一般理论往往落实不到个案分析上，而个案分析也很难上升到一般理论。就像在语言学的研究中，如果没有语言类型学的中介，普通语言学与个别语言学就很难形成实质性的关联。比如在文学话语的对话特性研究中，我们在一般理论层面上已经确立起“文学话语从根本上说是作者与读者之间的对话”的观念，但在具体作品话语的研究上还仅限于对作品中人物之间的对话分析，一般理论与具体分析显然处于脱节状态。造成这种状态的主要原因就是对文学话语对话类型的研究没有相应跟上。虽然我们在一般理论层面上已经对文学话语的

① ［英］阿拉斯泰尔·福勒：《类型理论的未来：功能和构建型式》，载［美］拉尔夫·科恩主编《文学理论的未来》，程锡麟等译，中国社会科学出版社 1993 年版，第 369 页。

② 参见［俄］巴赫金《文本 对话与人文》，白春仁等译，河北教育出版社 1998 年版，第 141 页。

对话本质有所认识①，也能运用某种理论对具体作品中的对话进行分析②，但由于对文学话语对话类型的研究基本阙如，因而前两方面的研究只能各行其是，很难形成一种相互促动的合力。迄今为止，尽管从某一角度探讨文学话语类型的著述已多有所见③，但对其做全面系统研究的专著却一部也没有，文学话语类型学研究滞后的情况由此可见一斑。因而我们主张，为推动文学话语研究进一步发展计，必须大力加强文学话语的类型学研究。

我们认为，造成目前文学话语类型学研究相对滞后的主要问题是：第一，缺乏类型学研究的方法论意识，大部分论者只是对分类方法的不自觉使用，既没有认识到类型学研究的方法论根据，也不了解类型学研究的逻辑程序，这就很难形成文学话语研究中的一种独立方法和重要分支。第二，与第一点相关联，在技术层面上，往往不是从取样类比开始，而是仅依据其理论需要对文学话语加以分类，这样就可能使类型学的方法失去科学实证的根基。第三，也是技术上的一个问题，没有将类型学方法的两种方式（归类和划类）及其涉及的两个层面（属和种）结合起来，而是或者仅研究文学话语的属类（文学话语作为一种话语类型与其他非文学话语类型的异同），或者仅研究文学话语的种类（文学话语属下各类型之间的异同），这就很难达到对文学话语的“属加种差”的整体把握。④ 第四，也许是最严重的一个问题，在分类参项的选取上比较随意而且单一，这就造成了分类的片面性及

① 如《文史哲》2001 年第 2 期发表的李衍柱的《巴赫金对话理论的现代意义》、《文艺争鸣》2011 年第 13 期发表的南帆的《经验、理论谱系与新型的可能》、《绥化学院学报》2012 年第 6 期发表的郑丹春的《论语言的复调性》等。

② 如《赤峰学院学报》2011 年第 10 期发表的朱艳敏的《从语气隐喻理论解析〈仲夏夜之梦〉的对话》、《海外英语》2011 年第 12 期发表的石荣的《〈傲慢与偏见〉中的话语交际分析》等。

③ 例如：广东人民出版社 1999 年出版的尹昌龙的《重返自身的文学——当代中国文学思潮中的话语类型考察》和《天府新论》杂志 2006 年发表的唐凡茹、刘永志的《多元鼎立的话语时代——“后新时期文学”思潮的话语类型解读》，主要是论述文论的话语类型；2010 年胡漫的硕士论文《作为话语类型的“狂欢”——巴赫金狂欢化理论的语言解读》，主要论述狂欢化的文学话语类型；学林出版社 2009 年出版的张瑜的《文学言语行为论研究》，主要从言语行为方面谈到了文学话语的类型；上海大学出版社 2012 年出版的葛红兵的《小说类型学的基本理论问题》，主要是从叙事风格、题材方面探讨小说话语的类型。

④ 亚里士多德认为反映事物本质的完整定义应该既能说明此事物所归属的属性，也能说明此事物所划分的种类的特性。这即是“属加种差”之说的由来。可参阅亚氏《形而上学》中说的“我们必须考察由于分类法所造成的定义。除了基本科属与其差异而外，定义中就再不用别的了”（见吴寿彭翻译的商务印书馆的中译本，第 149—150 页）。

其认识和理论价值的降低，更重要的是，这样也不能建构起一个由相互联系的多个参项形成的参项网络和分类系统，从而也不能最终达到对文学话语本身的复杂性和整体性的阐释和理解。

针对上述问题和缺陷，我们的文学话语类型学研究将遵循这样几个原则：首先就是尽量满足类型学方法所规定的基本逻辑要求。比如，所有分类都应建立在对具体文学话语比较、归纳的实证基础上，即使是下行的划分类型，也应该有具体话语例证的支撑，而且无论取样或举例都要尽可能符合具有代表性和典型性的标准，因为类型本身就是一种“范型”。当然，我们强调类型学研究的实证性和规范性并不与理论上的借鉴和创新相冲突，毋宁说前者始终是以后者为目的的。再比如，所有分类都应至少在两个逻辑等级（属和种）上次第展开，既要在“话语总体”这个更高的等级上区分文学话语类型与其他话语类型的异同，又要在“文学话语总体”这个较低的等级上区分文学话语属下的诸类型之间的异同，使这两个等级上的分类研究相互应和相互印证，共同起到揭示文学话语多方面的属性和种性。此外，还有更重要的一点，我们所主张的文学话语的类型学研究应该是一种系统性的研究，这种研究要求选取多个参项进行分类，而且还要求这多个参项之间有内在关联，从而构成一个能够覆盖整个分类对象的参项网络，建立一个与分类对象相适应的分类体系。只有这种系统性的类型学研究，才不仅可能描述出文学话语的全部复杂性，还可能为丰实类型学研究的方法论基础提供新的理论参照。我们深知这是一个很高的目标，需要较高的对话语理论和类型学方法综合把握的学养和学力水平。也许我们最终并不能完全达到这个目标，但我们肯定会自始至终朝着这个目标不懈地努力。

既然确立了对文学话语类型进行系统研究的目标，那就必须要对研究内容预先有一个全面的规划和设计。我们的总体构思是将全部研究内容分为四大板块或四个部分，第一部分是研究文学话语的语用类型，第二部分是研究文学话语的形态类型，第三部分是研究文学话语的“施为”类型，第四部分是研究文学话语的文体类型。之所以设定这样一个四分的布局，主要是因为考虑到我们所选取的四个分类参项，即“语用”“形态”“施为”和“文体”，我们正是依据这四个参项来安排四个部分的内容的。那么，为什么选定这四个分类参项呢？这就与我们对文学话语的总体理解有关了（参见本章第一节）。按我们的理解，文学话语首先是对语言的一种运用，这就有了

“语用”这一参项，并以这一参项为视点去研究文学话语的语用类型。紧接着语用问题而来的就是追问文学话语运用语言要做什么，由这一追问就产生了“形态”和“施为”这两个参项。因为在我们看来，文学话语本质上是作者与读者间的对话交流，是人类言语交际活动中的一种特殊的对话形态，这就需要以“对话形态”为参照点去研究文学话语的形态类型。同时我们还认为，文学话语的对话本质与“以言行事”的本质是紧密关联并相互贯通的，文学话语的“以言行事”以对话为前提，而文学话语的对话又是以“以言行事”为指向，这就又有了“施为”这样一个参项，又有了以此参项来分类的“施为”类型的研究。此外，我们还认为，无论是文学话语中的对话还是“施为”都不是直接的，都要有一个中介，这个中介就是“文本”(text)。巴赫金说过，文学话语属于一种特殊的言语体裁，是对这种特殊的言语体裁规则的运用。[①] 依照这个说法，我们完全有理由认为，文学文本与文学的言语体裁相对应，它实际上就是文学言语体裁的书面形式，也要受文学文本已有规则的制约，也是对已有文本体式的运用。这样，我们又得到了“文体”这个参项，而依据这个参项进行的分类研究，就是文学话语的文体类型研究。由此可见，我们选定的这四个分类参项之间虽相对独立，但又有内在的逻辑关联。而我们所规划的文学话语类型学研究的这四部分内容，正是建基于这四个分类参项构成的织体之上的。由此也决定了这四大部分内容之间的周延性和系统性。下面再让我们分开来简要说说我们对每一部分内容的大致构想。

第一部分内容是文学话语的语用类型。文学话语既是对语言的一种运用，就有一个“用法”问题，即文学话语是怎样运用语言的？任何话语使用语言首先是要指涉或表述某种意义，然后才可能完成某种对话和实行某种行为。毫无意义的话语就不是话语，也不是对语言的运用，只是一串仅具物理性质的声响，就像一个不会说话的婴儿嗓子里发出的呜哩哇啦的声音，不能起到言语的对话交流的作用，尽管也许能传达某种非言语意义的信息。所以，指涉意义应该是任何话语都具有的语用特性。文学话语当然也指涉意

---

① 巴赫金的原话是：“每一领域都拥有和使用符合该领域特殊条件的自己的体裁；与这些体裁相适应，也就有特定的风格。”见［俄］巴赫金《文本　对话与人文》，白春仁等译，河北教育出版社 1998 年版，第 145 页。

义，但是文学话语在指涉意义的时候有着自己的特点，那就是它总是趋向于“审美地”指涉意义，这大概就是所有文学话语独具的语用特点，也是文学话语与非文学话语在语用上的根本区别之所在。所谓“审美地”指涉意义，是说文学话语总是选用那种能够引起审美愉悦的言语方式指涉它表达的意义。从文学话语的总体上看，这种引起审美愉悦的言语方式就是言语表达与所表达的意义之间的延宕性和间离性，也就是从言语的能指到所指不是即时的和直接的，而是在中间横隔着一个“形象”，先从言语到形象，然后才指涉一个意义。但是，文学话语这一总体语用特点在每一个别话语中的具体表现是千差万别的，这一审美地指涉意义的言语方式的具体手段也是千变万化的，必须加以分类才能把握。我们将这些不同的用法归纳为三种语用类型，分别称之为文学话语的曲指用法、虚指用法和自指用法。这一部分的主要内容就是对文学话语的语用特性及其三种语用类型的阐述和论证。

第二部分的内容是讲文学话语的形态类型。如同其他话语一样，文学话语也是一种对话。但文学话语的对话是一种特殊形态的对话，这种特殊形态体现在两个方面：一是文学话语的对话是文学交际活动中的对话，因而从根本上说是文学作者与文学读者之间的对话。这种对话形态与日常会话等非文学的对话形态显然是不一样的；二是文学交际中作者的话语总是假托给一个代言人（小说中是小说家假定的叙述人，诗歌中是诗人假定的抒情主人公），作者与读者之间的对话必须通过这个代言人的话语（文学文本）这一中介才能实际进行。而且，由于这一中介的存在，作者与读者间的对话不仅多了一个代言人的角色，还使得作者用语言向读者传达某种意义时，不是直接而是通过塑造形象来传达。这就造成了文学对话的“三个角色”（作者、作者假设的代言人、读者）、“双重所指”（言语指涉形象、形象指涉意义）的特殊形态。这样一种形态的对话也显然同日常对话等非文学的对话不一样。将上述两个方面结合起来看，文学话语的对话形态的特点可以概括为以文本为中介的对话，作者、假托的代言人（也包括故事中虚构的人物）、读者等众多说话人交相混合的对话，有着“言、象、意”双重所指的对话。根据文学对话过程的历时态的顺序，并对应于文学对话的三个角色，我们将文学话语的对话形态区分为创作形态、文本形态、读解形态三种类型。这部分的主要内容就是解说文学话语的对话特性及其三种形态类型。

第三部分讲文学话语的“施为”类型。同样作为言语行为，文学话语与非文学话语有着根本区别。在日常的言语交际中，在不同的场合说不同的话，实施不同的言语行为。举个例子，你在买东西时会指着那东西说："多少钱?"这是在向卖主提问；得到卖主的回答后，你可能又说："能便宜点吗?"这又向卖主提出了一个请求。如果卖主说"可以"，这是对你的请求的允诺；如果卖主说"不行!"这又是对你的请求的拒绝。总之，在日常交际中，随着具体场合和情境的变化，言语行为也是在不断变化的。但是，在文学交际中，无论时代如何变化，无论具体的场合和情境如何变化，文学话语实施的行为却是相对稳定的，即都是作者给读者创作作品，读者接受作者创作的作品，尽管创作和接受什么内容和形式的作品，各个时代是很不一样的。所以，文学话语作为一种言语行为的独特性就在于，它所涉及的作者和读者双方总是构成一种"吁请"和"承诺"的相互的双重关系。就是说，作者承诺创作一部给读者带来审美快感的作品，同时也吁请读者积极地接受这部作品；而读者则吁请作者创作一部能给他审美快感的作品，同时也承诺积极地接受这部作品。在这里，作者和读者双方的言语行为，无论吁请或许诺，都是围绕着"审美快感"这个行为要旨展开的。作者创作作品是为了给读者提供审美快感，读者接受作品也是为了享受审美快感。当然，对什么是审美快感，各个时代的作者和读者都可以有不同的理解，但其言语行为的要旨都是指向于审美快感，则是相同的。从这一点看，文学话语的言语行为的主要特点就是对于审美快感的承诺和吁请。再就是，言语行为理论认为，任何言语行为都可以分析为三重内涵的合成，即前面提到的"以言表意""以言行事"和"以言取效"。如果按照言语行为的这三重内涵，我们可以把文学话语的言语行为相应地划分为三种类型：偏于以言表意的，我们称为"告知型"的文学话语；偏于以言行事的，我们称为"传情型"的文学话语；偏于以言取效的，我们称为"劝导型"的文学话语。这就形成了文学话语的三种"施为"类型。论述文学话语的"施为"特性及其各种类型就是第三部分的内容。

第四部分论述文学话语的文体类型。前面说过，文学活动中作者与读者之间的对话交流要以文学文本为中介，文学文本是文学话语的一种必要形态，没有文学文本，也就无所谓文学话语。文学文本虽然是作者假托的代言人话语的书面形式，表面上是假定的代言人说出来的，但实际上却是由作者写出来的，是作者创作的产物。作者写出的文学文本当然要体现作者个人的创造性，但同时也要符合历史上已经形成的文体样式和格式，也就是巴赫金所说的“言语体裁”。巴赫金指出，这种言语体裁的形成取决于“每一领域特有的言语交际的特定条件”，又体现为“特定的有着不同题材、布局和修辞的表述类型”①。具体到文学体裁或文学文体，我们也可以认为，作者写作所遵循的文体样式和格式是由文学言语交际的特定条件决定的，而文学文体的样式和格式主要体现在不同的题材、不同的布局和不同的修辞方式上。而且，巴赫金又指出，包括文学体裁在内的所有言语体裁都可区分为“基本的言语体裁”（有时他也称为“第一类简单体裁”）和“派生的言语体裁”（有时他也称为“第二类复杂体裁”）这样两个层面。② 参照巴赫金的这个观点，第四部分的主要内容：一是在基本的言语体裁层面上，根据言语交际的特定条件的不同，区分文学文体与其他非文学文体的不同；二是在派生的言语体裁层面上，根据题材、布局和修辞的不同，将文学文体划分为四种类型，即叙事的小说话语、抒情的诗歌话语、对话的戏剧话语和自由的散文话语。后一方面的研究，巴赫金也称为“文学体裁”的研究，并且指出这种研究虽然从古希腊就已开始，但始终没有将这些体裁视为一种话语的“表述类型”加以研究，只是“着眼于它们的文学艺术特殊性，着眼于它们相互间的细微差别（即在文学的范围之内）”③。我们的文学文体类型研究当然会参照和借鉴传统的文学体裁研究（如沿用了通行的“四分法”），但又与传统的文学体裁研究有本质的差别。我们是将文学文体纳入文学交际中的话语这个范畴中来理解的，并将其视为文学话语进行对话交流和完成言语行为的一种中介形态和书面形式。我们正是在这样的意义上研究文学文体类型的，研究的侧重点也是集中在这些类型在话语表述上的特点，如表述的题材内容、布局结构、修辞方式等等方面的特点。这样的文学文体类型的研究显然与传统的文学体裁研究不同，应该说是在传统的文学体裁研究基础上的一

① 参见［俄］巴赫金《文本　对话与人文》，白春仁等译，河北教育出版社 1998 年版，第 145 页。

② 巴赫金的原话说：“基本的言语体裁直接反映交际情境，派生的言语体裁是专门化的体裁，反映有组织的文化交际的复杂情境。但这些专门性体裁大多是从基本体裁衍生出来的（由对语构成的戏剧，长篇小说等等）。如何组织这一类体裁，决定于该交际领域的特殊目的和条件，然而被它们纳入的各个体裁都带有基本体裁的性质。”见［俄］巴赫金《文本　对话与人文》，白春仁等译，河北教育出版社 1998 年版，第 218 页。

③ 参见［俄］巴赫金《文本　对话与人文》，白春仁等译，河北教育出版社 1998 年版，第 141 页。

种拓展和革新。

需要再次强调，上述四部分内容只是在理论阐述上有个先后顺序，但在逻辑联系上却是浑然一体的，不可能截然分开。因为这四个部分划分文学话语类型的逻辑依据是同一个有着内在联系的分类网络体系，这就必然造成四个部分内容之间的相互交融和相互贯通。而这也正体现了我们的文学话语类型学研究的系统性的探索和追求。

以上就是我们所主张的文学话语类型学研究的基本原则、总体思路和大致内容，本书将在以下几章里据此展开具体的论述。也许我们的这种努力和尝试不能达到预期的成效，但我们相信文学话语类型学的研究方法有着深广的前景，它是突破解构主义的局限走向新的建构主义的一条可行的路径，希望有更多的研究者关注和试行这条路径。

第二章　文学话语的语用类型

第一节　文学话语的语用特性

语言是由语音、词汇、语法构成的符号系统，这个系统是用来说话的，说话者运用他掌握的语言系统说出的话，就是所谓的话语。所以，话语在成之为话语之前必有一个语言运用的过程，也就是从每个人习得的语言库存中“选词造句”的过程，正是通过这个过程，话语从无形的可能变为有形的现实。当然，我们这样说并不意味着一个人必须先学好一种语言才能用这种语言说话，事实上，学习语言与使用语言是同时并举、交互作用的。但是具体到每一次说话的个别情况，则一定是使用语言在前，说出话语在后。就像一个婴儿第一次用母语叫出“妈妈”这句话，那是因为这个婴儿已学会了发出和使用“妈妈”这个词。正因如此，我们探讨文学话语的类型先从语用类型开始。

语用问题在索绪尔的语言学里基本没有位置，因为索绪尔主张的是研究符号系统的“语言的语言学”，至于语用问题则归入“言语的语言学”，不在他的语言学的研究对象之列。[①] 维特根斯坦是最早揭示语言运用的重大意义的语言哲学家之一，他指出，语言只有在被使用的时候，才有了生命，才

---

① 参见［瑞士］费尔迪南·德·索绪尔《普通语言学教程》，高名凯译，商务印书馆1980年版，第42页。

能实际地表达一个意义。他说："一个词的意义就是它在语言中的使用。"①这倒不是说这个词在未被使用时没有意义，每一个词都有其固有的意义，但那只是一种语言学的意义，一种在字典里都可以查到的字面意义，这一意义正是它可以被使用的依据。维特根斯坦这句话的意思是说一个语词只有在其具体使用中，才在其语言学的意义之上被赋予了一种有活力的意义、一种起着实际表达力的意义，可以称为语用学意义或话语意义。例如，面对一只狂吠的狗，我会对跟我走的孩子说："狗!"在这里我用了"狗"这个词，绝不只是按照这个词的字面意义告诉孩子这是一只犬科食肉动物，而是警示这个孩子别让这只狂叫的狗袭击了他。所以，更为重要的不是词语的语言学意义，而是词语在使用中的意义，也就是它的语用意义或话语意义。即如分析哲学家塞尔所说的："语句的语言学意义所起的作用使说话人能够在说话时运用语句来意谓某种东西。说话人的话语意义对于我们分析语言的功能的目的来说是首要的意义概念。"② 可以看出，对话语来说，语言的运用同所运用的语言本身同等重要，它是话语及其意义得以确立的必要前提和条件。在维特根斯坦这一观点的启发下，后来的语言哲学家，诸如巴赫金、奥斯汀、格赖斯等等，都着力研究语言运用的问题，并最终促成了专门研究语言运用的学科——语用学（pragmatics）的产生。

语用学理论认为，说话者用语言说话不是任意妄为的，必须要遵守一定的规则。这里说的规则，主要还不是指语法规则，而是指语用规则，即说话者如何运用语言的方法，简称语言的"用法"。也就是说，人们用语言说话，不仅要遵守语法规则，还要遵守语用规则，要满足一定的用法上的要求。比如说见了熟人问好，虽是很简单的一句话，但也要考虑选择合适的"用法"。给长辈、给平辈以致给晚辈问好，在"用法"上都有很大差别，不能不分场合地乱说一气，反而达不到问好的目的。维特根斯坦认为，每一种语言游戏都在显示着一种对语言的用法，不同的语言游戏有不同的语言用法。人的活动和生活形式是无限多样的，语言游戏也是无限多样的，语言的用法同样也是无限多样的。他说道："我们叫做'符号'、'词'、'句子'

① ［英］路德维希·维特根斯坦：《哲学研究》，载涂纪亮主编《语言哲学名著选辑》，生活·读书·新知三联书店 1988 年版，第 167 页。

② ［美］约翰·塞尔：《心灵、语言和社会》，李步楼译，上海译文出版社 2006 年版，第 137 页。

的东西有无数种用法。”[①] 巴赫金也认为，“人类活动的所用领域，都与语言的使用相关联。显而易见，使用语言的性质和形式，也像人类的活动领域似的多种多样”，“语言的运用范围几乎是没有止境的”。[②] 据此推论，文学活动中的话语当然也是语言的一种独特用法，研究文学话语中的语用类型，必须先弄清楚文学话语的语用特性。

巴赫金还特别指出，一种话语的语用特性取决于这一话语的特殊的语用条件和目的。他是这样说的：“这些表述不仅以自身的内容（话题内容），不仅以语言风格，即对词汇、句子和语法等语言手段的选择，而且首先以自身的布局结构来反映每一活动领域的特殊条件和目的。”[③] 从这段话可以看出：一是所谓的语用特性主要体现在“话题内容”“语言手段”（修辞等）、“布局结构”三个方面；二是所有这三个方面又是由话语活动的“特殊的条件和目的”决定的。换句话说就是，一种话语怎样使用语言（语用特性）取决于它在什么情况下使用语言的（语用环境）以及它使用语言要做什么（语用目的）。因此，在说明文学话语的语用特性之前，有必要先探究一下文学话语的语用目的何在。而探究这个问题显然又关涉到语言的功能问题。我们要先了解人类使用语言到底能做什么，然后才能探知文学话语特殊的语用目的。

我们知道，索绪尔开创的结构主义语言学在后来的发展中出现了许多新的转变，其中一个转变就是将结构研究与功能研究结合起来，并于20世纪20年代形成了以俄国语言学家雅各布森为代表的功能语言学派（也称为布拉格学派），又于20世纪60年代形成了以英国语言学家韩德礼创立的系统功能语言学。所有这些新生的语言学派都以语言的功能为主要研究对象，都构建了一系列关于语言功能的理论。雅各布森曾提出著名的语言六功能的学说（他的这一学说我们后面再谈）。英国文化人类学家马林诺夫斯基把语言的功能总体上分为两类，他称为实用功能和魔术功能。前者指语言的实际用途，可再分为行动功能和叙述功能；后者指语言用以进行文化仪式和宗教活

---

① ［英］路德维希·维特根斯坦：《哲学研究》，载涂纪亮主编《语言哲学名著选辑》，生活·读书·新知三联书店1988年版，第157页。

② 参见［俄］巴赫金《文本 对话与人文》，白春仁等译，河北教育出版社1998年版，第140、189页。

③ ［俄］巴赫金：《文本 对话与人文》，白春仁等译，河北教育出版社1998年版，第140页。

动的功能。韩德礼则区分了语言的三种功能：概念功能、人际功能和谋篇功能。[①] 英国语言学家克里斯特尔更细地分了语言的功能，共列出了“交流思想”“情感表达”“社交功能”“声音的力量”“控制现实”“记录事实”“思维工具”“认同功能”等八种。[②] 从上述简要列举，足以看到人类用语言所做的事多不胜数，几乎人类所有重要的活动都要靠语言来进行，语言的功能可说是无处不在。从最广泛的意义上说，人的生存和发展所涉及的三大关系，即人与自然、人与社会、人与自身的关系，都离不开语言，都要靠语言这个中介建立实际联系。人认识自然，无论是事物的命名、事实的说明、概念的推衍、思想的表达，都要凭借语言来实现。人与人的社会交际活动，从最简单的见面问好、日常会话，到复杂的法庭辩论、会议演讲、文章写作，都是语言在起着关键的作用。人的自我交流更是无时无刻不在进行，没有语言参与其中，人们甚至不知道自己在想什么，更不可能对自己的所想做出任何反应。维特根斯坦就说过：“‘思索’在这里应该是指某种与‘自言自语’差不多的事情。”[③] 正因如此，语言学家们对语言功能所做的分类研究自然就具有重要的理论价值和实用意义。我们从这些研究中得到的最大启发就是，虽然语言的功能五花八门，不可计量，但所有这些功能都建立在一个最基本的功能之上，这就是语言的描述事态、表情达意的功能，我们姑且将这种功能称为语言的指义功能。我们无论在何种场合出于何种目的说出的任何一句话，都首先要表达一个意思，要指向于一个意义，其次才谈得上其他的功能和作用。比如一句简单的话“请拿过那本书来”，对这句话来说，最紧要的一点就是，它试图利用语言的“指义功能”表达一个意思，以便让对方明白需要拿过来的到底是哪本书以及这本书在什么地方，弄清这些之后，这句话才可能起到请求对方拿过那本书来的“意动功能”。这就是说，在语言的诸多功能中，指义功能是基本功能，其他意动功能都必须由这一功能衍生出来或附着于这一功能之上，才能真正发挥其作用。

既然语言的基本功能是指义功能，既然所有使用语言的话语都一定指向

---

① 参见张德禄编著《功能文体学》，山东教育出版社 1998 年版，第 54—55 页。

② 参见［英］戴维·克里斯特尔《剑桥语言百科全书》，潘炳信等译，中国社会科学出版社 1995 年版，第 14—17 页。

③ ［英］路德维希·维特根斯坦：《哲学研究》，载涂纪亮主编《语言哲学名著选辑》，生活·读书·新知三联书店 1988 年版，第 162 页。

于一个意义，那么，包括文学话语在内的一切话语就具有了同一个语用目的，这就是指涉意义的目的。这里说的指涉意义，可以是指示一个事物、陈述一个事实、说明一个概念、讲述一个故事、论证一个想法、抒发一种情感，等等不一，但都体现为指涉一种意义这个同样的目的，这也决定了一切说出的话语都具有同样的一种语用共性。英国语言学家查理曼将这种语用共性称为“语言共核”。他说：“文学文体的力量来源于‘语言共核’，连最具‘文学性’的特征也来源于‘语言共核’。文学偏离常规并不会破坏它与‘语言共核’使用者的交流。”[①] 这里说的“文学性特征”“文学偏离常规”属于文学话语独具的语用特性，我们在后面再讲。这里我们要强调的是，由于语言共核的存在，由于共具同一个语用目的，文学话语与日常话语、科学话语等不同的话语之间，就有了相通之处。这种相通之处使得它们之间的区别并不是界限分明的，经常出现相互渗透、相互交错的情况。“新批评”后期的代表人物韦勒克就曾说过，把文学的、日常的和科学的这几种话语在用法上严格区分开来是非常困难的。“因为文学与其他艺术门类不同，它没有专门隶属于自己的媒介，在语言用法上无疑地存在着许多混合的形式和微妙的转折变化。”最后他得出结论说：“我们还必须认识到艺术与非艺术、文学与非文学的语言用法之间的区别是流动性的，没有绝对的界限。”[②] 由此看来，那种试图将文学话语、日常话语、科学话语截然区分开来的观点是不妥当的。正确的看法应该是：这几种话语都共有同一个语言内核，都同样指向于一个意义，都同样利用语言的指义功能来实现自己的语用目的。它们之间的区别仅仅在于它们对语言的某一种或几种功能的不同偏向和侧重上。因为这几种话语虽有共同的语用目的，但又有它们各自特定的语用目的，因而对某种最适合它们特定的语用目的的语言功能“情有独钟”，并将其摆到首位而加以利用，由此就形成了它们各自的语用特性。俄国语言学家日尔蒙斯基如是说：“如果把语言形式当作‘活动’去审查它的结构，那么我们就能发现，语言有多种目的意向，这些意向决定着词的选择和组词的基本原

① ［英］雷蒙德·查理曼：《语言学与文学》，王士跃等译，春风文艺出版社 1988 年版，第 16 页。

② 参见［美］韦勒克、沃伦《文学理论》，刘象愚等译，生活·读书·新知三联书店 1984 年版，第 10、13 页。

则。”[①] 这就是说，每一种话语都有共同的语用目的，同时还有自己特有的语用目的，正是这个特有的语用目的决定着这一话语的语用特性。

那么，文学话语特有的语用目的是什么呢？可以设想，一个小说家创作一部小说，或者一个诗人写出一首诗歌，他是为了什么呢？一是为了表达他的某种思想和情感，这是实现语言的指义功能，属于所有话语共同的语用目的；二是为了给读者提供一种审美的愉快，这是实现语言的审美功能，属于文学话语独具的语用目的。雅各布森的语言六功能说就曾提到过语言的审美功能。他发现任何语言交流活动都涉及六个要素：发话者、受话者、使用的代码、代码所传递的信息、交流采取的联系方式和交流所赖以进行的特定语境。与这六个要素相对应，就产生了语言的六种功能：指称功能（交流偏向于语境）、表情功能（交流偏向于发话者）、意动功能（交流偏向于受话者）、交际功能（交流偏向于联系方式）、元语言功能（交流偏向于代码）、审美功能（交流偏向于信息本身）。[②] 雅各布森讲的这六种功能，如果进一步归纳，还可以合并为两种，一种是作为语言的基本功能的指义功能（包括雅各布森说的指称功能、表情功能和元语言功能），一种是附丽在指义功能之上的诸多效果功能，而审美功能即是这诸多效果功能中的一种。参照雅各布森的有关语言功能的这个观点，我们认为文学话语以指义功能为它与其他话语共有的语用目的，以审美功能为它自身独有的语用目的。前者为最终的语用目的，后者为直接的语用目的，最终的语用目的的实现要以直接的语用目的的实现为前提，两个语用目的的这种内在关联就构成了巴赫金所说的决定文学话语的语用特性的“语用的条件和目的”。据此我们可以把文学话语的语用特性确定为通过审美的效果达到指涉意义，或者说文学话语的语用特性就是指义性与审美性的有机统一。

我们关于文学话语语用特性的观点主要借鉴了当代的话语理论和语用学理论，因而即与传统的内容主义观点不同，也与现代的形式主义观点有异。传统观点的主要倾向是把文学话语当作传递思想内容的形式载体来理解的，因而它最为看重的是语言的指义功能，要求在运用语言时应该让词语尽量准

---

① ［俄］日尔蒙斯基：《诗学的任务》，载［俄］什克洛夫斯基等著《俄国形式主义文论选》，方珊等译，生活·读书·新知三联书店 1989 年版，第 218 页。

② 参见［英］特伦斯·霍克斯《结构主义和符号学》，瞿铁鹏译，上海译文出版社 1987 年版，第 83—86 页。

确、清晰、顺畅地表达思想内容，至于所用词语的审美效果并不重要，甚至可有可无。这种观点在我国先秦思想家那里表现得尤为突出。比如，孔子虽主张“文质彬彬”，但却强调“辞达而已矣”，认为“巧言乱听”，“巧言令色，鲜矣仁”。[①] 老子更是把“信言”与“美言”对立起来，提出“信言不美，美言不信”的断语。[②] 韩非子则直接从政治需要提出：“喜淫辞而不周于法，好辩说而不求其用，滥于文丽而不顾其功者，可亡也。”[③] 可见，在传统理论看来，文学话语的语用特性仅在于其指义性，而其审美性则遭到怀疑乃至排斥。我们的观点恰恰相反，认为文学话语直接的语用目的就是审美效果的追求，文学话语只有通过审美效果的获得，才能实现其指涉意义的目的。因此，我们理解的文学话语的语用特性，虽然审美性要以指义性为旨归，但指义性又必须以审美性为前提。

在文学话语的语用特性问题上，现代形式主义的观点则强调语用形式在文学话语中的本体地位，认为语用形式就是文学话语之为文学话语的本质之所在。比如俄国形式主义者就提出，文学话语的语用特点正在于以“反常化”的手法凸现语言形式本身，产生所谓“惊震”的审美效果，文学话语的全部语用手段都是为了制造这种审美效果，而与再现和认识现实并没有必然的关系。这样，在现代形式主义那里，审美性则成为文学话语的唯一语用特性，而指义性则失去了应有的地位，因而也不是非有不可的。我们与形式主义的区别是很明显的，我们是将审美性与指义性联系起来理解文学话语的语用特性的。一方面，我们认为审美性是指义性的前提条件；另一方面，我们又认为审美性必须以指义性为指向。虽然审美性和指义性都是文学话语的语用目的，但审美性是直接目的，指义性是最终目的，两个语用目的之间实际上有一种前因与后果的关系。现代形式主义的问题就是仅强调审美性这个前因式的目的，而掩蔽了指义性这个后果式的目的。事实上，当我们说一首诗或一篇文学话语具有审美效果，决不是仅仅因为这首诗语音的韵律和谐和节奏的悦耳动听，而是因为在这种悦耳的韵律和节奏中我们领会到了一种思想和情感的意义。如果这首诗只是一种毫无意义的声音组合，即使这种声音

① 参见《论语》“雍也”“卫灵公”“学而”等篇。
② 参见《老子》第八十一章。
③ 参见《韩非子》“亡征”篇。

组合再悦耳动听，也不是真正意义上的文学话语的审美效果。因为凡话语必有意义，文学话语的审美效果只能在意义的领会中才能产生。正是基于这样的理由，我们将文学话语的语用特性界定为审美性与指义性的有机统一，并将这种统一归结为这样一个命题：文学话语的语用特性就是以审美的方式指涉意义。

现在需要进一步解释的是，如何理解文学话语的这种语用特性？什么是“审美地指涉意义”？我们不妨用最简捷的说法亮出我们对这个问题的观点，我们所说的“审美地指涉意义”就是指文学话语在表达它所表达的意义之时不是像非文学话语那样直接地表达这一意义，而是间接地表达这一意义。在我们的这个解释里，“间接地”就等同于“审美地”，“间接地”指涉意义就是“审美地”指涉意义。因为，所谓“间接地”指涉意义，我们的意思是说，文学话语总是采用种种语用手段在它的“能指”（语言表达）与“所指”（语言表达所指涉的意义）之间设置某种“间隔”，使得意义的表达不是直截了当的，而是迂回的、被延迟的和受阻碍的，从而造成一种语义的含混、含糊、含蓄的特殊的审美效果。文学话语之所以运用各种语用手段来间接地指涉意义，就是为了制造出这种语义模糊或言外之意的审美效果，这是文学话语最突出的语用特点，也是文学话语与非文学话语在语言用法上的根本区别。非文学话语，特别是科学话语，追求意义表达的准确性、明晰性，即从词语到词语所表达的意思（或者说从词语的能指到所指）之间越直接、越明快、越没有阻碍越好，尽管这个指标在实际的语言交际中很难完全达到。例如，用科学话语表述“三角形的三内角之和等于 180 度”这一几何定理，只须直接将这个定理的内容说得尽可能的明白清楚即可，不需要且不允许使用任何修饰的词语和比喻的说法。然而，文学话语则与此截然相反，它所要求的不是语言表达的直接性和透明度，而是语言表达与要表达的意义之间的延宕和阻隔。只有这样，文学话语才创造出了一种语用模糊、语义含蓄的审美效果。

但是，这里又有一个问题需要解释，这就是，间接地指涉意义为什么就能造成语义含蓄的审美效果呢？要从理论上说明这个问题，有必要借用美国语用学家格赖斯在 1967 年提出的“会话含义”（conversational implicature）学说。格赖斯发现，在言语交际活动中，谈话的双方总是共同默守着一个潜在的规则展开会话，他把这个潜在的规则叫作会话的“合作原则”（cooperative principle)。就是说，人们为了交际的成功，在会话中总是趋向于相互配合，参与会话的每一方都尽量准确而适当地提供对方要求的信息，也尽量准确而适当地理解对方所提供的信息。格赖斯又把这个合作原则细分为四条准则：一是数量准则，即所说的话应该如交谈目的所要求的那样详尽，不能过多，也不能过少；二是质量准则，即尽可能说真话，不说自知虚假的话，不说证据不足的话；三是关系准则，即所说的话要切题，要前后关联；四是方式准则，即说话要尽量明白清楚，简练而有条理，避免表达上的晦涩和歧义。格赖斯同时指出，完全严格遵守四条准则的言语交际只是一种理想状态，实际的会话交际往往或多或少地违反这些准则，这就造成了“会话含义”的产生。所谓“会话含义”就是指说出的话里含有模糊不清、难以确定的意义内容。例如，我问你：“你身体好吗?”你却回答：“我正在读书。”你显然是答非所问，违反了“合作原则”。你回答的话里就有了“会话含义”，使我不好理解你到底想说什么意思，我和你的谈话也就难以为继了。后来的英国语言学家利奇又提出了“礼貌原则”（politeness principle）作为对格赖斯的会话含义理论的补充。他指出，人们违反合作原则而使自己的话语产生会话含义，在很多时候，并非因为无意的过失，而是有意而为的，其中最常见的情况是出于礼貌的考虑。举个例子，假设一个病人的病情危重，很可能死去，病人的亲属问医生：“病人的情况怎么样?”医生回答说：“对不起，我们已经尽力了。”在这个回答里，医生为了照顾病人亲属的心情，不忍心让他太难过，有意违反了合作原则中的关联准则，说了一句意思含糊的话。但病人的亲属马上就能理解医生话里隐含的意思（会话含义），知道病人已经生命垂危了。这就是利奇所说的礼貌原则，它揭示了一个重要的语用现象，有时人们为了某种语用目的而故意违背一些语用规则。

上述格赖斯和利奇的语用学理论提示我们注意到，文学话语间接地表达含蓄意指的语用特性其实就是对合作原则诸准则的有意违反。因为我们发现所有的由于有意违反合作原则诸准则而产生了会话含义的话语，都会造成间接或曲折地表达意义，都导致隐晦的或含混的意指。比如前面举的那个医生回答病人亲属的话，就是没有直截了当地而是委婉地、也就是间接地表达了他的意思，从而使他的话里隐含着一种言外之意。只不过文学话语故意地违反合作原则的诸准则，并不是像日常话语那样出于礼貌原则，而是给读者造成一种审美的效果。例如，李煜的那句著名的词：“问君能有几多愁，恰似一江春水向东流。”诗人在这句词里表达了他的愁苦的情感无休无尽，但他没有直接说他的愁多么多，而是用了一个比喻间接地表达了他的意思（他的愁好像滚滚江水不断流淌）。从语用的合作原则看，诗人的这种间接表达是同时违反了数量、质量、方式等准则。但诗人是有意识地这样做的，他为的是让自己要表达的意思更加隐蔽含蓄，让读者用更多的想象来揣摩他的这个意思，这是诗人有意制造的审美效果。美国当代哲学家乔纳森·卡勒也注意到了文学话语故意违反会话合作原则的这种语用特性，他说，“交流基于一条根本的程式，即参加者的相互配合”，而“对于文学作品来说，合作原则是‘超保护’的，我们可以忍受许多晦涩费解和明确不切题的东西，而不认为这些都是毫无意义的。读者也想当然地认为在文学当中，语言的费解、不通肯定也是为了一定的交流目的。所以他们不像在其他语境中那样断定是发言人或者作者没有配合，而是努力去理解那些复杂的语言成分，而这些成分对那些为深入交流而设立的有效原则常常是全然不顾的”。[①] 所以，从语用学的角度看，文学话语间接地表达含蓄意指的语用特性恰恰是有意违反会话的合作原则的结果。

最后，还有一个问题必须说明，文学话语在间接地表达含蓄意指时使用了哪些具体的语用手段呢？总起来说，文学话语使用的具体语用手段多种多样，不能也不必一一罗列，但可以将这诸多具体语用手段归纳为以下三种语用方式。其一是通过凸显语言自身来指涉意义，或者说，语言通过指涉自身来指涉意义。巴赫金对此说过：“文学的一个基本特点是：语言在这里不仅仅是交际手段和描写表达手段，它还是描写的对象。”[②] 这方面最典型的例子就是诗歌话语讲究语音的韵律和节奏，通过悦耳的韵律和节奏吸引读者，由此诱使读者领会诗歌话语的意义。其二是在言语与意义之间插入一个形象，也就是用言语描写形象，用形象指涉意义。譬如中国的古典诗歌追求意境的创造，这里的“意境”就是用语言描绘的一个有声有色的形象世界，而诗歌所表达的意义就蕴含在这个形象世界里。再譬如小说话语也往往是通过塑造人物形象来曲折地传达思想意义的。其三是通过虚构一个假想情境来

---

① 参见［美］乔纳森·卡勒《当代学术入门　文学理论》，李平译，辽宁教育出版社、牛津大学出版社 1998 年版，第 27—28 页。

② ［俄］巴赫金：《文本　对话与人文》，白春仁等译，河北教育出版社 1998 年版，第 276 页。

折射现实情境和表达关于现实的思想。这意思是说，文学话语并不直接描述现实，而是述说一个虚构情景，并以此模拟出现实情景，从而间接地暗示出某种关于现实的思想。正如乔纳森·卡勒所指出的，“文学作品是一个语言活动过程，这个过程设计出一个虚构的世界”，“文学的虚构性使其语言区别于其他语境中的语言，并且使作品与真实世界的关系成为一个可以解释的问题”。[①] 文学话语以其创构的虚拟世界激发起读者的创造性的想象力，这种想象力又反过来改变旧现实和创建新现实。这也许正是由文学话语生发的审美效果所体现出的最强有力的建构功能。

与以上所说的文学话语的三种语用方式相对应，我们可以区分出文学话语的三种语用类型：一种是偏于“自指”方式的文学话语，我们称为文学话语的自指用法；一种是偏于“曲指”方式的文学话语，我们称为文学话语的曲指用法；一种是偏于“虚指”的文学话语，我们称为文学话语的虚指用法。下面我们就对文学话语的这三种语用类型分别加以解说和阐述。

第二节　文学话语的语用类型之一：自指用法

关于文学话语的自指用法，最初明确提出这一问题的可能是法国象征主义诗人瓦莱里。他作为一个诗人，曾用一个很有诗意的比喻说明这个问题。他认为，如果把非文学话语的语言使用比作“走路”，那么，文学话语的语言使用就是“跳舞”，尽管这两种情况下都是脚的使用，但前者有一个外在目的，即走向一个预定的目的地，而后者的目的却在于自身，它仅仅是为双脚的运动而运动的。[②] 这就是说，文学作家使用语言说出的话语只是为了使这些话语突出和显示自身，这就是文学话语的自指用法。

但是，真正把文学话语的自指用法作为一个重大理论问题提出来并加以全面深入研究的，是以俄国形式主义为代表的现代形式主义者。现代形式主义者为了排斥作品的思想内容、抬高语言形式的地位，必然竭力强调和论证文学话语的自指用法。俄国形式主义文艺理论家、语言学家穆卡洛夫斯基这

① ［美］乔纳森·卡勒：《当代学术入门　文学理论》，李平译，辽宁教育出版社、牛津大学出版社 1998 年版，第 33、34 页。

② 参见［法］瓦莱里《诗，语言和思想》，载《现代主义文学研究》下册，中国社会科学出版社 1989 年版，第 847 页。

样说："诗的语言的功能在于最大限度地把言辞'突出'。……它不是用来为交流服务的，而是用来突出表达行为、语言行为本身。"① 穆卡洛夫斯基在这里说的"突出"（foregrounding），就是文学话语自指用法的一个重要表征，"突出"既是语言形式指向自身的手段，也是语言形式指向自身的结果。著名的语言学家雅各布森也说："诗歌的显著特征在于，语词是作为语词被感知的，而不只是作为所指对象的代表或感情的发泄，词和词的排列、词的意义、词的外部和内部形式具有自身的分量和价值。"② 这也是从文学作品特殊的语言组织和结构方面讲文学话语的自指用法。可以说，几乎所有的现代形式主义者都大谈特谈文学话语的自指用法，有的论者甚至还为这种自指用法寻求人性根源。例如法国语言学家海然热就说过："除了表达的需要外，人自幼就有一种无法压抑的欲望：游戏于辞令之间。这一将人类区别于其他所有生命体的禀赋，怎么可能不会得到利用呢？责备别人'言之无物'，是因为不了解讲话的欲望在表达某一意思之外，完全可能还有其他目的，就像儿童拿着手中的玩具一样，言之无物的话语本身就可以是目的。"③ "游戏于辞令之间"是否出自人的天性，涉及问题太大，不好妄加评论，但指出"话语本身就可以是目的"，还是有其一定的道理的。

毫无疑问，现代形式主义理论家关于文学话语自指用法的论述，像他们的其他论述一样，不可避免地带有形式主义的片面性和极端性。比如他们把文学话语的语用特性仅仅归结为自指用法，而有意排斥其基本的指义功能，就是一个明显的误解。但是，他们对于文学话语自指用法的突出和强调，是针对传统"重内容轻形式"的内容主义的缺陷而来的，因而有理论上的进步意义，而且他们就此问题提出的许多观点也极富启发性和借鉴价值。我们认为，自指用法的确是文学话语的一个极为重要的语用类型，这个语用类型在现代形式主义出现之前，一直没有得到文论家们应有的重视和充分的理论阐述。倒是许多作家、诗人都自觉不自觉地对这个语用类型有较强烈的意

---

① ［俄］简·穆卡洛夫斯基：《标准语言与诗的语言》，载伍蠡甫、胡经之主编《西方文艺理论名著选编》下卷，北京大学出版社1986年版，第416—417页。

② 转引自［英］特伦斯·霍克斯《结构主义和符号学》，瞿铁鹏译，上海译文出版社1987年版，第63页。

③ ［法］海然热：《语言人——论语言学对人文科学的贡献》，张祖健译，生活·读书·新知三联书店1999年版，第352页。

识，这是因为他们单凭自己的创作经验就能察觉到，真正传世的作品无一例外地都在语言表达上与众不同，都把话说得既“巧”又“妙”，一下子就能引起读者的注意和兴趣。所以，大诗人杜甫就有“语不惊人死不休”的名言，明代诗人徐渭也说，如果把一首诗拿来一读，“果能如冷水浇背，陡然一惊，便是好诗，如其不然，便不是矣”[①]。这两位诗人指出的诗语的“惊人”性质，从理论上讲，就是从审美效果上解说文学话语的自指用法，也是对文学话语的自指用法的重视和彰显。

还可以看到的是，现代形式主义总是在作品的语言形式与思想内容关系的视域中讨论文学话语的自指用法问题的。而我们讲文学话语的自指用法，主要不是从作品的语言形式与思想内容的关系着眼，而是从当代话语理论和语用学的视角，把自指用法视为文学话语三种语用类型中的一种，并且认为这种语用类型与其他两种语用类型一样，都是文学话语的语用特性的一种体现，都是显示文学话语的语用特性的一种标志。简言之，我们是在文学话语语言运用的特殊性的意义上，在文学话语指义功能的特殊性的意义上，去讲它的自指用法的。这正如巴赫金在这个问题上的看法：“语言进入文学语用的领域。这个领域和语言在这一领域中的生活，原则上不同于任何其他的言语生活领域（科技、日常生活、公务等等）。这个领域的基本和原则性的特点何在呢？语言在这里不仅仅是为一定的对象和目的所限定的交际和表达的手段，它自身还是描写的对象和客体。”[②] 必须首先承认文学话语也是一种“为一定的对象和目的所限定的交际和表达手段”，在这个前提之下再谈文学话语的自指用法，才能发现实质性的问题。正是在这个总的观点上，体现出我们与现代形式主义的根本分歧，尽管我们依然认为现代形式主义关于自指用法的许多具体观点很值得我们认真总结和借鉴。

从语用学的观点看，文学话语的自指用法所涉及的理论问题主要有两个：一个是“何以能”的问题，即文学话语的自指用法如何实行？一个是“何以为”的问题，即文学话语的自指用法为何实行？先谈第一个问题。

前面说过，文学话语的自指用法就是文学话语在表达某个意思的同时又以表达本身为目的，尽力凸现自身以引起读者对它的注意。那么文学话语用

① 徐渭：《徐文长集》卷十七《答许北口》。

② ［俄］巴赫金：《文本　对话与人文》，白春仁等译，河北教育出版社 1998 年版，第 276 页。

什么办法实现这种自我指涉的目的呢？它只有一个办法，就是设法让自己的表达方式显得奇特、奇异、与众不同。这即是穆卡洛夫斯基所说的“突出”，“所谓突出，就意味着把一次构成放在前景的显赫位置上，而所谓占据前景，也是跟留在背景上的另一个或另一些构成相对而言”，“有些语言现象虽然是语言的要素，在交流语言中却一向蛰伏着，突出活动把它们上升到了语言表层，带到了读者的眼前”，“诗的新语汇以美学为目标新形式出现，其基本特征是出人预料、标新立异、不同凡响”。[①] 这其实是说，“突出”就是使某种语言新形式在一般语言背景中突显出来而占据前景的位置，使读者轻易地感觉到它，并为此惊叹不已。而一个作家要想使他写出的词语突出出来，唯一的办法就是打破常规和惯例，创造出独特的语言表达方式，这也就是俄国形式主义反复阐述的所谓“反常化”（defamliliarize）的程序。最先提出“反常化”这一概念的什克洛夫斯基认为，文学话语与日常话语的主要区别就在于，文学话语实行“反常化”的语言组织程序，而日常话语则谨守“自动化”语言组织程序，“反常化”文学话语可以增加对独特语言形式的“感觉的难度与范围”，从而使“感觉被阻挡而达到自己力量的最大高度和最大延时性”。他认为，正是在这种感觉里才产生出文学话语作为艺术程序的最强烈的审美效力。[②] 总之，“反常化”可以使文学话语以其变异的语言形态呈现在读者的面前，因而引起读者的更大的阅读兴趣和注意力；“反常化”可以使文学话语的语言形式得以突显自身，因而成为实现其自指用法的基本途径。

从俄国形式主义的观点看，文学话语的反常化程序主要是通过对一般语言常规的偏离和触犯而实行的，因而体现为由于这种偏离和触犯而造成的种种变异的语言形式。这种反常化程序在文学作品里普遍存在，随处可见，而且在语言规范系统构成的所有层面上都可能发生。这一学派的领军人物什克洛夫斯基就曾说过，“我个人认为，反常化几乎到处都存在”，“研究诗学语言，不论在发音和词汇结构上，还是在词的搭配性质上，及在由词所组成的

① 参见［俄］简·穆卡洛夫斯基《标准语言与诗的语言》，载伍蠡甫、胡经之主编《西方文艺理论名著选编》下卷，北京大学出版社 1986 年版，第 417、426、427 页。

② ［俄］B. B. 什克洛夫斯基：《作为程序的艺术》，载伍蠡甫、胡经之主编《西方文艺理论名著选编》下卷，北京大学出版社 1986 年版，第 383、385 页。

意义构造性质上，我们到处都可发现艺术的特征”。[①] 他这里说的“艺术的特征”显然是指“反常化的艺术程序”。下面我们就从语言系统的语音、语法、词汇等不同层面上，具体解析一下文学话语是如何反叛一般语言规范、如何实行所谓的反常化程序的。

首先，从语音方面看，文学话语特别讲究所用词语在声音组合上的朗朗上口和悦耳动听，要求语音的韵律和节奏，尤其是诗歌话语，更是运用所谓叠韵、双声、平仄相间等手段，尽力创造出一种语音构成的音乐感。这显然与人们平时说话很不一样。日常话语专注于意思的表达，它选用的词语只要表达出某个意思就可以了，至于这些词语的声音组合如何，并没有特别的要求，都是顺其自然、随机而成的。如果一个人在日常生活中与别人交谈，说每句话都要想着如何押韵有节奏，反倒让人感到不正常了。所以，文学话语追求声音的音乐感其实是对语音组合常规的有意触犯，是语音组合使用上的反常化的艺术程序。而且，文学话语不仅在语音组合上违反常规，还常常利用语音本身的某些发音特点，如汉语中音同义不同的“谐音”“飞白”等等，以此制造某种特别的语言艺术效果，如把“妻管严”说成“气管炎”之类，这也属于对语音常规的有意违犯。当然，这种对语音常规的违反在日常话语中也时有所见，这种情况的发生，可以理解成文学话语的“文学性”在日常话语中的渗透或被日常话语所利用。

其次，从语法方面看，在文学话语里常常可以见到对语法常规的严重修改和深度反叛，如语序的调换，语流的断裂，词性的变更，等等。这方面最著名的例子是杜甫的诗句：“香稻啄余鹦鹉粒，碧梧栖老凤凰枝。”这显然是对词序的大颠倒，主语成了宾语的定语，而宾语的定语则成为主语，其实正常语序应是：“鹦鹉啄余香稻粒，凤凰栖老碧梧枝”。但是没有经过反常化的正常的语序反而不如原句更像“诗家语”，更能体现诗语的魅力。再比如，中国当代作家陆文夫的著名小说《美食家》里有一段话：“十年动乱以后乱是停止了，可那动却是大面积的！人们到处走动，纷纷接上关系。”在这里，作者故意违反了构词的一般常规用法，采用了一种“析词”的手法，把“动乱”一词分解为“乱”和“动”这样两个词，而且又把“动”和

① ［俄］B. B. 什克洛夫斯基：《作为程序的艺术》，载伍蠡甫、胡经之主编《西方文艺理论名著选编》下卷，北京大学出版社 1986 年版，第 384、385 页。

“走动”联系起来，这就使这句话说得别有一番趣味和意味。又如另一位中国当代作家何立伟小说《一夕三逝》中的一句：“他一张脸便是感激的脸，浮雕在这旷漠夜天里。”这是把名词“浮雕”用作动词，并带上了补语，词性被转换了，这样的处理使这句话所描绘的形象更生动、更鲜明，给人的感觉更别致、更强烈。这种词性变换的反常化，在文学话语里尤为多见，可举的例子很多，在此就不再赘述了。

再次，从语义方面看，文学话语往往借助特定语境或上下文的作用，积极地促使词语的正常含义在特定的语言组织中发生扭曲和畸变，以造成某种特殊的表达效果。如，鲁迅杂文中的一段话：“中国的老先生们——连二十岁上下的老先生们都算在内——不知怎的，总有一种矛盾的意见。”这句话里，后一个“老先生”由于受上文“二十岁上下”的修饰和限定，其含义已由原来的“年龄大”临时转换为“思想的陈腐”，这就是在特殊的语言组织中词义发生了变异。再举一个例子，老舍的话剧《茶馆》里有一段话，是工厂主秦二爷在他的工厂破产后说的：“我劝天下的人，你们有了钱，应该去干坏事，去吃喝嫖赌，但是千万别去办什么实业。”这段话语因为受到特定语境的挤压，语义也发生了严重扭曲，语句所表达的意思同字面意思正好相反，这就是所谓“正话反说”。又如臧克家的著名诗句：“有的人活着，但他已经死了；有的人死了，但他还活着。”如果只从字面上看，这句诗的语义是自相矛盾的，有悖常理，但诗人故意这样说，另有一层更深的含义，即人的肉体存在是短暂的，人的精神生命却可以长存。这也属于在特定语境中对词语意义的反常化处理。

此外，文学话语的反常化程序还表现在文体方面，甚至文字书写的方面。文学话语往往有意逾越本文体的常规格式，而“侵入”到其他文体的范围内，从而造成一种文体的变异和交混。例如，美国现代诗人威廉斯（William Carlos Williams）写过这样一首诗，“我吃了／放在／冰箱里的／梅子／它们／大概是你／留着／早餐吃的／请原谅／它们太可口了／那么甜／那么凉”。这其实是一首使用应用文体写的诗，如果给这首诗加上相应的标点，不用分行连起来写，就是一张地道的“便条”，这就无怪乎诗人给这首诗命名的标题就叫《便条》。这种文体的混用更是从总体上强化了文学话语的反常化特征。文字书写的反常化可以举《儒林外史》中的一个例子。小说里写了个老者常喜欢说“不必言身寸”，意思是说“不必谢”。“谢”字被分拆成三个字，一个字形变成了三个字形，这样的语句就让人感到很诙谐有趣。再如某篇小说有这样一个句子："会场的气氛可以用'！'来形容。"这句话的意思是说会场的气氛很热烈，但作者没有用文字说明这个意思，而是直接用一个标点符号（感叹号）代替了文字符号，这种文字书写的反常化也能起到一种简洁醒目的特别的审美效果。

总而言之，文学话语的反常化程序就体现为上述种种对语言常规的违犯，体现为上述种种变异的语言形式，而文学话语的自指用法正是通过这一系列的反常化程序而得以实行的。然而，关于文学话语的自指用法"何以能"的问题，还有两点需进一步说明。一点是俄国形式主义提出的所谓反常化的程序或手法，其实就是修辞学里讲的修辞方式或修辞手段。文学话语要突现语言形式自身就必须大力依靠修辞，修辞就是说话时对所用词语的修饰，这种修饰可以使用在词语的排列组合上（修辞学里称为形式修辞），如押韵、抑扬顿挫的节律，语法倒错、词性改变、排比等，也可以使用在词语的意义转换上（修辞学里称为转义修辞），如拟人化、比喻、反讽等。所有这些修辞的方法都是改变了词语的惯常用法，都能促成所说的话语别致、生动、机巧，富有说服力和感染力，而所有这些修辞效果又恰好与文学话语的语用特性及其自指用法相吻合，因而文学话语就成为大量运用修辞方法的话语。而且，西方自古希腊以来文学研究就与修辞学关系密切。乔纳森·卡勒指出，"诗歌与修辞学相关，它是使用大量修辞手段的语言，并且是极富感染力的语言"，"修辞手段的定义是变换和改动'普通的'用法"。[①] 可以看出，卡勒的修辞学观点与俄国形式主义反常化的语言学观点殊途同归，都从不同的学科视域解说了文学话语自指用法的具体实施手段。需要进一步说明的另外一点是，俄国形式主义说的反常化程序，并非仅限于文学话语的个别语言形式，还应该从体裁格式这一更宏观的领域里来理解。就是说，在文学话语里，反常化的程序还常常表现为对整个体裁格式的冲犯和创新。例如，前面举到的《便条》的例子。再如，散文诗这一新的文学体裁样式的确立和形成，在很大程度上就是众多散文家和诗人反复多次地对他们所使用的体裁格式进行反常化处理的结果。巴赫金在谈到文学话语的自指用法这一语用

① ［美］乔纳森·卡勒：《当代学术入门　文学理论》，李平译，辽宁教育出版社、牛津大学出版社 1998 年版，第 73、74 页。

类型时就是首先从言语体裁入手的。他指出，“我们用各式各样的体裁说话，却不意识到它的存在”，“言语体裁组织我们的言语，几乎就像语法形式（句法形式）组织我们的言语一样”。但是，只有在文学体裁的使用中，才最“有利于在表述的语言中反映说者的个性”“表现个人风格”、最能展示“创造性的自由的运用”。唯其如此，文学话语的自指用法的实行，并非只是依赖于个别语言形式的变异，而是往往依赖于总体的体裁格式的变异。巴赫金同时又强调，体裁的个人创造必须以对体裁的熟悉和把握为前提，“创造性的自由的运用并不是重新创造体裁；为了自由地运用体裁，需要很好地掌握体裁”。[①] 看来，巴赫金在对文学话语的自指用法的理解上，像对其他问题的理解一样，始终坚持以他的话语理论为着眼点，显示出比俄国形式主义更宽广的眼界和更深邃的眼力。

与文学话语自指用法何以能的问题密切相关的另一个问题是，文学话语自指用法何以为的问题。提出这样的问题，可能恰恰是某些极端的形式主义者不以为然的。因为，在他们看来，自指用法本身就是目的，不能再有其他外在目的，文学创作实质上就是一种文字游戏，其动机甚至根源于人的某种天性，即如前面引述的海然热的观点，“言之无物的话语本身就可以是目的”。然而，事实上，人说出某句话总是有所为的，或者传达某个意思，或者制造某种效果，一般情况两者兼有，既表达意思，又造成效果。即使一个人随口发出的自言自语也不是无所为的，它有时是人的心理活动的自发外露，有时是人的某种情绪发泄。如失手打碎了一个杯子，有人会随即发出一句咒骂，这骂语就起着宣泄懊恼情绪的作用。言语行为理论甚而认为，人说出的任何一句话都是在实施一个行为，都指向于一个言外的目的，即使一句单纯描述一个事实的话，如“这里有一条狗”，也是在完成“描述事实”这样一个行为，也是以“描述事实”为目的的。总之，人说的任何话语总是要有所为，总要有个目的，文学话语也不能例外。当然，我们并不否认，有些作家在创作中有时确以“游戏于辞令之间”为乐趣，主观上可能没怀有其他目的，但客观上只要有人在听，他说的这些话就可能产生某些效果。就像跳舞一样，跳舞对舞者来说可能是一种自娱自乐的行为，是一种自我陶

① 参见［俄］巴赫金《文本　对话与人文》，白春仁等译，河北教育出版社 1998 年版，第 161、162、144、163、164 页。

醉，但对观者却可能或一定造成这样那样的心理影响。这大概就是康德说的“无目的的目的性”吧。所以，文学话语的自指用法也必然是有所为的，必然是有目的的。

这其中最直接、最切近的一个目的，就是文学话语利用语言的自我指涉的突出作用而增强它所产生的审美效果，使它更容易打动和感染读者，更容易激发起读者的审美感知和审美情感，从而给予读者以更强烈的审美感受。所以，文学话语的自指用法是直接服务于审美效果的，是以审美效果为直接目的的。作为“新批评”先驱的瑞恰兹曾把文学话语由于自指作用而造成的审美效果概括为语言的“情感用法”，认为使用语言的陈述可以区分为两种用法，他说：“我们可以为了陈述所引起的联想，不论真联想或假联想，而用陈述。这就是语言的科学用法。但我们也可以为了陈述引起的联想所产生的感情和态度方面的效果而用陈述。这就是语言的情感用法。……我们可以为了文字引起的联想而运用文字，我们也可以为了随之而来的态度与情感而运用文字。”① 瑞恰兹在这里所说的“情感用法”，不是指使用语言表达或宣泄情感，而是指设法使语言陈述本身产生审美效果或唤起审美情感。瑞恰兹认为，诗歌运用语言的目的就是为了使诗语达到这种审美效果和审美情感，但他对怎样达到审美效果没有更深入的论述。我们可以把他的这个观点与俄国形式主义的“反常化”理论联系起来。就是说，俄国形式主义解答了这个问题的前半部分，即自指用法何以能的问题；瑞恰兹解答了这个问题的后半部分，即自指性用法何以为的问题。而对文学话语自指用法何以为的问题的较为全面的解释，似应把这两方面的理论结合起来，即文学话语通过反常化实现其自指用法，又通过其自指用法造成审美效果。在这个过程里，反常化成为自指用法的手段，而审美效果则成为自指用法的直接目的。

此外，文学话语的自指用法还有一个间接目的，这个间接目的是依靠审美效果这个直接目的而实现的，可以说是文学话语自指用法的目的的目的，最终的目的，这就是为了审美地实现其指义功能，或者说，为了审美地传达其所要传达的指义性内容。这种说法可能会遭到极端形式主义者的更激烈的反对。如果说自指用法以审美效果为目的，他们或许还能接受，但是，如果

---

① ［英］艾·阿·瑞恰兹：《语言的两种用法》，载伍蠡甫、胡经之主编《西方文艺理论名著选编》下卷，北京大学出版社 1986 年版，第 67 页。

说自指用法以外在的指义性内容为目的，他们就难以容忍了。因为，极端的形式主义者之所以极力强调自指用法，就是为了以文学话语的自指性语言反对其外指内容和所指意义，以便从根本上否认文学话语外在的指义性内容。这样一来，在他们那里，文学作品的形式与内容，文学话语的自指用法与外指内容和所指意义，都是相互对立和排斥的。但仅从经验我们也可以知道，文学话语是不可能没有外指内容和所指意义的。我们很难想象，一种没有任何内容的语言表达方式是什么样子，我们更难想象这样的语言表达方式如何能引起我们对它的审美兴趣。譬如，前面提到的杜甫的那句诗，如果它毫无外在指义性内容，或者我们根本无法理解它的外在指义性内容，那么，我们怎么能感受到这句诗的自指用法的特点和巧妙呢？从这里即可看出，文学话语的自指用法是以它的外指内容或所指意义的存在为前提、为间接指向和最终目的的。一段文学话语，假如本身被说得生动有趣，具有显著的自指功能，那就必然产生强烈的吸引力，诱使读者反复阅读它、咀嚼它，从而得以更全面更深入地理解它的外在指义性内容。这种明显与事实相符的看法，就连某些俄国形式主义者也不得不予以认可。例如托马舍夫斯基作为一个形式主义者，他一方面极力强调文学话语是“包含着表达意向的话语”，以表达自身为目的，另一方面又不得不承认，这种“表达意向”也是有助于作品思想内容的表达的。他指出：“不要以为，‘表达意向’会有损于思想，会使我们只注意表达而忘记了思想。其实更相反，注重表达自身，更能活跃我们的思想，并迫使思想去思考所听到的东西。”[①] 这段话，本意当然是为“表达意向”辩护的，但无意中也道出了问题的实质：文学话语的自指用法之所以“注重表达自身”，也是为了更有利于我们思考和接受作品外指的思想内容，这样，“思想”也就成了“表达意向”的目的。这与什克洛夫斯基的观点也大致相同，什克洛夫斯基虽然总体上否认艺术是一种形象思维的认识，但同时又指出“艺术的目的是提供作为一种幻象的事物的感觉”，而“反常化”的程序就是作为达到这一目的的手法而存在的。[②] 看来，即使是形式主义者也不一定将文学话语的自指用法与外指思想内容绝对对立起来

① ［俄］鲍里斯·托马舍夫斯基：《艺术语与实用语》，载《俄国形式主义文论选》，方珊等译，生活·读书·新知三联书店1989年版，第84页。

② ［俄］B. B. 什克洛夫斯基：《作为程序的艺术》，载伍蠡甫、胡经之主编《西方文艺理论名著选编》下卷，北京大学出版社1986年版，第383页。

的，因为日常的经验和常识往往使他们不自觉地修正了自己的理论。所以，我们在认识文学话语自指用法何以为的问题时，必须把自指用法与“反常化”“情感用法”“审美效果”“外在指义性内容”等多方面因素联系起来思考，看到自指用法有直接和间接的双重目的，只有这样，才能把握这一问题的实质。

第三节　文学话语的语用类型之二：曲指用法

曲指用法是文学话语的另一种语用类型，这种语用类型的特征可从与科学话语的对照中见出。科学话语在语用上的一个突出特点就是要求语符能指与语义所指之间的对应是直接而又明快的，要求所表达的意思越清楚越显露越好。而文学话语的语符能指与语义所指之间的对应关系却不像科学话语那么直接、那么确定。文学话语经常有意识地采用一些曲折迂回的表达手法去表达它的意思，使它所表达的意思不费一番思索和推测就很难被读者把捉得到。这就是文学话语的曲指用法。“新批评”派的韦勒克谈到文学的这一语用类型时说，“理想的科学语言仍纯然是‘直指式的’；它要求语言符号与指称对象一一吻合”，“语言符号又是简捷明了的，即不假思索就可以告诉我们它所指称的对象”，但是“文学语言有很多歧义”，“它是高度‘内涵’的”。[①]“新批评”的另一位著名人物布鲁克斯更是以“草地滚球”为喻非常形象地阐明了文学的曲指用法。他指出，“科学使用完美的球形，它的进攻是直接的”，而文学使用的球是“变了形的”，“这种变形使技巧杰出的运动员能打出一个曲线”，因此，“艺术的方法我相信永远不可能是直接的——永远是拐弯抹角的”。[②] 可见，所谓文学话语的曲指用法就是“不直说”“不明说”，而是“拐弯抹角”地说。这种用法，在科学话语里是尽量避免的，在日常话语里，除非有特殊需要，也并不多见，只有在文学话语里才会大量涌现，以致成为文学话语特有的一种语用类型。

让我们举个例子来说明。鲁迅在其著名小说《祝福》的末尾写道：“我

① 参见［美］韦勒克、沃伦《文学理论》，刘象愚等译，生活·读书·新知三联书店1984年版，第10—11页。

② ［美］克林斯·布鲁克斯：《悖论语言》，载赵毅衡编选《“新批评”文集》，中国社会科学出版社1988年版，第320页。

给那些因为在近旁而极响的爆竹声惊醒，看见豆一般大的黄色灯光，接着又听得毕毕剥剥的鞭炮，是四叔家正在‘祝福’了，知道已是五更时候。我在朦胧中，又隐约听到远远的爆竹声联绵不断，似乎合成一天音响的浓云，夹着团团飞舞的雪花，拥抱了全市镇。我在这繁响的拥抱中，也懒散而且舒适，从白天以至初夜的疑虑全给祝福的空气一扫而空了，只觉得天地圣众歆享了牲礼和香烟，都醉醺醺的在空气中蹒跚，预备给鲁镇的人以无限的幸福。”小说的最后这段结束语，描写出了过年时特有的喜庆祥和的气氛，与前面叙述祥林嫂一生悲惨遭遇的那种沉郁凝重的笔调形成了鲜明的对照。正是在这种反衬中，透露出了这段话的更深层的含义：一个弱小而无辜的乡村妇女受尽了种种戕害之后，就在这一片祝福声中悄然死去了，这是一个多么荒谬而又残忍的世界啊！然而，小说的这种深层含义，并非是由作者直接说出的，而是从这段描写的情景中曲折地暗示出来的，也是读者从这段描写的情景中推测出来的。从这个例子，我们可以清楚地看到文学话语曲指用法的一些主要特征。

我们都知道，中国古典诗词追求“意境”的创造，通过意境的创造来表达诗意，这其实就是文学话语的曲指用法的一种中国式的表述。因而，在中国古代诗论中，通常是用“含蓄”这个概念来谈论文学话语的曲指用法的。比如，刘勰称含蓄为诗文之“隐”，“隐也者，文外之重旨也”，“隐之为体，义生文外，秘响傍通，伏采潜发”，因此要求作诗要“深文隐郁，余味曲包”。[①] 唐代的司空图在《二十四诗品》中将“含蓄”列为诗歌的专品加以探讨，提出上品诗应该是“不著一字，尽得风流”的观点。[②] 南宋诗人姜夔更明确提出诗歌要“语贵含蓄”，认为“句中有余味，篇中有余意，善之善者也”[③]。这些论述表明，中国古代文论家所讲的诗歌的意境以及含蓄的风格，实际上都是在讲文学话语语用上的一个重要特点，即曲指用法。而且，他们对这种曲指用法一直是非常重视的，对此有强烈的自觉意识和深入的理论阐释，很值得我们认真地借鉴和利用。

造成文学话语曲指用法的原因可从两方面分析。一方面文学话语所指涉

① 参见刘勰《文心雕龙》“隐秀”篇。

② 参见司空图《诗品》“含蓄”篇。

③ 参见姜夔《白石道人诗说》。

的思想内容具有某种不可直接表述性。文学的思想内容不像科学那样是较为确定的概念和合逻辑的推理，而是作者对社会人生的某些复杂的感受和感悟，还连带着大量纷杂的情绪、情感的体验和感性的印象、表象。它本身是含混不清的、丰富多彩的、复杂流动易变的，就像天空中的云气一样，处于不断的凝聚、迸散和快速的流变之中，因而这样的思想内容是现有的逻辑语言难以直接表达清楚的。恰如美国当代符号学家苏珊·朗格说的，艺术所要表现的"那些真实的生命感受，那些互相交织和不时改变其强弱程度的张力，那些一会儿流动、一会儿又凝固的东西，那些时而爆发、时而消失的欲望，那些有节奏的自我连续，都是推论性的符号所无法表达的"，"之所以不可表达，原因并不在于所要表达的观念崇高之极、神圣之极或神秘之极，而是由于情感的存在形式与推理性语言所具有的形式在逻辑上互不对应，这种不对应性就使得任何一种精确无误的情感和情绪概念都不可能由语言文字的逻辑形式表现出来"。[①] 苏珊·朗格认为，现有的语言之所以不能表达文学艺术特殊的思想情感内容，是因为它的逻辑化倾向造成的，这与前述韦勒克的观点稍有出入。韦勒克认为，"因为文学与其它艺术门类不同，它没有专门隶属于自己的媒介，在语言用法上无疑地存在着许多混合的形式和微妙的转折变化"[②]。他们这两种观点，孰是孰非，我们在此不想做进一步的评判，但有一点是共同的，就是他们都认为现有语言很难直接表达文学艺术的特有内容，需要寻求某种曲折迂回的表达方式。这也就是中国古代的作家、诗人经常讲的，他们的某些感受和体验只可意会，难以言传。如《诗经·采薇》、柳宗元的《江雪》等诗中所表达的内容，更是复杂难解，对于如此这般的内容，作家、诗人们只能采取一种曲婉的途径，即所谓"言不尽意""立象以尽意"[③] 的途径，来暗示它，表征它，显现它，这就使得文学话语曲指用法的运用成为势所必然的了。清代小说家叶燮说过："可言之理，人人能言之，又安在诗人之言之？可征之事，人人能述之，又安在诗人之述之？必有不可言之理，不可述之事，遇之于默会意象之表，而理与事无不灿

① 参见［美］苏珊·朗格《艺术问题》，滕守尧等译，中国社会科学出版社 1983 年版，第 128、87 页。

② ［美］韦勒克、沃伦：《文学理论》，刘象愚等译，生活·读书·新知三联书店 1984 年版，第 10 页。

③ 参见《周易·系辞上》。

然于前者也。"[1] 因为诗人要言述的是一些不可言述的事理，必须采取一种曲折的方式，也就是"遇之于默会意象之表"，才能使之"灿然于前"。维特根斯坦也将语言表述的世界区分为"可说的"和"不可说"的东西，这个世界里确已存在的事实都是"可说的"，而哲学、伦理学、美学等要说的东西则属于"不可说"的。他指出，"凡可说者都可以清楚地说"，而"对于不可说的东西，必须沉默"，"它们显示自己，此即神秘的东西"，"可显示者，不可说"。[2] "不可说"的东西是否是"神秘的东西"，我们暂不追究，引起我们关注的是，维特根斯坦认为"不可说者"是可以"显示自己"的，也就是通过语言的描摹而呈现自己，这同中国古代文论家的看法应该说是一致的。这样，维特根斯坦就为文学话语的曲指用法提供了一种哲学的解释和根据：文学艺术的意指内涵虽然不可言说，但可以通过形象的描绘显示出来，这就成为造成文学话语曲指用法必然性的主要原因。

另一方面，文学话语曲指用法的形成也与读者的审美要求有关。读者在阅读文学作品时，总希望作品能够给他们提供更多的想象和回味的余地，以便较长久地保持他们的阅读兴趣。美国当代传播学家施拉姆从信息传播的角度指出，文学作家与读者构成的是一种以传播的娱乐功能为基础的传播关系，这种传播关系又形成了一种不成文的传播契约：作家提供的必须是足以使读者获得审美愉悦的信息，而读者希望得到的也是这种审美娱乐的信息。他特意从读者接受方面指出这种信息的特点："寻求娱乐的人不要求他们的传播伙伴提供充分而准确的报道；他们不准备对任何东西抱怀疑的态度，不怀疑不符合实际情况的东西。相反，他们准备接受故事、讽刺和笑话，乐意认同从未有过、也许决不可能存在过的人物，愿意分享人物的痛苦。他们不期望简单、明晰、无歧义的文字，并且准备接受一些潜含的意义。"[3] 在这段话里，施拉姆指明了读者所期求的审美娱乐信息的两个特点，一个是虚构性，一个是含蓄性。对前一个特点，我们将在下一节里论述，这里只讲后一个特点。就是说，只有那种带有"潜含的意义"的、充满"歧义"的言语信息，才能满足读者的审美需求。那么，为了满足读者的这种审美要求，文

---

① 参见叶燮：《原诗》"外篇"。

② 参见［奥］路·维特根什坦《名理论〈逻辑哲学论〉》，张申府译，北京大学出版社1988年版，第39、40、88页。

③ ［美］威尔伯·施拉姆：《传播学概论》，何道宽译，中国人民大学出版社2010年版，第48页。

学作者在写作作品时就不能把话说死说尽，更不能把话说得过于直露，应尽量用形象说话，应尽量用较少的词语表达出更多的意思，即中国古人所说的“言近旨远”“言在此意在彼”“言有尽而意无穷”等等，这也就必然造成了文学话语的曲指用法。由此也可见出，文学话语采用曲指用法并非出于作家的喜好，而是因为指义内容的不可直说性而不得不为，也是因为信息传播的审美娱乐性而蓄意为之。举例说，中国当代作家冯骥才的小说《高女人和他的矮丈夫》里写到，高女人活着的时候，在下雨天，她的矮丈夫总是高擎一只手为她打伞，后来高女人死了，人们看到，矮丈夫每逢雨天上班，可能由于习惯所致，依然高高地举着伞，尽管伞下只有他孤身一人。小说在结尾处这样写道：“这时，人们有种奇妙的感觉，觉得那伞下好像有长长一大块空间，空空的，世界上任何什么东西也填补不上。”作者在这里并没有详细述说“人们”看到那情形时的感觉，而是寥寥数语写了伞下的“一大块空间”，这也同时给读者留下了一大块艺术想象的空间，使读者感到这空间并非空空如也，而是似乎包含着无限的所指，任何一位读者都可以从中体会出点什么，比如依稀感到伞下高女人那凄凄的身影，矮男人那绵绵的思念，邻人那隐隐的悔恨，等等，甚至还会咀嚼到人生的某种淡淡的、无法排遣的哀愁。这个例子说明了，作者一方面感到他要表达的意思极为纷繁复杂，很难直接说清楚；另一方面又觉得应该给读者留有一些想象和思索的余地，促使他们做出自己相应的理解，因而充分运用了含蓄描写的曲指用法，而这种曲指用法也确实产生了“曲径通幽”的审美效力。

以上对文学话语曲指用法的两个原因的分析，使我们领会到，所谓文学话语的曲指用法其实包含着两个意思，一个意思是说通过形象描绘间接地指涉意义，一个意思是说形象描绘所指涉的意义是多重混合的。这两个意思是相互联系的，但又有区别。前一个意思是指曲指用法的具体语用手段，这涉及文学话语的比喻和象征的特点；后一个意思是指曲指用法所造成的主要语用效果，这涉及文学话语的“复义性”特点。

如同文学话语的自指用法一样，曲指用法的实行也要借用一些修辞手段。如果说自指用法主要借助于“形式修辞”以达到对语言形式的自我指涉，那么，曲指用法则主要借助于“转义修辞”以达到指涉意义的形象蕴含。修辞学里说的“转义修辞”是指那些“以此言彼”的修辞格，即是，要说一个意思时不直说这个意思，而是通过说另一个意思来暗示要说的意思。比如，要表达“爱情很美”这个意思，但不直接说“爱情很美”，而是说“爱情是一朵玫瑰”，这就是所谓的“以此言彼”的“转义修辞”，它体现为各种具体的修辞格，诸如用熟悉的指说陌生的，用在场的指说不在场的，用有形的指说无形的，用听觉的指说视觉的，用已知的指说未知的，用正面的指说反面的，等等。而其中，最常见的转义修辞格就是比喻和象征，这也是文学话语曲指用法最常用的修辞手段，由此也形成了文学话语的比喻和象征的特点。这种比喻和象征的特点，在中国传统文论中就是所谓“比”和“兴”。比、兴都是用形象间接抒情达意，都是修辞学说的“以此言彼”，但又稍有不同。刘勰说的“比显而兴隐”，可谓一语中的。他进一步解释道，“比者，附也”，“写物以附意”，着眼于物与意之间的相似性和相关性，其意指较为直观明显。而“兴者，起也”，“依微以拟议”，即选用微妙的事物来寄托思想感情，因为用意隐微，故而不容易看出。[①] 举个例子，说“姑娘美如一朵花”，这是比喻，姑娘之美与花之美有相似之处，比较好理解。而说“五星红旗高高飘扬”则属于象征了，其含义就比较隐蔽，因为“五星红旗”与“中华人民共和国”并没有外在的相似性，也无内在的相关联系，前者之所以能代表后者全然因为出自人的一种约定，并且与一定的文化传统有关，不了解这种文化传统的人恐怕就很难理解其中的含义。所以，唐代诗人皎然说：“取象曰比，取义曰兴。义即象下之意。凡禽兽草木人物名数万象之中义类同者，尽人比兴。”[②] 在这段话里，皎然既指出了比和兴的不同之处，即前者偏重于“象”，后者偏重于“义”，因而前者的意思较显露，后者的意思较隐晦；又指出了两者的共同之处，即无论比或兴，都是“立象以尽意”，都是求得“象下之意”。因此，比喻和象征实质上就是文学话语施行其曲指用法而借助的两种具体修辞手法。

既然文学话语的曲指用法要求运用比喻和象征的修辞手法形象地、间接地指涉意义，那么，所指涉的意义就必然是含混的、不确定的，这就造成了文学话语的“复义性”特点。“新批评”派的著名批评家燕卜逊在其专论文学话语复义性特点的《复义七型》一书中指出：“‘复义’本身可以意味着有意说几种意义，意味着可能指二者之一或二者皆指，意味着一项陈述有多

① 参见刘勰《文心雕龙》“比兴”篇。

② 皎然：《诗式》。

种意义。”他举例说，莎士比亚的一句十四行诗“荒凉的唱诗坛不再有百鸟歌唱”，就包含着复杂的意蕴：可能是说先前修道院的唱诗坛现在已成废墟；也可能指唱诗坛已无人涉足，只得以铅灰色的四壁为伴；也可能含有与男童唱诗班所流露的那种淡漠凄苦与顾影自怜的情感相对照；还可能根本就不是在讲唱诗坛，而是表示各种社会的历史的意义，如新教徒捣毁修道院、对清教主义的恐怖，等等。燕卜逊认为，复义现象在诗歌中是普遍存在的，正是各种含义的混合和交织赋予诗歌以特有的魅力和美感，而“复义的作用”的重要价值就在于构成了“诗歌的基本要素之一”。[①] 燕卜逊将复义性视为诗歌的“基本要素”，或许有可商榷之处，但他指出的诗歌语言的复义性及其美感作用，却是难以否认的客观事实。在中国的传统诗论中，诸如“言外之意”“象外之象”“韵外之致”“味外之旨”等等的说法，其实都是在不同的意义上谈论文学话语的“复义性”，只不过在理论表述上呈现出传统文论所特有的直观感受的特点而已。

在我们看来，无论是“言不尽意”“立象以尽意”的比喻和象征，还是“言外之意”“味外之旨”的复义性，都是从曲指用法生发出来的文学话语的重要特征，其作用都在于强化和深化文学话语的审美效果和艺术感染力。正是因为这个缘故，我们才把曲指用法看作是文学话语的三种语用类型之一。布鲁克斯曾指出：“诗人想要‘说些’什么，那么他为什么不开门见山地说呢？为什么他只愿意通过隐喻来说？通过隐喻，他就冒片面或晦涩之险，甚至冒什么也没说之险。但这种险是必须冒的。因为直接陈述导向抽象化，它威胁着要使我们根本离开诗歌。”[②] 这就是说，只有间接陈述或曲折的表达方式，才能保证诗歌语言的形象化和多重含义，从而也才能保证它的审美的价值和效果。因此，曲指用法是文学语用的审美特性所必需的，是它的题中应有之义。但是，正如布鲁克斯指出的，文学话语在追求曲折表达方式时是要冒“晦涩”或“什么也没说”之险的。这意思是说，文学话语的曲指用法很容易流于晦涩和混乱，但又与晦涩和混乱有着根本不同。因为晦涩和混乱是“什么也没说”，而曲指用法尽管是曲折地指涉，但总要指涉点

① 参见［英］威廉·燕卜逊《复义七型》，载赵毅衡编选《“新批评”文集》，中国社会科学出版社 1988 年版，第 306、307、310 页。

② ［美］克林思·布鲁克斯：《反讽——一种结构原则》，载赵毅衡编选《“新批评”文集》，中国社会科学出版社 1988 年版，第 334 页。

什么内容，否则，就失去了文学话语作为话语的最基本的指义功能。如果没有指义功能，也就根本谈不上文学话语“立象以尽意”的比喻、象征、复义性及其审美效果了。

所以，要正确地认识文学话语的曲指用法，还需注意将其与言语的混乱和晦涩区别开来。言语的混乱或者是根源于思想和逻辑的混乱，或者是由于表达上的错误而造成的词不达意，这两种情况都同曲指用法风马牛不相及。文学话语的曲指用法不是思想和逻辑的混乱，更不是表达上的错误，而是表达上的一种特殊需要，是一种艺术上或审美上的有意追求。曲指用法与“晦涩”也有本质区别，尽管两者都易造成费解和歧解，但晦涩是以貌似艰深的词汇来掩盖内容上的贫乏和空洞，而语言的曲指用法未必使用生僻的词语，但它所表达的内容却必须是丰富的、充实的，其中弥漫着无限的所指。这就是说，文学话语的曲指用法留给读者的意义空白，并不是真的空寂无所有，而可能是无所不有。因而，文学话语的曲指用法是耐人寻味的，而晦涩的言语则令人厌恶。

第四节　文学话语的语用类型之三：虚指用法

当代德国美学家斯蒂尔勒在谈到虚构文本的语用特性时曾指出，语言除了有传递经验、知识和思想的一般性用法外，还有一种他称之为“伪指性”(Psendoreferential) 的用法。他认为，一切虚构文本都是“伪指性”地使用语言的文本，因而“我们应该超越准实用式的接受，方能认知虚构作品中语言的伪指作用”①。在这里，斯蒂尔勒可以说无意中指出了文学话语的又一个重要语用类型，但他没有对这种语用类型的内涵做出进一步的说明和阐发，而且，在我们看来，他将这种语用类型命名为“伪指用法”也不甚妥当，更准确的称谓应该是称作“虚指用法”。我们认为，所谓虚指用法是与实指用法相对而言的，它指的是这样一种语言用法，即文学话语所陈述的内容不是外部世界中已经存在的实事，而是一些虚构的、假想的情境，因为语言的一个基本功能就在于，人可以用语言表述他所能想到的任何事情，包括他想象中的那些可能发生或者根本不可能发生的事情。文学话语的这种虚指

① ［德］卡·斯蒂尔勒：《虚构文本的阅读》，《文艺理论研究》1989年第1期，第91页。

用法显然是与文学创作活动的想象和虚构的特性相对应的。

一个不容争辩的事实是，几乎所有的文学作品都或多或少带有想象和虚构的性质，这一性质也是大多数理论家都予以承认的。韦勒克在界定文学本质时甚至把“虚构性”（fictionality）看作是文学的“核心性质”。他说：“文学的本质最清楚地显现于文学所涉猎的范畴中。文学艺术的中心显然是在抒情诗、史诗和戏剧等传统的文学类型上。它们处理的都是一个虚构的世界、想象的世界。小说，诗歌或戏剧所陈述的，从字面上说都不是真实的，它们不是逻辑上的命题。小说中的陈述，即使是一本历史小说，或者一本巴尔扎克的似乎记录真事的小说，与历史书或社会学书所载的同一事实之间仍有重大差别。甚至在主观性的抒情诗中，诗中的‘我’还是虚构的、戏剧性的‘我’。……小说中人物不过是由作者描写他的句子和让他发表的言辞所塑造的。”[①] 韦勒克将文学的核心性质定义为“虚构性”未必准确，但他由文学的虚构性推导出文学话语有一种虚指用法的观点无疑是符合文学作品实际的。他讲的文学作品里的那种对虚构情境的陈述，有的语言学家也称为“伪陈述”“虚假陈述”“模拟陈述”等，以此与描述客观事实的“真实陈述”区别开来。但无论用什么称呼，其实都是指称文学话语的虚指用法这样一个语用特点，而且都力图表明这个语用特点在文学作品里是普遍存在的。

如同多数理论家一样，苏珊·朗格也极为看重文学话语的这一虚指用法，她将这一用法归纳为语言创造“艺术幻象”的“造型作用”。她认为，艺术“创造出来的永远是一种幻象”，“每一种艺术都要创造出一种特殊的幻象，各种艺术品都是由不同的幻象构成的”，“而诗歌创造的幻象又是通过某种特定的用词方式得以实现的”，“语言的这一作用与它通常被人们所承认的那种作用是有极大的区别的。对这种作用，我们可称之为语言的‘造型作用’”，“这种造型作用可以在诗歌中最明显和最引人注目地显示出来”。[②] 朗格在这里说的“诗歌”肯定是泛指一切文学作品的，至少也包括小说、戏剧在内。她的“造型作用”这一说法是与她说的语言的“通讯作

① 参见［美］韦勒克、沃伦《文学理论》，刘象愚等译，生活·读书·新知三联书店 1984 年版，第 13—14 页。

② 参见［美］苏珊·朗格《艺术问题》，滕守尧等译，中国社会科学出版社 1983 年版，第 139、141、143 页。

用”对照着提出来的，她的意思是，语言除了有忠实地通报现实信息的科学用法之外，还有一种常常被人忽视的虚构空间的或时间的或空间与时间交合的幻象的作用，这就是语言的造型作用。① 这种造型作用与我们说的虚指用法显然是指语言的同一种作用，即一种与通讯或实指作用相反的作用。

可以再举一个小说家的看法。按照现实主义和浪漫主义的小说分类，《红楼梦》可算一部现实主义的小说，甚至有论者认为它是一部自传体小说。但是，作者在这部小说的开篇就一再申明，他所描写的是“梦”，是“幻”，“故将真事隐去”，“用假语村言，敷演出来”。就是说，他写的不是“真事”，是他虚构出来的故事，尽管这些故事也有他“历过一番梦幻之后”的往事的依据和参照，所以他用以“敷演”这些故事的言语也只能是如他自己说的“假语村言”“荒唐言”而已。在这里，作者曹雪芹以其对小说文体的敏锐感受和深刻体会，透露出了小说在语用上的虚构性或“假语”性、也就是虚指用法的特点。

再者，文学话语的虚指用法所创造的虚构世界，从内容构成上看，不限于仅仅是人、事、景、物的虚构，还包括所讲述的这些人、事、景、物存在和发生的时间、地点以及讲述人（小说中的叙述人、诗歌中的抒情人）乃至听话人的假定和虚构。乔纳森·卡勒在论到文学虚构性问题时特意指出了这一点：“但是虚构性并不仅限于人物和活动。我们所说的指示性词，与讲话环境相关的语言的定位特点，比如代词（我、你），或者表示时间、地点的副词（这里、那里、现在、那时、昨天、今天）在文学中都有特殊的功能。”他举例说，诗句“此时……飞到一起的燕子在空中啁鸣”，这里说的“此时”，“它指的并不是诗人第一次写下这个词的那个时刻，也不是指这首诗第一次出版的那个时刻，而是指诗中的某一时刻，指它的活动所表现的那个虚构世界中的某一时刻”。他又举了华兹华斯的诗句“我漫无目的地飘着，像一朵孤独的云”，“这个‘我’也是虚构的。它指的是诗中的叙述人。这个人也许与实际生活中的诗作者截然不同”。② 我们再追加一个例子，歌词“没有花香没有树高／我是一棵无人知道的小草／……／春风呀春风你

① 参见［美］苏珊·朗格《艺术问题》，滕守尧等译，中国社会科学出版社 1983 年版，第 138—144 页。

② 参见［美］乔纳森·卡勒《当代学术入门　文学理论》，李平译，辽宁教育出版社、牛津大学出版社 1998 年版，第 32—33 页。

把我吹绿 / 阳光呀阳光你把我照耀”，这里说的“我”并不真的是作者，是作者假设的歌中的说话者（也叫抒情主人公），而在“春风呀春风……”这一句里，作者又通过拟人化假定了一个听话者——“春风”。这些例子说明了，文学话语的虚指用法不仅是对场景、情景、人物、事件的虚构，而且是对一个完整的语境的虚构。所以，我们用“情境”而不是用“情景”这个词来表示虚指用法描述的东西。这样一来，因为语言的虚指用法，文学话语就具有了叠加交错在一起的双重语境，一重是作品外的作者创作这个作品的真实语境，一重是作品内的由作者假定的虚构语境。这就是说，日常话语、科学话语等都只有一个单一的真实语境，而文学话语却由于语言的虚指用法而有了真实和虚构的两种语境。我们必须要区分开这两种不同的语境，否则，不仅导致我们对文学话语虚指用法的错误理解，还会导致对作品内容和含义的误解，如常见的把作者虚构的叙述人等同于作者、把作品中虚构的时间等同于作者写作的时间等等的误解。

文学话语使用语言的虚指用法所虚构的情境，不仅在其内容构成上包含着整体语境的各种成分，而且在虚构程度上也有诸多差别。依据虚构程度的不同，我们可以将文学话语的虚构情境区分为三大类。第一类是“相似情境”。所谓“相似”是指与现实情境的相似，就是说，相似情境虽然也是虚构的，但这种虚构是以现实情境为参照的，是按照现实生活的本来样子虚构出来的，因而，这类虚构情境就与现实情境非常接近，使读者很容易联想到现实情境，有时甚至感到如同真的一样。大多数以现实生活为题材的叙事作品中的虚构情境，都属此类。某些非现实性的、貌似纯想象的叙事作品中也往往包含着相似情境的片断。如乔依斯的《尤利西斯》开头的一段写道：“仪表堂堂、富态结实的牡鹿马利根从楼梯口走了上来，手里端着一碗肥皂水，碗上十字交叉地架着一面小镜子和一把剃须刀。”这段情景描写，无论从人物的动态、神态看，还是从涉及的场景、物品看，都让我们感到同现实中发生的事态没有多少差别，尽管我们都知道乔伊斯的这部小说是侧重展示人物意识流的小说，与以现实生活情境为样本的现实主义小说相去甚远。许多诗歌中单纯写景的片断也常常显示出一种相似情境。如刘长卿的五绝：“日暮苍山远 / 天寒白屋贫 / 柴门闻犬吠 / 风雪夜归人。”这首诗基本上是如实描写景物，让我们感到，所描写的图景与实际景物极为切合，诗人的虚构只限于取景和构图以及对诗中的那个“夜归人”的想象。

第二类我们称为“可能情境”。作品里的虚构情境虽然在当下现实中并不存在，但在将来有可能发生，即亚里士多德说的诗人描述“按照可然律和必然律可能发生的事情”[①]。如某些表现社会理想的作品以及政治幻想和科学幻想小说中所设想的带有预言性的情境，只要能让读者感到合情合理，都属于可能情境。

第三类可称为“不可能情境”，即作品所构想的情境在人类生活中，无论过去、现在或将来，都是不可能出现的。之所以不可能出现，是因为这类情境都是荒诞不经的、不合情理的、过分夸张的、混乱无序的，让读者一看就知道，这种情境永远不可能在现实中真的发生。诗歌作品里大量存在的那些经过拟人化、隐喻化、梦幻化的情境，大多都属于这类不可能的情境。如艾略特的名句“黄昏在天空中延展，像一个被麻醉的病人，躺在手术台上”，我们确实很难想象出我们所知道的“黄昏”真的能像诗人描写的那个样子。再如，李白的名句“白发三千丈，缘愁似个长”，这个诗句所描述的情境，可以被想象，但我们知道，它永远不可能在现实中呈现，因为根本不可能有三千丈的白发。还有现代主义叙事作品里那些荒诞的、怪异的人物和情节也都是不可能情境。如卡夫卡《变形记》开头第一句话“一天早晨，格里高尔·萨姆莎从不安的睡梦中醒来，发现自己躺在床上变成了一只巨大的甲虫”。读着这样的句子，我们肯定会惊悚万分，因为我们很清楚，无论在何种情况下，人都不可能变成大甲虫。此外，童话、寓言、神话中描述的情境，都是千奇百怪、变幻无穷、神秘莫测的，与我们熟悉的现实情境迥然相异，都统统属于不可能情境。

总之，在文学作品里，被假想的情境的假想程度是很不一样的，从最接近现实的情境到与现实完全相异的情境都可能出现。但是，这些情境又有一个共同特点，就是都是利用话语的虚指用法虚构而成的，都是通过话语的虚构用法创构出来的一个“幻象”。就是说，它们都是虚构的，都是对可能的或不可能的事态的构想，而不是对已然事态的纪实。如果是对已然事态的纪实，就成为新闻报道或历史记载了。正是从这个意义上，有些论者把文学陈述看作是“虚假陈述”，甚至看作是“伪陈述”。

---

① ［古希腊］亚理斯多德：《诗学》，载《〈诗学〉〈诗艺〉》，罗念生、杨周翰译，人民文学出版社1962年版，第28页。

用“虚伪的”“虚假的”这样一些一向被认为带有贬义的词去定义文学陈述的性质，可能会引起一些误解。因为，按照一般的理解，虚假陈述就是对事实的错误判断和虚假命题。如果文学陈述是虚假陈述，不就意味着文学是在用一些错误判断和虚假命题欺骗读者吗？但是，这种一般的理解只适合于以对已然事实的实录为目的的陈述（如历史陈述），而非适合于文学陈述。因为文学陈述不是以对已然事实的记录为目的，而是别有所图。文学作者讲述那些被构想得曲折离奇的故事，就其主观动机来说，显然不是要给人们如实提供一种现实中何时何地发生了什么事情的信息，更不是要有意用谎言欺骗别人，而是为了用这些虚构的陈述满足人们的某种特有的审美需要。因为作家们懂得，这种虚假的陈述不仅不会使人们感到受骗而厌恶，反而会博得他们的喜爱，他们喜欢听虚构的故事，喜欢感受虚构的意境，这不仅使他们觉得趣味盎然，同时也使他们在精神和思想上有所获益。亚里士多德早在两千多年前就说过，即使有些悲剧“其中的事件和人物都是虚构的，可是仍然使人喜欢”[①]。贺拉斯也在一千多年前说过：“虚构的目的在引人喜欢。”[②] 中国的曹雪芹在《红楼梦》开篇也谈到，他用“假语村言”“敷演”这些如“梦”如“幻”的故事，目的是为了“使闺阁昭传，复可破一时之闷，醒同人之目”。他所谓“破闷”“醒目”，皆是指满足读者的审美需求以博取读者的喜欢。所以，文学陈述决不是试图骗取读者的信服，因为它原本就不是像历史陈述那样为了说明已发生的历史事实，而是为了满足读者的某种审美需要。既然这样，判定文学陈述价值的高低，就不能以是否符合已存的事实为标准，而应以是否产生审美效果为标准。否则，就会得出老子“信言不美，美言不信”的极端结论，从而以判定“信言”的标准全然否定了“美言”的价值。

前面曾说到美国当代哲学家乔纳森·卡勒依据奥斯汀的言语行为理论提出了文学话语是一种“述行语”的观点，他将这一观点也用于他对文学话语虚指用法的解释。他说，“文学言语像述行语一样并不指先前事态，也不存在真伪。从几个不同方面来说，文学言语也是制造它所指的事态的”。他

① ［古希腊］亚理斯多德：《诗学》，《〈诗学〉〈诗艺〉》，罗念生、杨周翰译，人民文学出版社1962年版，第29页。

② ［古罗马］贺拉斯：《诗艺》，见《〈诗学〉〈诗艺〉》，罗念生、杨周翰译，人民文学出版社1962年版，第155页。

接着举例说，“面对莎士比亚十四行诗的开头‘我心爱的姑娘的眼睛绝不像那太阳’，我们并不去问此话是真是假，而是问它做了什么，它和这首诗里其它的句子是怎样协调的，以及它与其它行之间的配合是否愉快（给人以快感）”。由此可见，“把文学作为述行语的看法为文学提供了一种辩护：文学不是轻浮、虚假的描述，而是在语言改变世界、及使其列举的事物得以存在的活动中占据自己的一席之地”。[①] 卡勒的这些论述说明了文学话语虽然描述的是虚构情境，但不能以真假论处，应该看他这种虚指用法是否能给人以快感，是否能对读者和世界产生有益的影响。这对于我们准确地理解文学话语的虚指用法有重要的提示价值。

至此我们完全有理由认为，文学话语的虚指用法只是导致其陈述的内容是虚构的，并不意味着“说谎”和有意的“弄虚作假”。相反，文学话语正是通过虚指用法，或者说正是通过语言的“弄虚作假”来实现它所特有的审美功用。从这个意义上看，法国当代哲学家巴尔特下面的一段话无疑具有一定的合理性：“但对我们这些既非信仰的骑士又非超人的凡夫俗子来说唯一可做的选择仍然是（如果我可以这样说的话）用语言来弄虚作假和对语言弄虚作假。这种有益的弄虚作假，这种躲躲闪闪，这种辉煌的欺骗使我们得以在权势之外来理解语言，在语言永久革命的光辉灿烂之中来理解语言。我愿把这种弄虚作假称作文学。”[②] 在这段话里，巴尔特作为一个后结构主义思想家，充分肯定了文学话语的虚指用法，认为它是一种“有益的弄虚作假”“辉煌的欺骗”，可以起到其他的言语方式所不能起到的特殊作用。

总的来说，文学话语的虚指用法给予读者的影响和效能主要体现在两个方面：一是通过所描述的虚构情境激起读者的惊奇和喜怒哀乐的情感，使之获得审美的愉快；二是在审美的愉快中进而给读者以思想上和精神上的教益。第一方面的效能要想发挥实际的作用，要求文学作品中的虚构情境必须制造出一种“可信性”心理感受。就是说，文学话语虽然描述虚构情境，而且并不避讳这种描述的虚构性，但是，它又要设法使读者觉得好像是“真”的一样，只有这样，才能使读者接受这种描述并不由自主地投入到所

① 参见［美］乔纳森·卡勒《当代学术入门　文学理论》，李平译，辽宁教育出版社、牛津大学出版社 1998 年版，第 100—102 页。

② ［法］罗兰·巴尔特：《符号学原理》，李幼蒸译，生活·读书·新知三联书店 1988 年版，第 6 页。

描述的情境中去，才能唤起读者种种情感而获得审美愉快。描述的明明是虚构情境，但又要能让读者觉得可信，这就涉及如何增强读者“可信性”心理感受的各种技巧和手段。其中最常见的手段就是描写上的“逼真”，即力求使描写能够提供细节上的真实。细节上的真实可以造成极高的可信感受，诱使读者进入描述的情境，即使这情境在整体上可能是极为荒诞的。如前面提到的卡夫卡《变形记》开头的一句话，里面就有让人感到相当真实的细节描写，有具体的时间、地点，有人物的具体活动，如“从不安的睡梦中醒来”，“躺在床上”。尽管每个读者在读这句话时都知道整句话所讲的事件是根本不可能发生的，但由于有细节的逼真作为衬托，读者将被吸引着一步步进入情境而远离了现实，甚至还可能身临其境般地体验到主人公变成大甲虫的恐惧和苦痛。由此可看到“逼真”手法的作用，它可能使最不可信的东西变得似乎可信。韦勒克曾说，“细节的逼真是制造幻觉的手段”，“它常被作为套圈用以引诱读者进入一些不可能有或不能置信的情境之中”。[①] 只要有“细节的逼真”，即使描述的是最稀奇古怪的情境，也能使读者迷入其中，甚至造成一时的信以为真的幻觉。此外，作者还可以使用其他多种手段强化他所描述的虚构情境的可信性心理感受（幻觉）：如依靠被描绘情境的浑然一体的连贯性和整一性（情节的合情合理性）来维持读者的信任；使用一种纯真的、可亲近的叙述语调来消除读者随时可能产生的疑心（如假定一个“我”作为叙述人，好像所叙述的情境是“我”亲身经历的）；甚至故意通过动摇读者对所述情境的信任感，诱使读者相信情境的讲述者是唯一可信赖的人，从而加强读者对描述情境的可信幻觉。如有些小说家在叙述故事的过程中故意反复声明故事情节纯属虚构，他这种有意的坦白，反而提高了故事的可信度，使读者更加投入和痴迷。简言之，很难想象一种文学陈述的虚构情境如果没有办法造成一定程度的可信性心理幻觉，就能够产生使读者沉迷于其中而欲罢不能的审美愉悦。

文学话语虚指用法施加于读者的第二个方面的影响是随审美愉悦而生的思想和精神上的收益，这一方面影响的实现则要求文学话语必须具有一定深度的观念性内涵。就是说，文学话语所描述的虚构情境虽可以不必与现实中

---

① 参见［美］韦勒克、沃伦《文学理论》，刘象愚等译，生活·读书·新知三联书店 1984 年版，第 238 页。

的已然事实相符，但又不能认为与现实世界无关。作品中的某种情境之所以被如此这般地设置和构想，并非只是出于审美的考虑，更多的是作者对现实世界深层本质体悟的一种反映和折射，其中寓含或凝结着一定深度的观念性内涵。在卡夫卡所构想的人变成甲虫的情境里，就暗含着作者对现代社会的深刻理解，即人被物化和异化的苦状和困境。同样，曹雪芹的“荒唐言”里也是饱含着他对现实生活“辛酸泪”的感受和体会的。乔纳森·卡勒在谈论小说中讲述的故事曾提到它的两种功能，一种是“故事给人们带来快乐和满足”，一种“就是教我们认识世界，向我们展现世界是如何运转的，通过不同的视点调节方法，让我们从别的角度观察事情，并且了解其他人的动机，而我们通常是很难看清这些的”。[①] 后一种功能的发挥显然是以故事中暗示的观念性内涵为根据的。甚至在有些作品里，这些观念性内涵还会被作者迫不及待地直接点出。如托尔斯泰在其《战争与和平》的结尾处，大段地陈述他的历史哲学观念。哈代的《苔丝》的最后一句话是：“……那个众神的主宰对于苔丝的戏弄也就完结了。”在诗歌中也有这种情况，如马致远在《天净沙》的最后一句说的“断肠人在天涯”，直接挑明了诗的主题思想。这表明，有些作品的观念性内涵已经达到了极为饱和的程度，以至最终溢出了情景之外，而被直截了当地说出来了。当然，有些概念化图解式的作品，也喜欢直接点出主题，但这往往是思想贫乏的表现，与观念性内涵因极端饱满而溢出的情况不是一回事，不能混为一谈。总之，文学话语所描述的虚构情境，决不是一些毫无意义的表象的杂乱组合，而是贯穿和浸透着丰富而深刻的观念性内涵。正因为这样，读者才能在审美愉悦中获得思想和精神上的提升。

由于文学话语所描述的虚构情境，必须借助于读者的可信性心理幻觉，并能获得或多或少的反映出现实世界的本质真实（不是事实真实）的观念性内涵的支持，才有可能充分发挥它的审美效能。因而，文学话语的虚指用法不仅不排斥认识的真值性，反而应该容含着认识的真值性。毋宁说，这种虚指用法的实质性内涵恰恰在于虚而不一定假、虚中可能有实、幻中可能有真。我们知道，苏珊·朗格很强调文学话语的“造型作用”及其创造的艺

① ［美］乔纳森·卡勒《当代学术入门文学理论》，李平译，辽宁教育出版社、牛津大学出版社1998年版，第95、96页。

术幻象，她“把诗的语言大体看作是造型性的而不是通讯性的”，但同时她又承认，在艺术幻象里“包含的是一种变了形的现实”，这种艺术幻象“是通过语言对现实表象的造型能力产生出来的，这种造型能力与语言的通讯能力有着根本的区别，然而又与这种能力不可分割”。[①] 看来，苏珊·朗格并没有因为突出“艺术幻象”而否认“现实表象”，也没有因为突出“造型能力”而否认“通讯能力”，而是主张将两个方面联系起来加以理解的。韦勒克虽然大谈文学的虚构性，但同时又认为“‘虚构’的反义词不是‘真理’，而是‘事实’或‘时空中的存在’”，因而“虚构”中也有“真理”，只是“文学上的真理”不像科学那样“采用‘推论’式的语言”，而是“采用‘表现’式的语言”。[②] 这里说的“表现式语言”就是指在虚构的情境里暗含着的思想观念，这种思想观念可能具有一定的反映现实世界本质的真理性或真值性。可见，韦勒克没有将文学话语的虚指用法与科学话语的实指用法对立起来，也没有将文学的虚构性与科学的真值性对立起来，而是注意到了两方面之间的辩证联系。巴赫金曾把艺术虚构解释为作品中的语言形式所起的一种“孤立”作用，“事物被孤立出来因而也就是虚构出来的，亦即不是统一的自然界中实有的，也不是存在的事件出现过的”。他指出，这种虚构或孤立作用是“作品内容从它与整个自然界、整个存在的伦理事件之间的某些必然联系中脱离出来，摆脱联系的这种隔离，不会使被孤立出来的内容丢失原已确认的认识及伦理评价”。[③] 在他看来，艺术的虚构不是彻头彻尾的凭空捏造，而究其实质不过是截取现实进程的一个片断加以发挥和创造，因而仍然保存着艺术家对现实的思考和态度的遗留，这种遗留必然使艺术虚构中隐含着真实性的内容。

但是，有些论者在文学话语的虚指用法问题上，只看到“虚”的一面，看不到“真”的一面。他们或者宣称文学话语作为虚构的话语，不存在真值性问题，根本就谈不上真假对错；或者用一般逻辑语言的真值性来衡量文学话语，彻底否认其特有的审美认识内涵，并将其斥之为无须认真对待的纯

---

① 参见［美］苏珊·朗格《艺术问题》，滕守尧等译，中国社会科学出版社1983年版，第145、147、155页。

② 参见［美］韦勒克、沃伦《文学理论》，刘象愚等译，生活·读书·新知三联书店1984年版，第25、26页。

③ 参见［俄］巴赫金《哲学美学》，晓河等译，河北教育出版社1998年版，第360—361页。

属游戏性的言语。例如言语行为理论的创立者约翰·奥斯汀就认为，文学话语都是在一种虚构的情境中说出的话语，它附着和寄生于真实语境中说出的话语之上，因此在研究言语行为之前，有必要将这些“出现在并不完全‘严肃的’语境”中的话语、将这些“出现在戏剧或诗歌”中的话语排除掉，“把所有这一切都撇在一边”。[①] 另一位英国分析哲学家 B. F. 斯特劳森的意见也许更为极端，他在论证“词语只有被使用时才有指称”这一极为重要的思想时，却断然拒绝将文学话语的那种对词语的“虚假的使用”考虑在内。他认为，“人们很熟悉这种虚假的使用。矫揉造作的传奇、小说就靠着它们来虚构”，“正是在虚构的传奇被危险地当真对待的场合下，我们可以用‘他并没有谈论任何人’来回答‘他正在谈论谁?’这一问题”。[②] 他的意思是说，文学话语因为虚假地使用词语，因而是无所指称的和毫无意义的。在我们看来，诸如奥斯汀、斯特劳森这类把虚构性与真实性完全割裂开来并彻底否认文学话语的真值性的观点，显然是不公允的，是我们难以苟同的。

值得注意的是，我国传统文论虽然深受老子的“美言不信，信言不美”思想的影响，但在诗文中的虚与实、幻与真的关系上，却依然时见深刻见解。如刘勰早在一千多年前就提出了文学的用语应该“夸而有节”“饰而不诬”，应该“酌奇而不失其贞，玩华而不坠其实”。[③] 明代的王骥德在谈到戏曲创作时也说：“戏曲之道，出之贵实而用之贵虚。”[④] 明末的文论家袁于令在评论《西游记》时甚至提出了“极幻”才是“极真”的理论，他说：“文不幻不文，幻不极不幻，是知天下极幻之事乃极真之事，极幻之理乃极真之理，故言真不如言幻，言佛不如言魔。”[⑤] 袁于令的观点不免有些偏激，但他充分肯定了“幻”在文学中的价值，指出小说话语可以是“极幻”的，并且认为，在小说作品里，“极幻之事”还可能就是“极真之事”。中国传

---

① 参见［英］约翰·奥斯汀《记述式与完成行为式》，载涂纪亮主编《语言哲学名著选辑》，生活·读书·新知三联书店1988年版，第204页。

② 参见［英］彼得·弗里德里克·斯特劳森《论指称》，载涂纪亮主编《语言哲学名著选辑》，生活·读书·新知三联书店1988年版，第99页。

③ 参见刘勰《文心雕龙》“夸饰”篇。

④ 王骥德：《曲律·杂论》。

⑤ 袁于令：《〈西游记〉题辞》。

统文论中的这种把"幻"与"真"紧密联系起来的辩证观点，还是值得我们认真总结和借鉴的。我们再次申明，不能把文学话语的虚指用法简单理解为绝对的虚假性而剪除于严肃话语之外。其实，在文学话语的虚指用法中就往往包含着真值性，或者说，文学话语正是通过其虚指用法而达到其特有的真值性、特有的"致知的方法"、特有的"真理模式"的。①

① 有关文学虚构是一种与科学不同的特有的认知方式和真理模式的观点，请参阅韦勒克、沃伦的《文学理论》中译本第24—26页。

第三章 文学话语的形态类型

第一节 从对话关系中看文学话语的形态

“形态”一词由“形”和“态”两个字合成，“形”侧重指事物呈现出的外在形状，“态”侧重指事物呈现出的外在态势。这两个字合在一起，大致指一个事物在一定条件下可以显示出来的各种表现形式，如它的形貌、形体、样态、样式、结构，等等，都是在说这个事物的形态。所以，说到一个事物的形态，总要涉及这样几个基本点：一是这个事物已经成形或显示出形，没有成形或没有显示出形就无所谓形态。例如水是有形态的，但是如果把水拆解成构成水分子的氢原子和氧原子，也就失去了水的形态。二是一个事物的形态往往是多种多样的，这一方面是因为不同的条件可以导致事物形态的变异，另一方面不同的观看视角也会造成同一事物呈现出不同的形态。例如，同一座山可以“横看成岭侧成峰，远近高低各不同”，一滴水随着温度的变化可以出现固体、液体、气体等不同的形态。三是事物的形态总是就其整体而言的，只有当我们把一个事物作为一个整体来看待，才有所谓形态的出现。换言之，研究事物的形态就是对这一事物的一种整体把握。譬如说到一只鸟的形态，是从这只鸟的活的整体形貌中见出的，如果这只鸟被肢解为几个部分，也就无法辨识这只鸟的形态了。正是在这个意义上，德国大诗人歌德在他的业余生物学研究中，出于他艺术家的才智，创造性地提出了“形态学”（morphology）这个概念，目的是倡导从活的有机整体的角度去把握生物学的研究对象，以弥补传统解剖学方法的不足。由歌德提倡的这种形态学的方法，后来又扩展到文艺学、语言学、文化学甚至数学、物理学等学科领域[①]，并在这些学科的研究实践中获得不断的充实和深化，以致已经成为一种具有普适意义的学术研究的方法论原则。迄今为止，这一方法论原则的核心理念依然是致力于探究对象的整体形态及其各种不同的变体和类型。

如同一般事物一样，文学话语也有一个形态的问题。当文学话语经过一个语用的过程形成之后，就必然具有了它的形态。而对文学话语形态的判定，同样也是由这一形态如何呈现以及从何种角度被我们审视决定的。比如，一说到文学话语的形态，我们马上想到的就是作品文本，我们一般认为文学话语的形态就是文本形态。但其实这只是一般人所采取的一种最直观的视角，在这种直观的视角里我们只能看到文学话语直接呈现给我们的文本形态。文本形态只不过是文学话语的一种形态，而且是一种被我们的直观视角框定起来的孤立形态。此外，一个语言学家假若仅仅从语言学立场出发，他所看到的文学话语的形态也只能是文本形态，因为“语言学同文本而不是同作者打交道”[②]。语言学家所需要的主要是文本中的词语和句子，而不关心这些词语和句子是被谁和在怎样的交际活动中说出的。但是，文学话语是言语交际活动的产物，“言语交际要求至少有两个操该语言的说话者——一个说者和一个听者。脱离开语言群体就没有言语，脱离开对听者的指向也没有言语”[③]，因而“任何文本都有主体、作者（说者、笔者）”[④]。如果我们把文学话语放到言语交际中的说者与听者的关系中来考察，更确切地说，放到说者与听者的对话关系中来考察，那么，我们就会发现文学话语的更为复杂的形态，而不仅仅是单一的文本形态。

以巴赫金之见，言语交际中说者与听者间的关系本质上是一种对话关系，但要构成这种对话关系还需要一个基本条件，就是言说者的表述之间必须要有含义上的关联。虽然“构成这一关系的成分只能是完整的表述”，但“在完整表述的背后有着实际的或潜在的言语主体，即这些表述的作者”，这些作者都要赋予这些表述以一定的含义，只有这些含义间存在着各种应答

① 例如，量子力学中的“波粒二象性”概念，认为物质同时具有波动性和粒子性两种特质。这个概念其实就是讲量子的特殊形态，也可看作是形态学方法在物理学中的运用。

② ［俄］巴赫金：《文本 对话与人文》，白春仁等译，河北教育出版社 1998 年版，第 332 页。

③ ［俄］巴赫金：《文本 对话与人文》，白春仁等译，河北教育出版社 1998 年版，第 281 页。

④ ［俄］巴赫金：《文本 对话与人文》，白春仁等译，河北教育出版社 1998 年版，第 301 页。

形式的关联，我们才能说他们的表述之间构成了对话关系。所以，对话关系绝非简单地体现为表述之间的对话关系，而是体现为表述之间的“一种特殊类型的涵义关系”①。“任何两个表述，如果我们把它们放在涵义层面上加以对比……那它们就会处于对话的关系之中”②。反之，任何两个表述，即使表面上看有应答关系，但如果缺乏含义上的关联，它们之间也构不成对话关系。举例说，你遇到一个熟人问他：“你身体好吗?”他答道：“天好像要下雨了。”这两句话虽是即时的一问一答，但由于它们之间毫无含义联系，也就构不成对话关系。但是，假设你给一个远方的朋友写信问好，几天后你收到了这位朋友的回信，说他的身体很好，请你不要挂念。尽管你与你朋友在各自信中的表述，空间上相距甚远，时间上间隔较长，但依然构成了对话关系，因为在你们各自的表述之间存在着直接而明显的含义关系。甚至生活在不同时代的两个完全不相识的人说出的话，如果都议论着同一话题，就有着含义关联，也应被视为构成了对话关系。比方说，几百年前某个哲学家说：“世界是物质的。”当今某个哲学家说：“世界是精神的。”这两句话虽然事隔几百年，而且后一句话并非明确针对前一句话，但如果将它们放到一起加以对比，我们也会认为后一句话是对前一句话的反对，在含义上有一种关联，因而两者之间也构成了一种对话关系。由此可见，两个话语之间有没有对话关系，不是看有没有表面上的对话关系，而是看有没有实质上的含义关系。巴赫金认为，正是这种以含义关联为根本的对话关系决定了任何表述间的本质关系，而任何表述也只有放在这种对话关系中，才能得到透彻的理解。

文学交际中的对话关系当然也取决于表述间有无含义关联，只不过文学交际中的这种含义关联及其所决定的对话关系，其表现形式更为复杂多样。譬如我现在正在读列夫·托尔斯泰的《安娜·卡列尼娜》，虽然我不可能认识这部作品的作者，也不可能和作者直接说话，但是我对这部作品总有我自己的一个理解，无论这理解怎么样，都是对作者在作品中描写的人物和表达的思想的一种回应（赞同或反对，一致或不一致），这一回应就与作者的作品在含义层面上发生了直接关联。这样，我就以我的理解式回应先是与作品

① ［俄］巴赫金：《文本　对话与人文》，白春仁等译，河北教育出版社1998年版，第333页。

② ［俄］巴赫金：《文本　对话与人文》，白春仁等译，河北教育出版社1998年版，第322页。

中的人物然后又与创作作品的作者结成了对话关系。其他阅读过《安娜·卡列尼娜》的人也是一样，无论他或她是哪个时代和哪个国度的人，只要对作品产生了一种理解式回应，都是他或她对作者的一次对话，都与作者结成了一种对话关系。所以，文学交际中的对话关系总是表现为超时空性和多重性的复杂形式，尤其是当我们面对的是一部流传于多个不同时代和国度的文学名著，这种超时空性和多重性更加显著。一部流传久远的文学名著，可以在更长久的时间和更广阔的空间里获得更多样化的理解式回应，因而也就获得更多样化的对话关系。由此也可见出，文学交际活动作为一种即特殊又复杂的言语交际活动，其中各个表述间所表现出的对话关系也是极为特殊而复杂的。归纳起来，文学交际中的对话关系与一般言语交际中的对话关系相比有以下几个不同特点：

第一个特点是，文学交际中的对话关系是一种间接的对话关系。在文学交际的通常情况下，作者并不直接向哪位确定的读者说话，而是通过作品的创作将他的意图贯注于它所创作的作品中，由此与读者建立起对话关系。同样，读者也不是直接与作者说话，而是以他对作品及作者意图的理解的方式回应作者，与作者构建一种对话关系。这就是说，文学交际中作者与读者的对话关系通常都是通过作品或以作品为中介而间接地构建起来的。表面上看，作者并没有与确定的读者说话，他只是创作了作品；读者也没有与作者说话，他只是解读了作品。但恰恰就是在这种对作品的创作和解读中，作者与读者之间结成了一种对话关系，这样的对话关系就只能是间接的对话关系。

但是，在日常交际中表述间的对话关系一般都是直接的，如前面举的遇熟人问好和给朋友写信的例子，其中的问答呼应都是双方之间的直接对话。即使给朋友写信并非面对面的交际，但也是发信人直接跟收信人说话，收信人如若回信也是直接跟发信人说话，这也构成了一种直接的对话关系，只不过这种直接对话中的两个对语的发出在时间上有较长的间隔而已，不像面对面的会话那样是随即发生的。所有这一切直接的对话关系与文学交际中作者与读者的间接对话关系相比，都有着显著的区别。

在文学交际的正常情况下（特殊情况除外，如作者直接现身于作品中向预期的读者发言，但这种情况极为罕见，而且这种情况也只是作者跟假想的读者而不是实际的读者说话），作者永远不可能与他的作品的实际读者直接说话。作者只是创作了作品，他创作的这个作品并不是他给哪一位确定的读者直接说的话，而是假托了一个叙述人讲述一个他所虚构的故事（叙事作品），或者展示一个他所创造的意象（抒情作品），他正是试图通过他创作的作品里的这些故事或意象与读者构成一种可能的对话关系（如果他的作品有人读，就能构成对话关系；如果他的作品没人读，就不能构成对话关系）。而阅读这部作品的读者也不可能直接同作者说话，也是通过对作品中的故事或意象的理解式应答同作者结成一种对话关系。这样一来，这种对话关系就必然是间接的。巴赫金指出："文本的生活事件，即它的真正本质，总是在两个意识、两个主体的交界线上展开的。"① 这就是说，"两个意识、两个主体"（作者和读者的意识、主体）间的对话关系是以"文本的生活事件"的"交界线"为中介，间接地构筑起来的。

至于日常的写信，看似与作家的创作作品一样，都是文本的写作，但这两种文本的写作又是截然不同的。前一种文本写作是发信人直接跟收信人说话，构成直接的对话关系；后一种文本写作则首先是故事和意象的创构，然后才可能与读者对话，因而是一种间接的对话关系。诚如卡勒所说的，"文学作品声明要向我们讲述这个世界，但如果它成功了，它是通过创造它所讲述的人物和事件得以成功的"②，"小说通过一部书与读者交谈"③。卡勒说的"我们"是指一部作品实际的读者，这些读者只有通过读解这部作品（一部书），才能与作者"交谈"，才能建立起一种对话关系，这种对话关系当然就是一种间接的对话关系。

第二个特点是，文学交际中的对话关系是一种隐形的对话关系。日常交际中的话语一般都是说话者直接对听话者说话，因而日常话语中的对话关系都是明摆在那儿的，是一种显在的对话关系。但在文学话语中，作者只是创构了作品中的故事或意象，并没有向任何一位读者直接说话。如果说作者向读者说了些什么东西，发出了什么声音，那么，他的这些声音只能隐含在它所创构的故事或意象之中。巴赫金把作者向读者发出的这些声音称之为

① ［俄］巴赫金：《文本　对话与人文》，白春仁等译，河北教育出版社1998年版，第305页。

② ［美］乔纳森·卡勒：《当代学术入门　文学理论》，李平译，辽宁教育出版社、牛津大学出版社1998年版，第104页。

③ ［美］乔纳森·卡勒：《当代学术入门　文学理论》，李平译，辽宁教育出版社、牛津大学出版社1998年版，第77页。

“第二个声音”。他说道，“任何真正创造性的声音，只能是话语中的第二个声音”，“但这第二个声音已不会映出（自身的）影子，因为它表示的是纯粹的关系；而话语那现实客观化、物质化的实体，则全交给了第一个声音”。[①]“第一个声音”指的是作品中由作者设定的叙述人以及人物的声音，而作者的声音则隐藏在第一个声音里，因而叫作“第二个声音”，其实是“无声”的声音。读者在读解作品时，首先听到第一个声音，然后才从第一个声音里猜测到第二个声音，并对这第二个声音做出理解式回应，由此就构成了一种特殊的对话关系。这实际上是一种既无声又无形的对话关系，我们称之为“隐形”的对话关系。

具体说来，文学交际中的这种第二个声音隐含在第一个声音中的隐形对话关系，主要通过以下三种方式在作品中体现出来：第一种方式是体现在作者对作品整体的总体构思和总体结构中。作品是由作者创作的，作品中描述的一切（人物、事件、景物以及意象等等），无论它们被描述得多么生动、多么有个性，但归根结底都离不开也逃不掉作者的设计和掌控。在巴赫金看来，“作家——这是处于语言之外而善于运用语言工作的人，是会驾驭非直接言语的人”，作品中“所有的人全是被描绘的形象，有着自己的作者，这作者是纯粹的描绘本源”，作品中“不同的视点，也就是不同的世界，彼此紧密地联系在一个复杂的、多声的统一体中。而使这个复杂的统一体运转起来的是作者”。[②]可以说，作者确立了作品的基本情调、部署了作品的总体格局、设计了作品的修辞手法、安排了作品中人物的关系和命运。正是在对作品整体的这种设计和安排中，隐含着作者的第二个声音。作者似乎藏匿在作品整体的幕后，作品里看不到他的身影，但又处处感觉到他的身影时隐时现。在作品整体发出的这第一个声音里，始终回荡着作者的第二个声音。例如，作者曹雪芹给《红楼梦》安排的是一个“白茫茫大地真干净”的结局，而不是“大团圆”的结局，正是在这种安排里潜伏着曹雪芹的“第二个声音”。至于这里的“第二个声音”到底说了什么意思，那就要看每个读者对它有怎样的理解式回应了。但无论怎么回应，都只能是隐形的、而不是显在

① 参见［俄］巴赫金《文本　对话与人文》，白春仁等译，河北教育出版社 1998 年版，第 309、310 页。

② 参见［俄］巴赫金《文本　对话与人文》，白春仁等译，河北教育出版社 1998 年版，第 309—310、308、347 页。

的对话关系。

第二种方式是体现在作者对作品中的叙述人和人物的态度上。作者创作作品时，始终处于作品之外，即始终“外位”于作品。作者只有借助于这种“外位性”才能保证他的创作主体的地位，“才能以统一的、积极确认的能动性，来囊括整个建构，包括价值上的、空间上的和涵义上的建构”[①]。作者的外位性不仅决定了他的主体地位，也决定了他难以在作品中直接露面现身，但他可以虚构一个叙述人和众多人物在作品中说话。作品里发出的声音首先是叙述人讲述的声音，其次是叙述人讲述的故事中人物的声音。这两种声音的交响混合就是巴赫金说的作品里的“第一个声音”。但是，由于作者作为创作主体假定和虚构了作品中的叙述人以及叙述人所讲述的人物，因而在作者的这种假定和虚构中就不可避免地浸透着作者对他们的态度，这种态度就成为隐含在叙述人和人物的第一个声音中的第二个声音。对此，巴赫金曾明确指出，作品中“所有的人物及其言语，都是作者施以态度的（以及作者言语）的客体”，“作者态度是形象的一个建构因素。这一态度是异常复杂的”。[②] 鲁迅就曾谈到他对他所创造的阿Q这个人物形象的态度，即他说的“哀其不幸，怒其不争”。阅读《阿Q正传》就可以看到，鲁迅的这种哀怒交加的“异常复杂的”态度，并不是在作品中直接表白出来的，而是作为第二个声音蕴藏在作为第一个声音的叙述人的言语和阿Q自己说出的言语中的。读者也只能通过读解第一个声音而达到对第二个声音的揭示，从而感受到鲁迅的态度并对其做出或赞同或反对的回应，从而读者也就与鲁迅结成了一种对话关系，但这种关系只能是一种隐形的关系。

第三种方式是体现在作者所创作的作品言语的“情感语调”上。[③] 尽管作品文本的言语是由叙述人的言语及其所叙述的人物的言语合成的，但从本源上讲却是作者创作的产物。凡言语都有被特定语境所决定的特定的情感语

① 参见［俄］巴赫金《哲学美学》，晓河等译，河北教育出版社1998年版，第79页。

② 参见［俄］巴赫金《文本　对话与人文》，白春仁等译，河北教育出版社1998年版，第319、320页。

③ “情感语调”是巴赫金相对于“语法语调”提出的一个概念，语法语调是指“作为语言单位的句子的”语调（如疑问语调、感叹语调、祈使语调等），它是“中性的”，“而情感语调句子只是在表述整体中才能获得”，它充满感情色彩。可参阅巴赫金《文本　对话与人文》，白春仁等译，河北教育出版社1998年版，第176页。

调。同样的一句话，仅仅因为情感语调的不同就会产生不同的含义。假设有人说出“他死了”这句话，如果这个“他”在说话人看来是个很坏的人，那么这句话就可能带有“痛快”的情调，并流露出“死有余辜”的情感倾向。但如果这个“他”在说话者看来是个很好的人，那么这句话就可能带有“痛惜”的情调，并流露出“好人不长命”的感伤情感。作品文本中的言语，也是作品中的叙述人或人物在一定情境中说出的话，当然也会带有一定的情调。这些话语的情调首先应该是叙述人或人物要表达的情调，因为话语是由叙述人或人物说出的。但由于作者是这些话语的创作本源，他势必会将自己要表达的情调或多或少地灌注到作品文本的言语中，因为他也是在某种情景里进行创作，他也要在他的创作中表达他的某种情感倾向，有时这种表达甚至是不自觉的。恰如巴赫金说的，“作品的每一因素展现给我们时，已经包含了作者对它的反应”，作者“给自己主人公的每一细节、每一特征、每一生活事件、每一行为、他的思想感情都加上了自己的语调”①。如此一来，作品言语的语调里就有了两种情调，一种是叙述人或人物的情调，一种是作者的情调。很显然，这两种情调的关系不是并列的，也不是简单叠加在一起的，而是前者包含着后者，前者是显在的，后者是隐蔽的，后者隐含在前者之中。或者说，叙述人和人物的情调是第一个声音，而作者的情调是隐含在第一个声音中的第二个声音。而且作者的情调作为更内在更本源的第二个声音往往是统摄作品全局的，可以说，正是通过它才体现出作品整体的“基调”。让我们以李清照的《声声慢·寻寻觅觅》为例加以说明。这首词采用了传统的“悲秋”诗的题材，全词写了抒情主人公暮秋一天的所见和所感。抒情主人公自述她在这一天里心中凄苦异常，若有所失，到处寻找觅求，但又一无所得，反而平添了更多的愁苦。想喝上几杯淡酒以抵挡残秋的悲凉，但无奈的是忽然又听到了南飞秋雁的声声哀鸣；看窗外满地都是败落的菊花，再也不会得到人们的顾恋；偏在这时天又下起了小雨，击打着院子里的梧桐树，淅沥有声。抒情主人公最后感叹说：“此情此景怎能用一个‘愁’字说清呢?”其实就词中的这些场景而论，并没有特别之处，词中所展示的意象也都是悲秋诗中司空见惯的，无非是淡酒、晚风、飞雁、黄花、梧桐、细雨之类。如果仅仅从抒情主人公诉说的这些情景和从中流露的情调

① 参见［俄］巴赫金《哲学美学》，晓河等译，河北教育出版社1998年版，第100页。

看，我们并不会得到比一般悲秋诗更多的感受。但是，如果我们能够结合作者李清照创作这首词时的具体处境再来读这首词，就可能获得另一番不同寻常的感受。我们知道，女词人创作这首词时正值她晚年，这时她已经历了靖康之变、丈夫病逝、家财散失、流落异地、居无定所的种种苦难，从一个诗名满天下的才女贵妇一降而成为一个寂寥无告的孤寡老妪，可以想见她当时的忧戚悲苦之情会有多么惨烈、多么深重！就是处在这样的心境中，女词人创作了这首《声声慢》。首先，女词人选择了“悲秋”这个传统的题材，这个题材正好与她的凄凉悲苦的暮年心境相印和。其次，女词人着力塑造了一个秋日里孤寂愁苦的抒情女主人公形象，以便假借这个形象来排遣自己的苦闷。最后，更为重要的一点是，女词人在词句的语调上别具匠心地下了更大的功夫，比如她选用了一般悲秋诗很少用的入声韵（如戚、息、急、识、滴等），并且一改《声声慢》词牌的舒缓语调，大胆而成功地运用了大量的叠字、双声叠韵字以及齿、舌音字（如寻寻觅觅、冷冷清清、点点滴滴、戚戚、将息、伤心、憔悴、黄昏等等）。词人的这一切苦心孤诣的选词炼句，不只是加强词句的音乐效果，更重要的是将词人特殊的情思植入到所选用的词句的语调中去，使得词句的语调转换成一种蕴含着词人特殊情思的情感语调。将词人的情思不加雕琢地、不留痕迹地转化为词句的情感语调，可以说是该词最突出的艺术特点和最大的艺术成就。特别是该词的起首一句，词人破天荒地连用了十四个叠字和齿舌音（寻寻觅觅，冷冷清清，凄凄惨惨戚戚），变徐缓为促急，变哀婉为凄厉，为整首词奠定了一种啮齿叮咛的低诉口气和茕独凄惶的情感基调。读者读过这一词句之后，就可能透过下文描绘的抒情主人公的悲秋形象一下子把捉到埋藏在深处的词作者的情感语调，从而与词作者发生了一种隐形的对话关系。

第三个特点是，文学交际中的对话关系是三重交错的对话关系。就一般情况说，日常话语的对话关系不仅是直接的、显在的，而且是单一的。譬如我要请你在某时间到某餐厅吃饭，你回应说可以或是不可以，这里的对话关系只有在我与你之间发生的单一层次的关系，其中并不嵌入其他的对话关系。但是，在文学交际中的对话关系则呈现出三重套叠的极为复杂的面貌。总括起来说，文学交际中的三重对话关系是这样的：第一重是作品中人物（包括叙述人或抒情主人公）间的对话；第二重是作者通过创作作品而与作品中人物发生对话，读者也通过读解作品而与作品中人物发生对话；第三重是外在于作品的作者和读者之间通过与作品中人物的对话而构成了一种对话。这三重对话之间的关系是重重交合套叠的关系，即第三重对话套着第二重对话，第二重对话又套着第一重对话。这种关系也可以反过来说，即第一重对话嵌入在第二重对话里，第二重对话又嵌入在第三重对话里。下面让我们举例说明这种对话关系。

请看英国大诗人弥尔顿的诗《五月晨歌》："晶莹的晨星，白日的前驱，／她舞蹈着从东方带来娇侣，／百花的五月，从绿色的怀中撒下金黄色的九轮花和淡红的樱草花。／欢迎，富丽的五月啊，你激扬／欢乐、青春和热情的希望；／林木、树丛是你的装束，／山林、溪谷夸说你的幸福。／我们也用清晨的歌曲向你礼赞，／欢迎你，并且祝你永恒无边!"这是一首歌唱五月的早晨的颂诗，诗中涉及"我们"（歌唱"五月的早晨"的人们或该诗的抒情主人公）、"她"（拟人化了的"晨星"）、"你"（拟人化了的"五月的早晨"）以及拟人化的"山林""溪谷"等这样几个角色。从这首诗里，可以明显听到这样几个声音，一个是"我们"对"你"的赞美（"欢迎你，富丽的五月啊""我们用清晨的歌曲向你礼赞""欢迎你，并且祝你永恒无边"），一个是"她"给予"我们"的奉献（"她舞蹈着从东方带来娇侣"）以及"你"给"我们"带来的愉悦（"你激扬欢乐、青春和热情的希望"），还有"山林、溪谷夸说你的幸福"，等等。诗中这多种声音的交相呼应，就构成了这首诗的第一重对话。第二重对话发生在作者弥尔顿与作品之间以及阅读这首诗的读者与作品之间。弥尔顿创作了这首诗，也就是说，他创造了诗中那些活泼泼的角色（"我们""你""她"等）以及那些生动的意象（"晶莹的晨星""百花的五月""金黄色的九轮花和淡红的樱草花"等）。但是，诗人在这里的创造不是"制作"了一些任其随意摆布的物品，而是凭借其艺术想象力虚构了一些有着自己生命的"幻象"①。可以说，诗人的创造在为诗中的幻象（各种角色和意象）注入生命的同时，也与这些有生命的幻象展开了各种形式的对话。譬如，当"百花的五月"涌现在弥尔顿的眼前时，那"百花"或许争先恐后地吁请诗人，仿佛在说："带上我吧!

① 可参照苏珊·朗格的观点。朗格认为，如果将诗看作是诗人的创造，那么，诗人究竟创造了什么？她的回答是"诗人用语言创造出来的东西是一种关于事件、人物、情感反应、经验、地点和生活状况的幻象"，而且是一种具有"生命的形式"的幻象。（参阅苏珊·朗格《艺术问题》，滕守尧等译，中国社会科学出版社 1983 年版，第 142—143 页）

带上我吧!”但诗人只选择了“九轮花”和“樱草花”，而婉拒了其他花的请求。这就是一种对话。这就像一个孕妇感受到胎儿的胎动时对胎儿说“宝宝，别乱动”的这种对话一样。同样，读者在阅读这首诗也会与诗中的这些活的角色和意象发生对话。一位读者读到“晨星”一句时可能会发问：“晨星我天天见到，有那么美吗?”接着读下面一句，这位读者可能会听到晨星的回答：“是呀，我确实很美啊，你看我载歌载舞地给你们带来了一位‘娇侣’——一轮东升的朝阳!”另一位读者读到“富丽的五月”也许会困惑于“富丽”一词的用意，下面的诗行接着会给他一个解答，他对这个解答或许赞同，也或许不赞同。这些都是读者与诗中的各种有生命的角色和意象的对话。这样，诗人弥尔顿与他创造的角色和意象的对话同读者与他读解的角色和意象的对话一起，就构成了这首诗的第二重对话。这首诗的第三重对话是这样展示出来的，首先是弥尔顿通过他对这首诗的整体幻象的创造，具体说通过对诗中的各个角色和意象的对话性的设计和安排，将他的声音植入到这些角色和意象中，他的这个声音就是巴赫金所谓的埋伏在作品中“第一个声音”中的“第二个声音”。深入阅读这首诗，我们就可能隐约听到弥尔顿向我们发出的这个声音：“年轻的朋友们啊，你们的青春就是这五月的早晨，珍爱她吧，热情地拥抱她吧，保持她的美丽一直到永远!”尤其是诗的最后一句“欢迎你，并且祝你永恒无边”，可以使我们更明显地倾听到这个声音。当然，听到听不到这一声音取决于我们对这首诗有没有这样的理解，我们也完全可以有另一样的理解。但无论我们有怎样的理解，我们都会听到我们所理解的这“第二个声音”，并给以或赞同或反对的回应，这就构成了这首诗的第三重对话，即，作为作者的弥尔顿与作为读者的我们之间的对话。由此也可看到，这首诗的三重对话之间的关系是层层套叠、环环相扣的，其中第一重对话是显在的，第二重对话是潜在的，第三重对话是隐形的。

上述文学交际中对话关系的三个特点，足以使我们感受到这种关系的异常的错综复杂性。在文学交际中，无论话语的角色还是发出的言语声音都是多种多样的，而且这多种多样的话语角色和言语声音又盘根错节地交织在一起，构成了一种多主体、多向度、多声部的对话关系。这不禁使我们再次想起巴赫金在评论陀思妥耶夫斯基小说时提出的“复调式”的、“众声喧哗”的对话理论。他曾断然指出：“有着众多的各自独立而不相融合的声音和意识，有具有充分价值的不同声音组成真正的复调——这确实是陀思妥耶夫斯基长篇小说的基本特点。”[①] 他还认为，“在陀思妥耶夫斯基之后，复调有力地闯入了整个文学世界”，“多语体性是现代文学所特有的广义上的狂欢体裁”。[②] 巴赫金所说的“复调”，一是指并非只有作者一个言语主体发出声音，而是有多个言语主体发出声音；二是指这多个言语主体及其发出的多种声音之间的关系，本质上是一种对话关系；三是指这种对话关系是多种声音的多向度展开，且其本身也具有种种不同的样式。巴赫金认为，这种以陀思妥耶夫斯基为代表的现代“复调式”小说与传统的偏于“独白式”的小说[③]有着本质的不同。在复调式小说里，无论是作品的作者和读者，还是作品中的人物，都代表一个主体，都发出一个声音。但每个声音又不是在自说自话，互不相关，而是就同一个问题、同一个世界向另一个或几个声音以种种不同的方式做出回应或提出疑问。这其中，每一个说者同时也是听者，也倾听其他说者的声音；每一个听者同时也是说者，也向其他听者发出声音，从而构成了多种声音交错混杂的对话关系。我们前面对文学交际中的对话关系三个特点的概括，就是在巴赫金这一复调小说理论基础上的一种扩展和发挥。

让我们重新回到一开始谈到的文学话语的形态问题。如果我们不再将文学话语简单地看作单一声音的独白，而是看作多种声音的对话，并将它放置于文学交际里的那种独特而复杂的对话关系中去审视，我们立即就会发现文学话语绝非只有文本一种形态。文本形态不过是文学话语诸形态中的一种而已，而且是一种最为外在因而也是最为显在的形态。在文学交际活动中，我们最先听到的确实是作品文本中的各种声音，首先是想象情境中的叙述人或

---

① ［俄］巴赫金：《陀思妥耶夫斯基诗学问题》，白春仁等译，生活·读书·新知三联书店 1988 年版，第 29 页。

② 参见［俄］巴赫金《文本　对话与人文》，白春仁等译，河北教育出版社 1998 年版，第 316、278 页。

③ 如一些设置了一个无所不知的、像上帝一样的叙述人的传统现实主义小说，一些直抒胸臆的传统浪漫主义诗歌，都属于这种“独白式”的文学话语。但巴赫金同时认为，这种独白式的话语也不是绝对的独白：“独白和对话的区别是相对的，每个对语在一定程度上都具有独白性（因为是一个主体的表述），而每个独白在某种程度上都是一个对语，因为它处于讨论或者问题的语境中，要求先有听者，随后会引起争论等等。”（参阅巴赫金《文本　对话与人文》，白春仁等译，河北教育出版社 1998 年版，第 191 页。）

抒情主人公的声音，其次是想象情境中的各种人物的声音。比如鲁迅的《孔乙己》，最先听到的就是作为叙述人的“我”的声音，总体上是“我”以回忆的口吻述说了“我”从12岁开始在咸亨酒店作为温酒伙计时经历过的有关孔乙己的一些往事，细节上是“我”讲述了鲁镇酒店的格局，讲述了如何成为温酒伙计的过程，讲述了“我”亲眼看到和听说到的常到酒店喝酒的孔乙己的许多事件，讲述了最后一次见到孔乙己的情形，讲述了自那次以后再也没见到孔乙己，最后一句是：“我到现在终于没有见——大约孔乙己的确死了。”然后听到的是主人公孔乙己的声音，如“温两碗酒，要一碟茴香豆”，“窃书不能算偷”“多乎哉？不多也”，等等。此外，还有其他众多人物的声音，如喝酒人的声音“孔乙己，你脸上又添上新伤疤了”，酒店里众人的“哄笑声”，围着孔乙己的一群孩子的“笑声”，酒店掌柜的声音“孔乙己么？你还欠十九个钱呢”。这些都是从作品文本中直接听到的声音。但是，这些声音绝不是这篇小说的全部，只要把这篇小说放到整个文学交际的复杂对话关系中看，就不难发现，除了这些声音外，还有作者鲁迅发出的声音，还有读者发出的声音。鲁迅为什么虚构“我”这样一个叙述人，为什么塑造孔乙己这样一个人物，为什么选择这样一些事件和场景，为什么采用短篇小说这样一种体式，这些体现在作品中的鲁迅的创作意图和态度，也是一种声音——一种发自鲁迅的声音。而读者如何解读“我”讲述的故事，如何阐释孔乙己这个人物形象，如何把握鲁迅的创作意图和态度，当然也是一种声音——一种读者发出的对这篇小说的反应式和回应式的声音。这样，鲁迅这篇小说的话语就有了三种话语声音，即“我”以及孔乙己等人物的声音、鲁迅的声音和读者的声音。

从鲁迅《孔乙己》这个例子可以看出，只要我们将理论的视域从作品文本扩展到作品文本赖以产生和存在的文学交际及其对话关系的范围，就一定会发现文学话语至少有三种话语声音组成，一种是由作品文本内的叙述人和人物发出的声音，再一种是由作品文本外的作者发出的声音，还有一种也是在作品文本之外由读者发出的声音。这三种声音的基本关系是：前一种声音是后两个声音发生联系的中介；后两种声音虽然都是从文本之外发出的，但时间上有先后之别。作者的声音先于文本或在创作文本时发生成型，读者的声音后于文本或在读解文本时发生成型。如此一来，就产生了文学话语的三种形态类型，这就是文学话语的文本形态、创作形态和读解形态。下面我们将对文学话语的这三种形态类型进行具体的分析和阐释。

第二节　文学话语的文本形态

文学话语文本形态的根本问题就是文学文本（literature text）的构成问题。因为文学话语的文本形态呈现于外的样式就是语言文字的某种组合，即巴赫金说的“第一性实体”“连贯的符号综合体”①，而要从根本上揭示这种“连贯的符号综合体”的组合规律，就是追问它是如何构成的，它的基本结构是怎样的。在文学文本的构成问题上，文论史上一直存在着各种不同的观点，主要是传统观点和现代观点的分歧。让我们先来看传统观点。

西方古希腊、罗马主要持要素构成论，即把文学文本分析出一些要素，如情节、性格、思想、主题、措词、韵律等等，其中有些要素起着更加重要的决定性的作用，就划归为内容的方面，其他的一些要素则属于形式的方面，是为表现内容而存在的。这种观点以亚里士多德对悲剧六要素的分析为滥觞，后来又影响到文艺复兴时期的现实主义文论以及近代以后的浪漫主义和现实主义文论。尤其是以别林斯基为代表的一批俄国理论家和苏联的主流派理论家，更是把这一观点发展到完备的程度。哪些属于内容要素（主要是主题和题材），哪些属于形式要素（主要是措词和结构），都分得一清二楚，而且每一要素都有严格的定义，不容随意混淆。

然而，在西方传统文论中也存在着一种与要素分析全然不同的文本构成理论，即把文本看成由几个不同级次的层面构成的整体，可称之为层次构成论。层次论的产生最初与中世纪神学家们对《圣经》文本的阐释有关。中世纪的神学家们相信，《圣经》里讲叙的那些人物、情节、故事以及那些典型的意象，如诱引夏娃的蛇、耶稣受难时的血和十字架，都寓含着更高真理的启示和预言，因此应该尽力透过字句和形象把握其中的深意。这就是说，《圣经》文本有表层含义和深层含义的区别。受强烈的宗教意识的影响，中世纪的文学也普遍地具有寓意性、象征性、梦幻性的突出特征，这些特征与文学文本在语言表达上的特点是一致的，即都是通过隐喻和象征来比拟、暗示出某种深层的意蕴。这样的宗教性的文学文本是原有的要素论难以阐释

① 参见［俄］巴赫金《文本　对话与人文》，白春仁等译，河北教育出版社1998年版，第300页。

的，于是就产生了层次论的观点。到了中世纪后期，文论家和美学家都普遍认为，一篇故事或一首诗包含着多层的意义，最表层的是字面义，中间层次是形象所寓含的意义，而最深层的则是一种无法言明的深奥的神启。例如但丁在给友人的一封信中就反复申明，对他的《神曲》不可作简单的理解，这部作品包含着字面和寓意的双重主题，其中寓意性主题又可再分为喻义的、道德的和神秘的多层含义。[①] 这种层次论的观点在 19 世纪的象征主义诗论中又得到了进一步的阐发。象征主义主张用象征的方法来传达诗人对世界的某种神秘的感受和体验，因而特别关心诗歌文本中的词语与意象、意象与思想之间的关系，层次论的观点就自然成为他们分析诗歌文本构成的主要理据。

中国古代文论中也同样存在着要素论和层次论两种不同的文本构成论。要素论主要体现在“质”“志”“道”“言”“辞”“文”等这些广为流行的文论范畴中，而层次论则以中国特有的意境说为其代表。意境说的源头可以追溯到老庄和《易传》中的有关言、象、意的理论。老庄和《易传》的作者都认为“道”是难以用言语说明的，他们说，“道可道，非常道，名可名，非常名”[②]，“可以言论者，物之粗也；可以意致者，物之精也”[③]，“意有所随，意之所随者，不可以言传也”[④]，“书不尽言，言不尽意”[⑤]。那么，怎么办呢？他们认为，只有设置某种“象”才能把“道”的精义传达出来，因为“道之为物”原本就是“忽兮恍兮，其中有象”[⑥]，故而“圣人立象以尽意，设卦以尽情伪，系辞焉以尽其言”[⑦]，这就构成了由意生象、由象生言、以言表象、以象表意的言、象、意三层次间的递联关系。晋代的王弼对这一关系做过经典的表述，他说：“夫象者，出意者也。言者，明象者也。尽意莫若象，尽象莫若言。言生于象，故可寻言以观象；象生于意，故可寻象以观意。故言者所以明象，得象而忘言；象者所以存意，得意而忘象。犹

---

① 参见［美］M. H. 艾布拉姆斯《欧美文学术语词典》，朱金鹏等译，北京大学出版社 1990 年版，第 157—158 页。

② 《道德经》。

③ 《庄子・秋水》。

④ 《庄子・天道》。

⑤ 《周易・系辞上》。

⑥ 《道德经》。

⑦ 《周易・系辞上》。

蹄者所以在兔，得兔而忘蹄；筌者所以在鱼，得鱼而忘筌也。”① 这段话的意思很明确，言、象、意三者中，意是目的，最重要，其次是象，再次是言，所以“得意”而可以“忘象”“忘言”，故而不能过分执着于象或言。由此也可看出，“言、象、意”理论最初是用来解说哲学文本的层次构成的，只是到了唐代以后，才有些诗论家借用了这一理论来解说诗歌文本的层次构成，并由此形成了中国古代诗学中著名的意境说。

意境说与原来的“言、象、意”理论，除了阐释的对象不同外，还有两点区别：一是意境说更侧重于“象”和“意”这两个层面，而对于“言”这个层面涉及不多，若有涉及也更多的是把“言”融进“象”里去，这大概是因为受了庄子以及王弼的“得意忘言”和“得象忘言”思想影响的缘故；二是意境说在“意”和“象”的关系上，虽也以“意”为目的，但同时也兼顾了“象”的重要性及其相对独立的审美价值，更多地强调两者之间不可分割的密切联系，主张所谓的“虚实相生”“情景交融”“意象合一”，以求得“象外之象”“景外之景”“味外之旨”“言有尽而意无穷”的审美效果。由此可见，意境说所强调的“意”与老庄所讲的“意”不尽相同，它主要不是指那种贯统着世界万有、体现着世界本体的“道”，而是指内含在“象”之中并由“象”生发出来的一种悠长蕴藉的“意味”“滋味”“趣味”“韵味”，而“理”“义”“情”“志”这些观念的东西就是从这种“味”中领悟出来的。

在文学文本的构成问题上，虽然中西方的传统文论中都有“要素论”和“层次论”两种观点并行，但从总的趋向看，要素论一直占据上风，尤其西方更是如此。要素论和层次论的主要区别在于，前者侧重于对文本的分解剖析，把文本整体一分为二，一边是内容要素，一边是形式要素，而文本的言语则被归之为形式要素之一。后者则侧重于对文本的整体把握，它不像要素论那样将文本中分解出各种成分，而是始终以文本的整体存在为出发点，从外向内地审视文本的由表及里的几个层次是如何联结为一体的。毫无疑问，层次论所体现出的这种有机整体的观念更加贴近文本构成的本体状态。然而，古代的层次论，包括西方象征主义的层次论，都是在要素论的根基上生发出来的，不可避免地深受其影响，不可能将有机整体的观念贯彻到

① 王弼：《周易略例·明象》。

底。所以古代的层次论虽然较之要素论有所进步，如更具整体观念、更重审美价值等，但从总体倾向上看，并没有完全脱出要素论的窠臼，即内容与形式的二元划分、言语的工具性地位，而这些恐怕就是传统的文本构成论的主要症结之所在。

现代的文本构成论就是针对传统文本构成论的症结而提出和发展起来的。俄国形式主义致力于抬高言语在文本构成中的重要性，认为文本的文学性取决于语言运用的技巧和手法，如反常化和形式创新。相对于语言运用的技巧和手法，文本中的一切都是被加工和利用的材料（如主题、题材、语言等）。这样，文本的构成就是由手法组织起来的材料，而文本的存在也就体现为言语形式的存在。正如这一派的领军人物什克洛夫斯基所说："文学作品是一种纯粹的形式，它不是物，也不是材料，而是各种材料的关系。"①尽管俄国形式主义在文本构成上试图以手法与材料的区分来取代传统的内容与形式的区分，但它的文本构成论依然是一种要素论，只不过与传统要素论的主张正好相反。传统要素论是站在内容方面排斥形式，而俄国形式主义的要素论则是站在形式方面排斥内容。在俄国形式主义那里，文本构成的形式要素与内容要素依然处于分离状态。

"新批评"的文本构成论克服了俄国形式主义的某些缺陷而转向了层次论的观点。"新批评"在强调言语形式的同时，又力图把属于内容的题材和主题等因素统合进言语形式里，这样，言语形式就构成了文本的外显层面，而文本的内隐层面则是言语形式所描绘的诸种形象及其包含的思想内容，文本就是由这些内外相互联结的层面构合而成的有机整体。这派的后期代表人物韦勒克说："在一部艺术作品之中，通常被称之为'内容'或'思想'的东西，作为经过形象化的意义'世界'的一部分，已经融入了作品的结构之中。……虽然我曾向俄国的形式主义和德国的文体学家学习过，但我并不想将文学研究限制在声音、韵文、写作技巧的范围内，或限制在语法成分或句法结构的范围内；我也并不希望将文学与语言等同起来。我认为，这些语言成分可说是构成了两个底层：即声音层和意义单位层。但是，从这两个层次上产生出一个由情景、人物和世界构成的'世界'，这个'世界'并不等同于任何单独的语言因素，尤其是等同于外在修饰形式的任何成分。我以

① ［俄］什克洛夫斯基：《罗札洛夫》，载《世界艺术与美学》第7辑，第21页。

为，唯一正确的概念无疑是‘整体论’的概念，它将艺术品视为一个千差万别的整体，一个符号结构，然而却是一个隐含着并需要意义和价值的符号结构。”① “新批评”的这种文本层次论比传统的层次论有一个明显的优越之处，就是把全部内容要素都融进语言结构之中，使文本的构成真正达到了各个层面有机结合的整体。但“新批评”的层次构成论也暴露出一个致命弱点，这就是，它在把文本结构看作一个整体的同时，又把这个整体同外部世界和交际活动隔绝开来，甚至同作者的创作和读者的阅读隔绝开来，使之成为一个全然封闭的、自我满足的结构整体。在我们看来，这种观点是有悖于文本在文学交际活动中的开放性和对话性特征的。例如，韦勒克虽然也承认文本结构与欣赏者个人的经验有关系，但他强调的却是“诗不仅是读者‘诗的经验’的起因或潜在的起因，而且还是对读者经验的一个特殊的、高度组织起来的控制者”，“文学的多种价值是潜在地存在于文学结构之中的”，“真正的诗必然是由一些标准组成的一种结构，它只能在其许多读者的实际经验中部分地获得实现”。②

结构主义直接套用索绪尔语言学的方法来论说文本的构成，认为文学文本像语言一样也表现为语言符号的能指和所指两个层面的构成，而且这种构成又受着语言符号本身特有的关系系统的制约。所以，结构主义的文本构成论也是一种层次论，但这种层次论运用符号学的原理，分析各个符号系统层次的结构，然后再阐明各个层次之间的整体结构，由此创建了结构主义诗学和叙事学。比如，巴尔特提出过一个有关叙事作品的结构分析模式，认为所有的叙事作品都可划分为三个层次，一是功能层，即情节结构；二是行动层，即人物结构，三是叙述层，即话语结构。他还特别提出：“我们一定要记住，这三层是按逐步结合的方式互相连接起来的；一种功能只有当它在一个行动者的全部行动中占有地位才具有意义，行动者的全部行动也由于被叙述并成为话语的一部分才获得最后的意义，而话语则有自己的代码。”③ 由此可见，结构主义的层次论更加突显了文本构成的整体性和系统性，正是这

---

① ［美］R. 韦勒克：《批评的诸种概念》，丁泓等译，四川文艺出版社 1987 年版，第 276—277 页。

② 参见韦勒克、沃伦《文学理论》，刘象愚等译，生活·读书·新知三联书店 1984 年版，第 287—288、158 页。

③ ［法］罗兰·巴尔特：《叙事作品结构分析导论》，载伍蠡甫、胡经之主编《西方文艺理论名著选编》下卷，北京大学出版社 1987 年版，第 478—479 页。

一点形成了它的特色和优势。“然而文本（不同于作为手段体系的语言）任何时候也不能彻底翻译，因为不存在潜在的统一的文本之文本。”① 结构主义由于直接搬用语言学模式，也使它的文本构成论存在几个方面的问题：一是，从语言系统的独立自足性引申出文本系统的独立自足性，认为文本的意义是由语言结构本身决定的，现实、作者和读者的影响与作用都不足以改变结构本身固有的含义。就这一点看，结构主义与“新批评”有部分相似之处。二是，在文本系统内部，更偏重于对语言结构形式的研究，而对语言所指的内容的研究则相对忽略。巴尔特说：“我主要关心的是文本，也就是构成作品的能指的织体。”② 结构主义文论家托多洛夫也认为，文学就是“一个以语言形式出现的问题”，“作家所做的无非就是研究语言”。③ 就这些观点看，又是同俄国形式主义相呼应的。三是，结构主义所确立的文本结构模式，是直接从语言学模式中演绎出来的，因而带有某种脱离具体文本的超验性。托多洛夫曾明确表示，“个别作品只是一种工具”，“每部作品只能看作是一种更加宽泛的抽象结构的具体体现，而这种体现又只是许多都可能的体现中的一种”。④ 我们知道，“新批评”也注重研究语言结构，但他们所讲的语言结构大多是依据具体文本归纳出来的，比较有说服力，从这点看，结构主义比“新批评”退步了。脱离文本的交际对话语境，主张某种超验的文本结构的存在，可说是结构主义的一个致命的缺陷。后来的解构主义也正是利用这一缺陷攻击结构主义，而解构主义自己其实也没能逃出这一缺陷的阴影，因为它也是直接从索绪尔的语言系统模式引申出自己的理论的，只不过它抛弃了索绪尔语言学中符号系统的“整体性”“结构性”这些被结构主义所热衷的概念，而采用了其“任意性”“差异性”等另外一些概念。于是，在解构主义那里，符号学的“抽象结构”就被“书写学”所取代，语言结构就被无限“延异”的能指所取代，而文本结构的整体性也就变成一些在空间和时间中展开的空洞无物的书写符号的任意堆积。如果把解构主义看作

---

① ［俄］巴赫金：《文本　对话与人文》，白春仁等译，河北教育出版社1998年版，第304—305页。

② ［法］罗兰·巴尔特：《符号学原理》，李幼蒸译，生活·读书·新知三联书店1988年版，第6页。

③ 参见［英］安纳·杰弗森、戴维·罗比《西方现代文学理论概述与比较》，陈昭全等译，湖南文艺出版社1986年版，第98页。

④ 参见［英］安纳·杰弗森、戴维·罗比《西方现代文学理论概述与比较》，陈昭全等译，湖南文艺出版社1986年版，第99页。

是结构主义的极端发展的话，那么，结构主义在文本构成问题上，以强调文本构成的整体性开始，又以文本整体的被消解而告终。这样的后果与结构主义坚持主张语言结构的抽象性和超验性不无关系。

相比之下，在现代的文本构成论中，现象学学者英加登的观点似乎更妥当一些，因而也产生了更大的影响，被更多的人所认同。英加登从现象学观点出发剖析文学文本，将文学文本看成是文学交际活动中的现象呈现，提出了文学文本四层次构成的理论。关于这一理论，他在《对文学的艺术作品的认识》一书中有集中系统的阐述，并在其他的著作中也反复提及。他所说的文学文本的四层次大致如下：第一，“语词声音和语音构成以及一个更高级现象的层次”；第二，“意群层次：句子意义和全部句群意义的层次”；第三，“图式化外观层次，作品描绘的各种对象通过这些外观呈现出来”；第四，“在句子投射的意向事态中描绘的客体层次”。[①] 按韦勒克的解释，第四层次指的是文本中包含的“观点”。另外，韦勒克认为英加登有时还提出过第五个层次，即“形而上性质”的层次，“通过这一层面艺术可以引人深思。但这一层面也不是必不可少的，在某些文学作品中可以阙如”[②]。我们认为，英加登的这一四层次或五层次论的理论价值，不仅体现在它阐明了文本构成的四个层次或五个层次，还体现在它强调了文本构成的整体性原则，即“从各个层次的材料和内容中产生了所有各个层次相互之间本质的内在的联系并因此产生了整个作品的形式统一性”[③]。更为重要的是，英加登还把文本的构成理解为一个完全开放的过程，即文本结构不是自在自足的，它既需要作者的创造，更有待于读者的“具体化”。他说：“这样，艺术作品是艺术家有目的活动的产品，作品的‘具体化’不仅由于观赏者对作品有效描述事物所进行的鉴赏活动是一种‘重建’活动，而且也是作品本身的完成及其潜在要素的实现。这样，在某一点上作品就是艺术家和观赏者共同

① 参见［波兰］罗曼·英加登《对文学的艺术作品的认识》，陈燕谷等译，中国文联出版公司1988年版，第10页。

② 参见［美］韦勒克、沃伦《文学理论》，刘象愚等译，生活·读书·新知三联书店1984年版，第159页。

③ 参见［波兰］罗曼·英加登《对文学的艺术作品的认识》，陈燕谷等译，中国文联出版公司1988年版，第10页。

的产品。”[①] 英加登的文本构成论是将文本构成放到文学交际的对话关系中考虑的，基本上克服了传统的和现代的有关理论的某些弊端，如极端的内容主义、极端的形式主义、文体构成的封闭性和超验性等，因而具有更多的合理性和优越性。

鉴于此，我们的文本构成论，在全面综合其他观点合理因素的基础上，将以英加登的层次论为主要参照系，同时我们也将借鉴中国古代的“言、象、意”理论，并采取言、象、意三层次划分的表述来替代英加登的四层次的表述。这是因为，在我们看来，这两种表述实质上没有太大的差别，前者的“言”对应于后者的第一、二层次，“象”和“意”分别对应于后者的第三、四层次，而前者却比后者显得更加精练和明确。这即是说，我们总体上认为，从文学交际的对话关系中看，文学话语的文本形态是一个多层面有机构成的整体，这些层面可进一步归纳为言（言语）、象（形象）、意（意蕴）三个大的层次，这三个大的层次各有其相对独立的价值，又因其内在关联而联结成一个统一整体，共同担负和体现着文学话语文本形态在文学交际中的交际功能。文本形态的交际功能也决定了文本形态的非自足性和全面开放性的系统，这个系统的产生和存在有赖于作者的创造和写作，它的实现和完成以及在历史中的发展变化也有待于读者的阅读和接受。下面我们就分几个要点来具体阐述这个观点。

首先是文学话语的文本形态的整体性结构。

任何话语文本都首先呈现为一种线性延展的状态，因为说出的话是以语音的形式作用于人的听觉的，总要按先后次序一个词语接一个词语、一个句子接一个句子地说，这就形成了话语文本呈现的“线性特征”。对这种线性特征，索绪尔解释说，“（a）它体现一个长度；（b）这个长度只能在一个向度上测定：它是一条线”，“它的要素相继出现，构成一个链条”。索绪尔随即指出，言语的这个“显而易见”的、“常为人所忽略”的特征其实是非常重要的，“语言的整个机构都取决于它”。[②] 为什么呢？因为这种线性特征表现出话语中词句之间的“横向组合关系”（Syntagmatic），而这种关系则是

① ［波兰］罗曼·英加登：《艺术的和审美的价值》，载《文艺理论研究》1985 年第 3 期，第 98 页。

② 参见［瑞士］费尔迪南·德·索绪尔《普通语言学教程》，高名凯译，商务印书馆 1980 年版，第 106 页。

话语构成的最基本的关系。但是，语篇中词句之间的横向组合并不是由说话者随意而为的，而是说话者依靠他对词汇的记忆和掌握并按照一定的语法规则给以组织排列的结果。这就是说，语篇中词句间的横向组合关系，取决于这些词语在一定的语言系统中的地位和关系，索绪尔把这种关系称之为纵向的聚合关系或“联想关系”（Paradigmatic）。他说，“一方面，在话语中，各个词，由于它们是连接在一起的，彼此结成了以语言的线条特性为基础的关系”，“另一方面，在话语之外，各个有某种共同点的词会在人们的记忆里联合起来，构成具有各种关系的集合”，“我们的记忆常保存着各种类型的句段，有的复杂些，有的不很复杂，不管是什么种类或长度如何，使用时就让各种联想集合参加进来，以便决定我们的选择”。[①] 举例来说，假如我们讲“我在家里读书”这句话，首先从我们脑子里记忆的各种代词中选择出“我”，又用同样的方式选出了其他的词，然后依照我们掌握的语法规则把这些词组合成一句意思完整的话说出来。当然，在实际的说话中，这个过程往往是瞬间完成的，不易察觉的，但又是确实存在的。这样看来，任何话语的构成都是在两条轴上展开的：一条是聚合轴，表现为一个词语在语言系统中与其他相关词语的关系，它是不“在场”的，是在说话者的脑子里进行的；一条是组合轴，表现为一系列词语的相继“出场”和呈现，组合轴的形成是说话者在聚合轴上进行检索和选择的结果。不仅如此，人们每讲一句话都向听话者表达着某种意思，这样，话语中词句的横向组合又是在两个层面上并列延展的，这两个层面就是索绪尔所悦的语言的“能指”和“所指”。随着话语的能指由音到词、由词到句的组合延展，话语文本所指的意义也就显示出来了。这种意义的显示也是按照线性组合的关系进行的，即由字义连成词义，由词义连成句义，再由句义连成语段义乃至于连成语篇义。所以，对于一般话语文本的结构，我们可以作这样的理解：这种结构体现为词语的能指（语形）和所指（语义）两个层面上的线性组合关系，这种关系的构成受制于词语所处的聚合关系，是说话者在聚合轴上进行选择的结果。

文学话语的文本结构也是一种语言结构，当然也具有上述一般话语文本

① 参见［瑞士］费尔迪南·德·索绪尔《普通语言学教程》，高名凯译，商务印书馆 1980 年版，第 170、171、179—180 页。

的结构形态。但是，又由于它是一种文学话语的文本，因而在结构上又有着与一般的话语文本不同的特点，这就是它的整体结构除了“言”这个层次外，还包括“象”和“意”两个更深的层次。而且，单就“言”这个层次看，它也跟一般的话语文本不同，不仅包括能指和所指两个次级的层面，在能指这个层面中还包括两个更次级的层面，即语音和字形。在一般的话语文本中，人们关心的只是能指与所指之间的意指关系，因而在能指这个层面上就只注意它的语音，因为只有语音的不同构成（音位）才具有区别意义的功能，至于字形不过是记录语音的符号，可以忽略不计。可能是受这种常识的影响，英加登在划分文学文本的层次时，只谈及了语音层，而对于字形的层面则只字未提。然而，在文学文本里，字形不只是表音的符号，它本身还显示出某种特殊的作用，特别是表意文字的字形就更起着直接表达意义的作用。例如汉语的“山”这个字，我们在未读其音只见其形之时，就可能在脑子里出现了关于山的概念或印象，这样，字形在能指的层面里就具有了相对独立的功用和价值。即使是表音文字的字形也不能说完全隶属于语音。字形可以通过书写活动把语音固定在文本中，使易逝的语音成为一种较为长久的存在。而且，书写活动还可能使字形在某种程度上超越语音而产生一种相对独立的审美效果。如在某些所谓的“图形诗”中，由于文字的特殊排列而造成的种种效果，以及在某些意识流小说里偶然可见的字母的杂乱排列和反常组合，虽已丧失了表音的功能，但仍可以传达某种特殊的意味。同样，在文学文本中，语音也不只是用来表达语意的，它经常要挣脱语意对它的束缚而达到自我表现，这就是语音以其自身的某种特殊组合而形成的韵律、节奏等音响效果。这种音响效果甚至还成为诗歌文本的主要标志之一。

当字形标示出语音、语音又传达出语意的时候，文学文本的构成就由“言”的层次深入到“象”的层次。“象”是指人、事、景、物的形象，这些形象在文学文本中是通过词语的描述而造成的，因而可称之为“语象”。语象与绘画艺术中的“图像”不同，它不能直接呈现，而是隐含在词语之中，只有诉诸人的读解力和想象力才能浮现出来。所以，在文学文本的结构中，“言”这个层次是外显的和实在的，而“象”这个层次则是内隐的和潜在的。而且，“言”与“象”还有一点重要的差别，就是“言”是以字符的线性组合的样态呈现的，而“象”则是以图形的面状展开的样态呈现的。“言”之所以能造成“象”，不能靠其外在的样态，只能靠其特有的意指功能来实现。“象”就是“言”的意指的结果。“言”在意指“象”时，主要采取两条途径：一是把“象”作为一个外在对象进行直接的摹写，即中国古代诗论中所谓的“赋”，而在西方文论中则称为“叙述”和“描写”；二是运用某些特殊的修辞手段使“象”呈现出来，目的是通过“象”来传达某种特殊的“意”，即中国古代诗论中所谓的“比”“兴”，而在西方文论中则称之为“比喻”和“象征”。这样，就产生了两种语象，第一种语象与外部世界的物象关系更为密切，第二种语象与作者创造的心象更有直接的联系。如杜甫的两句脍炙人口的诗：“两个黄鹂鸣翠柳，一行白鹭上青天”，属于第一种语象；“感时花溅泪，恨别鸟惊心”，则属于第二种语象。但无论哪种语象，都是包含着意义的，或者具有一定的“意味”。在文学文本中，“象”和“意”不可分，有“象”的地方必有“意”，不同仅在于，有的“象”可能更多地再现外部世界，有的“象”可能更多地表现内心世界，有的“象”内含的“意”比较浅露，有的则相反，其中的“意”比较深沉、蕴藉。这样，文学话语的文本形态的构成就从“象”这个层次深入到了“意”这个层次。

如果说在文学文本中“象”这个层次是内隐的、潜在的，那么“意”这个层次就更是内隐的、潜在的，因为它内含在“象”之中，而“象”又是内含在“言”之中的。“意”应该是文学文本结构中最内在、最隐蔽的层次，按英加登的说法，就是“意向性”（intentional）程度最高的层次，比“象”这个层次更需要通过读者的阅读、想象和领悟来揭示和把握。“意”内含在“象”中并靠“象”表征出来，“意”的这种高度内隐性和潜在性决定了它必然是文学文本结构中最不确定、最不稳定、最含糊的一个层次。如果说“言”是单向的线状，“象”是两维的面状，那么，“意”则是多维的立体状。单从样态上看，“言”“象”“意”三个层次之间绝无相互对应之可能，但“言”可以作为“象”的符号意指着“象”，“象”可以作为“意”的符号表征着“意”。这就是说，文学文本的整个结构就体现为以线状之“言”标示面状之“象”、以面状之“象”标示体状之“意”的层层环套的关联，而且，从“言”到“象”再到“意”，呈现出一种由一维向多维不断发散和泛化的趋向。这样，到了“意”这个层次就会成为一个最不确定最不稳定的层次了。在文学文本里，“言”是最确定最稳定的，“白纸黑字”摆在那里，一般不会引起争议；但是同一句话可以产生不同的印象或表象，在这里争议就多起来了；而同一个表象又可以被理解成许多不同的意思，在这里争议就可能更多。在“意”这个层次上，虽然有“象”的依托和大致规定，但又到处设置着意义的“陷阱”和“暗礁”，使读者随时都会遇到歧义、复义乃至悖论的读解麻烦。“新批评”派的燕卜逊曾专门研究过文学文本的复义现象，他之所以对这一现象特别关注，在很大程度上是为了维护“新批评”的文本自足性理论。因为他知道，正是文本中意义层面的不确定性和不稳定性构成了对这一理论的最大威胁。但是，无论“新批评”理论家们如何辩解，在文本意义的不稳定和不确定这一事实面前，文本结构的绝对自足性理论是难以成立的。

总括以上所言，文学话语的文本形态是一个由“言”“象”“意”三个层次构成的统一整体。清代的方苞说：“义，《易》所谓‘言有物’也；法，即《易》所谓‘言有序’也。义以为经而法纬之，然后成体之文。”[1] 方苞这句话所说的就是文本结构的经纬相间、纵横交错的整体性。但是，文学文本结构的整体性并不意味着它的自在自足性，相反，文学文本结构不是一个自我封闭的结构，它的这种整体性结构必须放到更广大的文学交际功能中去考查，才能对之有更全面的认识和理解。

其次是文学话语的文本形态的交际性功能。

任何结构在它所属的更大的系统中都表现出一定的功能性。那么，文学话语的文本形态及其整体结构在文学交际活动的系统中具有什么功能呢？前面已经说过，传统的文本构成论以“意”为主，更强调的是文本结构的意指功能；现代的文本构成论以“言”为主，更强调的是文本结构的审美功能。这些观点都程度不同地把文本结构的两种功能对立起来了。我们认为，文学文本的结构既有意指功能，又有审美功能，是两种功能的辩证统一，这是由文学活动的交际性质决定的，即文学活动本身就是一种审美的交际活动。而文学文本的审美功能和意指功能是统一在文本的整体结构之中的，这种统一性在于：文学文本的审美功能的主要方面（除去纯形式的审美作用）就体现在文学文本所特有的意指功能中，或者说，就体现在文学文本的意指功能的特殊性之中。所谓文学文本意指功能的特殊性是指与一般话语文本意指功能的不同之处。一般话语文本的意指功能所追求的是：从话语到话语所

① 方苞：《古文辞通义》卷十三。

表达的意思（或者说从话语的能指到所指）之间越是直接、越是简捷、越没有阻碍越好。在一般话语文本中，特别是在科学文本中，语言的一切手段都被用来为了更准确、更清楚地表达某种意义。所以，对这种文本来说，最有效率、最成功的语言表达的指标，就是设法使语言的能指恰如一片透明的玻璃镜直接透照出所指的内容，尽管这个指标在实际的语言交流中很难完全达到。然而，文学文本的意指功能则与此截然不同，它所要求的不是语言表达的透明度，而是语言表达与所表达的意义之间的延宕和阻隔。就是说，一般话语文本的能指与所指两个层面之间没有间隔，是直接对应的；而文学文本则由“言”“象”“意”三个层次构成，从“言”到“意”必须经过一个“象”，“言”与“意”之间横隔着一个“象”。这样一来，文学文本语言表达的意指过程就不再是快捷的、透明的，而是被延宕的、受阻碍的了。

罗兰·巴尔特曾将文学文本意指功能的这一特点概括为两个核心概念：“两级符号系统”和“双重所指”。请看他下面的一段话：“我们记得，一切意指系统都包含一个表达平面（E）和一个内容平面（C），意指作用则相当于两个平面之间的关系（R），这样我们就有：ERC。现在我们假定，这样一个系统 ERC 本身也可变成另一系统中的单一成分，这个第二系统因而是第一系统的引申。……第一系统（ERC）变成表达平面或第二系统的能指……或者表示为（ERC）RC。……于是第一系统构成了直接意指平面，第二系统（按第一系统扩展而成的）构成了含蓄意指平面。于是可以说，一个被含蓄意指的系统是一个其表达面本身由一意指系统构成的系统。通常的含蓄意指显然是由复合系统构成的，后者的分节语言形成了第一个系统（例如，文学中的情况就是这样）。”[①] 在这段引言里，巴尔特所说的“第一系统”“第二系统”“直接意指”“含蓄意指”等等，都意在表明文学文本中的意指关系的复杂性、非畅达性、间隔性。不仅有“言”和“象”构成的第一级系统，还有“象”和“意”构成的第二级系统；不仅有从“言”到“象”的直接意指，还有从“象”到“意”的含蓄意指。这样，文学文本的意指功能就成为一个处处被拦挡、被阻截、被延宕的过程。

我们认为，正是在意指功能的这种被拦挡、被阻截、被延宕的过程里包

---

① ［法］罗兰·巴尔特：《符号学原理——结构主义文学理论文选》，李幼蒸译，生活·读书·新知三联书店 1988 年版，第 169—170 页。

含着审美功能的全部内涵。审美就是受阻碍的意指，就是被推迟、被延长的意指。中西文论中有关审美的很多说法，如“游戏”“有意味的形式”“反常化”“玩味”“兴会”“妙悟”“神与物游”“思与境偕”“言有尽而意无穷”等等，其实都是从不同的角度对意指功能受阻截这种情况的一种描述。意指功能可以被阻截在文本结构的任何一个层面上，都能产生审美效果。例如，被阻截在“语形”这个层面上，就会有对语音的韵律、节奏、声调的审美感受，被阻截在“语象”这个层面上，就会滞留在虚构的文学世界里而流连忘返。而意指功能受阻最多、最烈之处还是在“象”与“意”之间，因为“言”与“象”之间的意指关系受约定俗成的语言规则的支配，只要懂得使用这种语言的人都比较容易从“言”进入到“象”。但是，“象”与“意”之间的意指关系的建立则往往是个人创造性想象和感悟的产物，其中的奥秘，并不是每个人都能识破的，因而也不是每个人都能从“象”进入到“意”的。例如，鲁迅在《阿 Q 正传》中多处写到主人公阿 Q 的“癞疮疤”，每个读者都可通过这些描写，想象出这个癞疮疤的样子，但若进一步问鲁迅为何花笔墨写这个癞疮疤？这个癞疮疤的形象有什么含义？这就不是每个读者都能看出来的了。所以，审美功能的发挥取决于意指功能是否受阻和受阻的程度，一旦意指功能的受阻程度超过一定的限度以至被阻断，审美功能也就随之停止在被阻断处，不可能再持续下去了。这就是说，意指功能的完全受阻和畅通无阻，其结果是一样的，都意味着审美功能的终结。由此可见，处于文学交际活动中的文本形态，其审美功能与意指功能的关系既不是对立的，也不是并行的，而是如形影相随，须臾不可分离的。文学话语文本形态的交际功能恰恰就体现在审美功能与意指功能这种不可分割的统一性之中，体现在一个全面开放性的系统之中。

最后是文学话语的文本形态的开放性系统。

前面讲过，构成文学文本的三个层次虽然有着内在的关联性，但又有着明显的差别。“言”的层次是实在的，而“象”和“意”的层次都是潜在的。“言”的层次呈线状，而“象”和“意”的层次分别呈面状和体状。这就是说，文学文本的结构实际上是一种“异质同构”（isomorphic）的、从实在到潜在的、从一维到多维的发散型结构。这种结构虽有其内在的整一体，但却不是一个超稳态的自在自足的结构。这种非自足性主要体现在，当它从实在进到潜在、从一维进到多维时，越来越显露出意义表达上的不确定性和含混性。英加登谈到文学的艺术作品的“象”（即他所说的“再现客体层”“外观层”）这个层次时，提出了著名的“图式化”和“不定点”的概念，以作为他“具体化”理论的主要依据。他认为作品以线状之“言”来标示面状之“象”，必然造成许多未定点和图式化的构成。作品“不可能用有限的语词和句子在作品描绘的各个对象中明确而详尽无遗地建立无限多的确定点”，因而“文学作品，特别是文学的艺术作品，是一个图式化构成”，“文学作品描绘的每一个对象、人物、事件等等，都包含着许多不定点，特别是对人和事物的遭遇的描绘”。[①] 例如，鲁迅在《阿Q正传》中抓住阿Q这个人物的外貌特征作了一些描写，于是我们知道了阿Q头上长着个“癞疮疤”，还扎着根“小黄辫”，大概也戴着一顶绍兴乡下人常戴的那种小毡帽。但是，阿Q的眼睛、嘴巴、耳朵如何就不清楚了，至于他身材有多高，四肢什么样，就更不清楚了。这表明，阿Q这个形象在作品中只有一个大致的轮廓和图式，其中充满了诸多不定点。这不是说作者对人物的描写不成功，而是说文学文本中“象”的图式化存在是不可避免的。即如英加登说的：“不定点的出现不是偶然的、创作失误的结果。相反，在每一部文学的艺术作品中它都是必需的。”[②] 至于文本结构中的“意”这个层次就更是充满了含混、不确定之处，甚至自相矛盾之处。鲁迅的阿Q这个形象到底有什么内涵，表达了什么思想，在作品里并没有给出明确的说明，读者只能根据自己的理解，做出各自的解释。白居易的《长恨歌》到底是爱情主题还是讽喻主题，这都是长期以来争执不休、难有定论的问题。即使在“言”这个较为确定的层面上，也时常有令人费解的情况发生，这是因为对一个句子的意义的理解，既涉及这个句子的表达方式和使用的词语，也涉及具体语境问题。大多数词语本身都包含着多种字面意义，尤其是再加上具体语境的多种可能性，那么，在这个句子里的这个语词采用了哪一种意义，有时就可能成为一个很难确定的问题。

文学文本结构中的这一切不确定、含混、模糊、随语境而不断变动的现象的存在，都说明这个结构不是自在自足的，它无法仅仅通过自身达到自我

---

① 参见［波兰］罗曼·英加登《对文学的艺术作品的认识》，陈燕谷等译，中国文联出版公司1988年版，第49—50页。

② ［波兰］罗曼·英加登：《对文学的艺术作品的认识》，陈燕谷等译，中国文联出版公司1988年版，第50页。

确立和自我解释。它只有在与它之外的事物的相互影响、相互作用、相互交流对话中，即在一种信息的输出和输入的动态平衡中，才能维护住自身的整一性和稳定性。总之，一句话，它不是一个自我封闭的系统，而是一个向着更大的系统全面开放的系统。特别是在意义问题上，文本结构只是起着意义指向的作用，即它指向于某种意义，但却不能单独地确定这个意义。要想确定这个意义，文本结构必须向意义的创造者和意义的理解者开放，还要向作为意义的最终根源的整个外部世界开放。因为决定意义的生成和变化的要素，除了文本结构之外，还有创作者、阅读者以及作为客观对象的外部世界。

诚如巴赫金在研究陀思妥耶夫斯基的小说时，反复申明的“复调式”小说创作的“对话”原则。他指出，意义并不是在单方面的“独白”中出现的，意义的衍生出自人们之间的“应答性”的交流及其具体的历史语境，唯有“对话交际才是语言的生命真正所在之处”[①]。巴赫金的这种“对话”理论，实际上就是强调文本结构的开放性，文本结构不能单方面地决定意义，只有把它放到对话交流的互动过程中去，它的意义才得以确立和昭示。

现象学美学家杜夫海纳也反对文本结构自足性的观点，主张文学文本要向与之有关的所有的意识开放，在所有的意识中呈现。他指出，“语言构成一个系统和一种制度”，但这“丝毫不包含如下的意思：意义完全在它的围墙之内”。因而他提出了决定文学作品意义的三个条件，一是“作品自身的语言不要像手淫那样从自身上获得满足，作品多少要参照世界”；二是“整体的各要素自身也要是有意义的”；三是“要有人不仅用词去说出意义，而且还要在具有这种意义的事物或说出这种意义的词上去阅读它”。[②] 可以说，杜夫海纳的这个三条件论涉及了有关意义产生的所有的要素，是比较全面的，也很有启发性。

的确，文本中话语的意义首先与话语本身有关，意义就是由这些话语指示出来的。但是这些话语又是被人说出来的，它的意义当然又与说话人的意图有关。而话语又总是说给人听的，它的意义又与听话人的理解有关。然

① 参见［俄］巴赫金《陀思妥耶夫斯基诗学问题》，白春仁等译，生活·读书·新知三联书店1988年版，第252页。

② 参见［法］米盖尔·杜夫海纳《美学与哲学》，孙非译，中国社会科学出版社1985年版，第148—149页。

而，话语的意义从根本上说是针对某种事物的，是关于事物的某种认识和感受，所以，话语的意义最终又与它所表示和说明的事物有关。话语意义的这种多方面的关联性，使文本结构的自足理论不攻自破。文学文本必是一个开放性的结构。正是因为这一点，我们在谈论文学话语的形态问题时，就不能仅仅局限在它的文本形态上，还应该研究这个文本形态是如何创成的以及它又是如何被读解的。

第三节　文学话语的创作形态

从文学交际的视域中，不仅可以看到文学话语文本形态的开放性，而且还可看到这种开放性首先体现为文学文本是由作者创作的，作者的创作活动也是一个与他所创作的文本间的对话交流活动，由此就构成了文学话语的创作形态。相比之下，文学话语的文本形态虽是一个开放性结构，但就它的本体存在看则主要是一个静态的结构，是一个由“言”“象”“意”三个层次同时并存而又相互套叠的共时态结构。而文学话语的创作形态却主要是一个在时间中展开的历时态结构，是由先后继起的几个阶段构成的。这就是说，文本形态主要是静态的层次性构成，创作形态主要是动态的阶段性构成。但由于创作形态的目的是指向于文本形态的，因而与文本形态的三层次结构相对应，创作形态也有三阶段的结构，这就是“意”的酝酿阶段、“象”的构思阶段和“言”的书写阶段。在这里，我们把“言”的书写放到第三阶段，并不是说作家的言语活动只是从第三阶段才开始的。其实整个创作的过程都是言语活动的过程，都是作者为了创作出语言的文本而“言说”的过程，只不过在“意”的酝酿和“象”的构思中，这种“言说”是内在的，只是到了“言”的书写阶段，“言说”才成为外显的。现代心理语言学认为，人们在认知、想象和思维活动中，总是伴随着不出声、不易察觉的言语活动，这种言语活动被称为“心理语码”“内部语言”，它与外部语言（口头语和书面语）在形式上的差别就是“谓语化、发音的减少，意思比意义占优势，粘合法构词，等等”[1]。所以，无论“意”的酝酿还是“象”的构思，都是

① 参见［俄］列维·谢苗诺维奇·维果斯基《思维与语言》，李维译，浙江教育出版社 1997 年版，第 162 页。

离不开言语活动的。文学文本的创作过程，就是作者的言语活动由隐到显的过程。

尽管如此，我们依然认为，人在说话之前必须先有思想，言语活动总是从要说的意思开始的，因而把“意”的酝酿看作是创作形态的第一个阶段应该是合乎常识的。但是，俄国形式主义者是反对这种常识性见解的，他们最初与之论争的对象就是别林斯基等人代表的形象思维论。他们认为文学创作不是形象思维而是运用语言写作的程序或手法，所运用的语言以及所写的题材和内容统统不过是这些程序和手法得以实现的材料而已。这样，文学文本的创作就不是从“意”的酝酿开始的，而是从“言”的书写开始的，只是由于“言”的书写才营造出了“象”和“意”，即文本传达的内容。而德里达对这个问题的观点似乎就更加极端，他把“言”的书写或写作活动完全绝对化，认为这种活动既与再现无关，也与表现无关，是一种纯粹的能指游戏。他在评论马拉美的作品时说：“没有任何东西先于他的手语式写作而存在。没有任何事先为他规定好了的东西。没有一个更高的东西来监督他的写作。”[①] 德里达把写作说成是绝对自由的能指游戏，其直接目的是消解语言文本的结构，但他同时也斩断了写作活动与作者的思维活动、与作者所认识的外部对象的必然联系。俄国形式主义强调文学创作从写作开始，则是为了突出作品文本的形式，把形式摆到内容之上，把作品文本与外部世界隔绝。但是，作者的写作或“言”的书写不可能与外部对象无关，这就像一个人说话，他不能为说而说，他之所以说，是因为有说的动机和意图，而说的动机和意图又来自于他对于客体对象世界的体认和他内心的诸多感受。即如杜夫海纳说的：“意义在由说话的意识建立之前，已经由知觉的意识所收集。”[②] 当然，我们承认文学话语的言说有其特殊性，但无论怎么特殊也不会失去作为言语活动的基本性质和规律，即传达交流的性质和规律。所以，我们坚持认为，作家的言语活动是从“意”的酝酿开始的。

朱熹有一段话说：“人生而静，天之性也，感于物而动，性之欲也。夫既有欲矣，则不能无思；既有思矣，则不能无言；既有言矣，则言之所不能尽，而发于咨嗟咏叹之余者，又必有自然之音节奏而不能已焉。此诗之所以

① 参见张隆溪《道与逻各斯》，四川人民出版社 1998 年版，第 177 页。

② ［法］米盖尔·杜夫海纳：《美学与哲学》，孙非译，中国社会科学出版社 1985 年版，第 150 页。

作也。"[①] 这段话描述了诗语生成的过程，其间涉及"天性""感于物""欲""言""音"等几个环节，其立论基础显然受了《诗大序》的"诗言志"以及《乐记》里的"心物感应"论的影响。引起我们注意的是，朱熹描述的这个诗语生成的过程也是由三个阶段构成的，即"感于物而动"的阶段、"思"的阶段、"言"的阶段，这与我们所说的三个阶段大体相合。而且朱熹同样认为诗歌起于"感于物而动"，即"意"的酝酿，还指出这种"意"的酝酿是由人心（欲）与外物的相互感应而引发的，也即是当人与现实世界中的人、事、景、物发生关系、相互碰撞、相互激荡时而产生的种种反应和感受。如果朱熹的这个看法大致不差的话，我们认为，所谓"意"的酝酿包含人对外物的反映认识，但又不能等同于这种反映认识。就其包含的主要内容来看，是人在现实中产生的种种经验、体验和情感，是渗透着情感的种种观念和表象，是在人的心灵深处激荡着的一种浑然的、混杂的、不断变动着的生命感受。

即如苏珊·朗格视艺术为人类情感的符号形式，艺术创作就是艺术家"内心生活"的幻象化、符号化过程，艺术幻象或符号所传达的是一种极其复杂而又特殊的"内心生活"。她解释说："这样一些东西在我们的感受中就像森林中的灯光那样变幻不定、互相交叉和重叠，当它们没有互相抵消和掩盖时，便又聚集成一定的形状，但这种形状又在时时地分解着，或是在激烈的冲突中爆发为激情，或是在这种冲突中变得面目全非。"[②] 在这里，朗格不得不采用了隐喻式语言，因为这种"内心生活"虽然人人都能感到，但又是说不清、道不明的。

因此，我们认为，"意"的酝酿，其核心内容是情感，但其中又交织混合着欲念、感知、想象和理解，是一种浑然一体的多因素、多维度、多样态的心理存在。它来自于现实生活，是一个人在现实生活中长期浸染、体验、感受和领悟的结果，但显然又不能归结为对现实生活单纯的认识和反映。可以说，它是一个艺术家对现实生活审美性的认识和反映，它产生于一个艺术家在现实生活中长期反复审美的观照、体验、感悟和发现。"满纸荒唐言，一把辛酸泪，都云作者痴，谁知书中味？"曹雪芹的这番自白充分表明了他

① 朱熹：《诗序》。

② ［美］苏珊·朗格：《艺术问题》，滕守尧等译，中国社会科学出版社 1983 年版，第 21 页。

在写作《红楼梦》之时，他所怀抱的那个独特的内心世界是多么得丰富深厚、变幻莫测和难以把握。

当“意”的酝酿达到一定的程度，就可能产生将其表达出来的冲动、愿望和意图，这样，文学话语的创作形态就进入了“象”的构思阶段。显然“象”的构思是为了“意”的表达。那么“意”为什么非要用“象”来表达呢？这是因为这种“意”在一开始产生时就不是一种逻辑的概念和命题，而是与“象”不可分割地粘联在一起的，就在“象”里蕴含着“意”的内容，所以，文论史上通常称之为“意象”。更为重要的一点还在于：文学家所要表达的这种“意”，尽管包含着理性的内容，但其核心是非逻辑的广义的情感，因而也是难以用逻辑的语言直接说明的。对此，苏珊·朗格说：“这样一种对情感生活的认识，是不能用普通的语言表达出来的，之所以不可表达，原因并不在于所要表达的观念崇高之极、神圣之极或神秘之极，而是由于情感的存在形式与推理性语言所具有的形式在逻辑上互不对应，这种不对应性就使得任何一种精确无误的情感和情绪概念都不可能由文字语言的逻辑形式表现出来。”[①] 既然是“言不尽意”，就只能是“立象以尽意”，“象”就是“意”的本然存在形式。而且，在苏珊·朗格看来，“象”与“意”之间有着一种“同构”关系。她说：“你愈是深入地研究艺术品的结构，你就会愈加清楚地发现艺术结构与生命结构的相似之处。这里所说的生命结构包括着从低级生物的生命结构到人类情感和人类本性这样一些高级复杂的生命结构（情感和人性正是那些最高级的艺术所传达的意义）。”[②] 因此，“象”作为一种艺术符号，可以使艺术所表达的“意”得到确证和表现。

海德格尔也认为：“形象作为外表使不可见者被看……诗只能在‘形象’中说话。如此，则诗意之形象乃是具有特殊意蕴的想象。”[③] 在这里，海德格尔不仅指出了以“象”表“意”的必要性，而且还指明了“象”的构思过程是一个使形象灌注“诗意”的想象过程。即是说，“象”的构思决非原有表象记忆的复写和重现，而是在原有表象记忆基础上对原有表象的重

① ［美］苏珊·朗格：《艺术问题》，滕守尧等译，中国社会科学出版社1983年版，第87页。

② ［美］苏珊·朗格：《艺术问题》，滕守尧等译，中国社会科学出版社1983年版，第55页。

③ ［德］海德格尔：《人诗意地栖居》，载刘小枫主编《现代性中的审美精神》，学林出版社1997年版，第896页。

建、重组和重构。换言之，“象”的构思不是记忆的复活，不是单纯的“回忆录”，而是在表象记忆中展开的联想、想象乃至幻想，是包含着深厚意蕴的艺术幻象的产生过程，是一个真正的创造性过程。“枯藤、老树、昏鸦，小桥、流水、人家”，由这几个意象连缀而成的那种特殊的艺术境界，决不是马致远脑中的即有表象的直接搬用，而是经由他的想象创造出来的艺术幻象。苏珊·朗格把这种创造过程称之为表象的抽象化和符号化过程。她说：“从错综复杂的现实生活和现实生活中的复杂利益中抽象出美的形象的最可靠的方法，就是创造出一种纯粹的视象……这就是幻象在艺术中起到的作用：立即有效地抽象出视觉形式并使人看到它的真正面目。”[①] 尽管在我们看来，苏珊·朗格的观点并非全对，但她强调了艺术形象的创造性和幻象性则无疑是恰当的。因此，我们认为，“象”的构思过程不是单纯的外部世界的物象的再现过程，甚至也不是单纯的以“意”为目的的传达过程，从根本上看，这个过程是融再现与表现于一体的审美意象的创造过程。

文学话语的创作形态的最后阶段是“言”的书写阶段。我们已经说过，作者的言语活动并不是从“言”的书写阶段才开始的，早在前两个阶段里就以内部言语的形式无声息地进行着。但是在前两个阶段里，言语活动只是作为一个附带的过程“粘附”在主要过程之上的，其作用也只是作为一种辅助手段强化着主要过程的。比如，在“意”的酝酿阶段，言语活动只能“星星点点”地出现，因为这里的“意”本质上是难以言明的。之所以会有言词“闪现”于其间，是因为在“意”的酝酿过程的某些关节点上，依然需要言词的“聚合”和“提醒”作用，以帮助作者较为确定地把握住他内心里那种“变幻不定”的“意”。在“象”的构思阶段，言语活动可能会逐渐增多，但也只能是时断时续地以片断的形式出现。在这里，主要是作者的想象活动，是表象的运动，而言语的作用只是增强着作者对他的想象活动的意识程度和自觉性。当然，我们也不否认，有的作家在构思的过程中已经创作出某些令他满意的语句，甚至是足以使他兴奋的“佳句妙语”，但这种情况只是表明“言”的书写阶段提前在“象”的构思阶段发生了，并与构思阶段交叉重叠在一起。所以，在前两个阶段里，言语活动只是作为一种隐蔽的、次要的、依附性的过程而存在着。然而，在“言”的书写阶段，言

---

① ［美］苏珊·朗格：《艺术问题》，滕守尧等译，中国社会科学出版社 1983 年版，第 30 页。

语活动从内部转向了外部，成为一个不依附于任何过程的真正独立的活动过程。所以，“言”的书写就是指一种外部的书面的言语活动。

“书写”（psychic writing）这个词，在德里达那里是表示与所指无关的纯粹的能指运动，是能指的“延异”“播撒”“踪迹”，是能指的“狂欢”和自由的游戏；在形式主义者那里，是指写作的技巧，即“技巧把事物内容拿过来，赋上韵律，并进行整理”[①]。但我们所说的“书写”与它们全然不同，我们认为“书写”就是文学创作中的书面言语活动，就是书面的意指行为，就是在能指与所指之间建立意指关系。所以“书写”不是文字游戏，也不是纯技巧，而首先就是用词语表达某种意思。所谓用词语表达某种意思，并不是简单地用词语达到它的直接意指，而是通过这直接意指进一步暗示出含蓄意指，也就是要用词语描绘出含有丰富意蕴的形象。正是在这里，作家们遭遇到写作中的最大困难，即作家们普遍抱怨的由于词不达意而造成的“语言的痛苦”[②]。

“语言的痛苦”主要来自“言”与“象”之间的异质性和不对应性，即“言”是抽象的、线性的，而“象”是具体的、面状的。作家要做的就是用抽象的线性之“言”去表现具体的面状之“象”；或者说，把具体的面状之“象”投射到抽象的线性之“言”上，其难度是可想而知的。在某些艺术门类中，所运用的媒介本身即可显示出形象，因为这媒介与形象在物理特征上有相似之处，如绘画中使用的线条、颜料，雕塑中使用的泥块、大理石等。颜料按一定的形状涂抹就可以直接成为形象，大理石把多余的部分去掉也可以构成一定状貌的形象。但是言语在物质特性上与形象毫无共同之处，前者是作用于听觉在时间中延续的一连串声音，后者是作用于视觉在空间中展开的图像，前者无法直接显示后者，只能作为符号并利用其意指功能描写出形象来。而且，作者在描写形象时也不能自创一种语言，他只能使用现成的通用语言，这种语言是与逻辑思维纠缠在一起并相互对应。语言系统中的大部分词语都代表某种概念，具有不同程度的抽象性。所以，当作家使用语言描写形象时，他就需要克服词语的这种异质性和抽象性。文学创作中的“语

---

① ［美］兰色姆：《诗歌：本体论札记》，载赵毅衡编选《“新批评”文集》，中国社会科学出版社1988年版，第53页。

② 19世纪俄国著名诗人纳德松曾说：“世上没有比语言的痛苦更强烈的痛苦！”高尔基在《谈谈我怎样学习写作》一文中引述了这句话。参见高尔基《论文学》，人民文学出版社1978年版，第188页。

言的痛苦”由此而来。

那么，作家想要“克服”词语的异质性和抽象性是否可能？巴尔特引用拉康的意思认为这是不可能的，“就是说这是不可达到的，话语无法捕捉的，或者用拓扑学术语说，我们不可能使一种多维系统（现实）与一种一维系统（语言）相互对应”，但他同时又指出，“文学认为对不可能之事的欲望是合理的”①。巴尔特的这个观点意在通过语言与形象的矛盾性割断文学与现实之间的联系。我们认为，作家用语言符号描写形象，虽是困难之事，但也决非不可能之事。首先，古往今来的一大批优秀的文学作品可以作证，它们都成功地通过语言塑造了各具特色的艺术形象。一想到莎士比亚，我们立即就想到他剧本里的哈姆雷特、麦克白等；一提到曹雪芹，《红楼梦》里的那些可歌可泣的人物也都浮现在我们脑海中，这些人物形象是那样地鲜活、生动、丰满，就像我们与之打交道的现实中的人物一样。这怎么能说语言不能描写形象呢？再者，在语言系统中，就某个单独的词来看可能具有一定的抽象性，但如果按某种方式把这些词联结成句子，就可能构成对某种形象的赋写和描绘，就可能从这些句子中透露出形象来。如“花”这个词单独地看有一定的抽象性，但是，假设我选用一些抽象的词说出这样一句话：“一朵粉红色的、散发着芳香的很细小的花在绿色的草丛中盛开着。”很显然，“花”的形象就在这个句子里比较具体鲜明地显露出来了。况且，现代文化人类学和心理学表明，在人类的逻辑思维还没有获得充分发展之前，很可能存在着一个形象思维的阶段，与形象思维相对应，那时的语言是形象化的。尽管语言在后来的发展中越来越抽象化了，但从它起源上带来的那种形象化基因不可能荡然无存，即使是在现代的语言系统里，大部分词语也未必只是抽象的概念，仍然或多或少地残留着形象化的迹痕。譬如，听到“花”这个词，除了产生花的概念外，总会伴随着较具体的花的影像。从这方面看，我们也不能认为用语言描写形象没有可能性。

此外，尤为重要的是，作家在描写形象时还可以创造性地运用一些特殊的表达技巧和手段以强化语言的造型力。正如卡西尔说的：“诗人不可能创造一种全新的语言。他必须使用现有词汇，必须遵循语言的基本规则。然

① 参见［法］罗兰·巴尔特《符号学原理——结构主义文学理论文选》，李幼蒸译，生活·读书·新知三联书店1988年版，第9页。

而，诗人不仅使语言赋予新的语言特色，而且还注入了新的生命。"[①] 诸如字形、音韵、声调、修辞格等技巧和手段的运用，都可以加强语言的形象表现力，给语言注入"新的生命"。在这方面，某些形式主义者的研究最有价值。例如什克洛夫斯基提出的"反常化"手法，其目的就是"使人感受到事物"，"使你对事物的感觉如同你所见的视象那样"，"使事物摆脱知觉的机械性"。所以他说："凡是有形象的地方，几乎都存在反常化手法。"[②]"新批评"的先驱者休姆则强调，在文学作品里，"每个词都必须是一个能见的形象，而不是一个筹码"，为了实现这一点，最需要的就是类比、隐喻手法的运用。他指出，不能离开"类比作为观念外衣的隐喻"，"任何时候都要运用类比，因为类比会使我感到，我是在透过镜子看另外一个世界，这也就是我所希望达到的效果"。他甚至认为，作家对于语言的创造性运用，能够反过来影响语言的发展。他说："诗歌永远是语言的先驱。语言发展的过程就是吸收新的比喻的过程。"[③] 由此看来，要克服语言符号塑造形象时的异质性和抽象性，最为关键的一点 就是作家要具有创造性地运用语言的能力。

乔姆斯基的"转换生成语法"（transformational-generative grammar）理论认为，言语的生成是一个从"深层结构"（deep structure）转换到"表层结构"（surface structure）的过程。所谓深层结构就是说话者个人的语言能力，说话者正是靠了这种能力而说出一些他从未听到过的句子。在乔姆斯基看来，一个人的语言能力是先天既定的，是这个人的语言天赋的表现，后天的语言学习只是把这种天赋的潜力引发出来而已。他的这个说法是否妥当，我们姑且不论，但一个人在语言运用上的创造性取决于他的语言能力则应当是没有问题的。一位优秀的作家，常常被人称为"语言大师"，这表明作家的语言能力通常高于一般人。这种较高的语言能力一方面来自后天的习得，另一方面恐怕也与某种语言天赋不无关系。因为任何优秀的作家在语言风格上

---

① 参见［英］雷蒙德·查普曼《语言学与文学》，王士跃等译，春风文艺出版社 1988 年版，第 47 页。

② 参见［俄］维克托·什克洛夫斯基《作为手法的艺术》，载《俄国形式主义文论选》，方珊等译，生活·读书·新知三联书店 1989 年版，第 6、7、8 页。

③ 参见［英］休姆《语言及风格笔记》，载赵毅衡编选《"新批评"文集》，中国社会科学出版社 1988 年版，第 272、279、274 页。

都显示出独特性，这种独特性决非只是向其他作家模仿的结果，应该是他独特的个性的表现，也应该是他的独特语言天赋的表现。那么，语言天赋当作如何解释呢？现代脑科学已经探明，语言中枢存在于大脑左半球的额叶，被分为“布罗克区”（broca's area）和“维尔尼克区”（wernicke's area）两部分。布罗克区主要和句法有关，维尔尼克区主要和词汇有关。一个人的语言中枢受损将会引起说话困难和“失语症”（alalia）。脑科学还发现，联想、想象等表象活动属于大脑右半球的功能。这就是说，语言中枢和表象中枢分别位于左右两半球，这也从生理上印证了言语活动与表象活动联系的困难性。但由于在两半球之间起沟通作用的“胼胝体”（corpus callosum）的存在，使得大脑两半球可以相互配合，协同运作，而分属于两半球的语言中枢与表象中枢自然也可以相互联结起来。上述脑科学的研究成果，完全可以作为我们解释作家的语言天赋的生理依据。我们能否这样设想：作家所具有的较高的语言天赋和想象才能，除了来自后天的某些习得因素外，与语言中枢和表象中枢发育得比较健全可能也有密切的关系。这就是说，一个优秀的作家由于它的语言中枢和表象中枢同时比较发达，因而显示出较高的驾驭语言的创造力以及使用语言塑造形象的能力。

作家在语言运用上的创造性主要体现在他们有超常的“语感”。就是说他们在语言知识和词汇量方面未必超出常人，但是他们往往都有一种敏锐的语言感觉，他们在选词造句时，能够既快速又准确地分辨出哪一个词、哪一种句式、哪一种语调、哪一种表达方式是他们最需要的。他们对新的语言形式也有超凡的敏感，并且能乐此不疲地沉浸在新形式的探索和创造之中。由此可见，“书写”活动或书面的言语活动本身就是一种审美的创造活动，确实具有一定的游戏性。但是作为一种言语活动，总是“言之有物”的，无言说对象的言说毕竟是难以想象的。还是休姆说得好：“一个人在写作时，倘若眼前不同时呈现出某种意义的形象，便会感到无从下笔。正是先有这种形象，然后才有作品，也正是这种形象使作品经得起推敲。”①

在“言”的书写阶段，还有一个问题不能回避，就是当今的文学写作总是同电脑的使用结为一体。那么，电脑的使用对文学写作、对文学话语的

① ［英］休姆：《语言及风格笔记》，载赵毅衡编选《“新批评”文集》，中国社会科学出版社 1988 年版，第 272 页。

生成会产生怎样的影响呢？这是一个需要专门研究的问题，在此我们只能约略一谈。我们认为，就目前情况看，电脑在写作中主要起着三种作用：一是作为新的书写方式，即把笔写的方式改变为键盘敲击的方式；二是作为新的传播方式，即作品文本在互联网中的传播；三是作为新的创作方式，即以电脑参与甚至替代人脑创作作品文本。第一种作用对写作的影响估计不会太大，最多致使某些个人的写作习惯发生改变。第二种作用的影响有日渐增强之势，目前有越来越多的作家和评论家加入了网络上的文学活动，所谓“网络文学”大为昌兴，网络传播到底将对文学造成何种影响，一时还难以预料。但有一点可以肯定，互联网作为现代最先进的传播手段，它以电子化的信息传输方式取代了过去以书籍为载体的信息传输方式，它以虚拟化的当下交流方式取代了过去由于书面文本的阻隔而造成的间接交流方式，这将促使创作主体之间、创作主体与接受主体之间的关系发生重大改变并大大加强他们之间的相互联系和对话交流。而且文学网站的出现，还会吸引众多民间的“网民”不仅作为读者也作为作者参与到文学交际中，当然也会吸引更多的专业作家和批评家、甚至知名作家和批评家作为“网民”进行文学交流活动。如此发展下去，会不会在常规的文学系统之外又出现一个新兴的网络文学系统？这种独具特色的网络文学系统会不会对常规文学系统构成某些严重的影响？这些，都是需要进一步观察和思考的重要问题。第三方面的作用是试图彻底改变文学写作的性质，即由作家的创造活动变成电脑的程序化、数字化操作。过去有计算机专家做过这方面的试验，出现过电脑“写”出的“诗歌”，并且随即遭到一些文艺家的激烈抨击，认为这根本不能称之为文学创作，不过是一种电脑游戏而已。现在的问题是，随着电脑技术的发展，随着网络文学的发展，这种程序化和游戏性的电脑“创作”会不会也有所发展（现在已有多媒体的所谓“数码诗”作品屡现网上）？由此产生的“作品”应如何鉴别？依据什么标准把人的作品与电脑的“作品”区分开来？如此等等，可能都会成为一些急需解决的新问题。

总起来说，文学话语的创作形态就是由上述先后相继的三个阶段构成的。在实际的过程中，三个阶段可能有部分的交叉重合，但三阶段之间的界线还是清晰可辨的。这个过程，既是一个因“应物”而立“意”、为尽“意”而立“象”、为尽“象”而立“言”的交流对话的过程，也是一个在“立意”“立象”和“立言”三方面进行审美的发现和创造的过程。这个过程的结果就是由“言”“象”“意”三层次构成的、具有交际功能的文学文本的产生。因此，文学话语的文本形态不是自我封闭的，它是创作形态的产物，同时又是读解形态的原因。

第四节 文学话语的读解形态

文学交际和对话中的文本形态是作者创作的产物，同时它作为一个开放性结构主要是向读解作品文本的读者开放的，这样又形成了文学话语的读解形态。“读解”就是指对作品文本的阅读理解，它的基本运作程序也是与文本形态的结构相对应的，可分为“言”的阅读、“象”的想象和“意”的感悟三个方面。如创作形态一样，读解形态也呈现为一个在时间中进行的过程。但读解形态作为过程是说它循着文本言语的线性排列顺序，一句接一句、一段接一段地阅读，而伴随着这种阅读也就逐次深入到了“象”的想象和“意”的感悟。所以，读解形态作为过程是以“言”的阅读为基础的三方面的同时推进，这与创作形态三阶段的先后继起过程是不一样的。另外，读解形态作为过程，还具有回返往复、反复进行的特点。比如，一部作品读到中间，如果有必要可以回头再读前面的，也可以越过一些章节先读后面的，有些作品如果读者愿意还可以反复阅读几遍。这种随意性、可逆性的特点，也跟创作形态的过程不一样。

文学读解的具体过程首先是文字的阅读。文字的阅读包括“阅”和“读”两个方面，即字形的视觉识别和字音的听觉分辨。只要这两个方面不出现障碍，阅读就会一直持续下去而不至于中断。而阅读的持续进行必将深入到对文字意义的理解。对文字意义的理解也包括两个方面，即语流的切分和整合。就是说，当文字的读解由字形、字音的识辨深入到对字义的把握时，一方面要对所识辨的语流进行切分，即从语篇中切分出语段，从语段中切分出句子，从句子中切分出词。如果不能进行这种切分，阅读只能停留在对文字的“形”和“声”的纯物理特征的感觉上，而不能把文字当作有意义的符号来把握，当然也就不能深入到对字义的理解。另一方面，文字意义的理解还需要与语流切分同时进行的语流的整合。所谓语流整合就是把切分出来的词连结成句，把切分出来的句连结成段，把切分出来的段连结成篇。自然，这种整合与语流的切分一样都是依据一定的语法规则进行的。经过了切分与整合的相互作用之后，语流在读解者那里就具有了意义，然而这种意义还只是一种字面的意义。对文本的读解只达到字面的意义还不是最终的理解，因为文学文本是由“两级符号系统”和“双重意指”构成的。这样，对文学文本的读解还有待于通过对文字的理解进入到更深层次的对含有丰富意蕴的形象的理解，即对意象的理解。

对意象的理解也包括两个相互联系的方面，一是对“象”的想象，二是对“意”的感悟。对“象”的想象直接由对字义的理解引起，这里的关键是“字义”能够激发起读者的联想和想象，同时也需要读者能够进入到文学交际的情景之中。没有读者的联想和想象，或者读者没有进入到文学交际的情景中，就不可能有形象在想象中的浮现。因为在文学文本中，“象”这个层次是潜在的，它潜在于“言”的指义功能与审美功能统一的交际功能中，读者不可能在文本中直接感知到“象”，只能在对文本意义的理解中想象出“象”来。而对“意”的感悟就是在对“象”的想象中发生的，因为“意”就蕴含在“象”之中，当读者对“象”的想象和体验达到一定的广度和深度时，就自然而然地领悟到了其中的内蕴和含义，从而实现了对“意”的感悟。

通过以上简略分析可以看到，文学话语的读解形态的结构特点在于：一方面是阅读活动的横向综合，另一方面是理解活动的纵向深化，这两方面相互激发和相互推动，就构成了读解活动的两条相交的主轴，整个读解活动就是沿着这两条主轴展开的。从这一结构特点可以明显看到文学话语的读解形态的两大性质。首先，文学读解活动是对作品文本的解释和理解活动，即通过对文本的阅读而达到对意义的理解，因而具有“解释学”（hermeneutics）的性质；其次，文学读解活动又是一种特殊的读解活动，其特殊性在于它是在审美欣赏中进行阅读理解，因而又具有美学的性质。这就是说，文学话语的读解形态具有双重性质，它既是理解活动又是审美活动，这两方面综合起来，可以把它界定为审美的读解活动。

先分析文学话语读解形态的解释学性质。

从解释学的观点看，任何解释活动都离不开四个要素，即解释对象、解释主体、解释过程和解释的历史语境。任何解释学理论都是对这四个要素及其关系的一种阐述。因此，要解说读解形态的解释学性质，所涉及的主要问题就是：读解过程中部分与整体的关系问题、读解主体与读解客体的关系问题以及读解的客观性与历史性的关系问题。

第一个问题就是解释学中讲的“释义循环”(hermeneutic circle),即在解释过程中对部分的理解依赖于对整体的理解,而对整体的理解又依赖于对部分的理解,如此形成了部分和整体之间的互释循环。在文学读解中也同样存在着这个问题。如对一个诗句的理解,先要理解其中的每一个词,而要理解这个词必须等到理解了整个句子才有可能,因为这个词的意义是在句子上下文的整体关系中被确定的。这个问题之所以产生,完全是由于文本言语的线性特征造成的,这种线性特征使读者不可能在瞬间把握整体,读者的视点只能沿着这条语流线一个词语接着一个词语地向前游移,每一个“当下”时刻,都只处于语流线的某一个词语上。那么,读者在还没有把握整体之前,他是如何理解作为这个整体的部分的每一个词语的呢?英加登把这个问题与读者在读解时的某种心理过程联系起来理解。他认为,读者在阅读文本中的某一个句子时,一方面保留着对先前句子的记忆,另一方面又生发出对未来句子的期待。他说:“对目前来说重要的是存在着一种对新句子的期待。前进的阅读只是使我们所期待的东西现实化并对我们呈现出来。在我们对即将来临的东西的期待以及把它们现实化的企图中,我们仍没有忘记我们已经读过的东西。”[①] 这样,对先前句子的记忆和对未来句子的期待就把当前的这个句子置放于上下文的整体联系中,从而使这个句子得以理解。当然也有这样的情况发生:在具体的读解过程中,记忆可能变得模糊不清,这需要重新回指先前的句子来加以补救,预期也往往会出现偏差,这也需要对已经理解的意义加以补充和修正。接受美学家伊塞尔也提出过类似的观点,认为“理解”建立在阅读的“游移视点”(wandering viewpoint)与“过去视野”和“未来视野”融合的基础上。他说:“每一阅读瞬间都是延伸与记忆的辩证运动,并且与过去(正在消褪的)视野一道,构成或唤起一个未来视野。游移视点同时通过二者开辟道路,在前进中它们融汇为一。……审美对象正是通过这一过程不断构成和重构的。”[②]

我们认为,无论是英加登的“记忆”和“预期”,还是伊塞尔的“过去

① [波兰] 罗曼·英加登:《对文学的艺术作品的认识》,陈燕谷等译,中国文联出版公司1988年版,第33页。

② [德] 沃尔夫冈·伊塞尔:《本文与读者间的相互作用》,载《文艺理论研究》1988年第6期,第79页。

视野”和“未来视野”，其实都是人类心理的“完形规律”（principle of closure）的体现。“格式塔”心理学认为，人的知觉按照“整体大于部分之和”的规则，倾向于对事物感觉的整体把握，具有一种“完形”能力。人的知觉经验越丰富，他的完形能力就越强。如画一个圆在另一个圆之前，并部分地挡住了另一个圆，人们仍然会把被挡的那个圆看成一个圆形，而不会看成别的形状。人的这种完形能力同样也体现在读解活动中。人们总是倾向于把读到的语段的各个部分组成一个整体，如果遇到一个残缺的句子，人们就尽力把它补全。如《红楼梦》里林黛玉临终前对宝玉说的一句话“你好……”，每个读者读到这里，都会自觉不自觉地依照自己的经验添补这句话的后半部分。我们认为，正是这种完形的心理倾向和能力使读解者在部分与整体的互释循环中不断地深化对文本的理解。

文学话语读解形态的解释学性质所涉及的第二个问题是读解主体与读解客体的关系问题。这个问题的意思是说，在文学读解中，读解主体在何种程度上受制于文本？是被动的，还是具有能动性和创造性的？古典释义学家大多主张，释义活动就是力图达到对文本原义或本义的理解，释义者应忠实于文本，以文本为依据，不能穿凿附会，随意解说。现代哲学解释学倾向于认为完全恢复文本的原义是不可能的，解释者总是带着一定的成见走进文本，因而在对文本的解释活动中必然带有解释者的创造性。例如加达默尔提出的“理解”就是“视域融合”的理论。他认为，任何一个解释者都必然带有一定的“视域”，它是在给定的历史境遇中形成的。解释者进入文本之时，他的原有的视域就与文本中所包含的视域发生相互作用的关系，从而达到两个视域的相互汇合，而汇合的结果就是更高层次的、更普遍的视域的产生。这样，解释的过程就是不断改变解释者的视域并形成新视域的过程。因此，加达默尔断言，“理解活动总是这些被设定为在自身中存在的视域的融合过程”，“理解并不是一种复制的过程，而总是一种创造的过程……完全可以说，只要人在理解，那么总是会产生不同的理解”。①

如果说在一般的解释活动中，解释主体对解释客体表现出如此的能动性和创造性，那么，在文学读解活动中，读解者的能动性和创造性作用似应显得更大一些、更充分一些。因为文学文本构成上的“双重意指”和潜在层

① 参见［德］加达默尔《哲学解释学》，夏镇平等译，上海译文出版社1994年版，第9、16页。

次的存在，必然使它自身的结构具有更大的不稳定性和开放性。即如英加登所认定的，文学文本是一个“意向性”极为突出的客体，它不仅在“意”的层次上是多重的、含混不清的，而且蕴含着“意”的“象”这个层次也是一种“图式化”的存在，充满着细节上的“空白”和“不定点”，即使在“言”的层次上也有许多“简略”和“不连贯”之处。这样的一种客体，它的现实性的“呈现”，就有待于读者的创造性的“填充”和完成。所以，在英加登看来，读解主体是所读解的作品得以现实地构成和实现的必不可少的重要因素。

接受美学家是通过对“文本”（Text）与“作品”（Works）的区分来突显读解主体的能动性和创造性的。他们认为，文本只是一个“隐含读者”的客体，是一个“召唤结构”，文本存在并不意味着作品的存在，而作品只能最终存在于读者的建构性的读解活动中，所以作品是由作者和读者共同创造的。伊塞尔说：“文学作品具有两极，我们可以称之为艺术极和审美极。艺术极是作者写出来的本文，而审美极是读者对本文的实现。从这种两极化的观点看来，十分清楚，作品本身既不能等同于本文也不能等同于具体化，而必须是处于两者之间的某个地方。”①

所谓文学作品的“两极”，从读解活动角度看，“艺术极”就是读解客体，“审美极”就是读解主体，文学作品就产生于两者相遇的时刻，也即“处于两者之间的某个地方”。在这里，读解主体显示出来的重要性是不言而喻的。

关于读解主体的这种重要性，存在主义者萨特说得更加直截了当：“文学客体是一个只存在于运动中的特殊尖峰，要使它显现出来，就需要一个叫做阅读的具体行为，而这个行为能够持续多久，它也只能持续多久。超过这些，存在的只是白纸上的黑色符号而已。”② 在萨特看来，文学作品的“存在”和“显现”是完全取决于读者的阅读行为的。

那么，读解者在读解过程中到底起着怎样的创造作用呢？英加登把这种创作作用概括为文学作品的“具体化”。他说：“如果要达到对作品的审美

① ［德］伊塞尔：《阅读行为》，金惠敏等译，湖南文艺出版社 1991 年版，第 25 页。

② ［法］让—保尔·萨特：《为何写作》，载伍蠡甫、胡经之主编《西方文艺理论名著选编》下卷，北京大学出版社 1987 年版，第 94 页。

理解，读者在客观化再现客体的过程中往往要远远超出作品客体层次实际包含的东西，人们一定要至少在一定程度上，在作品本身的范围内‘具体化’这些对象。”[①] 文本结构中的“不定点”的存在，为“具体化”提供了客观依据，而“具体化”则是对“不定点”的“填补”和“确定”。于是：“在具体化中，读者进行着一种特殊的创造活动。他利用从许多可能的或可允许的要素中选择出来的要素（尽管所选择的要素从作品方面来说并不总是可能的），主动地借助于想象‘填补’了许多不定点。”[②] 在这里，英加登提到了“选择”和“想象”。“选择”就是在读者的经验中选取一些“新的要素”，使想象“摆脱羁绊”，以更有效地“补充对象”[③]。而读者所有的创造性正是体现在这种选择和想象之中。同时英加登也强调了创造性的限度，它必须被限定在“可能的”“可允许的”“合乎需要”的范围内，不至于“同本文相冲突”，具体化可以是多种多样的，但却不能超出读解客体的客观规定性。[④]

接受美学家则推出了“期待视野”（horizon of expectations）的概念，以证实读者在接受中的主观创造性的发挥。所谓期待视野，就是读者在读解一部作品之前就具有的一种先在的审美意识状态，这种审美意识状态是在他以往的全部审美经验中形成的，并且反映着他所在的那个历史时代的审美趣味和倾向。接受美学家认为，这种期待视野一旦形成，就在读者的接受活动中起着导向作用，它决定着一部作品的接受过程并在这一过程中不断地被修正、被改变。接受美学的代表人物姚斯指出：“一部文学作品在其出现的历史时刻，对它的第一读者的期待视野是满足、超越、失望或反驳，这种方法明显地提供了一个决定其审美价值的尺度。”[⑤] 同时他又认为：“这一新的本

① ［波兰］罗曼·英加登：《对文学的艺术作品的认识》，陈燕谷等译，中国文联出版公司 1988 年版，第 49 页。

② ［波兰］罗曼·英加登：《对文学的艺术作品的认识》，陈燕谷等译，中国文联出版公司 1988 年版，第 52 页。

③ ［波兰］罗曼·英加登：《对文学的艺术作品的认识》，陈燕谷等译，中国文联出版公司 1988 年版，第 53 页。

④ ［波兰］罗曼·英加登：《对文学的艺术作品的认识》，陈燕谷等译，中国文联出版公司 1988 年版，第 54 页。

⑤ ［德］H. R. 姚斯：《走向接受美学》，载《接受美学与接受理论》，周宁等译，辽宁人民出版社 1987 年版，第 29 页。

文唤起了读者（听众）的期待视野和先前本文所形成的准则，而这一期待视野和这一准则处在不断变化、修正、改变，甚至再生产之中。”① 可见，在接受美学家那里，正是期待视野的这种先在性，使得读者的接受活动成为一个真正意义上的创造过程，它创造着作品，而且也创造着文学史。当然，接受美学家在强调读者接受的创造性时，仍然承认这种创造性是有限度的，受到接受对象——作品的“客观化”的节制，即如姚斯所说：“在审美经验的主要视野中，接受一篇本文的心理过程，绝不仅仅是一种只凭主观印象的任意罗列，而是在感知定向过程中特殊指令的实现。感知定向可以根据其构成动机和触发信号得以理解，也能通过本文的语言学加以描述。”②

但是，属于“读者反应批评”的学者费什却把读者在阅读中的创造性夸大到极端。在他看来，阅读不是为了发现文本的含义，而是读者个人的体验和反应过程。他甚至认为文本里面并没有意义，意义是读者附加进去的，他把那种认为意义是文本固有的、等待读者把它揭示出来的想法斥之为“客观主义的幻想”。他说，“文本的客观性是个幻觉，而且是个非常危险的幻觉”，在读者反应中，“它不再是一个客体，一个独立存在事物，而变成了一个事件，一个由读者参与发生在读者身上的事情。正是这一事件，这种发生的事情……才是这个句子的意义所在”③。照此一说，读解客体已不是读解主体的读解对象，反而成了完全由读解主体创造出来的一个产物，这显然是荒谬的。

与费什的观点构成另一个极端的是日内瓦学派的批评家普莱的观点。普莱虽然也承认作品的“命运”和存在方式依赖于读者的阅读，但同时又认定读者在阅读中基本上是被动的，扮演了一个微不足道的角色，满足于把出现在他脑海中的作品的内在意识记录下来。他说道，“阅读就是这样一种方式：不仅屈从于大堆的外在语词、意象、观念，而且屈从于说出和容纳这些语词、意象、观念的那个异己的本源”，“作品在我之中过着它的生活”，

---

① ［德］H. R. 姚斯：《走向接受美学》，载《接受美学与接受理论》，周宁等译，辽宁人民出版社 1987 年版，第 31 页。

② ［德］H. R. 姚斯：《走向接受美学》，载《接受美学与接受理论》，周宁等译，辽宁人民出版社 1987 年版，第 29 页。

③ ［美］斯坦利·E. 费什：《文学在读者中：感受文体学》，载王逢振等编《最新西方文论选》，漓江出版社 1991 年版，第 57、68 页。

“我被作品取代”。[①] 这样，读者就全然沦为作品的“录音机”，他不是在读解这个作品，而是在“复制”这个作品，读者不再是一个有着自己个性的能动的生命，而变成了作品暂且栖居、逗留的“场所”。这显然也是不合情理的。

在我们看来，文学读解中的主客体之间的关系应该是一种相互影响、相互作用的关系，而读解活动也应该是一个主客体之间的“双向对逆”的过程，即客体刺激主体，引起主体的反应，同时主体的反应又反过来影响了客体。在这个过程中，诚如皮亚杰的发生认识论所讲的，主体已有的“认知图式”一方面“同化”（assimilation）客体，把客体中的那些可认同的内容吸纳进来，以充实自身，另一方面又“顺应”（accommodation）客体，通过对自身的修正和改变以适应客体中的那些异己的内容。而作品的意义就在读解者的这种既“同化”又“顺应”的活动中被揭示和生产出来了。这样，文学读解活动既不是文本的简单还原，也不是纯粹主观的随意发挥，而是读者的一种包含着“同化”和“顺应”两方面过程的特殊的创造活动。这种关系，如果联系到文本背后的创作主体，实质上就是一种巴赫金说的主体间的对话关系，“理解者进入对话之中，成为一个新的参与者”，“理解已是非常重要的对话关系”。[②]

文学话语读解形态的解释学性质涉及的第三个问题，就是客观性与历史性的关系问题。这个问题是由读解活动与读解客体的“时间差距”引起的。也就是说，一部作品诞生之后，随着历史的发展，不同时代的读者对它的理解也在发生着变化。那么，如何解释这个现象呢？在对同一部作品的不同时代的这些不同理解中，有多少属于历史的因素？有多少属于作品本身的因素？在理解的历史性面前，作品的客观性还能不能得到保证？诸如此类的问题，一直都是解释学极为关心的问题。一般来说，古典释义学比较强调理解的客观性，认为“时间差距”必将导致理解的巨大障碍，对文本的许多曲解和误解都是由于历史语境的变迁而造成的，解决这一问题的办法就是回到文本产生的时代背景中去，通过重新体验前人的经验获得解释的客观性。与

① ［比利时］乔治·普莱：《阅读的现象学》，载王逢振等编《最新西方文论选》，漓江出版社1991年版，第6、8页。

② 参见［俄］巴赫金《文本　对话与人文》，白春仁等译，河北教育出版社1998年版，第331、324页。

古典释义学相反，现代哲学解释学家强调的是理解的历史性，他们认为历史语境的变化不仅不会给理解造成障碍，反而是理解得以形成的重要条件。之所以这样说，主要有两个理由：一是历史发展所形成的时间距离，可以使解释者摆脱与自身利害相关的不利影响，以较为客观的态度对待文本，从而达到对文本的更公正的理解；二是历史发展所形成的时间差距，还可以使解释者借助更多地在历史中积累起来的传统力量去解释文本，从而达到对文本的最充分的理解。因为正是传统的连续性使流传下来的东西向我们呈现出它的真面目。加达默尔说："任何时代都必须以自己的方式理解流传下来的文本，因为文本附属于整个传统，正是在传统中文本具有一种物质的利益并力图理解自身。"[①] 加达默尔这里强调的"传统"，同海德格尔所说的"前理解"（vorverstannis）或"前结构"（vorstructer）如出一辙。在海德格尔看来，历史是此在的一种"筹划"，就是把它"作为"（als）什么，"这个'作为'造就着被理解的东西的明确性结构。'作为'组建着解释"[②]。因为"作为"给定了解释者一些先行的文化习惯、概念系统和种种假设，解释正是以这些先行的"具有"、先行的"把握"构成了他的"前理解"的结构，并以这种"前理解"为前提去理解历史。所以，他说："把某某东西作为某某东西加以解释，这在本质上是通过先行具有、先行看见与先行把握来起作用。解释从来不是对先行给定的东西所作的一种无前提的把握。"[③] 这样，他就充分肯定了历史性解释的合理性，但同时也在某种意义上否定了客观性解释的可能性。

在文学读解中，同样也存在着客观性与历史性的关系问题。比如，文学史上经常出现这样的情况：有些作品发表之时，立即引起轰动，颇受读者青睐，但是随着时代的变化，这些作品却逐渐不再被人看重，以至最终销声匿迹。相反，有些作品在开始时，不被世人所注意，没有多少人知道它的存在，但是事隔多年之后，这些被尘封在历史中的作品却可能被人们重新发现，重新给以评价，甚至被视为经典之作，引起一代代人经久不衰的阅读兴

① ［德］加达默尔：《哲学解释学》，夏镇平等译，上海译文出版社 1994 年版，第 16 页。

② 参见［德］马丁·海德格尔《存在与时间》，陈嘉映等译，生活·读书·新知三联书店 1987 年版，第 183 页。

③ ［德］马丁·海德格尔：《存在与时间》，陈嘉映等译，生活·读书·新知三联书店 1987 年版，第 184 页。

趣。例如莎士比亚的剧作、《红楼梦》等作品都曾经受过这样的历史命运。那么，一部作品在它的读解史和接受史上的这种戏剧性变化说明了什么？对一部作品的接受和理解，在多大程度上取决于历史？又在多大程度上取决于作品本身的客观存在？接受美学家们曾对这些问题做过较为深入的探讨。姚斯认为，文学作品的存在价值仅在于等待人们对它的接受和理解，而文学作品的真正实现和被生产出来就取决于人们对它的接受和理解。人们对于一部作品的接受和理解不仅因人而异，而且也因时代的变化而有所不同，但是无论哪一种接受和理解都有其历史的合法性和合理性。因此，决定一部作品意义、价值的不是它自身的客观存在，而是它所经历的接受史和产生的效果史。姚斯指出，一部作品写出后，“第一个读者的理解将在一代又一代的接受之链上被充实和丰富，一部作品的历史意义就是在这种过程中得以确定，它的审美价值也是在这过程中得以证实”①。姚斯还提出了他的文学史理论，认为文学史的撰写不能像以往那样只是客观地描述作品及其创作过程，应该着重研究作品在接受中的历史变化。因为在他看来，文学史就是文学文本的接受史，有必要从读者接受的角度“重新撰写文学史”②。从姚斯的观点看，他把文学接受的历史性绝对化了，从而全然否定了对一部作品的接受和理解可能有任何客观的依据和标准，作品本身无所谓优劣高下，一切取决于人们的解释和评说。这样，就使他在思想方法上陷入了怀疑论和相对主义的泥淖。

与姚斯相比，英加登则在这个问题上采取了较为审慎的态度。他虽肯定了“具体化”因人、因时而不断变动的必然性和必要性，但同时也对“具体化”的客体基础和客观依据坚信不疑。所以，在他看来，具体化的各种成果具有不同的认识价值，有的成果较为接近作品本身，有的成果偏离了作品的客观性，因而是“不忠实”的、“不适当”的具体化。文学研究者应该对这些成果给以认识价值上的鉴别和评价，这就“给自己提出了研究审美具体化的任务”。英加登认为这一任务实际上就是对公众的一种艺术教育，“这种教育的开端是认识具体的文学的艺术作品，通过一种正确进行的阅读

① ［德］H. R. 姚斯：《走向接受美学》，载《接受美学与接受理论》，周宁等译，辽宁人民出版社1987年版，第25页。

② 参见［德］H. R. 姚斯《走向接受美学》，载《接受美学与接受理论》，周宁等译，辽宁人民出版社1987年版，第25页。

和一种适当的富有成果的审美经验——它们导致忠实的和有价值的审美具体化"①。

如果说英加登的观点还多少偏向于文学读解的客观性的话，那么韦勒克的观点则显得更为辩证一些。作为"新批评"后期的代表人物，韦勒克依然坚持文本的独立性和本体地位。但与一般"新批评"理论家不同的是，韦勒克不再把文本看作绝对自在自足的客体。他指出，文本不是像三角形或数字那样可以直接观察的、毫无变化的"理想的客体"，它虽然"不等同于任何经验"，但"只有通过个人经验才能接近它"，此外，它还"具有一种可以称为'生命'的东西"，"它有一个可以描述的发展过程，这一过程不是别的，而是一种特定的艺术品在历史上的一系列的具体化"，"它在历史的进程中通过读者、批评家以及与他同时代的艺术家的头脑时发生变化"。但韦勒克又特别声明，"这种动态的观念并不意味着只是主观主义和相对主义。所有不同的观点决不是同样正确的。人们总可能确定哪一种观点能够更完整、更深入地把握住这一题目"，因为文本结构虽然是"动态的"，但"这种结构的本质经历许多世纪仍旧不变"。② 在韦勒克那里，文学读解的客观性与历史性就辩证地统一起来了。我们认为，在这个问题上，韦勒克的观点较为中肯和有说服力。

现在我们再讨论文学话语读解形态的美学性质。

文学读解活动与非文学读解活动的显著不同就在于它的美学性质，就是说它不是一种一般性的读解活动，而是一种审美的读解活动。加达默尔谈到美学与解释学的关系时认为，"解释学包括了美学"，因为在他看来，"艺术语言就是艺术品自己说话的语言"，"我们的任务就是去理解它所说的意义，并使这种意义对我们和他人都清楚明白"，自然"处于解释学任务的领域之中"。但另一方面，加达默尔又指出，"艺术语言指的是表现在作品本身之中的更多的意义"，它的"不可穷尽性就是以这种更多的意义为基础的"，因而"当我们在理解一部艺术品时不可能满足于备受宠爱的解释学规则"。③

① ［波兰］罗曼·英加登：《对文学的艺术作品的认识》，陈燕谷等译，中国文联出版公司1988年版，第429页。

② 参见［美］韦勒克、沃伦《文学理论》，刘象愚等译，生活·读书·新知三联书店1984年版，第162—164页。

③ 参见［德］加达默尔《哲学解释学》，夏镇平等译，上海译文出版社1994年版，第101、103页。

这就是说，加达默尔看到了艺术解释的特殊性，它不单是一个解释学的问题，也是一个美学的问题。姚斯作为一个文学史家和美学家当然更加看重文学阐释的审美特征，他承认“在审美感知中，理解也始终是在起作用的”，但他接着又特别强调说：“不是那样一种理解，即必须明确地探究文本以便把它理解成一个答案；更确切地说，这种理解就是在审美感知中，对某种向读者展示的世界图景含蓄的理解。”①

那么，审美的文学读解与非审美的一般读解的根本区别何在呢？我们可以用一句话来概括，这种区别就在于：文学读解是在言语形式和感性直观之中领悟意义，一般读解则是透过言语形式直达意义。为了便于理解这个说法，先让我们举个例子来说明。假设有两个句子：一个是一条数学定理“三角形的三个内角之和等于180度”；一个是一句诗“当黄昏掩埋了白昼，死神便在暗中出没”。前一个句子也有它特定的措词用语和句法构成等语言形式，但我们在读解它时，这些言语形式仿佛并不存在，我们注意的是在这些形式背后的意义。我们仔细地读着这句话，只是因为我们要理解它的含义，一旦我们弄懂了这条定理的意义，这句话马上就被抛到一边。因为这句话本身已对我们毫无用处，我们已经掌握了这条定理，真正有用处的正是这条定理，而不是表述这定理的话语。这就是非审美的读解活动的主要特征，即透过言语形式直达意义。但是读解后一句诗时，情况就完全两样了。我们马上被这个诗句本身所吸引，它的那些用语，它的那种情调，它所烘托的那种诡秘的氛围，使我们久久沉迷于其中而不能脱出。“掩埋”是什么意思？黄昏怎能掩埋了白昼？为什么说死神在暗中出没？这些问题纷至沓来，盘旋在我们的脑中。我们在这句诗里模模糊糊地感到某种恐怖的气氛，某种不祥的预兆和种种昏暗朦胧的意象。但这句诗到底是什么意思，却可能仍然不甚明了。我们读这句诗好像总是被“阻截”在它的言语形式和直观表象之中不能自拔。即使是在小说、散文里这种情况也不能完全避免。如鲁迅的《秋夜》一开头：“在我的后园，可以看见墙外有两株树，一株是枣树，还有一株也是枣树。”这句话的字面意义并不难懂，无非是讲后园里有两株枣树，但我们在读它时，却被它这别致的“说法”所困惑，作者为何不直说有两株枣树，而要说“一株是……”“还有一株也是……”，我们会觉得这

① 参见H. R. 姚斯《文学与阐释学》，载《文艺理论研究》1986年第5期，第38页。

说法里似乎别有一点意思。这就是文学读解的审美特征，即在言语形式和感性直观之中领悟意义。就是说，在文学读解里，对于意义的理解和把握永远不脱离具体的言语形式和直观形象，一旦离开它们，文学读解马上就变为非审美的一般读解了。

加达默尔在说明艺术解释的审美性时也特别指出了这种特征，他说："艺术语言的独特标志在于：个别艺术作品集聚于自身并表达了（用解释学的话说）属于一切存在物的象征特征。……艺术品与我们打交道时带有的亲近性同时却以谜一般的方式成为对熟悉的破坏和毁坏。"① 姚斯对此也有更明确的论述："审美特征的考察——这一特征对于有别于神学、法律或语言本文的诗的文本来说是独特的——必须沿着为审美感知所提供的方向进行，这种感知过程是通过文本结构，节奏暗示，形式的渐次完成而构成的。"② 在这里，姚斯强调的是：文学文本的理解和"释义"必须通过"审美感知"，而审美感知又是在言语形式和直观意象中"渐次完成和构成的"。所谓"渐次"，其实就是说文学读解在理解意义方面是由"言"的阅读到"象"的想象再到"意"的感悟的纵向深化的过程。文学读解一方面分别在各个层次里"回旋"和"驻留"，另一方面又不断依次向更深层次深入，而文学读解的审美特征就体现在这种既滞留又深入的过程之中。比如，在"言"的阅读层次，读者可以感受到语句的韵律、节奏、形式意味给他带来的某种审美愉悦，他停留在这里可以尽情地享受着这种愉悦。但语句的意指作用必然又引导他进入"象"的想象层次，在这个层次里，他又在一个充满着各种表象、情感、意念的艺术世界里流连忘返。与此同时，他在对这个世界的想象、体验和玩味中又会深入到对意义的感悟。而在意义的感悟这个层次里，他的思绪又可以向各个方面和各个层面上追索和探寻，因为内含在"象"中的"意"本身就是多重的、含混的和不确定的。在这里，读者的理解活动实际上是处于不断地回复往返和无限深入的过程中的。但是，无论他深入得多么远、多么深，都始终不离开言语形式和感性形象，始终是在言语表达和形象直观之中进行的，即姚斯所说的"这种理解就是在审美感知中，对某种向读者展示的世界图景含蓄的理解"。让我们再举个例子来说明审美

① ［德］加达默尔：《哲学解释学》，夏镇平等译，上海译文出版社 1994 年版，第 104 页。
② ［德］H. R. 姚斯：《文学与阐释学》，载《文艺理论研究》1986 年第 5 期，第 82 页。

理解的这一特征。柳宗元的《江雪》:“千山鸟飞绝,/万径人踪灭。/孤舟蓑笠翁,/独钓寒江雪。”这首诗寥寥数语,但寓意颇深,可能有的评者会解释说,这首诗表现了一种清高孤傲的人格,或者说,一种伟大的孤独的情怀。但是,什么是清高孤傲的人格?什么是伟大孤独的情怀?光听诗评者的解释,读者是永远体会不到的。这不像学习一个数学定理,只要有人给你讲明了这个定理的概念和其中的道理,只要你听懂了这些概念和道理,你就掌握了这个定理,至于这个定理的语言表达式,你不一定非读它不可。但是,理解一首诗就不能这样,无论别人如何解说,如果你自己不去接触这首诗、不去阅读这首诗,你就永远毫无所得。你阅读这首诗,就是在感知这诗的言语形式和描绘的图景、境界,你只有通过这种具体的感知,才可能把捉到这诗的内涵和意义。当我们细细阅读《江雪》这首诗时,首先是五言绝句的那种特有的语言体式给我们留下深刻印象。从一、二两句的对仗语式,“绝”“灭”“雪”三个韵脚的相继出现,平仄相间而造成的声响节奏等言语形式中,我们感受到了一种深沉而又冷峻的语调,高阔悠远而又有些悲怆的韵味。随着这种感受我们潜入了诗的境界,这是一个“雪”的世界,在这个飞鸟绝迹、人踪寂灭、空旷浩瀚的“雪”的世界里,“山”“径”“江”的意象都变得迷蒙难辨,唯独独钓翁的形象远远地凸现出来,却又相当清晰,他头戴笠帽,身披蓑衣,安然坐于舟中,独自一人垂钓于江上。这样一个诗的境界将引发读者各式各样的想象和思索,也正是在这些想象和思索中,产生了对诗的各种各样的理解。所以,文学读解的审美特性就体现在,不是透过言语形式而是就在言语形式和感性直观里领悟意义。

需要进一步澄清的是,我们说的在言语形式“之中”领悟意义,显然不是指仅仅局限于纯形式的直觉观赏,更不是指德里达所说的那种消解中心、消解意义的能指的“剩余物”“替补物”的游戏,而是指一种审美地理解文学文本的特殊方式。这种方式离不开对形式和外观的审美感知,但又不能简单地归结为纯形式的观赏和玩味,它在本质上仍然属于一种通过阅读而达到理解的活动,它的目的仍然是理解意义。既然这样,文学读解就不可能是一种纯然以自身为目的的无功利的行为,它必然通过审美地理解意义的过程而与意义的创作根源——作者联系起来,也与意义的对象根源——现实世界联系起来。正是在这些不可规避的联系之中,读者与作者以文本的理解为中介进行着思想情感的对话交流。从这个意义上看,文学读解活动就是人与人之间的理解活动和对话交流活动，读者的精神境界在这种理解和对话交流中获得了充实、提高和升华，同时又反过来对他所生活于其中的那个世界产生或隐或显、或大或小的影响，尽管这一切的相互作用和相互影响都是在审美的方式中不知不觉地完成的。

第四章 文学话语的“施为”类型

第一节 作为言语行为的文学话语

“施为”（performative）是“施以行为”的意思。当说文学话语是一种“施为言语”（performative utterance）时，就是指文学话语以言语施以行为，是可以“以言行事”（doing things with words）的。这个观点涉及奥斯汀创立的言语行为理论。奥斯汀在《如何以言行事》一书中提出了他的言语行为理论的核心内容，认为人类说出的所有话语都是利用语言做事情，即“说某事即是做某事，或通过说某事来做某事”①。如说“天在下雨”是实施了一个判断的行为，说“请递给我那本书”是实施了一个请求的行为，说“明天我一定回家”是实施了一个许诺的行为，说“现在开会了”是宣布了一件事情发生，如此等等，都是用语言做事，都是一个言语行为。奥斯汀还认为，任何一个完整的言语行为都可以分解为三个方面的行为，即“言内行为”（locutionary act）、“言外行为”（illocutionary act）和“言后行为”（perlocutionary act）②。如说“请递给我那本书”，言内行为是说出了这句话并表达了这句话的意义，言外行为是通过说这句话提出了请求，言后行为是提出这个请求后取得的效果或得到的回应。奥斯汀的追随者塞尔也对言语行为理论做过如下的阐发：“作出一个陈述，也和作出一种许诺、打赌、警告

---

① J. L. Austin, *How to Do Things with Words*, London: Oxford University Press, 1962, p. 6.

② J. L. Austin, *How to Do Things with Words*, London: Oxford University Press, 1962, pp. 99—100.

等等一样，都是完成一种以言行事的行为，任何话语都是由一个或更多个以言行事的行为组成的。"[①] 塞尔和奥斯汀一样，都强调"以言行事"是一切话语普遍具有的共同特性。

依照言语行为理论宣称的这个普遍原理，文学话语理应也是一种施为话语，也具有言语行为的性质，也应该作为一种言语行为进行研究。但奥斯汀在断定一切话语都是言语行为的同时，又对言语行为做了恰当（felicities）与不恰当（infelicities）的划分。在他看来，类似于文学话语中的那些言语行为，因为是在虚构的情境中说出来的，因而是"不认真"的，应该将它们归入不恰当的言语行为范畴予以搁置。他的原话是："舞台上所说的施为言语，诗歌中所述的施为言语，戏剧中所说的施为言语，这些施为言语以独特的方式成为伪的或空的施为言语……上述情形中的言语以一种特殊的方式被不严肃地使用，但却是寄生于其正常使用方式之上。所有这些都被我们排除在考虑之外。我们所要讨论的施为言语，无论是否有效，都是在日常言语环境中被发出和被理解的。"[②] 应该说，奥斯汀的这个二元划分是确定他的言语行为理论的研究对象和范围所必需的，但他对文学言语行为的判定则明显属于似是而非的偏见，因而理所当然地引起了德里达、米勒等解构主义者的激烈反对。

我们认为，要反驳奥斯汀以及塞尔排斥文学言语行为的观点，先要搞清一个问题，就是当我们说文学话语中的言语行为是指什么？我们首先想到的当然就是作品中叙述人和众多人物说的话，这些话都显示各式各样的言语行为，都是施为言语，但这些话又确实是作者假定和虚构出来的，不是在现实日常生活中实际发出的。除了作品里这种显而易见的虚构的言语行为外，在文学话语中还存在一种比较隐蔽的言语行为。前面讲过，文学话语不只是作品文本一种形态，还包括代表作者话语的创作形态和代表读者话语的读解形态。这就意味着文学话语的言语行为是由两部分构成的，一部分是作品内的言语行为，一部分是作品外的言语行为。或者说，所谓文学话语的言语行为不能笼统而论，需要区分两种情况下的言语行为，一种是作者在他虚构的语

① ［英］约翰·塞尔：《对以言行事行为的分类》，载涂纪亮主编《语言哲学名著选辑》，生活·读书·新知三联书店1988年版，第232页。

② J. L. Austin, *How to Do Things with Words*, London: Oxford University Press, 1962, p. 22.

境中让假定的叙述人和人物实行的言语行为，一种是作者在现实的创作语境中通过他所创作的整个作品向假想的或实际的读者实行的言语行为。为了表述的方便，我们将前者统称为文学话语的内在言语行为，将后者统称为文学话语的外在言语行为。关于这一区分，对文学中的言语行为进行过专门研究的希利斯·米勒说道：“文学言语行为可以指文学作品中表达的言语行为，譬如许诺、撒谎、借口、声明、祈求、原谅以及小说中由人物或叙述者所说、所写的其他言语行为。也可以指作为整体的文学作品的可能的述行性维度。写小说也许就是一种以言行事的方式。”[①] 例如，《红楼梦》第二十回写到薛宝钗随贾宝玉到贾母处见史湘云，恰逢林黛玉在场，黛玉与宝玉之间随即发生了一场对话。黛玉问宝玉：“打哪里来？”宝玉便说：“打宝姐姐那里来。”黛玉冷笑道：“我说呢！亏了绊住，不然早就飞了来了。”宝玉道：“只许和你玩，替你解闷儿；不过偶然到她那里，就说这些闲话。”黛玉道：“好没意思的话！去不去，管我什么事？又没叫你替我解闷儿！——还许你从此不理我呢！”说着，便赌气回房去了。[②] 仅这一小段对话，就充满了数个言语行为，其中既有黛玉的疑虑、盘问、冷嘲、怨懑，也有宝玉的辩解、不满和劝慰。这些就是作品内的内在言语行为。而在《红楼梦》第一回的前言里，作者直接出面说明了“此书本旨”，即“我虽不学无文，又何妨用假语村言，敷演出来，也可使闺阁昭传，复可破一时之闷，醒同人之目，不亦宜乎？”[③] 作者的这段告白实际上也是一种言语行为，作者意欲通过写作这部小说、虚构这些故事情节、塑造这些人物形象，也就是通过他所创造的一切，向读者展示他所感受和感悟的人生，以此打动和警示读者，即所谓“破闷”“醒目”是也。这就是在作品之外的作者与读者之间发生的言语行为，即我们所说的文学话语的外在言语行为。只是这种外在的言语行为，在绝大多数作者那里往往不像《红楼梦》作者那样直白地说出来，而是借助他们对整部作品的创作和读者对整部作品的解读而得以执行和实现的。

从《红楼梦》的例子可以清楚地看出，文学话语的内在言语行为与外在言语行为的主要区别就是，前者是作品内虚构的言语行为，后者是作品外

① J. Hillis Miller, *Speech Act in Literature*, Stanford, California: Stanford University Press, 2001, p. 1.

② 参见曹雪芹、高鹗《红楼梦》（一），人民文学出版社 1979 年版，第 236—237 页。

③ 参见曹雪芹、高鹗《红楼梦》（一），人民文学出版社 1979 年版，第 1 页。

现实的言语行为。宝黛之间的那段对话，主要是作者凭借想象构想出来的，不能说现实中真的发生过那样一段对话，然后由作者如实地记录下来。但是，《红楼梦》的作者创作这部小说，并企图利用这部小说打动和影响读者却是现实中实际发生的事情，正如作者自言“今风尘碌碌，一事无成”，于是“编述一集，以告天下”。[①] 可以说写作这部小说就是作者现实生活中的一个片断、一个经历。反过来看，一个读者哪一天拿过《红楼梦》来阅读，受到这部小说的感染，做出这样或那样的回应，也是他现实生活中实际发生的一个事件，就像他平日里听到某个朋友讲了某个故事而做出种种反应一样，都是非常现实、非常实在的事，尽管听到的那个故事可能是虚构的。虚构故事中的言语行为是虚构的，但对于虚构故事的构想以及对虚构故事的种种回应却是现实的，在这种作品外的作者与读者结成的应答关系中所发生的言语行为当然也是现实的。巴赫金对文学话语中的这两类言语行为有清醒的认识，他说：“人物的言语是参与作品内部所描绘的对话中，并不直接进入当代实际的意识形态对话里，亦不进入实际的言语交际中；而作品是作为一个整体参与到这一实际的言语交际之中，并在其中得到理解。”[②] 在这里，巴赫金的意思很明确，他以作品内外划界，作品内人物的言语行为处于虚构的艺术世界里，因而不能直接参与现实世界的交际，而作品外的作者则生活在现实的世界里，他将作品作为一个整体同读者展开实际的言语交际，因而他的言语行为是在现实中发生的，并且起着实际的作用。当然，作品外的言语行为又必须借助于作品内的言语行为才能得以实施。

明白了文学话语中的言语行为的复杂性，即它其实是由作品内的言语行为和作品外的言语行为两个层次合成的，也就能清楚地看出奥斯汀忽视和排斥文学言语行为观点的片面性之所在。奥斯汀只是看到了作品内的言语行为的虚构性，就以此为理由以偏概全地否定了整个文学言语行为的恰当性、合法性及其理论研究的价值。事实上，文学言语行为还含有处于作品外的在作者与读者间展开的一个方面，一个更为宏观但又极易被忽略的一个方面，这方面的言语行为绝不是虚构的，而是在现实中实际发生的，是作者现实的创作行为和读者现实的解读行为的体现，就其现实性来说，与日常生活中人们

---

① 参见曹雪芹、高鹗《红楼梦》（一），人民文学出版社 1979 年版，第 1 页。

② ［俄］巴赫金：《文本 对话与人文》，白春仁等译，河北教育出版社 1998 年版，第 320 页。

之间发生的言语行为毫无二致。竭力主张文学言语行为理论的卡勒就坚持认为：“一首诗既是一个由文字组成的结构（文本），又是一个事件（诗人的一个行为、读者的一次经验、以及文学史上的一个事件）。”[①] 卡勒在这里特别强调的就是，不能将一首诗仅仅看作是一个虚构的文本，从这首诗的创作和解读看，它还是作者和读者实际从事的一个“行为”，实际做成的一个“事件”，实际发生的一个言语行为，因而这种言语行为与日常生活中的言语行为具有同样的现实性。不仅如此，这种言语行为还有着更广泛的社会性，它干预进而构筑社会现实，它显示出的“言外之力”对外在社会现实的影响远远超过一般日常生活中的言语行为。由此看来，奥斯汀将这种作品外的言语行为不加区分地武断地也排除在他的研究对象的范围之外，显然是错误的。即使确为虚构的文本内的言语行为也不能说是毫无研究价值的，至少这种研究对于从另一个侧面解释作品中人物的意图和性格以及作品表达的主旨具有不可替代的作用。正如米勒所言：“小说中的叙述者和人物可能发出的言语行为，这也是以言行事的一种方式——诺言、宣言、借口、否决、见证、谎言，如此等等。这些言语行为构成了叙述人和人物生活行为的重要时刻。”[②] 譬如前面列举的《红楼梦》中宝黛之间的那段对话，可以从分析黛玉表达的那种猜疑逼问和尖刻探测的言语行为，看出她的忧虑重重的内心世界和多情而又敏感的个性；也可以从宝玉回应的言语行为中发现他是一个单纯、坦率而又重情义的人；两个人物间的关系也伴随着这些应答式的言语行为而不断发生着微妙的变化。而且，作者对人物言语行为的虚构也不是随意而为，而是按照现实中言语行为的规则去想象和设定的，在虚构的情境中，这些人物的言语行为也同样符合情理逻辑，也同样发挥着实际的效力和作用。德里达在言语行为问题上致力于解构奥斯汀提出的恰当与不恰当的二元对立，他甚至认为，决定一个言语行为是否恰当并不在于这一行为是否具有现实性，而是在于是否遵从了某个“可复述的模式”，而这个“可复述的模式”的最完美的体现恰恰不是来自日常的言语行为中，而是来自文学性的戏剧表演中。他说，它“完美地体现在舞台上演员的表演之中”，“认真

① ［美］乔纳森·卡勒：《当代学术入门　文学理论》，李平译，辽宁教育出版社、牛津大学出版社1998年版，第77页。

② J. Hillis Miller, *Literature as Conduct: Speech Acts in Henry James*, New York: Fordham University Press, 2005, p. 2.

的施为句依赖于表演行为的可能性，因为施为句所依赖的可重复性明显地体现在表演行为之中”，“认真的施为句只是表演行为的一个特殊例子”。[①] 依照德里达的这个观点，虚构的戏剧表演中的言语行为不仅不是不认真不严肃的，反而成为日常生活中言语行为的标准和典范。德里达的这种也许有些过激的观点，至少说明了即使是虚构的言语行为也与现实中的言语行为具有同等重要的研究价值。

奥斯汀虽然不恰当地把文学中的言语行为剔除出言语行为理论的研究视野之外，但他首创的言语行为理论却为文学话语的研究提供了一个极具穿透力的新视角，并拓展出一块有着广阔前景的新领域。自奥斯汀在 1962 年发表了他的关于言语行为理论的代表作《如何以言行事》之后，借鉴这一理论为参照系的文学言语行为的研究就日益发展起来。从现今的情况看，这种研究的成果主要集中在两个方面：一是对具体作品文本的话语分析的研究，这方面的研究又可分为会话研究和言语行为研究，后者就属于作品内的言语行为的研究；二是对文学话语的外在言语行为的研究，这方面的研究在希利斯·米勒、乔纳森·卡勒等人的推动下，已取得了较大的进展。这方面研究的着眼点不是作家创作的作品文本是怎样的，而是作家怎样用他创作的作品文本做事、做了些什么事以及这些事以怎样的方式给读者带来了怎样的影响。很明显，这方面的研究意义极为重大，它力图从“以言行事”的角度对文学话语的性质和功能做出新的理解和阐释。就目前看，这方面的研究虽斩获颇丰，成果可观，但也存在不少问题。主要就是研究方法上统而论之的多，细节分析的少；研究内容上谈论总体问题的多，辨析局部问题的少；研究观念上各执己见的多，综合汇通的少。鉴于上述研究现状，我们将侧重于对文学话语中外在言语行为的类型问题做系统研究。就是说，我们的研究目标不仅指向于文学话语的外在言语行为都是做了些什么事情，更重要的是指向于所做的这些事情可以区分为哪些类型，即我们将致力于文学话语的施为类型的研究。我们试图通过这种施为类型的研究，促使目前大而化之的研究深入到具体问题的研究，同时也促使目前并立的各种观点在类型的归纳中达到融合。对这个我们预设的研究目标，我们将努力为之。

在开始文学言语行为的类型研究之前，有些与此相关的基本概念和基本

① 转引自涂靖《文学语用学纲要》，湖南人民出版社 2005 年版，第 44—45 页。

理论问题需要先行给以界定和说明。首先是单纯言语行为与复杂言语行为的区别。单纯言语行为是指话语中的这样一些句子，它表达的意义是单一的，它所实施的行为也是单一的。比如，我口渴的时候想要一杯水喝，我可能会给身边的什么人说：“请你给我倒一杯水吧。”这就是一个单纯的言语行为，因为我用这个祈使句只表达了我一个意图，就是想要一杯水；而它实施的行为也只是一个单独的请求的行为，除了这个请求的行为，看不出还有其他的行为了。而复杂的言语行为则可看作是单纯言语行为的复合或叠加的形式。还是举口渴了要喝水的例子，但这一次我不是对某人说“请你给我倒一杯水吧”，而是说“你可以给我倒一杯水吗？”这次我用的是个疑问句，从表达的意思看，除了想得到一杯水外，还想知道你能否给我倒一杯水；这样一来，我用这句话实施的行为就成为两个，首先是询问，然后才是请求。这就是所谓复杂的言语行为。按照这样的区分，文学话语中的外在言语行为（以下简称“文学言语行为”）显然属于复杂的言语行为。作者利用他创作的作品向读者表达的意图和实施的行为总是复合式的，因为作者是用作品向读者说话的，在这个过程中作者至少实施了两个行为，一个是创作了可供读者欣赏的作品文本，一个是通过作品文本表达了可供读者领会的某种情思。即使是一首短短的小诗也不会例外。如王维《鸟鸣涧》一诗：“人闲桂花落，/夜静春山空。/月出惊山鸟，/时鸣春涧中。”仔细体味这首诗，我们可以领受到诗人实施的三重言语行为，第一重以抑扬顿挫的韵律愉悦了我们的听觉，第二重以静幽寂远的意境激发了我们的想象，第三重以超凡脱俗的内蕴导引了我们的思索。这三重言语行为有一个先后序列，但又环环相扣，犹如层层涌起的波浪冲刷着我们的感觉、心理、精神乃至行为。由此可以见出文学言语行为的多重性和复合性。

与上述复杂的言语行为相关联的还有直接言语行为与间接言语行为的区别。如果我们承认任何复杂的言语行为都是两种以上的简单言语行为的复合和重叠，那么我们就会发现在这种复合和重叠中，必有一个言语行为是直接的言语行为，另外的言语行为则属于间接的言语行为。换句话说，一个复杂的言语行为的复杂性就体现为，它总是通过实施一个言语行为去实施另一个或另一些言语行为。在这里，前一个言语行为就是直接言语行为，后一个或后一些言语行为则称为间接言语行为。作为言语行为理论的忠实捍卫者和发扬者的塞尔曾举出一系列例子说明什么是复杂施为句中的直接和间接的言语行为。他指出，“并不是所有言语行为都是通过说出那些其字面意义表达说话人所意图的意义的语句来执行的”。他举例说，假设一个人在餐桌上要求某人把盐递过来，通常他会说出这一类的话：“你能把盐递过来吗?”“你可以把盐递过来吗?”“我想要盐。”“请你把盐递过来好吗?”“你能把盐递给我吗?”如此等等。塞尔认为，“在这些实例中，某人是通过直接地执行另一种言语行为来间接地执行一种言语行为，诸如此类的实例被称作‘间接的言语行为’”①。我们前面举的“你可以给我倒一杯水吗”的例子同塞尔的例子一样，也是包含间接言语行为的施为句，即以直接的询问方式间接地达到请求的目的。由此也可看到在一个复杂的施为句中所实行的直接言语行为与间接言语行为间的关系。首先是时间上的先行与后继的关系，直接言语行为是先行的言语行为，随后才有间接的言语行为。其次是空间上的在场与不在场的关系，直接言语行为是显在的言语行为，间接言语行为是隐蔽在直接言语行为背后的言语行为。最后是实质上的手段与目的的关系，直接的言语行为是作为手段的次要言语行为，间接的言语行为是作为目的的主要言语行为。就是说，当我说“你可以给我倒一杯水吗”，我要实施的主要的言语行为是请求，而不是询问，询问只是我要实施的先行的、显在的、次要的言语行为。

但是，以上列举的施为句都是含有一个间接言语行为，还有一些更复杂的施为句实际上是实行了两个以上的间接言语行为。我们再用“你可以给我倒一杯水吗”那个例子作为证明。假如我在数次说了“你可以给我倒杯水吗”之后，那人仍然无动于衷并没有给我倒水。这时我可能会改口对他说：“你可不可以给我倒杯水啊!”这句话字面形式上还是个问句，它所执行的直接言语行为应该说还是询问，但在这询问的背后就不只是请求了，还隐含着对那个人的不满的情绪。这样，这个施为句其实是执行了两个间接的言语行为，一个是继续促使那人倒水的请求，一个是因那人迟迟没倒水而生的不满情绪的流露。可以说，在日常的话语中，像这种隐含多重间接言语行为的施为句占有很大的比例，这是由日常生活中说话人之间以及所说的事情之间的复杂多变的关系决定的。比如，父亲对儿子可以直接说“给我倒杯

① 参见［美］约翰·塞尔《心灵、语言和社会》，李步楼译，上海译文出版社2006年版，第146—147页。

水”，而儿子对父亲表达同样的意思就要委婉得多，他或许仅仅说：“爸爸，我口渴了。”夫妻之间的私密关系可以直接说一些亲昵无间的话，而陌生的男女之间说话就要含蓄，不能过于直截了当。这些例子说明，日常话语中存在着大量的多重间接言语行为，这不仅由于具体的说话场合和语境使然，还关涉传统的文化习俗、惯例、礼节等更深刻的社会因素。

无可置疑，文学话语作为一个巨型的施为句，像日常话语中的某些复杂施为句一样，也是要通过一个直接言语行为去实施多个间接言语行为的。前面举的王维的短诗《鸟鸣涧》的例子，已足以证明这一点。因为从这首诗里我们至少能分析出要执行的三重言语行为，更不用说像《红楼梦》那样的长篇巨制了。同时，文学言语行为作为一种重要的社会交际行为，也如日常言语行为一样要自觉不自觉地遵循一些已经形成的社会规约，尽管这些社会规约由于言语主体的革新作用也不是一成不变的。但是，迄今为止，这些社会规约的基本层面的东西依然没有改变，这就是无论一个作者意向上想要完成什么样的言语行为，都必须首先通过文本的写作来创造一个诉诸知觉的幻象世界，以便给读者提供一种艺术的审美享受和愉悦。从古希腊的悲剧直到当今流行的“玄幻”小说都是这样，它们都要首先给人以审美愉悦，尽管这审美愉悦的具体内涵或已发生了翻天覆地的变化。如果情况确实如此，那么我们就可以得出一个结论：文学话语中的直接言语行为就是“以美取悦”。任何一部文学作品如若不能给人提供审美快感，不能让人愉快，不能让人喜爱，它就失去了作为文学作品的最起码的条件，不管它的作者如何宣称他的创作意图多么庄严高尚，他为此执行的言语行为都不可能发生任何效力，因为这种作品违背了文学交际活动的基本规约，即作者必须承诺首先创造一个艺术幻象给读者以审美愉快。作者假如没有完成这个直接的言语行为，就意味着他失约在先，读者就会拒绝阅读他的作品，文学交际活动也就无法正常进行了。但是，如同我们前面已讲过的，文学话语中的直接言语行为是实行间接言语行为的先行手段，作者创造一个审美的幻象世界完全是为了有效地实施他意图中的那些间接的言语行为。直接言语行为固然重要，间接言语行为应该更加重要。直接言语行为不过是实施间接言语行为的前提条件，而间接言语行为才是实施直接言语行为的最终目的。所以，我们在确定了文学话语的直接言语行为是“以美取悦”之后，紧接着的更重要的问题就是：文学话语的间接言语行为有哪些？

纵观古今中外的文学作品，我们可以发现，作家由于创作思想、创作个性以及所属的创作流派和具体的创作语境的不同，他们在创作中实施的间接言语行为其实是极为多种多样的，诚如维特根斯坦说的“实际上我们使用句子来做许许多多各种各样的事”[①]。维氏说的虽然是日常话语，但文学话语也大致如此。要真正认识文学话语中的间接言语行为，唯一的办法就是分类，就是将它们分为几个有限的类型。奥斯汀，还有塞尔，鉴于日常言语行为的无限多样性，都对其进行过分类研究。塞尔发展了奥斯汀的研究，他提出，“至少在十二个重要的方面以言行事的行为是彼此不同的”[②]，但其中第一重要的是以言行事的“要旨”。他最后的结论是：“如果我们把以言行事的要旨当作依据以区分语言用法的基本概念，那么我们使用语言所能做的事情是相当有限的。我们告诉人们事情是怎样的；我们试图使人们去做某些事情；我们使自己有责任去做某些事情；我们表达自己的感情和态度；我们通过自己的话语产生某些变化。”[③] 这样塞尔就把多不胜数的日常言语行为分成了五大类：一是断定类（“我认为窗子是开着的”），二是指令类（“我请你把窗子打开”），三是承诺类（“我保证把窗子打开”），四是表情类（“我为你打开窗子而感谢”），五是宣告类（“我要把窗子打开”）。塞尔认为任何一个单纯的言语行为都可以归入这五类中的一类来加以把握。[④] 参照塞尔这种分类法，我们也可以根据作家在创造具有审美价值的艺术幻象时的主要意图的相似或相近，将他们意欲实施的间接言语行为区分为三类。第一类我们称之为“告知”类，即创造审美艺术幻象的主要意图是为了告诉人们现实的真相，让人们知道他所经历的生活是一种怎样的生活，如某些追求忠实地反映现实生活的作品即是如此。第二类我们称之为“传情”类，即创造审美艺术幻象的主要意图是为了传达对某些事物的感受和情感，以获得人们的同情和共鸣，如某些被称为浪漫主义的作品即可归入此类。当代的某些特

① ［英］路德维希·维特根斯坦：《哲学研究》，载涂纪亮主编《语言哲学名著选辑》，生活·读书·新知三联书店1988年版，第159页。

② ［英］约翰·塞尔：《对以言行事行为的分类》，载涂纪亮主编《语言哲学名著选辑》，生活·读书·新知三联书店1988年版，第216页。

③ ［英］约翰·塞尔：《对以言行事行为的分类》，载涂纪亮主编《语言哲学名著选辑》，生活·读书·新知三联书店1988年版，第243页。

④ 参见［英］约翰·塞尔《对以言行事行为的分类》，载涂纪亮主编《语言哲学名著选辑》，生活·读书·新知三联书店1988年版，第227—234页。

意激发某种情感的所谓“煽情”作品，虽并非传达真诚的情感，但其主旨与之相近，也可作为这一类的一个特例来理解。第三类我们称之为“劝导”类，即作家创造审美艺术幻象的主要意图是基于他所恪守的哲学的、道德的、宗教的、政治的意识形态和文化传统以劝说人们相信哪些行为方式是正当的抑或不正当的，借此影响改变人们的精神世界乃至生活方式。从古到今所有的那些遵从“寓教于乐”甚或“文以载道”的文学作品，都可以囊括到这一类型之中。米勒从言语行为的角度谈到文学对读者所产生的影响时，曾提出过以下的见解，文学“可以使人感觉到生活在乔叟时代、莎士比亚时代、艾米丽·迪金森时代是什么样子”，可以“以书中的人物模式来理解邻居甚至自己”①，“艺术作品的宝藏让我们无限地扩大、丰富了我们自己的生活”②，“复杂的情感最好是以叙事来表达，因为故事能以并不完全合逻辑的方式来具体呈现那些复杂的感情”③，“阅读文学的一个重要理由，是它仍是接受文化浸染、进入自己的文化并属于它的最快途径（无论结果好坏）”④。由此可以看到，我们讲的文学三类间接的言语行为，与米勒提到的这些文学对读者的影响是基本吻合的。这样，我们就给文学言语行为划分出了四种类型，即作为直接言语行为的“以美取悦”型以及作为间接言语行为的“告知”型、“传情”型和“劝导”型。在以后的几节里，我们将对这四个类型分别加以讨论，这里暂且从略不表。

还须指出，这四种言语行为类型在具体的文学作品中往往是融合在一起的。“以美取悦”是任何一部文学作品所必行的，其他三种间接言语行为也是内在地相互包容的，很难截然分开，并且这三种间接言语行为又是与以美取悦的言语行为不可分割地交融在一起的，因而在具体的文学作品里就体现为四种言语行为的融合，只是在有些文学作品里可能只有一种言语行为占主导地位，或者如塞尔说的“我们往往在同一话语中做其中一种以上的事

---

① 参见［美］希利斯·米勒《重申解构主义》，郭英剑等译，中国社会科学出版社2000年版，第325、106页。

② J. Hillis Miller, *On Literature*, London: Routledge, 2002, p. 100.

③ ［美］希利斯·米勒：《跨越边界：翻译·文学·批评》，单德兴编译，（台北）书林出版有限公司1995年版，第147页。

④ J. Hillis Miller, *On Literature*, London: Routledge, 2002, p. 135.

情"[1]。比如，唯美主义的作品里以美取悦的行为必然是主要的，现实主义的作品会更重视告知行为的实施，浪漫主义的作品可能侧重于实行传情的行为，相信文学可以改变人的观念甚至改造社会现实的作品则倾向于更多地使用劝导的行为。此外，具体的文学作品对这四种言语行为的具体实施也是千差万别的。譬如，同样是以美取悦的行为，有的作品更注重语言美，有的作品更注重意象美，有的作品则更注重情节美；同样是告知的言语行为，有的作品致力于理性的"知"，有的作品则津津乐道于感性的"知"；同样是传情的言语行为，有的作品偏向自我情感的抒发，有的作品则偏向读者情感的煽动；同样是劝导的言语行为，有的作品善于运用"寓教于乐"的方式，有的作品更喜好"寓教于情"的方式。如此众多的差别，不可尽数。事实上，我们所说的四种言语行为类型，就是从这众多的差别中归纳出来的，而且也可能会有新的言语行为类型从这众多差别的演变中形成。所以，当我们运用这四种言语行为类型去解说具体的作品时，应该注意做到具体情况具体分析，不可削足适履地机械套用，用理论去裁剪事实。

最后要说明的一个问题是文学言语行为的效用问题。由作者完成的文学言语行为是否发生实际的效用，并不取决于作者。一个作者即使极富创造性地并适当地使用了言语行为规则而实施了一个文学言语行为，他也顶多加大了这个言语行为的力度和强度，但不能决定这个言语行为就一定取得预期的效果。决定一个文学言语行为能不能发生实效以及发生怎样的实效的关键因素，是要看有没有读者参与这个言语行为并对之做出回应。参与这个言语行为的读者越多、读者的回应越强烈，这个言语行为产生的实际效果就越大。前面提到奥斯汀认为一个完整的言语行为必须是由以言表意的言内行为、以言行事的言外行为和以言取效的言后行为三个环节合成的，一个言语行为如果缺失了言后行为这个环节，就是一个未完成的无效的言语行为，因为这个言语行为没有得到受话者必要的接应和参与。所以奥斯汀在确定一个言语行为的有效性条件时，特别强调了"这个程序必须被参与这个程序的所有方面的人正确而彻底地执行"[2]。例如，我请求某人关上窗子，那人却毫无回

① 参见［英］约翰·塞尔《对以言行事行为的分类》，载涂纪亮主编《语言哲学名著选辑》，生活·读书·新知三联书店1988年版，第243页。

② J. L. Austin, *How to Do Things with Words*, London: Oxford University Press, 1962, p. 15.

应，既不说关，也不说不关，那么我的这个请求就是无效的。但如果那人听了我的话后，站起来关上了窗户，表明他对我的请求做出了赞同的应答，这样，我的请求就发生了实际的效力。即使那个人对我的请求表示反对，不愿意关上窗子，这也是一种应答，这也使我实施的言语行为产生了一个效果，尽管这个效果与我原初意向中的效果适得其反。这是个日常言语行为的例子，还可以举个文学言语行为的例子。假设一个诗人很费力地写了一首诗，自认为这首诗能使人愉快，能让人感动，能给人以知识和教益。但实际上这首诗发表后并没有人读过它和谈起它，更没有批评家引用它和评论它，那么，这就意味着这位诗人为写这首诗而实施的那些言语行为是没有效力的，是劳而无功的。上述例子都说明了，实施了一个言语行为并不等于完成了一个言语行为，完成了一个言语行为的主要标志是产生了实效，而产生实效的关键在于得到或肯定或否定的回应。这也表明，言语行为本质上也是对话性的，言语行为只有处于对话关系中才能获得某种应答，才能成为真正有效力地完成了的言语行为。因此，对于作家来说，更重要的不是言语行为的实行，而是言语行为的实现，是设法使他实行的言语行为博得更多的回应，产生更大的效力。

文学言语行为作为一种重要的社会交际行为，它的言后效力的充分发挥势必导致对社会现实的干预和重构。塞尔认为，言语行为理论的最大贡献并非发现了言语的行为性，而是发现了言语的建构性。言语行为的效力将最终体现为从“个体意向”向“集体意向”的转化，而集体意向的作用又将通过“功能归属”的赋予而超越“无情性事实”以达成“制度性事实”的建构。在塞尔看来，社会现实既是无情的客观存在，又是意向的主观建构，而在两者之间扮演着中介角色和起着联通作用的正是人行施的种种言语行为。[①] 可以说，人类历史上一切被世世代代的人们传颂和赞赏的文学经典和名著，都在起着这种凝聚集体意向、规范艺术法则、构建社会现实的巨大作用。卡勒还谈到文学言语行为对读者的社会文化属性能起到一种特殊的创构作用：“诗歌和小说都是以要求认同的方式对我们述说的，而认同是可以创

① 参见［美］约翰·塞尔《心灵、语言和社会》，李步楼译，上海译文出版社2006年版，第112—121页。

造属性的：我们在与我们所读的那些人物的认同中成为我们自己。”① 这是说，文学言语行为不仅能引起读者的“认同”回应，而且还能借助这种回应，现实地改造着读者的社会文化的属性。我们现在研究文学话语的各种施为类型，其主要目的就是对文学言语行为的这些重大作用的起因、机制、过程以及种种运作模式做出一种理论的解释和说明。

第二节　文学话语的直接言语行为：“以美取悦”

研究文学言语行为就是研究文学是做什么的。唯美主义者可能认为文学只做一件事情，这就是创造美。就是说，文学创造美不为其他，只为自身，它是为了创造美而创造美的。我们不同意这个观点，从以言行事的角度看，我们认为文学利用言语可以做许许多多的事，创造美只是其中的一件事。我们可以举个看似特别的例子。我们都知道唐代崔护有一首传世名诗叫《题都城南庄》：“去年今日此门中，／人面桃花相映红。／人面不知何处去，／桃花依旧笑春风。”相传这首诗是在这种情况下写成的：崔护年轻时有一年清明节到都城南郊春游，走到一个山庄，感到口渴了，适逢路过一家草房，但见房前桃花盛开，艳若朝霞，于是前去叩门求水。没想到开门为他端茶续水的竟是一位美丽无比的姑娘，崔护禁不住为之怦然心动，久久不能忘怀。第二年清明节，崔护又旧地重游，急忙赶到草房前，看见门前桃花依然灿烂，但却柴门紧闭，寂无人声。回想到去年的“人面桃花”的美景，崔护激情难抑，就在门扉上写下了这首《题都城南庄》的诗。而待姑娘回家后看到了这首诗，由于感动至深，竟思念成疾，以致命在旦夕。结果是崔护闻讯赶到，不仅挽救了姑娘的生命，还成就了一段才子佳人的美满婚姻。那么崔护写这首诗做了什么事？你也可以说这首诗写得很美，崔护创造了美，但创造美绝不是崔护写这首诗的目的，他写这首诗分明是通过美的创造而完成了另外一件事，即向那位姑娘示爱并得到了姑娘的首肯以致真的结成了夫妻。崔护的这首诗竟然起到了类似于情书的作用，竟然成全了他的婚姻大事！还可以举个例子，说是当年征战在外的曾国藩曾收到家书一封，报知家里正因三

① ［美］乔纳森·卡勒：《当代学术入门　文学理论》，李平译，辽宁教育出版社、牛津大学出版社1998年版，第117页。

尺墙基地与邻居闹得不可开交，几动干戈。曾国藩看完信后淡然一笑，提笔写了一首诗作为回信。家人看到这首诗，竟然主动让出了地基，与邻里握手言和了。曾国藩的诗是这样写的：“千里修书只为墙，／让人三尺又何妨？／长城万里今犹在，／谁见当年秦始皇？”很明显，曾国藩写的这首诗也做成了一件事，就是成功地说服了家人主动退出墙基地，从而避免了一场纷争。以上两个例子说明，文学作为一种言语行为不仅可以做事情，而且可以做各种各样的事情，甚至包括做个人间的私事。孔子早在2000多年前就发现诗可以做很多事，他将诗的用处归结为四个方面：“诗，可以兴，可以观，可以群，可以怨。”[①] 孔子讲诗的用处多是从政治和道德的视角着眼的，有点忽略审美的视角。但唯美主义者却又仅仅强调艺术的审美性而排斥了任何功利性。但唯美主义的观点也不是毫无价值，它突出了审美在艺术中的独立性，提醒我们注意审美在艺术中的特殊地位。一个非常明显的事实是，无论想用文学做什么事情，都必须让这文学具有审美感染力，否则，文学将什么事情也做不了。崔护的诗之所以博得了那位姑娘的爱，前提就是他的诗写得美，让姑娘读后顿生喜悦之情。假设崔护不是写了这首诗而是在门上贴了个留言，说他来访未遇感到遗憾，那么事情的结果可能会是另一个样子。曾国藩的诗之所以说服了家人也是因为他充分运用了诗美的感染力量，如果他只是靠一般的说教言语就恐怕很难取得这样一个效果。这一切都足以证明，在文学交际的范围内，审美的言语行为可以成为其他一切言语行为的基础，而其他一切言语行为都可以凭借这个基础而得以施行，这几乎成为文学言语行为的第一定律。正是依据这一定律，我们把文学话语所能做的一切事情划分为直接的言语行为和间接的言语行为，其中间接的言语行为又分为“告知”“传情”“劝导”三种类型，而直接的言语行为就是“以美取悦”。

用“以美取悦”这个术语指称一个言语行为似乎并不恰当，因为这好像是在说两个言语行为。一个是创造美，一个是取悦人。但在我们看来，这两个言语行为的联系是密不可分的。当我说一个作者创造了美（宽泛意义上的美）就是说他使人愉快，因为美的东西总是使人愉快的；当我说一个作者使人愉快了也等于说他创造了美，因为使人愉快的东西不可能不是美的。所以，创造美和使人愉悦应该是合二为一的，在一定意义上可以当作一

① 参见《论语·阳货》。

回事看，因而“以美取悦”这个术语也可以简称为“美悦”。那么，说“美悦”是文学话语的直接言语行为是什么意思呢？这样说包含三层意思：第一层意思是说为了实行其他的言语行为必须首先实行“美悦”的言语行为，其他所有的言语行为都必须借助“美悦”言语行为才能实行。譬如，你想给人以教益必先给人以美悦，你想给人以知识必先给人以美悦，你想传递你的感受必先使人感到美悦。从某种意义上说，文学的第一要务就是让人欣赏，使人愉快。只有完成了这一要务，才能使其他的要务得以完成。第二层意思是说，其他的一切言语行为都寓含在美悦的言语行为之中，即古罗马贺拉斯说的：“寓教于乐，既劝谕读者，又使他喜欢，才能符合众望。”[①] 一般来说，其他言语行为不仅要借助美悦言语行为来行施，而且也不是在美悦言语行为之外单独行施，而是伴随着美悦言语行为并在美悦言语行为之内实施的。就是说，无论“劝导”“告知”“传情”，都是在“使他喜欢”中暗中进行的。这就使得其他的言语行为隐含在美悦的言语行为之内，导致了所谓“寓教于乐”“寓知于乐”“寓情于乐”。比如崔护的那首《题都城南庄》，诗中并没有单独而直露地表达诗人的爱慕之情，而是将这种情感注入那些优美的诗句和意象中，使那位姑娘在欣赏这首诗的愉悦中不知不觉地领受了这份感情。这恰恰显示出文学言语行为的特殊力量之所在，将其他言语行为寓含在美悦言语行为之中，会使得其他的言语行为如虎添翼，发挥出更强大的言外之力。第三层意思是说，所有的文学话语可以没有其他的言语行为，但不能没有美悦的言语行为。这就是说，美悦的言语行为是任何文学话语所不可缺失的。如果设想有一部文学作品，它没有提供知识、劝谕等等，但是有优美的语句和生动的形象，我们仍旧会承认它是一部文学作品，尽管不是最好的文学作品。但是，如果一部文学作品即使提供了很多高深的知识和深刻的教益，但唯独没有优美的语句和生动的形象，我们就会认为，它连最不好的文学作品都算不上，它根本就不是文学作品，因为它缺失了作为文学作品最起码的规约条件：给读者以审美的愉悦。

但是，为什么文学话语一定要以“美悦”为直接的言语行为？为什么其他的言语行为要寓含在美悦的言语行为之中？对这个问题有各种解释，如

① ［古罗马］贺拉斯：《诗艺》，载《〈诗学〉〈诗艺〉》，罗念生、杨周翰译，人民文学出版社1962年版，第155页。

认为基于人的某种天性，满足人的某种需要，让人们更容易理解和接受，等等。这些解答都各有道理，但又都未触及根本。我们认为，从根本上说，文学话语之所以以“美悦”为直接言语行为，是因为它要表达的其他言语行为是无法用现有的语言直接表达的。即是说，作者意欲通过文学表达的东西，无论是感性的、知性的或是情感体验的东西，其实都是在其内心交织为一个混沌流动的整体的“只可意会，不可言传”的东西。即如苏珊·朗格说的“所有这样一些交融为一体而不可分割的主观现实就组成了我们称之为‘内在生活’的东西”[①]，“对于这样一些内在的东西，一般的论述……无论如何是呈现不出来的”，“都是无法用语言符号加以描写或论述的”[②]。于是，作者要想表达这些无法用语言直接表达的东西，就只能运用审美的语言创造出可以表达这些东西的“艺术幻象”，即艺术作品。因为“一件艺术品，就是一种表现性的形式，凡是生命活动所具有的一切形式，从简单的感性形式到复杂奥妙的知觉形式和情感形式，都可以在艺术品中表现出来”[③]。如此一来，文学话语要表达的东西，如“告知”“传情”“劝导”等等，反而成为间接实施的言语行为，而创造艺术品的“美悦”言语行为则成为直接实施的言语行为。但是，这里也显示出文学言语行为的目的是那些间接言语行为的实施，而美悦言语行为则成为达到这一目的的手段。

现在我们已经知道，所谓美悦言语行为就是为了那些间接言语行为的实施而致力于一个艺术幻象的创造，那么，这个艺术幻象在哪些方面能给人以审美愉悦呢？首先是词语的美悦作用。虽然艺术要传达的“内在生命”必须借助于艺术幻象而不是语言，但在文学中，这个艺术幻象又只能依靠语言来描绘和造型，就像绘画中只能依靠线条和色彩、音乐中只能依靠乐音和旋律来描绘和造型一样。但是，文学中使用的语言必须要同它所描绘的艺术幻象相适应，这样就造成了文学中的语言运用与日常生活中的语言运用的不同特点。前面我们讲文学话语的语用类型时已提出了自指、曲指、虚指等三种用法。其中自指用法的成功运用就可导致词语的审美性并使人愉悦。譬如语音方面，特别是诗歌的语音方面，讲求韵律和谐，说起来朗朗上口，听起来

① 参见［美］苏珊·朗格《艺术问题》，滕守尧等译，中国社会科学出版社1983年版，第21页。
② 参见［美］苏珊·朗格《艺术问题》，滕守尧等译，中国社会科学出版社1983年版，第128页。
③ 参见［美］苏珊·朗格《艺术问题》，滕守尧等译，中国社会科学出版社1983年版，第128页。

声声入耳，给人的听觉以快适。恰如韦勒克说的："在许多艺术品中，当然也包括散文作品在内，声音的层面引起了人们的注意，构成了作品审美效果不可分割的一部分。"[①] 但是，追求语音的美悦，最易形成语调搭配和押韵的固定格式，如中国古代的格律诗以及按既定的词牌曲令填词造句的词、曲等，即是这样。这种语音配合的固定格式虽然强化了韵律的和谐和悦耳动听，但其越来越繁复的规定格式也极大地限制和束缚了内容的表达。于是，中国在近代以后就出现了打破固定格律的自由诗。自由诗在中国一百余年的创作和接受实践表明，在诗歌韵律方面，可以而且应该允许个人创造的充分发挥，但这种个人创造还是有一个限度的，这个限度就是它不能因而成为取消音韵美的理由。如果一首自由诗自由到毫无音韵之美，不能给人提供任何听觉的愉快享受，人们也就不会将它当作诗歌来看待了。当然，我们也要看到，词语是表义的，它的发音并不具有绝对的独立性，总是与它所表达的意义分不开的。在文学的艺术中，词语是用来描绘蕴含丰富的艺术幻象的，韵律美的创造是与艺术幻象的创造交合在一起的。所以韦勒克认为："声音和格律必须与意义一起作为艺术整体中的因素来进行研究。"[②] 再就是，词语的美悦作用还体现在用语的别致、语法的变异以及谐音、拆字的巧用等方面，如"僧敲月下门"中"敲"字的运用、"春风又绿江南岸"中"绿"字的运用、"香稻啄余鹦鹉粒，碧梧栖老凤凰枝"中语词位置的有意倒错等等，都是这方面常举的例子。我们平时说一个人文笔好、有文采就是指他写作时在选词造句上比较机敏。但在文学写作中，这种机敏绝不能理解成一种单纯的文字游戏，它是为描绘出更鲜明、更生动的艺术幻象服务的，它所带来的美悦与语音带来的美悦一样，是与艺术幻象的美悦作用融合为一体的。但是，词语毕竟是读者在阅读文学作品时一开始就接触的对象，所以我们将词语的美悦作用放在最前面加以讨论。

其次是形象的美悦作用。文学中美悦言语行为的实施主要体现为艺术幻象的创造，它通过艺术幻象的创造来使其他的言语行为得到实行。所以，从读者方面看，读者在文学交际中所获得的审美愉悦主要来自作者创造的艺术

---

① ［美］韦勒克、沃伦：《文学理论》，刘象愚等译，生活·读书·新知三联书店 1984 年版，第 166 页。

② ［美］韦勒克、沃伦：《文学理论》，刘象愚等译，生活·读书·新知三联书店 1984 年版，第 185 页。

幻象。作者创造的艺术幻象在抒情作品中体现为意象和意境，在叙事作品中体现为情景和人物的形象。但无论是意象和意境或者情景和人物的形象，都是作者在创造艺术幻象中运用想象力虚构的形象。问题是，虚构的形象怎么能引起审美愉悦呢？譬如现实生活中某人以纯粹编造的事情作为事实讲给别人听，当真相一旦败露，听话人就会视说话人为造谣者和骗子，除了感到被愚弄和欺骗外，决不会有半点审美愉悦！这是因为在现实生活中，人们为了生存和发展，要求所了解的信息必须是真实的，不然的话，就不能做出正确的决定，就不能成功地应对随时可能发生的事变。所以，在现实生活中的所有严肃场合里，一旦发现有人说谎和欺骗，马上就会遭到强烈的反感和抗议，除非偶尔有出于善意目的的说谎，可能会得到同情和谅解，但也不会带来什么审美愉悦。然而在文学交际中出现的虚构则与此全然不同。文学创作中的作者创造一个虚构的艺术幻象，原本就不是为了告诉读者现实中实际发生了什么事情，尽管这个虚构的幻象往往会或多或少地折射出现实的某些实质性的方面和面貌。作者虚构这个幻象的主要目的是为了向读者传达那些无法言表的内心感受和体验，即如苏珊·朗格说的为了给他的“内在生活”创造一种表现性的“艺术符号”，“艺术品作为一个整体来说，就是情感的意象。对于这种意象，我们可以称之为艺术符号”[①]。当然，艺术符号或艺术幻象所表现的这种“内在生活”也不是绝对主观的，应该说，这种内在生活的绝大部分来自于现实生活，本质上是对现实生活的内在化和主观化。但是，对这种内在生活的表现又不能通过对现实生活的镜子式的机械摹写，而是要创造出一个既模拟现实生活而又与现实生活全然不同的、作为艺术符号的艺术幻象。而要创造这种艺术幻象就必须要动用作者的想象和虚构的能力，也就是“描述可能发生的事，即按照可然律或必然律可能发生的事”，甚至也可以描述“一桩不可能发生而可能成为可信的事”[②]。无论描述不可能发生的事，还是描述可能发生的事，都必须借助作者的想象和虚构，只有描述现实生活中“已经发生的事”，才容不下虚构或根本就不能虚构。所以，文学创作中的虚构与现实生活中的虚构全然不是一回事，不能等量齐

① 参见［美］苏珊·朗格《艺术问题》，滕守尧等译，中国社会科学出版社1983年版，第129页。

② 参见［古希腊］亚理斯多德《诗学》，载《〈诗学〉〈诗艺〉》，罗念生、杨周翰译，人民文学出版社1962年版，第28、101页。

观。文学中的虚构，从根本上说，是基于一种特殊表达的需要，即在文学交际中作者要向读者表达的东西只有通过艺术幻象的虚构才有可能，作者是为了向读者表达什么而虚构，这种虚构就逐步发展成一则作者和读者都墨守的艺术成规：文学艺术中的虚构不仅不是说谎和欺骗，而且还是一种特殊的艺术欣赏和审美愉悦的来源。这是因为艺术幻象的虚构是诉诸人的知觉和想象的，它首先培养和唤起了人的知觉和想象的审美需求，它将以有声有色的艺术幻象的创造来满足和发展人的知觉和想象的审美需求，这就是所谓的形象的美悦作用。而且，在希利斯·米勒看来，这种形象的美悦作用不只是像表面上看起来那样仅仅体现为满足了人的知觉的审美需求，从更深的层次看，它还满足了人的某种天性的需要，即对于艺术的想象和虚构世界的天生的喜好和向往。他说，“文学让你进入一个通过其他方式无法得知的虚拟世界……人类不但有居住在想象世界的天性，而且他们必须如此”，“进入某个虚拟现实的需要总是要被满足的”，“文学作品并非如很多人以为的那样，是以词语来模仿某个预先存在的现实，相反，它是创造或发现了一个新的、附属的世界”，“这个新世界对已经存在的这一世界来说，是一种不可替代的补充”，“阅读文学作品也许可以定义为让别人替你做白日梦”。[①] 举一个大家都熟悉的例子，杜甫的七言绝句：“两个黄鹂鸣翠柳，／一行白鹭上青天。／窗含西岭千秋雪，／门泊东吴万里船。”这是一首写景诗，这首写景诗描写的景色也许对生活在那里的人来说司空见惯，但没有任何人这样描写过，杜甫这样描写是他的创造，他创造了一个由他精心构思的种种意象所合成的意境。这个整体的意境幻象，以其绚丽多彩、生机跃动的风貌固然极大地取悦于人的知觉感受，但同时也极大地满足了人对于自然美的向往和憧憬的需求。这充分说明了，形象的美悦作用重大意义，不仅在于愉悦了读者的视听知觉，而且在于从更内在的人的天性需求的层面上愉悦了读者的整个心身。

最后是内蕴的美悦作用。作者通过创造艺术幻象来实施他的美悦的言语行为，读者从这个艺术幻象里获得了词语之美和形象之美。但艺术幻象的美悦作用并非仅限于此两点。因为作者凭借选词造句和虚构种种诉诸知觉的形象所创造的艺术幻象，其实也是一种表情达意的艺术符号，作者创造这个艺

① J. Hillis Miller, *On Literature*, London: Routledge, 2002, p. 121. p. 29. p. 53.

术幻象的主要目的是为了借此传达他的一种无以言表的“内在生活”。如此一来，作者创造的艺术幻象就不是一个纯粹的知觉形象，而是一个由词语塑造而成的有着丰富意义蕴含的知觉形象。这样的知觉形象，除了具有词语和形象的美悦作用外，还必然具有一种“内蕴”的美悦作用。所谓内蕴的美悦作用，就是通过对艺术幻象的知觉感受，体悟到其中所包蕴的意义内涵，这个从知觉感受到体悟内涵的过程就体现出艺术幻象的内蕴的美悦作用。这个过程之所以能起一种美悦作用，能引起美感和愉悦，主要是因为对于内蕴的把握不是逻辑推理中的意义抽象，而是感性想象中的意义追寻。中国古代诗学中，常常把对一首诗的解读称之为“把玩”“玩味”等，就是说对一首诗的理解过程就像玩游戏的过程一样，是可以给人以愉快和享受的。如杜牧的名诗《泊秦淮》：“烟笼寒水月笼沙，／夜泊秦淮近酒家。／商女不知亡国恨，／隔江犹唱后庭花。”这首诗描写了抒情主人公在一个月色朦胧的夜晚，乘船停泊在秦淮河边，听到对岸酒楼传来了卖唱女的歌声，唱的竟是南朝陈后主的亡国之音——《玉树后庭花》。诗的最后两句有直接议论的成分，因而该诗表达的意思也比较明显，主要是揭露和批判了晚唐时期上流社会逃避现实、沉溺酒色的腐败堕落。但即使如此，我们在把捉诗中的这个意思时仍然感受到在想象中追寻意义的审美愉悦。诗歌首先让我们进入了一个特殊的氛围——昏蒙暗淡而又扑朔迷离的氛围，与进入这个氛围相伴而来的是对于月夜、秦淮河、行舟、酒楼、歌女、飘荡的歌声的想象，正是在这种想象的激发和氛围的体验中，我们领悟到了诗里最后两句提示的意义。而且这种想象还会引导我们继续思索，这从河岸上飘来的歌声，虽然不合时宜，但肯定是哀婉动听的。这哀婉的声音与迷蒙的夜景以及默默流淌的河水交汇在一起，使我们感到，除了对现实的愤慨，是不是还有一层对人生的悲观情调隐含在其中呢？如果我们这样捕捉这首诗的诗情画意，是不是从中能领受到一种另样的审美愉悦呢？这大约就是我们说的艺术幻象所产生的内蕴的美悦作用。

在这一节将要结束时我们还是要强调，作者实施的美悦言语行为是作为一个整体发挥作用的，其中词语、形象、内蕴三个方面的美悦作用是融为一体的。这是因为作者赖以实施其美悦言语行为而创造的艺术幻象本身就是一个融词语、形象和内蕴为一体的整体。此外，作者美悦言语行为的实效也要取决于读者的认同性的回应，取决于双方的对话和交流。只有被足够多的读者、甚至是很多时代的读者认同了的美悦言语行为，才是真正发挥了实效的美悦言语行为。即如前面提到的杜牧《泊秦淮》一诗，虽历经一千余年，仍被当代读者传颂并受到感动。这才是有实效的美悦言语行为。

第三节 文学话语的间接言语行为之一："告知"

在文学交际中，美悦言语行为是文学话语的直接言语行为，这种言语行为是通过创造艺术幻象来实施的，而艺术幻象又是为了传达无法用言语直接表达的特殊的"内在生活"而创造的。这样，传达特殊的"内在生活"就成为文学话语的间接言语行为。苏珊·朗格认为，这种"内在生活"是浑然一体不可分割的，所以她说："在通常情况下，人们总爱把这一完整的'内在生活'之流分解成理性的、情感的和感觉的单位。这种分解其实是主观任意的，甚至是一种简单化的做法。"① 但在我们看来，如果将这种整一的内在生活的传达视为言语行为，那么就会发现，每一言语行为的实施总是有所偏重，有些言语行为偏于传达内在生活对现实的认知方面，有些言语行为偏于传达内在生活对现实的情感方面，有些言语行为偏于传达内在生活对现实的改造方面。正是基于这一认识，我们将文学话语的间接言语行为分为三种类型："告知""传情"和"劝导"。

告知的言语行为是指作者在文学交际中用言语做了这样的事：他在创造了诉诸人的知觉和想象的审美艺术幻象的同时，告诉了读者（或说向读者传达了）有关现实的一些知识。米勒和卡勒在他们对文学言语行为的研究中都提到了这种告知的言语行为。米勒认为："每部文学作品都告知我们不同的、独特的另一现实，一个超现实。"② 卡勒以小说为例说，小说里的故事首先"给人们带来快乐和满足"，此外，它"还具备一种功能，就是教我们认识世界，向我们展现世界是如何运转的，通过不同的视点调节方法，让我们从别的角度观察事情，并且了解其他人的动机，而我们通常是很难看清这些的"③。恩格斯曾对巴尔扎克的小说给以极高的评价，他说："他在《人

① ［美］苏珊·朗格：《艺术问题》，滕守尧等译，中国社会科学出版社1983年版，第21—22页。

② ［美］希利斯·米勒：《文学死了吗》，秦立彦译，广西师范大学出版社2007年版，第118页。

③ 参见［美］乔纳森·卡勒《当代学术入门 文学理论》，李平译，辽宁教育出版社、牛津大学出版社1998年版，第95—96页。

间喜剧》里给我们提供了一部法国‘社会’特别是巴黎‘上流社会的’历史，他用编年史的方式几乎逐年地把上升的资产阶级在1816年至1848年这一时期对贵族社会日甚一日的冲击描写出来……它描写了这个在他看来是模范社会的最后残余怎样在庸俗的、满身铜臭的暴发户的逼攻之下逐渐灭亡，或者被这一暴发户所腐化；它描写了贵妇人……怎样让位给专为金钱或衣着而不忠于丈夫的资产阶级妇女。在这幅中心图画的四周，它汇集了法国社会的全部历史，我从这里，甚至在经济细节方面……所学到的东西，也要比从当时所有职业的历史学家、经济学家和统计学家那里学到的全部东西还要多。”[①] 恩格斯这段对巴尔扎克的小说高度评价的话，显然也是在突出强调小说话语中的告知言语行为，至于他的评价是否得当，我们暂且不论，但巴尔扎克作为批判现实主义的代表人物，确实致力于告知的言语行为的实施，确实通过他的小说创作告诉了我们许多当时社会的知识，则是不能否认的。

可是，这样一来，马上就发生了一个问题：既然作者创造的艺术幻象是他的想象和虚构（即使巴尔扎克小说中的故事和人物也是虚构的，也不是现实中已发生的真人真事），而且创造这艺术幻象也只是为了传达他的“内在生活”，而不是为了如实报道和摹写“现实生活”，那么，作者又是怎样告诉了我们关于现实生活的知识呢？对这个问题我们可以从三方面给予解答。第一，说到底，作者的内在生活不过是从他的外在现实生活里来的。一个从生下来就与世隔绝的人，除了作为生物有机体的本原的生理欲望之外，很难说他还有什么内在生活。作者的内在生活其实就是他内在的主观欲求和愿望与外在的客观现实遭遇之后而生出的种种反应、感受、体验、态度和意向的复杂交织，其中就包括它对于现实的认知和评价，这些认知和评价成为他的内在生活的重要组成部分。因此，当他向读者传达他的内在生活时，就必然连同他对现实生活的认识和评价一起告诉给读者。如果读者理解并赞同作者的这种对现实生活的认识和评价，那就等于他从作者那里获得了关于现实生活的知识。从这个意义上看，所谓告知的言语行为并非一定告知了现实生活本身，而是告知了对现实生活的认识。由此即可解释即使那些貌似远离现实的纯粹幻想的作品，像《西游记》等，同样也可以告知我们关于现实生活的知识。

① 《马克思恩格斯选集》（第四卷），人民出版社1975年版，第462—463页。

第二，作者创造艺术幻象时的虚构决不是不着边际的任意虚构，而是按照现实中的“可然律”和“必然律”去虚构，所虚构的事情虽然不是现实中“已发生的事”，却是现实中“可能发生的事”或者“不可能发生而可能成为可信的事”。这样的虚构就不只是对现实的模拟，而是发现或创造了一种比现实更具“普遍性”的更高的现实。[①] 如果这样理解文学中的虚构，说作者恰恰通过虚构行施了告知的言语行为，告知了读者有关现实的知识，就是一件顺理成章的事了。正如卡勒所说的：“文学作品声明要向我们讲述这个世界，但如果它成功了，它是通过创造它所讲述的人和事件得以成功的。”[②] 卡夫卡在其小说《变形记》中讲了银行小职员格里高尔·萨姆沙一夜间变成了一只大甲虫的故事，这显然是不可能的虚构，无论怎么说，人也不可能变成大甲虫。但这种极为离奇的虚构却正是依据于作者对现实生活的一种必然性的认识，展现了作者对现实生活的一种隐喻式的揭示，即揭示了埋藏在现实生活深处的不易觉察但又极其可怕的荒诞性，这种荒诞生活可以不动声色地把人异化为物。可见，即使像《变形记》中这样看似很不靠谱的虚构，依然能告诉我们有关现实生活如此深刻的知识。

第三，作者还常常运用一些技术性的手段来掩饰他的虚构行为，使读者在不知不觉中暂时忘记了虚构而导向于现实，以此来加强他的告知言语行为的效力。最常见的办法就是作者给他的故事安置一个真实的历史背景，并且直接出面宣称他讲的就是历史。如雨果的小说《九三年》，作者曾公开声明他的这部作品正如题目所标示的是忠实记录法国大革命最为关键的一年（1793 年）的历史。他在小说中直截了当地说：“九三年是一个紧张的年头。风暴在这时期达到了最猛烈最壮观的程度。”我们知道雨果是个典型的浪漫派作家，即使在这部自称为真实记录历史的小说中，也充满了大量离奇夸张的描写。但是他的这种“自称”绝无欺骗读者的意思，完全是为了使读者更容易接受他在小说中所表达的他对于法国大革命的理解和认识。而米勒针对作者使用的这一写作手法曾指出，“把一部小说称为历史，就此一笔，它的作者就遮蔽了‘虚构’一词所带来的杜撰、凭空创造与谎言的所有含

① 参见［古希腊］亚理斯多德《诗学》，载《〈诗学〉〈诗艺〉》，罗念生、杨周翰译，人民文学出版社 1962 年版，第 28、101 页。

② ［美］乔纳森·卡勒：《当代学术入门　文学理论》，李平译，辽宁教育出版社、牛津大学出版社 1998 年版，第 104 页。

义”，从而促成了读者信以为真。[1] 再一种常用的手法是作者把虚构的人物、事件假托为自己亲身的经历。鲁迅的《阿Q正传》第一章《序》开头就说：“我要给阿Q做正传，已经不止一两年了。”这样说马上就会给读者造成一个幻觉，这个其实是作者虚构的阿Q似乎是一个真实存在的人，而且是作者比较熟悉的人，否则作者不会给他做传。这个幻觉将会引导读者在下面的阅读中相信小说描写的这个人物的真实性以及作者对这个人物的认识的真实性。此外，还可以见到许多作者为加强他的告知言语行为的有效性而采用的“小伎俩”，如在作品中有意提到历史或现实中发生的真事件、真人名、真地名等。米勒就说过：“使用真实的地名，常常会强化一个幻觉：文本叙述的是真人真事，而不是虚构的创造。”[2] 如《水浒传》中的许多故事情节和细节都是虚构的，但又涉及大量的真的人名和地名，这就给人以极大的真实感，作者正是利用这种真实感向读者传递了他关于历史和现实的某些见解和意见。

具体地说，作者通过创造艺术幻象所实施的告知的言语行为，可以告知给读者的那些他有关现实和历史的知识主要体现在两个层面上：一个层面是告知的言语行为可以给读者提供历史的或现实的可直观到的图景和情境，这属于历史和现实生活的感性层面的知识。例如从《红楼梦》里，我们可以形象地了解到中国古代贵族大家庭内部的生活情状，列夫·托尔斯泰的《安娜·卡列尼娜》也可以使我们看到19世纪俄国社会各个阶层人们的生活情形。事实上，对一般大众读者来说，关于历史的、异族的、异域生活的感性知识，主要不是从专门的研究著作中，而是从文学作品中获得的。同样的，中国古代的统治者下察民情的一条重要途径也是到民间去采集诗歌，通过这些诗歌来了解民众生活的变化。“故每岁孟春，采诗于道路，而献之泮官，有以知天下之化，达人之穷。”[3] 另外，由于远古时代的史料缺乏，远古时代留下的文学作品也就成为历史学者了解远古时期社会生活的情况和面貌的重要文献依据。古希腊的神话和《荷马史诗》、中国的神话和《诗经》以及各个民族流传下来的远古时代的文学作品，都具有珍贵的史料价值。由

---

① 参见［美］希利斯·米勒《重申解构主义》，郭英剑等译，中国社会科学出版社2000年版，第50页。

② J. Hillis Miller, *On Literature*, London: Routledge, 2002, p. 19.

③ 参见李益《诗有六义赋》。

此可见，文学作品“告知”给我们的关于历史和现实的知识，即使从感性层面看，也是不可忽视、非常重要的。另一个层面是告知的言语行为可以通过对社会各阶层人们的关系及其命运的形象化描写，通过对各种社会心理和民众情绪的形象化描绘，向读者提供社会演变、历史发展、人生际遇的规律性的知识，使读者由此认识到有关历史和现实的一些具有普遍意义的东西。这些知识属于洞察历史和现实幽深处的理性层面的知识。比如前面提到的卡夫卡的《变形记》，它讲述了一个人在一夜间变成了一只甲虫，其寓意就极为深刻，它不仅让我们知道了当代人是怎样生活的，还让我们知道了这种看似自然合理的生活其实是多么可怕、多么荒诞！一切优秀的文学作品都不乏这种理性层面的知识，而那些富含哲思冥想的伟大作品，如《俄狄浦斯王》《哈姆雷特》《恶之花》《古诗十九首》《红楼梦》等等，其包蕴的普适性的深厚内涵甚至是不可穷尽的，可以使各个时代的读者从各个不同的角度不断地发掘出新的感受和新的理解，从中获取各自所需要的历史见识和人生哲理。正是从这个意义上，人们才把那些伟大的文学作品赞誉为“生活的百科全书”。

所以，告知的言语行为虽然只是诸种文学话语间接言语行为中的一种，但它在文学交际中的意义无比重大。如果说知识是人类生存和发展的指路灯，那么“告知”的言语行为就是点燃这个指路灯的火把。保罗·利科在其执笔的《哲学主要倾向》一书中将“告知”看作是海德格尔哲学中的重要概念，他说：“只有‘告知’才适合揭示和显示的任务，而且正是这个‘告知’，我们必须加以倾听和注意。”① 按照海德格尔的标准，只有如苏格拉底那样对人世确有真知的人，才有资格执行告知的行为。由此看来，告知的言语行为在文学交际中具有崇高的地位，它的卓有成效的实施，实际上就是把一部文学作品抬举为伟大作品的最高标杆，尽管这个标杆对众多一般作品来说常常是无法企及的。

第四节　文学话语的间接言语行为之二：“传情”

从苏珊·朗格的观点看，文学艺术就是表现人类情感的一种形式或符

① ［法］保罗·利科主编：《哲学主要倾向》，李幼蒸等译，商务印书馆1988年版，第382页。

号。但苏珊·朗格说的情感是广义的情感，是指人在其生命活动中形成的混沌一团而又变动不居的整个“内在生活”。我们这里说的情感是纯心理学意义上的狭义的情感，它只是苏珊·朗格说的人的“内在生活”的一个要素或一个方面，它游离于人的“内在生活”的边际上而被人深切地感受和体验到，它体现为人对与自己休戚相关的人、事、景、物的一种心理倾向和主观态度。这种狭义情感的心理学实质就是，人内心形成的欲求或愿望在遭遇到特定的现实情况之后所必然产生的一种心理体验。如果现实情况符合了人的内心需求，人就会生发出肯定的愉快之类的情感；如果现实情况不符合人的内心需求，人就会生发出否定的痛苦之类的情感。譬如：你口渴时恰好有人送来一杯水，你会感到愉快并感谢那送水的人；你考试考中了，同样会感到愉快并感谢那些帮助过你的人；如果是一次决定你命运的重要考试，你甚至会激动万分，以至流下热泪，或许你因此还会产生更强的自信心和感恩心等情感。这些就是顺境中的肯定性情感。但假如你口渴时一直得不到一杯水、你的考试失败了，你感到的就是难过、沮丧、烦闷以至于怨恨等痛苦的情感。这些就属于逆境中的否定性情感。由于人的需求的复杂性和现实境遇的复杂性，人的情感往往不像心理学教科书中讲得那么单纯，而是时常表现为肯定性情感与否定性情感的某种交织，如平时常说的“悲喜交加”“苦中有乐”“乐极生悲”等词语，就是对存在着这种复杂情感的有力证明。实际上，当我们说文学表现情感主要是指表现这种复杂的情感。

古人云：“人非草木，孰能无情?”任何一个正常人，总要在他的现实生活中遭遇到各种各样的事，总要有“事遂心愿”和“事与愿违”的时候，这就不可避免地产生了人的各种各样的情感。同样不可避免的是，人有了情感就一定要表露出来，“有情必发”大概就是情感的心理运作的一条规律。这主要是因为，在人的情感发生时，与心理的体验相伴随的还有生理的反应，这种生理反应强化着心理体验，并且使得这种心理体验以外在的身体变化的样态而显露出来。例如一个人愤怒了，就呼吸急促，血压增高，满脸涨红，所谓“怒气冲天”；而高兴了就神清气爽，心花怒放，满面红光，所谓“喜形于色”；关爱之情可以使他与对象亲近，而憎恶之感则会使他与对象疏离，甚而要毁坏和消灭对象；这一切都是他想掩饰也掩饰不了的。但是，在现实生活中，由于受客观环境的限制，人的许多感情又确实是需要掩饰和压抑而不能随意表露的。如你对某个人有意见，甚至很不满，但这个人又恰恰是你的老板和顶头上司，你能随便对他或她发泄不满吗？事实上，人在现实生活中生发的许多情感都是这样被压抑住了。这里的问题在于，情感的压抑将因为有悖于“有情必发”的自然规律而可能导致人的心理和肉体的损伤和疾患。为了避免这种损伤和疾患，人的有机体就会自发地启动一种心理自我保护机制，这就是心理学里讲的所谓“酸葡萄机制”和“自居作用”，类似于弗洛伊德说的“夜梦”“白日梦”乃至文学创作的作用，也类似于鲁迅说的阿Q的“精神胜利法”。但是，所有的这些心理保护机制所体现的都是情感表露的非现实性途径，它只能不同程度地缓解因情感不能表露而造成的压力，而不能从根本上彻底消除这种压力。这里需要辨析的是，弗洛伊德将文学创作也看作一种情感表露的非现实途径是否合适？弗洛伊德坚持认为，白日梦不过是人未满足的愿望和受压制的情感在幻想中的实现和表露，目的是为了释放他自己的心理压力以避免精神病的发作，而文学创作就是一种改装和美化了因而可以公开展示并得到社会认可的白日梦。在他看来，文学创作同白日梦一样，本质上都是现实中被压制的情感试图通过幻想的创造而获得一种替代式的表露和满足，不同仅在于文学创作给白日梦披上了美学的面纱以便能在社会上公开通行。他说道，“作家通过改变和伪装来减弱他利己主义的白日梦的性质，并且在表达他的幻想时提供给我们以纯粹形式的、也就是美的享受和乐趣，从而把我们收买了”，“使我们能从作品中享受我们自己的白日梦，而用不着自我责备或害羞”。[①] 弗洛伊德这样看待文学创作是依据于他的精神分析理论的，或许有一定的道理。确有个别作家可能利用文学创作顺便表露了他的某些受压抑的情感，但若说所有的文学创作都是在做这种通过诱骗读者以实现个人的某种不可告人的目的的事情，就显然有违于事实了。在我们看来，绝大多数的文学创作都不是弗洛伊德所说的这种非现实的个人情感的表露，而是近似于苏珊·朗格所说的一种非常现实的人类情感的创造性的表现。这就涉及了要从理论上分辨文学中的“情感表现”与日常生活中的“情感表露”的根本差别。

日常生活中的“情感表露”有“现实的”与“非现实的”之分。“现实的情感表露”是指情感在现实中发生的当下即获得了充分的表露和发泄。

① ［奥］弗洛伊德：《创作家与白日梦》，载伍蠡甫等主编《西方文艺理论名著选编》（下卷），北京大学出版社1987年版，第10页。

如在现实生活中有什么事激怒了你，你立即实行了报复行动让你的愤怒发泄出来并获得了实际的释放。就像鲁迅在《阿Q正传》中写到的，那个叫小D的“穷小子”被赵府雇为差役，这在阿Q看来是“谋了他的饭碗去”，因而极为愤愤不平。当他再见到小D时，小D主动示弱，但“反使阿Q更加愤怒起来，但他手里没有钢鞭，于是只得扑上去，伸手去拔小D的辫子”。这都是描述“现实的情感表露”的极好的例子。而所谓“非现实的情感表露”则是指当现实中发生的情感无法在现实中表露和释放时，只好将这种被压住的情感通过某种非现实的途径给以替代性的表露和释放。弗洛伊德认为这种非现实性的途径主要有三种：“强有力的转移，它使我们无视我们的痛苦；代替的满足，它减轻我们的痛苦；陶醉的方法，它使我们对我们的痛苦迟钝、麻木。”[①] 这三种途径的共同特点就是都运用幻想并在幻想中来表露和释放被压抑的情感。还是举阿Q的例子。我们知道，阿Q属于农村里处在最下层的人，他一贫如洗，毫无社会地位，而且还极为愚昧无知，所以几乎所有的人都可以屈辱他、欺负他，打骂他，甚至连人的基本欲望也不能满足，既没有家室，也常常处于饥饿状态。可以想见，就这样一个人的内心里，会积压起多少不能在现实中得以舒泄的痛苦的情感。但是，正如作品中描写的，这个人有一个很有用的心理素质，就是他很善于使用弗洛伊德讲的那三种幻想的方法，也就是作品中说的“精神胜利法”，用来使自己从极痛苦中得到一定程度的解脱，从而也可以一如既往地存活下去。比如说，他喜好赌博，一得小钱，“他便去压牌宝，一群人蹲在地面上，阿Q即汗流满面地夹在这中间，声音他最响”，只有在这时他才兴奋异常，似乎是觉得自己不再是一个弱小者，甚至成为一个掌控全局的大人物，尽管最终经常是输得精光，下次他还会这样干。这就是弗洛伊德说的幻想中的“转移”。再比如，他每每被人打过后，身上很疼，心里很愤懑，嘴上却对自己说“儿子打老子”，这样一说，仿佛自己真的成了老子，而打他的人真的成了儿子，然后就可以若无其事地做他的生计去了。这应该是弗洛伊德说的幻想中的“代替”。再就是，阿Q这人还喜欢喝点酒，作品中写道，他尽管“近来用度窘，大约略略有些不平；加以午间喝了两碗空肚酒，愈加醉得快，一面想

① ［奥］弗洛伊德：《论升华》，载《弗洛伊德论美文选》，张唤民等译，知识出版社1987年版，第170页。

一面走，便又飘飘然起来。不知怎么一来，忽而似乎革命党便是自己，未庄人却都是他的俘虏了”，于是他高唱“我手执钢鞭将你打”，躺到他借住的破土谷寺里大做起“我要什么就是什么，我喜欢谁就是谁”的革命美梦了。这大概又是弗洛伊德所说的“陶醉的方法”。这些例子足以证实，虽然“非现实的情感表露”与“现实的情感表露”都体现为个人情感的宣泄与释放，但两者之间至少存在三点不同：第一点是，“现实的情感表露”是对“正在发生的情感”的宣泄和释放，“非现实的情感表露”是对“已被压抑的情感”的宣泄和释放，这是两者在对象上的不同；第二点不同是，“现实的情感表露”是在实际境遇中所做的事情，“非现实的情感表露”是通过幻想完成的事情，这是两者在方式上的不同；第三个不同是，“现实的情感表露”使客观情境发生变化，“非现实的情感表露”只对主观心理产生影响，这是两者在性能上的不同。正是这些不同决定了所谓“现实性”与“非现实性”的区别。

再看文学中的“情感表现”。如果我们借鉴苏珊·朗格的观点，把文学创作理解为创造表现人类情感的艺术幻象，那么，我们立即就会发现：文学创作中确实有着情感的表现，而且，这种情感表现与日常生活中的情感表露又是有着根本区别的。首先，文学中的情感表现是作者与读者之间展开的一种实实在在的现实活动，无论是作者在创作中表现情感，还是读者在阅读中受到情感的感染，都是现实中实际发生的事情，而不是莫须有的虚幻之事。在这一点上，它与“非现实的情感表露”迥然相异（如阿Q的“儿子打老子”纯系他心里想出来的虚无飘渺的事情，而实际上他既不是老子，别人也不是儿子，他身上依旧很疼，而且他也避免不了下次被打），却与“现实的情感表露”看起来有些相似。因为“现实的情感表露”也是实际发生的事情。但是，“现实的情感表露”实际发生的是一个人对另一个人的情感“发泄”，而文学中的情感表现实际发生的是作者与读者之间的情感“交流”。情感发泄与情感交流是很不一样的事情：一是情感发生的场合不同，前者发生在日常生活中，后者发生在文学活动中；二是情感运作的方式不同，前者是将情感施加于对象，让对象承受这情感（如阿Q因对小D怀恨在心，扑上去揪住他的辫子），后者是将情感传达给对象，让对象感动和同情（如“问君能有几多愁，恰似一江春水向东流”，诗人说这句话是要将他何以愁、愁到何等程度表达给读者，希望得到读者的理解）。其次，文学中的情感表现是通过创造艺术幻象来表现情感的，因而艺术幻象就是情感的表现性符号。这一特点使得文学中的情感表现与“现实的情感表露”相去甚远（阿Q因为愤怒而揪打小D时，不用什么想象，只须行动），反而与“非现实的情感表露”比较接近（阿Q使用的所有的精神胜利法都必须依赖幻想），但又存在明显的不同。第一个不同，“艺术幻象”是创作主体的自由的美的创造，而“幻想”是幻想者的自发的心理运作。比如弗洛伊德讲的“白日梦”“夜梦”等都是人的下意识的心理保护活动，当人的意识一旦达到一定的“警觉”度，夜梦、白日梦等也就即刻停止。阿Q被赵太爷打了大嘴巴后，躺在破庙里愤愤地想是“儿子打老子”，“于是忽而想到赵太爷的威风，而现在是他的儿子了，便自己也渐渐地得意起来”。这是阿Q不由自主地做起了美梦并深深地陷入美梦之中。待到他“爬起身”要到酒店去之后，“这时候，他又觉得赵太爷高人一等了”，因为“这时候”，他的自觉意识已觉醒，他的“美梦”也就戛然而止。这说明，“非现实的情感表露”中“幻想”是超脱了意识的自发的心理过程。而作家创造“艺术幻象”，无论人、事、景、物的设置，用词造句的斟酌，布局结构的安排，都是在意识清醒的状态下进行的，至少他知道他做什么（创造美的艺术幻象）和怎么做（思索创造美的艺术幻象的方法），他是在自由而又自觉地创造一种具有审美价值的、可以表情达意的“艺术符号”。第二个不同，“艺术幻象”所表现的情感不必是“受压抑的情感”，或者说常常不是受压抑的情感，而是既经作者体验过又经作者认识过和思想渗透过的情感，即苏珊·朗格所说的“人类的普遍情感”①；而白日梦式的幻想所表露的情感则一定是受压抑的情感，因为这种幻想的产生原本就是为了减弱受压抑的情感的心理压力，而受压抑的情感也是引发这种幻想产生的心理动力。譬如阿Q所做的所有的白日梦无一不是受了他那被压抑的“避苦趋乐”的情感的推动，无一不是起于试图减轻这种情感的心理动机。而李白的《静夜思》却是结合自己的经验抒发了一种几乎每个人都体验过的情感，这就是思念故乡的情感。李白不仅熟悉这种情感，而且对这种情感有充分的认识，所以他才能将这种情感表现得无比的美，才能感动世世代代的读者。第三个不同，“艺术幻象”是表

① 参见［美］苏珊·朗格《艺术问题》，滕守尧等译，中国社会科学出版社1983年版，第25页：“艺术家表现的决不是他自己的真实感情，而是他认识到的人类情感。”

达无法言表的情感的艺术符号，而白日梦式的幻想不过是自我保护的心理机制。阿Q的幻想虽有后天生活习惯和文化构建的因素，但说到底是任何人都具有的天生的心理机制使然。阿Q只是受这种机制的驱使去幻想，在这个过程中，他只是感到了暂时的快意和舒适，决不能说他创造了什么，更不能说他创造了艺术符号。但是，鲁迅创造的阿Q这个人物形象，却是一个不折不扣的艺术符号，他将他当时充分体验和认识到的对阿Q这种人“怒其不幸，哀其不争”的这种很难说言明的情感灌注在这个形象中，从而使阿Q这个形象成为一个具有普遍意义的艺术符号。从此，一想到阿Q就想到“精神胜利法”，一想到“精神胜利法”就想到阿Q，阿Q这个形象确实成为一个著名的“艺术符号”，用一个商业用语来说，它简直已经成为一个著名的“艺术品牌”。后一个结果，甚至可能是作为原创者的鲁迅始料未及的。最后，文学中的情感表现与日常生活中的情感表露的根本不同，也许并不在于“现实性”与“幻想性”的不同，而在于两者所实施的行为其实是性质上极为不同的两种行为。日常生活中的情感表露是人们在日常生活领域里实施的一种心理行为。这种行为，它不需要特殊的才能，它只是按照人的“有情必发”的心理规律行事，它是每一个在日常生活中生活的人每时每刻都可能发生的事，它也许能够造成一定的社会影响（如一个人因日常纠纷而打死了另一个人，他不仅要承担法律责任，还会受到社会的谴责），但从根本上说，它是一种私人行为，它不会创造什么社会价值，它创造的唯一价值就是使一个人在他的日常生活中能正常地生活下去。但是，文学中的情感表现是与之完全不同的一种行为，它决不是一种日常的私人行为，它是一个作者在文学交际活动中所实施的一种创造性的行为。当然，这个作者也要过个人的日常生活，也有日常生活中的情感表露，但当他一旦作为一个作者进行文学创作的时候，他就在从事着另外一种行为，他要用言语创造一种美的艺术幻象，他要用这个美的艺术幻象表现他的“内在生活”，表现（准确地说是“传达”）一种情感，他要用他的“创造”和“表现”去感染和影响社会上的一大批阅读他作品的人，不仅影响这些人的思想和情感，还可能左右他们的社会行为。所以，文学中的情感表现是一种创造行为，它创造的是一种社会价值，因而它是一种重要的社会行为，它当然也要为此承担社会责任。这种行为就是我们讲的“传情”的言语行为。

以上论述基本上讲清了“传情”的言语行为作为一种文学话语的间接

言语行为应该做的是些什么事情，简要地说，“传情”的言语行为就是创造美的“艺术幻象”以传达人类普遍的情感。在这里，还有一个虽然次要但也不能不辨明的问题，这就是“传情”的言语行为是如何创造艺术幻象来传达人类情感的？这主要采用两种方式，一是形象设置，二是言语表达。形象设置又可再分为“情感的复现”“情感的移入”“情感的象征”。“情感的复现”是把曾经激发起某种情感的情境复现出来，以再度激发起这种情感。可以用列夫·托尔斯泰举的例子加以说明。他说，如果一个孩子想要表达他“怕狼”的情感，他可以虚构一个遇到狼的故事，他会想象他遇到这匹狼前后的整个过程，并把这一切尽可能生动地描述出来，以感染别人。[①]“情感的移入”是把情感移置到形象上去，使情感与形象融为一体。如“试问闲愁都几许？／一川烟草，／满城风絮，／梅子黄时雨”[②]，使人将无尽的愁绪投射到几个选定的意象中，情景交融在一起。“情感的象征”是为情感寻求某种相对应的象征符号。如《诗经》中的《关雎》：“关关雎鸠／，在河之洲。／窈窕淑女，／君子好逑。”雎鸠欢唱的形象象征着好男儿对好女子的渴慕和向往。至于情感的言语表达，并不是说用言语直接表达情感，因为，一般来说，文学中表现的情感是无法用言语直接表达的。这里说的言语表达是指用修辞化的言语表达情感，如比喻的、拟人的、象征的、夸张的言语，等等。在许多作者看来，用修辞化的言语表达情感是文学创作中最难的事，诚如辛弃疾的词里说的“而今识尽愁滋味，／欲说还休。／欲说还休，／却道天凉好个秋”[③]。诗人为什么说“欲说还休”，就是因为那种“愁滋味”很难说出来，只好说“天凉好个秋”，但这样一说，就是用对悲凉的秋天感受比喻“愁滋味”，倒是真把这种莫名的“愁滋味”很好地表达出来了。所以，情感表现的言语表达最能体现作者个人的创造性，在这里是没有什么既定的模式可讲的。即使前面讲的为情感设置形象的三种方式，也不能作固定的模式看，也需要作者独特的创造。

人们常言，文学以情动人，没有情感就没有文学。这说明了在文学交际中“传情”的言语行为的重要性，但这并不意味着当今的某些“煽情”的

① 参见［俄］列·托尔斯泰《艺术论》，载伍蠡甫等主编《西方文艺理论名著选编》（中卷），北京大学出版社1986年版，第411页。

② 参见贺铸《青玉案·凌波不过横塘路》。

③ 参见辛弃疾《丑奴儿·书博山道中壁》。

作品就成功地执行了“传情”的言语行为。因为“传情”的言语行为的重要性不仅仅体现在表现了作者的情感，也不仅仅体现在激发了读者的情感，而是体现在激发了读者的情感之后而产生的社会影响，体现在这种社会影响是否推进了社会的政治和道德以及人文文化的进步。当下“煽情”作品的问题就在于它所煽动的情感往往是“逢迎人性中低劣的部分”，“制造出一些和真理相隔甚远的影像”[①]，而且它煽动情感的目的主要也是为了个人功利而不是社会功利。这样一来，“传情”的言语行为就有了一个道德责任和社会担当的问题。在这个问题上，米勒说：“写作是用词语来做某事的，对所做的事，写作者必须负责……写作不仅是做的领域，而且也是对做的后果应高度和严格保持责任心的领域。”[②] 所以，作者执行“传情”的言语行为比“告知”的言语行为似乎更应该重视言后效果的问题。

第五节　文学话语的间接言语行为之三：“劝导”

“劝导”作为一种言语行为就是试图说服和引导受话者做某事。例如，父亲对儿子说：“你要好好学习，要不然，考不上大学，也找不到好工作。”这句话意欲实施的行为比较复杂，其中有命令（必须好好学习）、警告（不好好学习会有不好的结果）、胁迫（不好好学习可能惩罚你）等成分。但父亲的主要意旨还是用这句话告诉儿子为什么要好好学习的道理，希望儿子听从他说的话，改掉贪玩的毛病，去好好学习。从这句话的主旨看，这句话所实施的就是“劝导”的言语行为。“劝导”的施为言语与“请求”的施为言语表面上看都是要求听者去做某事，但实际上很不同。这种不同主要体现在“以言行事的要旨在被表现出来的力量和强度方面的区别”（塞尔语）[③]。上面那句话如果改说成“你好好学习，好吗”，这就是“请求”了。这句施以“请求”行为的话比上面那句施以“劝导”行为的话，施为的力量要小得多，话语的内涵也简单得多。可见，“劝导”与“请求”虽都是让听话人

① 参见［古希腊］柏拉图《理想国》（卷十），载伍蠡甫等主编《西方文艺理论名著选编》（上卷），北京大学出版社1985年版，第37页。

② J. Hillis Miller, *The Ethics of Reading*, Columbia University Press, 1986, p. 101.

③ 参见［英］约翰·塞尔：《对以言行事行为的分类》，载涂纪亮主编：《语言哲学名著选辑》，生活·读书·新知三联书店1988年版，第219页。

做某事，但前者比后者会让听话人感到更大的强制力和更强的被支配感。因而，“劝导”的言语行为比“请求”的言语行为更难生效，更难获得听者的“服从”的回应。当然，正因如此，“劝导”的言语行为一旦发生实效，也会比“请求”的言语行为发生更大的效益。所以，一般来说，这就是如果发话人是听话人的长辈、老师或其他有威望的人就更倾向于选择“劝导”的施为言语而不是“请求”的施为言语的原因。“请求”是以平等的协商口气让听者自愿做某种事，而“劝导”则是以高明者的毋庸置疑的口气让听者应该做某种事。

事实上，这种“劝导”的言语行为充塞在人类生活的各个领域，不仅在人的日常交际中有“劝导”，在人的包括文学交际的各种社会交际活动中也随时都能遇到“劝导”。你在家庭中会受到父母的劝导，你在学校中会受到老师和同学的劝导，你在职场里会受到比你更有经验的同事的劝导，即使你在买东西时也要准备承受促销员们围攻式的劝导，而你随处可见的每一则广告也是在向你实施着劝导的行为。当然，你也时常劝导着别人。而你经常观赏的那些电影、电视剧、歌舞戏剧的表演以及各种艺术作品，你经常阅读的那些书籍报刊，尤其是人文著作和文学作品，都在向你传送着“应该做什么和不应该做什么”的“劝导”。譬如你在读哪怕是一首很短的小诗，像李绅的“锄禾日当午，/汗滴禾下土。/谁知盘中餐，/粒粒皆辛苦”，你也能感受到其中劝导的意味：粮食来之不易，不要浪费粮食。由此看来，“劝导”在人类生活中普遍存在的重大意义就在于，整个社会关系的结构赖以持续下去的基本价值观和文化传统就是依靠劝导的言语行为得以传承和发展的。米勒曾从读者接受的角度谈到文学中劝导言语行为的巨大文化作用，他说：“阅读文学的一个重要理由，依然是读者接受文化浸染、进入属于自己文化的最快途径（无论结果好坏）。”[①] 因此，我们在探讨文学交际中劝导的言语行为时，紧要的一点，就是要将它提升到这样一个高度上来认识：它作为一种施为言语要完成的事情极为重大，它通过说服数以万计的读者群体而引导着他们的观念和行为，从而强有力地影响着整个社会的文化价值的改变乃至全体民众的生活方式的变革。正如斯托夫人的小说《汤姆叔叔的小屋》，对当时美国民众投身于废除蓄奴制的南北战争起到了极其重要的“劝

① J. Hillis Miller, *On Literature*, London: Routledge, 2002, p. 135.

导”作用，以至于领导这场战争的林肯总统竟说出了“这场战争由一个小夫人引起”的话。

但是，与其他话语领域中的劝导言语行为相比，文学话语中的劝导言语行为又有着自身非常鲜明的特点。一般来说，在其他话语领域的交际中，说者对听者直接实施劝导行为，而在文学话语的交际中，作者实施的劝导行为则一定是间接的。这是因为，在其他话语交际中，实施劝导行为的说者与接受劝导行为的听者之间的关系是不对等的。说者在某方面所处的地位一般都高于听者，说者或者是听者的长辈，或者是听者的老师，或者是比听者更有经验和见识且与听者关系比较亲近的同事和朋友，或者是被听者视为某方面的专家而比较信服的人，总之是让听者觉得是比自己高明的人。正是因为交际双方有这样的关系，说者才可以直接向听者实施劝导行为。如前面举的父亲劝导儿子好好学习的例子，父亲完全可以直接说，当然，因为毕竟是让别人服从你去做事，语气上也不能过分生硬。而且，在其他话语领域的交际中，通行的话语交际规则（如语言哲学家格赖斯发现的会话“合作原则”及其附属的“四准则”）也要求，除非是特殊情况，除非有特殊需要，说话不能绕弯、兜圈子，应简单明了、直截了当。在正常情况下，即使位低的人劝导位高的人也不一定不能直说。而在文学话语的交际中，作者与读者的关系却是一种对等关系：作者“承诺”给读者创作一部使他喜欢的作品，读者也对作者“承诺”阅读这部作品并给出理解式的回应；作者“请求”读者积极投入到他创作的作品中去，读者也“请求”作者创作出让他喜欢的好作品。这实际上是一种相互赋予权利又相互承担责任的关系，也就是一种相互对话的平等关系。对照一下父亲与儿子的关系就可明白，父亲与儿子虽然也应该是一种对话关系，但由于双方在家庭中的规定角色和地位的差别（这是由一定的社会伦理规范所决定的），这种对话关系常常是不平等的，父亲的声音往往是强势话语，儿子的声音往往是弱势话语。所以，父亲可以直接劝导和教训儿子。但在文学交际这种平等对话的关系中，作者行施劝导的言语行为就不能采取直接的方式，如果采取直接的方式，结果很可能是读者不予理睬，从而使这种劝导归于无效。试想前面举的李绅的那首诗，假如直接说“切勿浪费粮食”，不仅不能说服读者，反而会引起读者的反感，可能有的读者会说：“你不过一个诗人，又不是我长辈，凭什么这样教训我！”当然，也有少数例外的情况，偏偏有些伟大的作家在其作品中公开露面写出大段议论以劝导读者应该怎么生活或不应该怎么生活，如列夫·托尔斯泰在《战争与和平》里就是这样做的。这种个别情况的出现，大半是因为这个作家的崇高声誉已经达到了使读者不得不信服的程度，他已经取得了像圣哲和思想家那样的身份和地位，但对没有取得这样身份和地位的大多数作家来说是不会轻易那样做的。

此外，已经形成的文学话语的交际规则，也决定了作者实施劝导的言语行为不能是直接的只能是间接的。这个规则就是，读者决不是为了接受某种“劝导”而去阅读文学作品。因为一个读者，特别是年轻的读者，在他的家庭生活、学校生活和社会生活中得到的“劝导”太多了，他并不缺乏“劝导”，如果他特意要寻求某种“劝导”，他也不会选择从文学作品中获得，而是选择从宗教经典和哲学名著中获得。对一般读者来说，他之所以选择阅读文学作品，完全是为了满足某种趣味，得到某种愉快，甚至仅仅是为了消遣娱乐和放松心情。而且读者知道，他只有在文学作品里才能得到这种愉快和放松。从作者方面说，他也知道他创作作品并不是用来专门“劝导”读者的，他首要的任务是创造一个“艺术幻象”，而他要实施的其他言语行为，无论是“劝导”“告知”“传情”等等，都要融合到他对于艺术幻象的创造之中。因为上述原因，在文学话语的交际中，作者想要实施劝导的言语行为，就必须使用间接方式而很少使用直接方式。我们都知道，明代冯梦龙写过三部短篇小说集——《警世通言》《喻世明言》《醒世恒言》，简称为《三言》。从这些作品的名字就可看出，作者创作这些作品的主要目的是为了教人如何为人处世，作品中忠孝仁义的说教比比皆是。但即使这样，作者在实施他的劝导的言语行为时仍使用间接的方式，通过讲述一个个曲折离奇、引人入胜的故事来说明那些为人处世的行为规范。这显示出作者很清楚他在这里充当的不是传教布道的宗师角色，而是小说家角色。小说家首先要讲故事，至于劝导的行为必须融入讲故事的行为中而予以间接表达。

在文学话语的交际中，劝导言语行为的间接性主要体现在三个方面：第一个方面是通过“美悦”的言语行为来实施劝导的言语行为。如前所说，“美悦”言语行为是文学话语的直接言语行为，其他言语行为都是文学话语的间接言语行为，都要通过美悦言语行为才能实施。劝导的言语行为当然也是这样。为了简捷明了，我们还是举个短诗的例子，如孟郊的《游子吟》：“慈母手中线，／游子身上衣。／临行密密缝，／意恐迟迟归。／谁言寸草心，／报得三春晖。”这首诗包含明显的劝导的意思，就是劝告世人要珍惜母爱、报答母爱。但诗人并没有直说这个意思，而是用韵律极为和谐的两个对仗句和一个反问句设置了一个场景和一个意象。一个场景是母亲为将要远行的儿子赶制棉衣，她缝得针脚很细很密，担心着儿子这一走不知何时才能回来。一个意象就是“春天温暖的阳光照耀着小草”。将这个意象融会到前一个场景中去，就会给读者一个感受：母亲对儿子的爱就像春天的太阳照耀着小草；也会使读者很自然地想到：那地上的一根小草怎么能回报得了那天上的太阳的恩情呢？而诗中蕴涵的那一层劝导的意思也就伴随着这审美的感受，一起被读者领略到了。这正印合了贺拉斯说的：“既劝谕读者，又使他喜爱，才能符合众望。”① 这里需稍加修正的是：“劝谕”与“喜爱”的关系应该是“喜爱”在前，“劝谕”伴随其后并融入其中。第二个方面是通过“传情”的言语行为来实施劝导的言语行为。既然文学以美悦人，以情动人，那么劝导的言语行为要发生实效除了借用美的力量，还需要借用情感的力量。情感是情感主体的体验，也是对情感对象或客体的态度。在孟郊的《游子吟》里，我们可以感受到两种情感，一种是慈母对游子的无比深厚的爱，这主要是从前两个对仗句中见出；一种是诗人对这种母爱的热情的讴歌，这主要是从最后的反问句中见出。我们在读这首诗时，这两种情感会合成同一个力量打动着我们，它拨动着我们的心弦，唤起了我们的有关情感的记忆，它赢得了我们的同情和共鸣。正是在这种同情和共鸣中，我们接受了诗人发出的“要孝敬母亲”的劝导。第三个方面是通过“告知”的言语行为来实施劝导的言语行为。“劝导”不仅要借助“美悦”和情感的力量，还要借助知识的力量。培根说的“知识就是力量”，不能只理解为科学技术改造自然界的力量，也应理解为人文思想构建人类行为规范的力量。劝导一个人做什么或不做什么，不能只是简单的“命令”，还要说出为什么这样做或不这样做的道理。“劝导”若能辅之以“道理”或“理由”，才能发挥更大的效力，文学话语中“劝导”当然也须如此。所以，在文学作品中我们常常发现，作者对读者的“劝导”往往在“施之以美”“动之以情”的同时，还“晓之以理”，让劝告的言语行为与告知的言语行为相互配合。仔细揣摩

① ［古罗马］贺拉斯：《诗艺》，载《〈诗学〉〈诗艺〉》，罗念生、杨周翰译，人民文学出版社1962年版，第155页。

《游子吟》这首诗就能体会出这样的意思：为什么要孝敬母亲？因为母亲给我们的爱是天底下唯一不求回报的最宽厚最伟大的爱，好似太阳照育着一棵小草，我们还有什么理由不珍惜、不回报她呢？这样，在这首诗的“劝导”的背后有“情”也有“理”，这就使得这种“劝导”具有了“既合情又合理”的巨大威力。

通过以上对文学话语中劝导言语行为间接性的说明，我们还可以看到同样作为文学话语的三种间接言语行为之间的关系。如前所说，这种关系是相互融合的关系，但这只是这种关系的一个方面。这种关系的另一个方面是，这三种间接言语行为之间还存在一种层次性的区别，也就是说，这三种间接言语行为是在层次间的套叠中交融为一体的。首先，最靠近“美悦”这个直接言语行为的应该是传情的言语行为。因为，“美悦”其实就是一种“以美取悦”的审美情感，而“传情”主要是指传达作者对描写对象（人物）的情感（其中也融合有被描写的人物本身的情感）。这虽然是两种不同的情感活动，但对读者的接受来说，这两种情感几乎是同时感受到的，就是说，读者感受到的审美愉悦与感受到的作者传达的情感在读者那里是紧密相连的。当你在《游子吟》的阅读中被激发起审美愉悦的时候，你同时也被诗中传达的对伟大母爱的赞美和歌颂之情所打动。其次，最靠近“传情”并与之结合为一体的是告知的言语行为。我们在评价文学作品时常常说这部作品“情中有理，理中有情”，就是指的“传情”与“告知”间的这种密切关系。最后，“劝导”是以“美悦”为依托、以“传情”和“告知”为凭据的一种言语行为，是在文学话语的三种间接言语行为中处于最深一层的言语行为。最深一层的言语行为恰恰是最重要的言语行为。如果说直接的言语行为（美悦）以间接的言语行为为目的，那么，间接言语行为中的“传情”和“告知”又是以“劝导”为目的的。这样一来，劝导的言语行为可以说是目的的目的，是整个文学言语行为的最后目的。孟郊写作《游子吟》这首诗的最后目的，不是“告知”，不是“传情”，更不是“美悦”，而是“劝导”，即劝导所有读这首诗的人们，千万要珍惜母爱，并且要尽可能地回报母爱。

前面讲过，将文学话语看作言语行为是有重大的理论意义的，这意义就在于能了解文学话语到底做了些什么事，这些事是怎样一环扣一环地连接起来的，这些事的最后一个环节是什么。这也就是卡勒说的：“认为文学是述行语这一观点让我们思考是什么使文学序列事件产生作用这样一个复杂的问题。"[①] 现在我们对这一问题的回答是：文学话语作为言语行为，它通过创造一个艺术幻象给我们提供了审美愉悦，激发了我们的情感，告诉我们一些知识，而接续这一系列文学事件最后一个环节就是说服我们在现实中应该如何生活，试图实际改变和导引我们在现实生活中的行为。而能够完成最后这一环节的正是劝导的言语行为。这就是说，文学话语的言语行为从"美悦"开始，经由"传情"和"告知"，最后以"劝导"告终。或者说，文学话语的言语行为以进入现实为起点，通过超越现实（虚拟现实）的途径，而最终又回归现实。米勒认为，每一部文学作品都创造了一个独特的"超现实"，"然后文学作品通过影响读者的信念、行为（常常是决定性影响），重新进入现实世界"。[②] 但是，他在这里忘记了补充一句：推动读者"重新进入现实世界"的最切实的要素就是劝导的言语行为，文学话语如果缺少了这个要素，就不可能真正实现它构建社会现实的目的。

---

① ［美］乔纳森·卡勒：《当代学术入门　文学理论》，李平译，辽宁教育出版社、牛津大学出版社 1998 年版，第 102 页。

② J. Hillis Miller, *On Literature*, London: Routledge, 2002, p. 80.

第五章　文学话语的文体类型

第一节　关于“文学文体”

文学话语的形态之一是文本形态，而文本形态又体现为诸种文体类型。文体（Style）一词，原本来自语言学范畴，属语言学研究的一个重要方面。在语言学里，研究文体现象的学问被称之为文体学（Stylistics）。后来，语言哲学、话语理论、文学理论等也都研究文体问题。那么，什么是文体？人们说话、写文章总是在一定的场合和情境中进行的，并且涉及一定的交际目的、交际信息和交际对象。交际的场景、目的、信息、对象不同，说出的话也就不一样，有着不同的风格和体式，由此就形成了不同的语体或文体。譬如同一个人，当众演说时说一种话，跟朋友私下聊天时又说另一种话。写作也是一样，起草一个官方文件是一种文本，写一首诗歌或者写一篇学术论文，又构成其他的文本样式。这些话语和文本在语言风格和体式上都有着明显的不同，分属种种不同的文体。因此，所谓文体大约可以这样概括：特定的言语主体，在特定的境况下，出于某种特定的交际目的，面对特定的交流对象而发出的具有某种特定内容和结构形态的话语或文本的风格和体式。或者简单地说，文体就是文章风格。[①] 在英语中，文体和风格就是一个词，是可以通用的。

对文体概念的这种理解，显然涉及文体形成的六个要素，这就是“谁何

① 狭义的“文体”单指书面文体（文章），广义的“文体”还应包括口头文体。

时对谁说何种言语”（Who speaks what paroles to whom and when）。这就是说，某种文体及其与其他文体的区别性特征的形成，都离不开这六个要素，即“谁说”（言语主体）、“谁听”（言语受体）、“何时说”（言语环境）、“为什么说”（言语目的）、“说什么”（言语内容）、“怎么说”（言语构建）。其中，头一个要素、第四个要素以及第六个要素都属于主观因素，其余的要素属于客观因素。作为主观因素的言语主体，在文体形成中是最能动的因素，言语主体按照传达和交际的意图，主动地选择、构建出一定的言语体式。当然，整个言语体式选择和组建的过程又受着其他各种客观因素的制约。这六个因素在文体形成中的作用并不总是平衡的，对某种文体来说，某个或某些因素可能起着更加决定性的作用，而对另一文体，其他一个或一些因素的作用可能显得更为关键，由此产生了有关文体形成的各种理论，如变异说（强调言语主体的创新）、选择说（强调言语主体的动机和目的）、个性说（强调言语主体的内在气质和品性）、功能说（强调对言语受体的作用和影响）、特指说（强调言语内容对言语形式的限定）等等。然而，显而易见的是，无论对哪种文体来说，都离不开这六个要素的协同作用，都是这六个要素综合作用的结果。因而，更为准确的说法应该是，某种文体的结构特征正是在这六个要素相互制约的综合作用下产生的结果。

上述六个因素都是可变因素，都是作为文体形成的变量而存在的。六个因素中只要有一个因素发生变化，就会引起文体特征的相应的改变。在一定的区间限度内，这种改变只是微小的、数量上的，还不致引起质的变化。因此，在这个限度之内，这些变化着的文体尚具有一种“家族相似性”，而在这个限度之外，就变化为不同种类的文体了。为了更好地把握文体之间的这种家族相似性特征以及由此而形成的文体种类之间的区别性特征，文体学还需要对文体进行分类研究。

文体类型的划分一向比较麻烦，关键在于分类标准。分类所依据的标准不同，区分出的类别也就不一样。一般而言，文体研究中较为通行的分类方法，一是依照交际方式的不同进行划分。人们运用语言交流信息所采取的基本方式大致有两种，一种是口说，一种是书写。这两种基本方式，由于在交际时的客观条件、环境、氛围不一样，因而所形成的文体也呈现出根本不同的特点。比如，口语交际，交际的双方都在现场，可以互相倾听和观看，这种情况使得双方的发言必是轮番进行，并且可多方面利用所谓副语言特征

（表情、手势、体态等）以补充单纯语言传达的不足，因而在措辞、句式、语法、语义等各方面都必然是简约的、默契的、相互诱发的，不一定严格按照语言规范。而在书写的交际中，交际的对象或接受者并不在现场，完全凭单方面的书写文本传递信息，许多语境因素必须交待清楚，所以在用语和行文的体式上就表现出力求规范的、相对完整详尽的、经过了用心筹划的特点。在这两种交际方式下构成的文体显然有着本质的差别。前者实际上是一种直接对话的、会话的文体，语言学里一般称之为口语文体（The Spoken Style）；后者则是一种独白的（本质上也是对话的）文体，一般称为书面文体（The Written Style）。这就是以交际方式为主要依据划分的文体类型。

第二种常见的文体分类是从交际场合以及交际双方的关系方面划分的。人们进行信息交际所处的交际场合是千差万别的，有时这种交际是在庄重、严肃、认真的氛围中展开的，交际者之间的关系也存有一定的间距，其中往往包含着政治的、经济的、道德的内容和含义，例如上下级之间、长幼之间、尊卑之间、不同利益集团之间的关系，等等。有时，交际又是在比较轻松、随意的状态里进行的，交际双方的关系一般都是私人性的，较为亲密，甚至是亲密无间的，例如家庭成员之间、夫妻之间、情人之间的关系即是这样。在这两种情况下，所产生的文体显然是不一样的。前者被称为正式文体（The Formal Style），后者则称为非正式文体（The Informal Style）。试想一个人在课堂上讲的话与在家里讲的话有什么不同，就不难明白上述两种文体类型之间的区别了。

再一种文体分类是从地域条件和社会地位的不同着眼的。语言是民族特性最重要的表现，民族与民族之间的不同主要是语言的不同，而民族与民族之间的沟通也主要依赖于语言的沟通。所以，即使在现代条件下，各民族之间的政治、经济、文化的往来和交流也必须建立在语言的互译和转换上。所以，迄今为止，要谈共同语也只能是民族共同语，只有在同一民族的范围内，才有所谓共同语言的存在。超出民族的界限，就只有各民族语言之间的影响和渗透。至于这种影响和渗透能否最终产生出一种世界共同语，这就取决于世界一体化进程的未来发展能否推动这样一种需要以及这种需要有没有条件得到满足了。至少就当今景况看，语言还是以民族划线的，所谓世界范围内的共同语言，可能是一个遥遥无期的奢望。现在只有民族共同语，而民族共同语并不是说同一民族的人所操持的语言完全相同，而是说同一民族的语言总是有着某种程度的一致性和同一性。正是以这种一致性和同一性为基准，每个民族都会选定一种这个民族最有代表性的方言系统，并将这个方言系统确认为这个民族的标准语（Standard Language）。这就是说，在一个民族内部，虽然存在着共同的语言内核，但由于民族成员的居住地域和所处的社会地位不同，民族共同语也就分化为种种不同的变体，语言学中称之为“区域性变体”（Regional Varieties）。一般说来，处于中心区域和社会上层的语言变体被确立为标准语，而其他居住区域的语言变体则称为方言（Local Dialect）。这样，在民族语言内部，按照居住地域和社会分层的不同划分，可区分出使用标准语或方言两种不同的语体或文体，而所使用的方言还可进一步区分为种种不同的类别。例如汉民族语言，其现行的标准语是以北京地区的方言为基础建立起来的，而汉民族居住区域的广大和地理条件的多变，使得汉民族方言的分布极为复杂和细碎。仅大的方言系统就有北方话、吴语、粤语、闽南话、客家话，等等，小的方言就更无计其数了。这些方言都各有其发音、词汇、句法上的特点，有的差别还很大，甚至无法听懂。但无论差别多大，这些方言都共有一个大致相同的本民族语言的内核。正是从这个意义上，我们把方言（包括标准语）理解为民族语言的种种不同的变体，而使用这种种不同变体的方言就区分出来种种不同的语体或文体。

我们要谈的最后一种常见的文体分类法是按照文章风格的不同而划分的。文章就是用文字（标示语言的符号）写出的话语篇章，所有的书面语体应该说都属于文章的范围。人们写文章总是在不同的情况下、出于不同的目的、面对不同的对象去写的，由此写出的文章在措辞用语、章法格式等诸多方面都不一样，这就形成了各种不同的文章风格。前面说过，在英文里风格与文体是一个词，文章风格其实就是狭义的文体。曹丕在其《典论·论文》中讲的“文”就是指所有的文章，他根据文章风格的不同区分了文体的类型，提出了著名的“本同而末异”的理论。他说：“夫文本同而末异，盖奏议宜雅，书论宜理，铭诔尚实，诗赋欲丽。”曹丕把文章区分为四类八体，他的分类及其对各文类风格特点的概括现在看未必妥当，但他提出的理论则具有开创的价值，他开了中国古代文体分类和文体风格论的先河。在曹丕之后，陆机、刘勰等人又提出了更加成熟的文体分类理论，从而使文体分类研究成为中国古代文论中最有建树的几个分支学科之一。中国古代文体分类研究的特色，集中体现在开始于六朝时期的“文笔”之争上。南朝宋人颜延之最先把文章划分为“文”与“笔”两大类，其后，文论家们就“何者为文、何者为笔”展开了争论，提出了各种各样的观点。刘勰主要是从文章的形式上解释“文”与“笔”的区别，认为“今之常言，有文有笔，以为无韵者笔也，有韵者文也”[①]。稍后于刘勰的萧绎，主要从文章的性质上划分“文”与“笔”，认为“惟须绮縠纷披，宫徵靡曼，唇吻遒会，性情摇荡”的文章，也就是能够打动人的情感、讲究文采和音乐美的文章，才可以称为“文”，而“善为奏章”“善辑疏略”的论事说理实用之文，则叫作“笔”。[②] 对于“文”“笔”的辨识，后人仍聚讼纷纭，但基本上仍为上述两种观点的继续。中国古代文论家把文章区分为“文”与“笔”两大类的观点，应该说是极有见地的，基本上抓住了从文章风格的角度划分文类的要领。西方现代文体学家对文章风格的分类与中国古代有不谋而合之处，他们也主要是从文章有无艺术性、审美性着眼来辨别文类的。他们认为在所有的书面文字中，有一些文字是专门用来叙事说理、说明情况、传递信息的，或者是出于某种功利性目的而写的，并不特意追求用语的艺术性和审美性；而另一些文字则与此相异，无论是描写、叙述、议论、抒情，都乐意以用语的巧妙、别致、富于创造性和审美感染力为己任。前者被称为科学文体和应用文体，如科学论文、调查报告、新闻报道、法律文书、公文等等；后者就被叫作所谓的文学文体（Literary Style），如诗、小说、剧本、文艺性散文，甚至有文学性的广告词等等。所以，文学文体与非文学文体的根本区别，就在于对审美性的追求，就在于以审美性而不是以功利性为基准。而非文学文体追求一种实用的效果，是以实用性为基准的。例如，一首抒情诗和一条通知的区别就是这样。

上述四种文体分类的方法，都是文体分类研究中最常用的方法。同一篇文章如果运用不同的方法，可能被划归为不同的类型，但只有第四种分类方法才涉及文学文体。

文学文体可以是语言学的研究对象，也可以是文艺学的研究对象，不过这两种研究有着性质上的差别。语言学研究文学文体，是把文学文体作为语言系统的一个特例，或者作为运用语言系统的一个特例来看待的，最终还是

---

① 刘勰：《文心雕龙·总术》。

② 萧绎：《金楼子·立言》。

为了印证这个语言系统的某些特征。文艺学研究文学文体，则是从文学使用语言的言语方面研究文体，或者说，就是研究文学话语的文体，目的是为了揭示文学话语文体的语用和审美特性。文艺学对文学文体的研究当然可以借鉴语言学中有关的理论和方法，但其研究的目的和任务，是与语言学的文体研究截然不同的。文艺学的文学文体研究最终要落实到对文学话语的形态特性、语用特性及其作为一种文体的审美特性的研究，也就是文学话语与诸如科学话语、日常话语、实用话语等相比较而见出的特殊性。语言学也可能研究文学文体的审美特性，但这种研究最终要归结为一般语言学理论。就是说，这两种研究虽然研究的对象是一样的，但又分属于不同的学科领域，服从于不同的学科任务。一种是把文学话语研究放到文学研究中去，一种则把文学话语研究归之为语言学研究。在进行文学文体的研究时，这两种不同性质的研究是需要首先加以分辨和区别的。

我们知道，文学作品的语言一直是西方 20 世纪文论普遍关注的论题，因而对文学的文体学研究，在整个文艺学研究中也占有突出地位。韦勒克认为，文体分析“将成为文学研究的主要部分，因为只有文体学的方法才能界定一件文学作品的特质”[①]。是否只有文体学的方法才能界定文学作品的特质，可以存疑，但文体学研究是文艺学研究的一个极为重要的组成部分，则应该是不成问题的。

自 20 世纪初以来，我国的文艺学研究多偏重于文学的外部研究，而对于文学的内部研究、特别是对于文学文体的研究重视不足，这不能不说是我们文艺学研究中的一个重大缺失。须知，文艺学研究无论如何是不能缺少文体分析这一重要环节的。文学作为一种语言艺术，如果不能从文体方面认清它的特质，也就不能真正地认清它与外部世界的联系，因为正是它的文体特质，在某种程度上决定了它在外部世界系统中的地位和功用。所以，文学的外部研究必须要与内部研究、特别是要与文体研究结合起来才行。自 20 世纪 80 年代以后，随着文学本体论理论的引入与流行，我国文艺学也在文体研究方面取得了较大的进展，文体分析日益成为文学研究和批评的基本方法之一。但是，我国文艺学的文体研究总体上看尚处于发展阶段，要达到成熟

① ［美］韦勒克、沃伦：《文学理论》，刘象愚等译，生活·读书·新知三联书店 1984 年版，第 193 页。

的地步还有待时日。这正如韦勒克所说："如果没有一般语言学的全面的基础训练，文体学的探讨就不可能取得成功，因为文体学的核心内容之一正是将文学作品的语言与当时语言的一般用法相对照。"[①] 因此，我国文艺学文体研究进一步发展的关键在于研究者的一般语言学的理论素养和语言分析技术的提高。

正如语言学的研究可以区分为一般语言的研究和文体分类的研究一样，文艺学的文体研究也可区分为一般文学话语研究和文学话语的文体分类研究。一般文学话语研究主要是把文学话语作为一个整体来研究，主要研究文学话语的与众不同的结构形态和语言运用的方法。文学话语的文体类型研究，主要是对文学文体的分类研究，把文学文体区分为各种类型，分别研究它们各自的审美特性。这两种研究是相互配合的，后一种研究应该是前一种研究的基础，因而也是相当重要的。当代波兰学者在谈及文类研究的重要性时说："当研究人员把言语作为分析对象时，他们开始借助更广泛的文类来描述言语的文类情况，他们知道，言语有自己的参照范式，即使具体实现过程中具有鲜明个性的个性化语言，并不因此而减少对这些范式的并不和谐的指令的服从。"[②] 这段话告诉我们，文学话语的一般形态和语用特征应该是从它的各种文体类型中概括出来的，而各种文体类型的特征又应该是从具体作品的言语形式中概括出来的。这样一来，文体类型就成为联系一般文学话语与具体作品言语的中介环节。对这个中介环节的研究在整个文学话语研究中无疑具有举足轻重的地位，它既是对具体现象的总结，又是对一般特质的印证。

探讨文学话语的文体类型，首先碰到的一个难题就是如何对文学话语的文体进行分类。正如前面已经讲到的，一般话语的文体分类须要依据不同的标准，文学话语的文体分类当然也须要依据不同的标准。例如，我们可以按照概括范围的大小变化将文学文体依次划分为个人文体、流派文体、时代文体，直至民族文体。正像韦勒克说的："假如我们能够描述一部作品或一个作家的文体风格，我们也就无疑能描述一组作品和一个文学类别的文体风

① ［美］韦勒克、沃伦：《文学理论》，刘象愚等译，生活·读书·新知三联书店1984年版，第189页。

② ［加拿大］马克·昂热诺等主编：《问题与观点——20世纪文学理论综论》，史忠义等译，百花文艺出版社2000年版，第100页。

格、哥特式小说、伊丽莎白时代的戏剧、玄学派诗歌，我们也能够分析像十七世纪散文中的巴罗克风格的文体种类。我们甚至还能进一步总括一个时代或一个文学运动的风格。”[①] 当然，再进一步，我们还可以总括一个民族的文体风格。从个人文体风格到民族文体风格，概括的范围在不断扩大，最终将形成一个民族的文体风格学。这种研究对于辨识和鉴别一个作家、一个流派乃至一个民族的文体风格特点无疑是极为重要的。

此外，我们还可以按照审美风格范畴的不同来区分文学文体。我们说过，所有的文学文本都具有审美特性，但这种审美特性又体现为不同的风格类型，如优美的、壮美的、悲剧性的、喜剧性的、写实的、浪漫的、幽默的、讽刺的、怪诞的、惊悚的，等等，由此我们可以区分出优美的文体、壮美的文体、幽默的文体、怪诞的文体等类型。对具有各种不同审美风格的文体进行分类研究，不仅可以更深入地了解文学文本各种审美风格的特点，而且还可以丰富和充实我们对于文学文本的一般审美特性的认识。

更为常见的文学文体的分类研究，是依照文学体裁的不同而划分的。文学体裁是指文学作品的不同样式和格式。这种样式和格式既可以从作品的形式辨出，也可以从作品的内容辨出。例如，中国古代习惯上把文学作品分为韵文和散文两大类，有韵之文谓之韵文，无韵之文谓之散文，这就是从作品的形式方面区分的。而西方古代则主要是从作品内容划分体裁的，把文学作品区分为抒情的、叙事的、戏剧的三大类。其实戏剧作品也是叙事的（有抒情因素，但不占主要地位），若将其归之于叙事类，也是两大类。只是西方从古希腊开始，戏剧一直很发达，戏剧作品也早已在形式和内容上形成了一些自身独具的特点和创作模式，因而在体裁划分上也就单列为一类了。无论中国的“二分法”，还是西方的“三分法”，都是传统的文学体裁分类法，都已显然不太适合现今文学作品写作的新变化、新发展了。我们现今最为流行的体裁分类方法，采取了一种比较综合的分类标准，既顾及作品的内容，又顾及作品的形式，这就是所谓“四分法”，即把文学作品分为诗歌、小说、散文、戏剧四大类。这种“四分法”不能说没有缺陷，但总起来看，具有较大的包容性和普适性，与“二分法”“三分法”相比有着明显的

① ［美］韦勒克、沃伦：《文学理论》，刘象愚等译，生活·读书·新知三联书店1984年版，第199页。

优势。

以上我们介绍了三种对文学文体分类的方法，一种按概括的范围大小分，一种按审美风格分，再一种按作品体裁分。对文学话语的文体类型的研究来说，这三种分类方法都很重要，都有借鉴和采用的价值。但比较起来，我们认为按作品体裁划分的方法似乎更加重要、更有价值一些。因为按体裁分类，特别是“四分法”的分类，归根结底还是以作品本身为着眼点的，具体地说，是以作品的言语格式的特点为着眼点的。诗歌、小说、散文、戏剧，这四种不同的体裁种类，其最突出的区别性特征就体现在它们各自的言语格式上，也就是诗歌有诗歌的言语，小说有小说的言语，散文有散文的言语，戏剧有戏剧的言语。各种体裁的作品，一看其言语格式就能即刻分辨出来。但是，按概括的范围大小分类，主要是从创作主体的独特性着眼的，按审美风格分类，主要是从接受主体的感受着眼的。依照这两种分类方法，都与作品言语形式的特征隔了一层。我们无法根据一位作家的作品风格而确定一种文学体裁的风格，因为一位作家的风格可以体现在不同的文学体裁中。同样，我们也无法根据一种作品的审美风格而确定一种文学体裁的风格，因为同一种审美风格可以在不同的文学体裁中体现出来。也正是因为这一点，我们认为，所谓文学话语的文体类型主要是指文学体裁的类型，研究文学话语的文体类型，也主要是研究文学体裁的类型，也就是研究诗歌、小说、散文、戏剧的话语各自的特点。米哈伊·格洛文斯基在《文学体裁》一文中指出：“体裁变成了文学语言的原型……分析这些原型有助于提炼出真正或从内在角度把文学语言与其他言语类型区别的因素。……分析也可以揭示任何言语类型所共有的本质的东西。”① 揭示任何言语类型的共同本质应该是语言学的任务，而文艺学研究文学体裁，则要把体裁作为文学话语的“原型”，通过研究各个“原型”的特点，上升到对文学话语的一般认识。“体裁变成了文学语言的原型”这个说法应该说是准确的，研究文学话语不能不研究它的“原型”，而研究它的“原型”也就是我们说的研究它的体裁类型。

如上所说，研究文学话语的文体类型主要是以体裁来划类的，我们将按

---

① ［加拿大］马克·昂热诺等主编：《问题与观点——20世纪文学理论综论》，史忠义等译，百花文艺出版社2000年版，第101页。

照“四分法”的分类原则分别研究小说话语、诗歌话语、戏剧话语、散文话语。但是在进入这种研究之前，仍有一个问题需要辨明。我们知道，“体裁”这一概念除了标识某一类作品的文体特征外，它还带有为这类作品确立体式和范型的意思。体裁在某种意义上就是对文学作品的一种规约，有了这种规约，无论是作者的创作还是读者的接受，就有了共同遵守的游戏规则。否则，毫无约束的文学活动是无法进行下去的，因为文学活动是一种需要邀请众人参与的活动，凡是需要众人参与的活动都是要制定规则的。托马舍夫斯基说：“体裁的本质在于，每种体裁的程序都有该体裁特有的程序聚合，这种聚合以那些可察程序或者说体裁特征为其中心。”[①] 托氏在这里说的“程序聚合”就是指体裁的规则和范式。但是，从另一方面看，文学写作活动又是一种个体性很强的活动，它不仅不排斥个体的创造性，而且还要以这种个体创造性为动力，才能不断推动自身的进步。前面我们讲到的文学话语的“自指性”用法，就是文学活动的个体创造性在语言运用上的突出体现。在体裁的使用上，创作主体也不是绝对服从这种体裁的成规，而是一有机会，就要试图突破这些已定的成规，竭力表现出自己的独创性来。这样就产生了一个问题，这就是文学体裁的成规（Norm）与变异（Deviation）的关系问题。

按照辩证法的思考，文学体裁的成规与变异的关系不过是对立统一的关系，即成规必然导致变异，而变异又可以转化为成规。何谓成规？成规是由约定的习惯造成的。譬如写小说，大家都这样写，并且认为就应该这样写才是小说，于是就逐渐形成了写小说的规矩（成规），随后也就建立起了小说这种体裁。小说的体裁一旦形成，对每一个写小说的人就成为一种客观的规定和约束，每个写小说的人都会自觉不自觉地遵守这种规定和约束，以便让自己写出来的东西像一篇小说。但是，又由于每个写小说的人都有自己的创作个性，这种创作个性在实际的创作中虽然受到已形成的体裁范式的约束，但不可能完全被压制，总要或多或少地有所表露。这种表露有时可能是不自觉的，但若达到一定的限度，就势必会引起对体裁规范的某种偏离。这时，他写出的小说就不完全像过去的小说，在某些方面出现了一些变化，这就是

① 参见［俄］鲍里斯·托马舍夫斯基《主题》，载［俄］什克洛夫斯基等《俄国形式主义文论选》，方珊等译，生活·读书·新知三联书店 1989 年版，第 144 页。

体裁的变异。如果这种变异比较突出，引人注目，并被许多人仿效，就有可能转变成新的体裁规范，补充到原有的规范体系中去，这样变异又转化为新成规了。例如，意识流小说的写法，一开始只是小说体裁的一种变异，但后来这样写的人多了，又渐渐形成一种新的小说规范了。文学体裁的成规与变异相互转化的辩证运动大致如此。总之，成规与变异的对立并不是绝对的，这两方面之间存在着某种内在的统一性，成规和变异随着范围和时间的变化而互转，两者之间并无绝对的界限，不能将它们截然对立起来。

当然，在范围和时间一定的情况下，成规与变异的区别还是确定的，不可以相互混淆。尽管在一定的条件下成规和变异可以互转，但成规毕竟是对变异的约束，而变异毕竟是对成规的冲犯，这两者在体裁形成和发展中的作用和意义是不一样的。由于成规的存在和作用，任何文学体裁都有其较为恒定的一面，都有一套能被多数人认可的、较为通行的规则和规范的系统。作为一种文学体裁样式，如果丧失了一套较为稳定的规范系统，自然就会陷入分崩离析的状态，它能否继续发展下去就会成为一个问题。如中国古代格律诗的命运即是如此。同样，又由于变异的存在和作用，任何文学体裁又都有其变动不居的一面。变异在突破了原有规范的同时往往又建立起新的规范，从而推动体裁处于不断的运动和流变之中。从历时态的角度研究体裁的流变史，应该是文学史科学的任务。而从共时态的角度研究体裁的较为稳定的规范体系，则显然属于文学话语的文体类型的研究范围。当然，所谓体裁的历时态和共时态研究事实上是不能截然分开的，历时中有共时，共时中也有历时，这两种研究之间完全应该相互参照和互为依托。

但是，有些体裁史的研究者轻视甚而排斥对体裁的共时性研究，认为这种研究强化了体裁的规范性和恒定性，不利于创作主体的文体革新与创造。我们并不否认，有些文体类型的研究者片面强调体裁规范的权威性和不可逾越性，试图把体裁规范作为一种教条式的法规强加给作者和读者，压制主体的任何个人的创造和发挥，这种独断主义的文类研究确实应该反对。但是，我们所主张的共时性研究是以承认体裁的历时性变化为前提的，我们要从体裁的不断流变中发现某些不变的因素，给以阐发和论证，以便确立起体裁规范的相对稳定的一面。因为在我们看来，某种体裁的变化不论多么剧烈，总还包含着一些相对稳定的、不变的因素，而且这些因素的存在对于这一体裁的进一步发展是至关重要的。企图彻底推翻传统的惯例和规范，必将使体裁的分界陷入全面的混乱，而这种全面混乱的出现，正是某一体裁系统面临解体危机的先兆。“新批评”派的兰色姆在评价某些现代派的诗人时指出，“这些诗人对传统极为尊重，但是为了他们自己的诗歌，他们故意大踏步地背离了它”，“他们觉得老一套的诗法已经陈腐，从本体上说已不适于他们。但是新的诗法究竟可能是什么，他们又没有始终如一的看法，而一种够激进的新诗法又似乎是不可能做到的，因而他们作诗时便毫不考虑旧的诗法，化其规则为不规则，变其系统为不系统，对此他们毫不隐讳”。兰色姆从本体论的批评原则出发，认为这些诗人都存在着作诗不讲章法的问题，而过分不讲章法将危害到诗本身，因为诗歌话语的结构，在他看来，是存在着一种“耐久的稳定性”的。① 由此可见，我们所主张的共时性研究，不仅不压制体裁创新，而且还为正常的体裁创新提供有力的理论支撑，以保证正常的体裁创新不致脱离原有的轨道而陷入混乱。

韦勒克曾把文学文体类型的研究区分为“古典的”和“现代的”两种。他认为，“古典理论是规则性的和命令性的”，“古典主义理论不但相信类型与类型之间有性质上和光彩上的区别，而且相信他们必须各自独立，不得相混”。而“现代的类型理论明显地是说明性的。它并不限定可能有的文学种类的数目，也不给作者们规定规则。它假定传统的种类可以被‘混合’起来从而产生一个新的种类（例如悲喜剧）。它认为类型可以在‘纯粹’的基础上构成，也可在包容或‘丰富’的基础上构成，既可以用缩减也可以用扩大的方法构成”。② 从古典类型理论到现代类型理论的这种变化，反映了现代文学作品在言语的操作上越来越倾向于无定性和随意性，越来越倾向于反既定格式和争先恐后的求新变异。如诗歌创作中的超现实主义派、小说创作中的意识流和新小说、戏剧创作中的荒诞派，即是这种倾向的突出代表。这种倾向有其彻底反传统、反规范的过激的一面，但其表现出的强烈创新意识和可贵的文体实验精神是不能轻易给以全面否定的。

按照韦勒克的这种“古典”与“现代”划分，我们的文体类型研究显然是认同现代类型理论的，我们将坚决地摈弃“命令性”的研究原则，而

---

① 参见［美］约翰·克娄·兰色姆《征求本体论批评家》，载赵毅衡编选《“新批评”文集》，中国社会科学出版社 1988 年版，第 78、79—80 页。

② 参见［美］韦勒克、沃伦《文学理论》，刘象愚等译，生活·读书·新知三联书店 1984 年版，第 266—267、268 页。

始终坚持一种“说明性”的研究原则。这就是说，一方面我们将从已有的文学作品和体裁种类出发，总结出各类体裁的话语形态和语用特征，并以这些特征为核心，从中概括出各种体裁的较为稳定的规范体系。另一方面，我们又不认为这些规范体系是永恒不变、牢不可破的。各种文学体裁都是在不断发展变化的，旧的规范不断地被打破，新的规范不断地被建立，而且各种体裁之间也总是处于相互影响、相互渗透之中，它们之间的分界也并非绝对泾渭分明。因而，我们所概括的各种体裁的规范就只能是描述性的，而不是规定性的。这些规范可以作为一种约定、一种建议或者一种参照提供给文学交际的主体，但不可以作为一种强制性的法规和条令强加给文学交际的主体。这些规范可以作为一种体裁创新所依托的“平台”而对体裁创新构成一定的制约，但不可以作为体裁创新不可逾越的清规戒律而对体裁创新构成一种阻碍和压制。这就是说，我们的文体研究既强调体裁的规范，又包容体裁的创新，并为体裁创新留有余地。这样，我们的文体研究将反对两种倾向：一种是只讲规范，不讲创新；一种是只讲创新，不讲规范。这两种倾向体现在创作中就是“墨守成规”和“随意翻新”，也就是韦勒克说的，“文学作品给予人的快乐中混合有新奇的感觉和熟知的感觉”，“整个作品都是熟识的和旧的样式的重复，那是令人厌烦的，但是那种彻头彻尾是新奇形式的作品会使人难以理解，实际上是不可理解的”。① 让我们再次重申一下，我们的文类研究原则是：在重视体裁规范的前提下支持一切体裁的创新，但也不因为支持一切体裁创新而放弃体裁的规范。

第二节　小说：叙事的文学话语

一

叙事（Narrative），从字面上讲，就是“讲故事”。凡小说都必有一个故事，尽管这故事是各式各样的，可大，可小，可复杂，可简单，可现实，可玄虚，可有一个完整的线索，也可以只是一个或数个小小的片断……无论如

① 参见［美］韦勒克、沃伦《文学理论》，刘象愚等译，生活·读书·新知三联书店1984年版，第268页。

何，小说总得有一个故事，没有故事就不好被称为小说。因为任何小说，无论是中国的还是西方的，究其最初源头，都是从上古的纪事和史传文体生发变化而来的，离开了叙事，也就等于失去了小说存在和发展的根基。现代主义小说的某些流派，如意识流、荒诞派、“新小说”等，不太讲究小说的故事性，多少背离了古典小说的故事性规范，但仔细分析他们的作品，仍可看出还是有点故事性在里面的，只不过这种故事的线索不太清楚、不太完整、有着更多的象征意味罢了。而当代小说的更加新近的发展，却又使得小说的故事性特征重新凸显出来。这既可以从当代严肃小说的纪实性和写实性倾向见出，也可以从当代流行小说的追求趣味性、娱乐性、消遣性的功能见出。当代小说的最新发展表明，故事性依然是小说不可动摇的根基。小说是以讲故事为最切近的指归，小说的一切功能、魅力和效果都是通过故事以及故事的讲述实现的。从这个意义上看，我们把小说文体的言语特征界定为叙事的话语，应该说是妥当的。下面我们论述小说的话语特征就是紧紧围绕着叙事性展开的，也就是小说是如何讲述故事的。

顺便说一句，以叙事性为核心阐述小说话语的特征也是西方现代小说理论的主要特点。我们知道，诗歌在各民族的文学发展中都是最早产生的文学种类，相比诗歌，小说的兴起和发达则晚得多。因此，在一个很长的时期内，关于小说的理论都是远远落后于诗歌理论，甚至依附于诗学理论之中的。但是，近代以后小说作为一种文学样式获得了长足的发展，特别是到了19、20世纪，小说的发展变化更是日新月异，在诸种文学体裁中已经取代诗歌具有了独占鳌头的地位，成为吸引读者最多的一种文学样式。在20世纪，伴随着小说创作的繁荣，小说理论也摆脱了长期停滞不前的状态而迅猛发展起来。现代小说理论的特点在于冲破了传统小说理论的情节、人物、背景的惯用分析模式，从侧重研究小说的内容转向了侧重研究小说文体的言语构成，认定这种言语构成的本质就是故事及对故事的叙述。这样，叙事性就成为现代小说理论的核心范畴，对叙事性的研究也就成为现代小说理论的核心议题。不能否认，现代小说理论也有诸多偏颇之处，比如其极端的形式主义倾向。但是，现代小说理论对叙事性的强调，确实抓住了小说之所以为小说的最为根本的问题，只有抓住了这个问题，才能把小说与诗歌以及其他种类的文学作品彻底区别开来，也才能使小说理论摆脱对诗歌理论的依附性而获得真正独立的发展。正是在这一点上，我们的观点与现代本体论的小说理论是一致的。我们认为，小说之所以为小说的根本之处，并不仅仅在于它具有情节、人物、环境三个方面的内容，而在于它总是包含着一个故事，总是体现为对这个故事的独具特色的叙述之中。研究小说话语的文体特征，就必须以其叙事性为逻辑起点，去研究小说如何运用语言讲述故事，以及这种讲述将会产生什么样的审美效果。

让我们再回到“叙事”这一概念。“叙事”从字面上讲既然就是“讲述故事”的意思，那么这一概念的内涵就可以区分为两个部分，一部分是指“被讲述的故事”，一部分是指“对故事的讲述”。先看“被讲述的故事”。何谓故事？简单说，故事就是人做的事（包括按可然律和必然律可能做的事）。这里首先强调的是“人”做的事，只有人做的事才能称为故事。大自然中发生的事是不是故事？不是。但是如果大自然中发生的事与人有关，与人构成了利害关系，则可以成为故事的一个组成部分。譬如，某某地区爆发了大地震，给当地人们的生命财产造成了重大损失，从而引起了一场英勇悲壮的抗震救灾运动。在这种情况下，“大地震”这一纯粹自然中发生的事就具有了明显的故事功能，成为一个故事不可缺少的重要起因。同样，单纯动物做的事也不是故事。一只狗咬死了一只鸡，就这件事本身看不是故事。但是如果这件事严重地影响到人，例如因鸡的死亡而导致鸡的主人也命归黄泉，或者将这件事比拟为人的所作所为，像《伊索寓言》中所做的那样，那么这件事也无疑具有了故事的功能。总之，一切已经或可能发生的人做的事、与人有关的事，或可以比拟为人的所作所为的事都叫作“故事”。

知道了何谓故事，必然会发生另一个问题，人为什么要做事？这个问题若从根本上回答，不能不说是因为人有欲望。人有欲望，就有行为，有行为就有行为的结果，就有欲望的满足和不满足，就有事遂心愿或事与愿违。这就是人做的事，也就是故事。所以，从另一个角度看，所谓故事也可看作是人的欲望在现实中的遭遇和命运。乔纳森·卡勒认为：“情节讲述的是欲望和欲望的命运。”[①] 按现代心理学的观点，应该说生存的欲望（包括食欲、性欲、安全欲等）是人类最基本的欲望，由此升华而成为人的种种意愿、意图、志向和理想。一切推动人类行动的心理动力，无论多么高级，其最原

---

① ［美］乔纳森·卡勒：《当代学术入门　文学理论》，李平译，辽宁教育出版社、牛津大学出版社1998年版，第96页。

始的根底都是建立在生存欲望之上的。人的类本质特征并不是体现在人可以消灭他的肉体所固有的生存欲望，而是体现在人的一种特殊能力上，即人能够在生存欲望的基础上升华出更高级的需求，从而达到对生存欲望的超越。这种升华和超越的特殊能力，马克思称之为人的“主观能动性”。这就是说，一方面人与动物一样，也有肉体的存在和种种生理的欲求，因为人最初也是从自然界生出的，也是从动物界脱胎而来的，人无论如何也无法彻底消除这些肉体的欲望。但是更为重要的一方面是，人不是靠肉体的本能欲望生存的，而是靠他特有的理性生存的，人靠了理性之光的照耀和导引能够在起码的肉体需求满足之后，又踏上一条不断向上的道路，由此生发出诸多的精神追求。正是人的这一本质特性把人与动物从根本上区别开来了。所以，人的欲望较之动物的欲望虽然有着共同的根基，但又有着本质的不同，不可同日而语。人的欲望除了生存的欲望之外，还包括一种更高级的欲望，这就是发展的欲望。动物受本能的支配，只能存活，不知发展（只有自然进化）。而人在自觉理性的导引下，不仅存活着，还自觉要求不断地发展。这种主观精神上的能动性以及由此产生的奋发向上的欲求，就是人性绝对超出动物性的主要标志之所在。

人所特有的欲求也规定着人的活动的基本内容，也就是人到底做些什么事？人是受欲求的激发而活动而做事的，人所特有的欲求是生存和发展，这种欲求所激起的活动也必是一种求生存、争发展的活动。这种活动通常是在三个方面的关系中展开的，这就是人与自然的关系、人与人的关系、人与自我的关系。此外，人的活动虽是由欲求激起的，但由于人有自觉理性的判断，有自由意志的选择，因而人的活动就必是一种有自觉筹划和自觉追求的活动，而不是一种受纯粹欲望冲动支配的盲目自发的活动。在上述三个方面的关系中展开的自由自觉的求生存、争发展的活动，就构成了人的生活的基本内容。换句话说，所谓人的生活就是人为满足生存和发展的需求而进行的自由自觉的活动。如此看来，与其说“故事”是人的欲望在现实中的遭遇和命运，毋宁说“故事”就是人所特有的生活，而小说就是人对他所特有的生活的一种回顾和总结的方式。《红楼梦》里的故事，一桩桩，一件件，无非讲述了小说中一个个人物的生活，讲述了这些男女主人公们受了怎样的欲望的驱使而谋划着、行动着、冲突着，又是受了怎样的不可抗拒的阻碍或者可怕的命运的捉弄而一步一步走向覆灭和死亡的，以至最终“落了个白茫茫大地真干净”。这就是《红楼梦》里的故事，这些故事虽然是作者虚构的，虽然无不演示了各个人物的种种欲求及其命运或悲剧性结局，但在实质上却是对于他们或她们的作为人的生活的模拟、总结和理解。

以上我们分析了故事的基本内涵，我们认为故事就是人已经或可能做的事，而人做的事又总是与人所特有的欲望、能动性、生命活动有着密切的关联。所以，所谓故事就其本质而言就是按照人的特性而对人的生命活动的过程和结果的某种演绎和解释。

明白了故事的基本内涵，紧接着的一个问题就是故事是如何构成的。简单地说，故事是由事件构成的。首先故事必须要有多个事件，至少有两个以上的事件。其次是事件与事件之间要有一种内在的联系，要能够显示出一个有着逻辑关联的过程和一个结局。单独一个事件不能成为故事，例如，“今天，玛丽到医院探视病危的父亲”，这只是说出了一个孤立的信息，这个信息只是告诉我们玛丽今天没有做别的事，而是到医院去看父亲。那么，她看到了父亲没有？怎么看的？看的结果如何？这一切我们无从得知。所以单一的事件构不成故事。多个事件机械地罗列在一起是不是故事呢？也不是。假如我这样叙述：“玛丽到医院看父亲”，“玛丽的车出了故障”，“玛丽的父亲死了”，“玛丽抱憾终生”。这几件事并列地加在一起，各自分别说出来，使我们难以确定这几件事的内在联系，也难以确定事情的过程和结局。因而把多个事件叠加在一起也不是故事。多个事件要构成故事，必须要在多个事件之间建立一种逻辑的关联，一个事件必然导引出另一个事件，而且各个事件在整个故事的发展进程中（起始、进展、高潮、结局）都分别处在某一不可或缺的关节点上。还是上面的例子，如果我们这样讲述：“今天早上，玛丽急着去医院探视病危的父亲，但车子开到半路抛锚了，玛丽心急如焚，等到玛丽终于赶到医院的时候，父亲已经去世了。对此玛丽抱憾终生。”这显然就是一个故事了，尽管这个故事比较单纯。当然这个故事还可以有其他许多种讲述方法，譬如可以先说玛丽有一件事抱憾终生，然后再讲这件事的过程。但无论采用何种讲法，只要能把这几个单独的事件依照其内在联系串联起来，讲清了这个事情的来龙去脉、变化、转折以及结局的全部过程，我们就得承认这是一个故事。如此看来，构成故事的要素除了事件之外，还需要一个要素，这就是情节（Plot）。乔纳森·卡勒说：“仅仅是一系列事件不能形成一个故事。必须要有一个与开头相关联的结局——根据某些理论家的观点，这个结局要能够说明引出故事中一系列事件的最初欲望的结果。”他又说：“情节是一种把事件设计成一个真正的故事的方法。”[①] 在这里，卡勒很正确地强调了构成一个故事的条件不仅要有事件，还必须要有情节，这两个条件缺一不可。所以，故事就是事件与情节的合成，或者说，故事就是放到情节中去的事件，就是事件的情节化。

“情节”是小说理论中最常用的概念之一。情节从空间上讲是指事件之间的内在联系，从时间上讲是指事件之间的接续发生所显示出来的从开头到结局的整个过程。情节就是事件的有序化、合理化、一体化，简言之，就是事件的故事化。正是情节使事件成为故事的。无论事件和情节，其最初的原型都是包含在现实的人的生命活动中的。如果说事件在人的活动中是显在的，是具体可感的，仅仅需要故事讲述者从中去筛选和收集就可以得到，那么，情节在人的活动中则是潜在的，隐蔽在具体可感的事件背后，有待于故事的讲述者运用理智的洞察力去发现和揭示。因此，构成故事的最为关键之处，并不在于事件的搜集，而在于情节的发现。这种发现取决于讲述者对现实生活的感受力和理解力。讲述者对现实生活的感受力、理解力越强，他就越能在更深的层次上揭示事件之间的联系，揭示情节的思想意义。《红楼梦》里讲述的宝黛之间的爱情故事，我们尽可以从社会历史的层面去理解，说明这个爱情故事的悲剧结局是由当时特定的社会环境造成的。但《红楼梦》的作者则显然是在人生层面上解释这一爱情悲剧的，认为人生原本就是一场梦幻，不管是“烈火烹油”，还是穷愁潦倒，到头来都是过眼烟云，很快就会化为乌有，这就是小说中反复渲染的所谓“色空”观念。对这种“色空”观念我们不一定相信，但小说作者在理解他所讲述的故事时所触及的这一人生层面，应该说是一种超越了社会历史层面的更普遍更深邃的层面，因而按照他的理解所设置的故事情节也必然蕴含着更丰富、更深厚的思想内涵。

虽然所有被讲述的故事从其本原的形态看都来自人的现实的生命活动，都是人在一定社会历史条件下对现实生活的直观形式的理解，但由于文学活动作为审美活动的特殊性，小说中的故事与非文学文体中的故事又有着根本

① 参见［美］乔纳森·卡勒《当代学术入门 文学理论》，李平译，辽宁教育出版社、牛津大学出版社1998年版，第88、89页。

的不同。非文学文体，如回忆录、日记、传记、编年史、纪实作品、新闻报道等，也都是叙事性文体。而且从时间上说，这些文体中的大部分，其产生发展的年代都远远早于小说文体。史传文体是人类最古老的叙事性文体，早在小说文体产生和兴起的几千年之前，就已经出现并臻于成熟。无论东方或是西方，在古代流传下来的那些最重要的典籍中，都包括不少的史传著作，如中国先秦时代的《春秋》，西方古希腊的《希腊波斯战争史》等。所以，从叙事性作品的传承关系方面看，小说与古代的史传著作无疑有着极为密切的渊源关系，两者之间的一脉相承之处也是显而易见的。但小说中讲述的故事与史传、新闻等叙事文体比起来又有自己极为不同的特殊性质。史传、新闻等文体中的故事是严格按照已经发生的事件如实记载下来的，其中虽也有些选择和突出的重点，某些细节也要稍加润色，但故事的总体面貌不允许失实，更不允许有超限度的夸张和虚构。由于史见和编写方法的不同，有些历史学家的著作文学性可能更强一些，例如中国的司马迁等。但历史著作中的文学性说到底是依附于历史叙事的，是为历史叙事增光添彩的，其宗旨和目的还是不能脱离历史叙事的基本原则——无条件地忠实于史实，也正是这一点把历史叙事和历史演义中的叙事彻底区分开来了。这种区分只要比较一下《三国志》与《三国演义》的不同就可立即见出。而历史叙事与历史演义的这种区别和不同，也就是一切纪实性作品中的故事与小说中的故事的根本分野之所在，即纪实性作品中的故事追求实事实录，而小说中的故事则倾向于想象和虚构的创造。

这就是说有两种故事，一种是如实记载的故事，一种是虚构的故事，小说中的故事属于后一种。“小说”一词的英文是“fiction”，这个词在英文中就含有杜撰、想象、虚构的意思。我们并不否认，许多小说中的故事是有实际生活和历史的原型作为依据的，有些小说创作流派，如经典的现实主义、自然主义，还公然宣称自己的小说是绝对忠实于现实和历史的，是现实和历史的如实写照和记录。某些现实主义的小说——诚如恩格斯对巴尔扎克所评价的那样——也确实描写出了一个时代的真实面貌和某些本质方面，“他在《人间喜剧》里给我们提供了一部法国‘社会’特别是巴黎‘上流社会’的卓越的现实主义历史，他用编年史的方式几乎逐年地把上升的资产阶级在1816年至1848年这一时期对贵族社会日甚一日的冲击描写出来，这一贵族社会在1815年以后又重整旗鼓，尽力重新恢复旧日法国生活方式的标准”①。恩格斯站在现实主义的立场上，给予巴尔扎克的小说以极高的评价。他最为推崇的就是巴尔扎克小说反映历史的真实性，甚至认为巴尔扎克采用了“编年史的方式”写出了他的小说。但是，恩格斯并没有因为巴尔扎克小说的“编年史方式”而否认其小说性质，也没有因为巴尔扎克小说的历史真实性而否认其小说的虚构性。事实上，小说故事的虚构性与反映历史的真实性并不矛盾，虚构的故事完全可以反映历史的真实性，而反映历史真实性的作品，只要是小说，就一定包含着一定程度的虚构性。我们承认巴尔扎克的小说反映了法国复辟王朝时期的历史真实性，但是巴尔扎克小说中的故事都是实事实录吗？显然不是。他的小说中的人物都确有其人吗？显然没有。在19世纪30、40年代的法国，确实产生了一批伺机向上爬的外省人集结在巴黎，也确实形成了这批人独特的生活环境和生活习性。但是像巴尔扎克的《高老头》中所描写的伏盖公寓以及拉斯蒂涅之类的人物却是独一无二的，他们都是巴尔扎克的创造，是他运用他的想象能力虚构出来的，尽管这种创造和虚构都可能有现实中的原型为根据。因为巴尔扎克终归是小说家，而不是史学家，也不是新闻记者。总之，凡是小说中的故事都是虚构的，不同仅在于，有的小说故事现实感强一些，有的小说故事更表现出主观化、理想化。

这种差别我们尽可以从《红楼梦》与《西游记》的比较中看出。首先这两部小说的故事都不是实事实录，都是虚构的。《西游记》是神魔小说，讲述了神魔世界的故事，是典型的想象性、虚构性作品。《红楼梦》虽然描写的是现实世界和现实的人生，但其中的人物及其故事有的纯粹是虚构，有的至少加上了一定程度的想象、夸张、虚构和理想化，即如作者在开篇中说的：“曾历过一番梦幻之后，故将真事隐去，而借‘通灵’说此《石头记》一书也。”② 既然“将真事隐去”，那就只好另行虚构和编排，才能敷演出一段有声有色、有头有尾的故事来。其次，《红楼梦》和《西游记》虽然都是虚构，但两部小说的虚构又有明显的差别。《红楼梦》的虚构显然有“真事”的依据，并且是按照现实固有的样式想象出来的，“其间离合悲欢，兴

① 《马克思恩格斯选集》（第四卷），人民出版社1975年版，第462—463页。

② 曹雪芹、高鹗：《红楼梦》，人民文学出版社1964年版，第1页。

衰际遇，俱是按迹循踪，不敢稍加穿凿，至失其真”[①]，因而所讲述的故事，虽然不是现实中实际发生的，却是现实中可能发生的。而《西游记》中的虚构则远离了“真事”的依据和约束，远离了现实本来的模样，极尽人的想象力之能事，上天入地，呼风唤雨，必要时山可让路，水可倒流……其构想出的人物及其故事不仅是现实中不曾有的，也是现实中永远不可能有的。最后，无论是《红楼梦》中离现实较近的虚构故事，还是《西游记》中离现实很远的虚构故事，都能够反映现实和历史的真实性。一部小说有没有真实性，并不取决于有没有虚构，也不取决于有没有描写“实事”，关键在于作者是否看出和抓住了现实和历史的内在本质或某些本质方面，只要作者通过他的故事烘托或暗示出现实和历史的本质或某些本质方面，则无论他的故事虚构得多么缥缈玄远，都应该说反映了现实和历史的真实性。即如《西游记》的故事如此之玄虚，鲁迅却认为，其中的“神魔皆有人情，精魅亦通世故”，而且“讽刺揶揄则取当时事态，加以铺张描写”。[②] 这就是说，《西游记》的故事虽然玄幻到荒诞不经，但由于与“当时事态”相通，揭示了“人情”“世故”的本质，因而也同样反映出了现实和历史的真实性。

既然小说中的故事总体上看都是虚构的，对此许多小说家，尤其是现代小说家，也是供认不讳的，那么，人们理应对小说这种专讲“假事”的文体敬而远之了。可事实上，小说总是拥有众多的读者，其中的奥秘当如何解释？这主要是因为小说家在虚构他的故事时，运用了一种特殊的手段，使得读者虽然知道小说讲的不是“实事”，但又处处感到好像是真的，于是被吸引着一直读下去，直到读完全篇。这种特殊的手段就是，利用逼真的细节描写，给读者造成一种身临其境的真实感，造成一种好像是“实事”的幻觉。英国启蒙运动时期的作家斯威夫特创作的《格列佛游记》可谓一部纯粹幻想型小说，描述了主人公漫游小人国、大人国、飞岛等地的神奇经历，整个故事都是虚构的，充满了荒诞至极的情节，但一系列细节的描写却极为逼真，极为合乎情理，致使读者暂时忘记了整个故事的荒诞不经，而不知不觉地进入到小说描写的境地之中。对此，韦勒克评论道：“细节的逼真是制造幻觉的手段，但正如在《格列佛游记》中一样，它常被作为套圈用以引诱

① 参见曹雪芹、高鹗《红楼梦》，人民文学出版社 1964 年版，第 3 页。
② 参见《鲁迅全集》（第 8 卷），人民文学出版社 1973 年版，第 130、134 页。

读者进入一些不可能或不能置信的情境之中，这样的情境比起那偶然意义的真实来具有更深一层的‘现实的真实’。”[①] 明明是虚构的，却要利用细节的逼真制造虚幻的真实感，以“引诱”读者相信是真的，对于小说家的这一做法，韦勒克从艺术的角度给予充分肯定，认为小说利用幻觉创造了一种更深层的“现实的真实”。

但是，正如我们都知道的，古希腊大哲柏拉图及其后来的追随者们却对荷马史诗利用幻觉讲述虚构的故事，从道德上给予了严厉的抨击。柏拉图认为，以荷马为代表的诗人们，“他们做了一些虚构的故事，过去讲给人听，现在还讲给人听”，这实际上就是“说谎”，他们“应该指责的最严重的毛病是说谎，而且谎还说得不好”。他进一步指出，诗人们讲述虚构的故事，还哄骗人们信以为真，这不仅是撒“言语上的谎”，而是在撒一种“真谎”，“真谎就是在自己性格中最高贵的方面，对于最重大的事情所撒的谎”，“所以凡是受迷惑的人在心灵里的蒙昧无知，就恰是我所谓真谎”。在柏拉图看来，诗人们所犯的是一种道德上非常严重的罪，因而他宣布，“我们不能让母亲们受诗人的影响，拿些坏故事来吓唬儿童”，“这类故事在我们的城邦里就必须禁止”。[②] 柏拉图的这种对虚构文学的过激排拒，显然来自他那众所周知的关于文艺的基本意见，即文艺作品是一种模仿的模仿，与真理“隔着三层”，“所以我们可以说，从荷马起，一切诗人都只是模仿者，无论是模仿德行，或是模仿他们所写的一切题材，都只得到影像，并不曾抓住真理”[③]。这样一来，荷马等诗人们所讲的那些故事，也就毫无真实性可言，他们的所谓“技艺”不过是用谎言欺瞒听众，是一种欺骗行为，不仅毫无价值，而且十分有害，需要加以防范。柏拉图就是这样通过抽去虚构性文学作品的真实性基础，彻底否定了虚构性文学作品存在的合理性和合法性。

柏拉图的这种彻底反文艺的思想无疑是过于极端化了，因而理所当然地遭到了他的“吾爱吾师，吾更爱真理”的弟子亚里士多德的有力回击。亚氏决心为文艺作品重新正名，为文艺家恢复应得的名誉。亚氏首先承认史诗、悲剧等叙事作品确实都是“模仿”，是模仿“人的行动”，但是这种模

① ［美］韦勒克、沃伦：《文学理论》，刘象愚等译，生活·读书·新知三联书店 1984 年版，第 238 页。

② 参见［古希腊］柏拉图《文艺对话集》，朱光潜译，人民文学出版社 1983 年版，第 21—31 页。

③ 参见［古希腊］柏拉图《文艺对话集》，朱光潜译，人民文学出版社 1983 年版，第 76 页。

仿并不远离真理，更不是与真理“隔着三层”，而是与真理相当接近，至少比“历史”更接近真理。亚氏认为，历史只是“叙述已发生的事”，而“诗人的职责不在于描述已发生的事，而在于描述可能发生的事，即按照可然律或必然律可能发生的事”，“因此，写诗这种活动比写历史更富于哲学意味，更被严肃的对待，因为诗所描述的事带有普遍性，历史则叙述个别的事”。[①]在亚里士多德看来，有两种真实必须加以区分，一种是狭义的历史的真实，一种是哲学的真实。狭义的历史的真实因为只叙述已发生的个别的事，因而是一种事实上的真实，是一种只适合于特定的事件、地点的有限定的真实。历史叙事就属于这样一种有限定的真实。而哲学的真实则是一种超越了个别事物的更具永久性、更具普遍性的、更高层次的真实，文学叙事描述“按照可然律或必然律可能发生的事”，因而更加靠近这种哲学的真实。亚里士多德就是这样以两种真实的区分和比较为依据，为文学叙事的合法存在做了最有说服力的辩护。而且，亚氏还进一步论证了文学叙事的虚构性不仅不是“说谎”和“欺骗”，恰恰是文学叙事才是通向更高真实性的必要途径。亚氏指出，史诗、悲剧等并不追求狭义的历史真实，因而不能像历史那样照抄已发生的个别的事，有些悲剧“只有一两个是熟悉的人物，其余都是虚构的”，“有些悲剧甚至没有一个熟悉的人物……其中的事件和人物都是虚构的”。但是，文学叙事的这种虚构不是叙事者任意而为的，而是“按照可然律和必然律布置情节”。因此，“与其说诗的创造者是‘韵文’的创造者，毋宁说是情节的创造者”，而这种情节的创造又完全是为了超越个别事实的真实而达到更高的普遍真实。[②]亚里士多德正是通过这样的论证把文学叙事的虚构性与真实性统一起来了。

总之，上述柏拉图与亚里士多德之间的这个影响深远的分歧和争论，主要是由叙事文学的虚构性引起的，分歧和争论的焦点在于，虚构性是否就是“说谎”？能否达到与真实性的统一？如前所说，我们的观点倾向于亚里士多德的。我们认为，文学叙事或者小说叙事较之历史叙事、新闻叙事等的根本不同就在于，小说叙事的最高目的不是要与已经发生的个别事件相似，而

---

① 参见［古希腊］亚理斯多德《诗学》，载《〈诗学〉〈诗艺〉》，罗念生、杨周翰译，人民文学出版社1962年版，第28—29页。

② 参见［古希腊］亚理斯多德《诗学》，载《〈诗学〉〈诗艺〉》，罗念生、杨周翰译，人民文学出版社1962年版，第29—30页。

是追求所讲述的故事总体上符合一种更具概括力、更带普遍性的本质真实。为了达到这一目的，小说中的故事就不能是“实事实录”，必须对其中的人物和事件给以全新的编排和虚构，不通过这种全新的编排和虚构，就不可能达到那种更高的“具有哲学意味”的真实。我们的观点也与亚里士多德有不同之处，其一是，我们不认为小说的虚构性只是体现在“按照可然律或必然律可能发生的事”上，我们认为这种虚构性也可以是按照“心理的”可然律或必然律设置不可能发生的事件和情节，即如《西游记》那种极端幻想型的小说就是这样，虽然讲述的都是不可能发生的事，但同样可以反映现实和历史的更高真实。其二是，无论虚构的是可能发生的事或是不可能发生的事，都应该尽量运用“逼真”的细节描写，制造一种好像是“实事实录”的幻觉，以便“诱引”读者暂时忘却整个故事的虚构性而进入到故事所描述的情境中。我们认为，“逼真”的细节描写是由虚构走向真实的必要环节和有效方法，不仅古典的小说重视这个方法，就是现代的小说，如乔依斯的《尤利西斯》、卡夫卡的《变形记》、马尔克斯的《百年孤独》等，也都充分利用“逼真”的细节描写，尽管这些小说的整个故事往往是荒诞不经的，但具体的场景和情境却描写得细致入微、真实可信，给人以如同亲历之感。如《变形记》开头的一段：“一天早晨，格里高尔·萨姆沙从不安的睡梦中醒来，发现自己躺在床上变成了一只巨大的甲虫。他仰卧着，那坚硬得像铁甲一般的背贴着床。他稍稍抬了抬头，便看见自己那穹顶似的棕色肚子分成了好多块弧形的硬片，被子几乎盖不住肚子尖，都快滑下来了。比起偌大的身躯来，他那许多只腿真是细得可怜，都在他眼前无可奈何地舞动着。”一个人突然变成了一只大甲虫，这样的事当然谁也不会信，但由于作者把主人公变成甲虫后的所感所见描写得很具体、很生动，使我们不由自主地进入了所描写的情境，甚至产生了与主人公同样的感觉，我们感到强烈的惊惧，好像我们自己也变成了一只大甲虫。正是这种不断产生的幻觉，把我们一步步带进故事里去，使这个荒谬得难以置信的故事也仿佛变得可信起来。这就是细节的“逼真”在虚构故事中所起到的不可思议的重要作用——明知虚构，却还相信。从这个意义上看，我们完全赞同鲁迅如下的一段话：“艺术的真实非即历史上的真实，我们是听到过的，因为后者须有其事，而创作则可以缀合、抒写，只要逼真，不必实有其事也。”[①] 我们也部分地、有条件地赞同美国当代文学理论家华莱士·马丁的如下所论：“毕竟，当我们宣称我们确从文学中学到某些重要东西的时候，这个由我们提出而别人认可的主张是以我们乐于承认下述一点为基础的：我们知道事实与虚构、叙事与真理之间的（公认）区别。后者（真理）也许能凭细节和想象而从叙事中被抽取出来。”[②]

二

如前所说，凡小说必讲故事，小说话语就是一种叙事话语，我们对小说话语的研究就是从叙事入手的。叙事这一概念可以分为“叙”和“事”两部分来理解，前面我们着重讲了“事”这一部分，已经论述了小说所讲的故事是一种什么故事，小说中的故事与历史著作以及新闻报道中的故事有什么不同。现在，我们将转向“叙”这一部分，也就是小说是怎样讲述故事的。

“故事”与“讲述”，或者“讲什么”与“怎样讲”，按照传统小说理论的理解，这两方面的关系就是小说的内容与形式的关系。传统的小说理论侧重于小说的内容，最关心“讲什么”的问题，主要研究小说中故事的构成要素，即著名的情节、人物、环境三要素的分析。至于“怎样讲”的问题，传统小说理论认为是一个如何表现内容的问题，是一个取决于内容的问题，因而是一个次要问题，无须给以特别的关注。现代的小说理论由单纯的故事内容分析转向了“叙事”，主要研究“怎样讲故事”的问题，研究小说叙事的规则和方法以及叙事话语的结构和特点。现代小说理论以其对小说叙事话语的精细而深入的探讨，弥补了传统小说理论长期存在的缺陷，但因此也可能暴露出另一方面的问题，即对小说内容方面的研究显得相对薄弱和不足。但无论如何，现代小说叙事理论的建立是在传统小说理论的基础上的一个重大进步和突破。

的确，对于小说理论来说，“讲什么”固然重要，“怎样讲”也同样重要。传统小说理论一直存在一个很大的误解，就是认为“讲什么”决定着

---

① 《鲁迅全集》（第10卷），人民文学出版社1973年版，第198页。

② ［美］华莱士·马丁：《当代叙事学》，伍晓明译，北京大学出版社1990年版，第241页。

“怎样讲”，特定的“故事”决定着特定的“讲述”，每一故事都有一种最适合它、最能充分表达它的讲述方式，小说家的任务就是设法为他的故事寻找到这种最适合它、最能充分表达它的讲述方式。事实上，讲述方式并不完全取决于所讲述的故事，一个故事也并不只有一种最佳的讲述方式，讲述方式在某种程度上是独立于所讲述的故事的。同样一个故事，采用不同的讲述方式，就可以产生不同的讲述效果，而不同的讲述效果又反过来使这一故事增生出不同的新的意义。例如我们前面提到的玛丽的故事，这个故事的主要内容可概括为：玛丽因汽车故障而耽误了与垂死的父亲见上一面的机会，从而造成了她终生的遗憾。很显然，这个故事并不决定我们非要用某一种方式去讲述它，因为故事的内容本身是外在的，对任何人都是一样的，它不会强迫我们去讲述它，更不会强迫我们采用某一种讲述的方法。讲述不讲述这个故事，如何讲述这个故事，运用何种话语讲述这个故事，完全取决于我们的意愿和选择，而我们的意愿和选择又取决于我们对这个故事的特定的感受和理解。这就是说，当我们面对一个故事时，我们总是根据我们对这个故事的不同感受和理解而选用各种不同的讲述方式。譬如，对玛丽这个故事，我们既可以选用顺叙的方式，也可以选用倒叙的方式以及其他的一些方式，这些不同的讲述方式所产生的效果和蕴含的思想与意味是不一样的。如果我们选择了顺叙的方式，那很可能是因为我们对这个故事的因果联系比较感兴趣，我们很想通过我们的讲述把我们所理解的这个故事的前因后果揭示出来。如果我们选择了倒叙的方式，那说明我们对这个故事的结果更感兴趣，我们被玛丽的遗恨终生所体现出来的父女深情所打动，意欲把这种情感作为这个故事的重点加以突出，或者也可能我们仅仅出于一种艺术上的需要，通过先讲结局的方法制造悬念，以强化读者的阅读兴趣。此外，我们还可以就叙述人称、叙述视角、叙述句式等诸多方面选择各种不同的方式，表现出不同的叙事效果和叙事意味。从这个例子我们可以清楚地看到，讲述的方式对于所讲述的故事多么重要，讲述的方式在某种程度上决定着故事的价值和意义。“故事”并不必然地生出“讲述”，而“讲述”却必然地生出“故事”。小说里的故事都是已被讲述的故事，严格地说，讲述之外的故事还不是故事，只能算作可供讲述的故事的素材。

从强调“讲什么”到强调“怎么讲”，不仅意味着小说研究重心的改变，还标志着小说观念的总体改观。强调“讲什么”，必然更看重小说的内容，把小说看作是情节、人物、环境三要素的构成物。而强调“怎么讲”，则把注意的重心转到小说的叙事上，这样一来，小说也就被理解成一种叙事的过程。如果进一步分析，我们还会发现，这种叙事过程的起点是将要叙述的故事，终点是叙事文本或叙事话语的产生，联接起点和终点的是叙事行为。这样我们又有了一个新的小说构成的三要素，即故事（Story）、叙事行为（Narration）、叙事话语（Narrative Discourse）。当代法国著名叙事学家热奈特也是这样理解小说叙事的。他在细致地分析了小说叙事的三层含义后指出：“我建议用故事表示所指或叙述内容（即使有的时候叙述内容并不具有强烈的戏剧性或跌宕起伏的情节性）；沿用叙事一词表示能指、文字、话语或叙述文本本身；而以叙述表示创造性的叙述动作，广而言之，也包括叙述动作在如实叙述与虚构叙述中的作用。”[①] 热奈特在这里说的“叙事”就是指的叙事话语或叙述文本。他认为，在叙事概念的三重含义中叙述话语最重要，因为叙事话语既是叙述行为的结果，又是故事内容的能指，无论是批评家还是读者，都是首先通过叙事话语而探知到叙事行为和故事内容的。对小说叙事的研究主要就是对叙述话语的分析：“我所说的叙述话语分析，时而涉及话语和所述事件（第二层含义的故事）关系的探讨，时而又是对话语与创造话语的叙述动作——即第三层含义的叙事，包括如实叙述（如荷马）和虚构叙述（如尤利西斯）——两者关系的研究。”[②] 这就是说，小说既然是一种叙事过程，那么对小说的研究就要紧紧抓住叙述话语，从叙述话语出发，研究叙述话语与故事、与叙述行为之间的关系，这就是小说研究的主要对象和范围。这种对小说文体的新理解（小说是一种叙事过程，这种叙事过程可以分析为叙述话语、叙述行为、故事三个层面），尽管颇有形式主义之嫌，但比起旧的理解（把小说仅仅理解为现实的模仿、再现，因而是由情节、人物、环境三要素构成的）显然更加接近小说的本体存在。

三

那么，小说作为一种叙事话语是如何讲述故事的呢？

我们先讲小说话语的言说方式。任何一个有小说阅读经验的人都可以轻

① ［法］热·热奈特：《叙述语式》，载《外国文学报道》1985年第5期，第21页。

② ［法］热·热奈特：《叙述语式》，载《外国文学报道》1985年第5期，第21页。

易地觉察到，小说话语有两种基本的言说方式，一种是叙述（Narrate），一种是描写（Describe）。几乎所有的小说都交叉使用这两种言说方式，单纯使用某一种言说方式的小说可以说绝无仅有。这两种言说方式的差别是显而易见的，试比较下面的两段话，一段是："老刘头吃完饭后，给老伴打声招呼，就出去散步了。"另一段是："老刘头放下筷子，折了一根细细的扫帚苗，一边用它剔着牙，一边对收拾碗筷的老伴说：'出去遛遛。'话音未落，他已经悠悠地走出了门。"前一段是叙述，只是告诉了我们一件事，老刘头吃饭后去散步，至于老刘头如何吃完饭，如何给老伴打招呼，如何走出门，从这段话中我们得不到这些信息，我们只是被告知发生了一件事，这就是叙述。后一段是描写，读过这段话，我们不仅得知了一件事，还看到了这件事发生的具体情境和过程，好像不是叙事人在说什么，而是像舞台上表演的戏剧，一幅动态的画面自动地呈现在我们面前。这两种言说方式的根本差别在于，叙述是事件的告知（Telling），描写则是场景的展示（Showing）。毫无疑问，讲故事必须要运用叙述，讲述者要尽可能连续地把一个个事件及其因果联系告知听者，直到把这个故事讲完。叙述可以说是叙事话语最常见的、最自然的言说方式。但问题是，小说叙事为什么还要运用描写的方式？描写的方式在小说叙事中到底起了什么作用？

早在古希腊时期，柏拉图在谈论荷马史诗时就已经注意到了叙事的两种不同的言说方式。他首先指出，他在荷马史诗里发现了两种讲述故事的方式。一种是诗人"以自己的身份在说话"，称之为"单纯叙述"；一种是"诗人站在当事人的地位说话"，也就是让故事中的人物直接出面表演和说话，这种方式称为"模仿叙述"。例如《伊利亚特》开头讲到阿波罗神的祭司克律塞斯时说："他怀揣巨额赎金，手执神箭手阿波罗头戴的金棒，来到阿凯安家族性能良好的船上赎自己的女儿；他恳求阿凯安全家，特别恳求阿特雷亚的儿子，那两个善于调节纠纷的战士……"这一段在柏拉图看来基本上属于"单纯叙述"，而在接下去的一段里，荷马开始让克律塞斯本人讲话，按柏拉图的说法，他佯装变成了克律塞斯，并"尽一切可能使我们产生不是荷马，而是那位老人，阿波罗的祭司在讲话的错觉"，而这一段就是所谓的"模仿叙述"了。请看克律塞斯说的这段话："阿德里德们，还有你们，绑着护腿铠甲的阿凯安们，但愿奥林匹斯诸神帮助你们摧毁普里亚姆斯的城池，然后安全返回家园。但也请你们把我的女儿还给我！为此，请看在宙斯之子、神箭手阿波罗的份上，接收这笔赎金吧。”柏拉图认为，“模仿叙述”原本是悲剧、喜剧所特有的方式，被诗人们借用到史诗里去了。随即柏拉图提出了一个问题，“我们应该决定是否准许诗人们用模仿来叙述，如果可以用模仿，还是通篇用或部分用，在什么情形才应该用那个形式，还是完全禁止用模仿的形式”。柏拉图的结论是，基本禁止使用模仿的叙述。他的理由，其一是“每个人只能做好一件事，不能同时做好许多事”，也“不可能把许多事都模仿得好”，因而模仿总是与“模仿的蓝本”差得很远，是很不真实的；其二是模仿各种各样的事必然也包括卑劣的事和坏人，而模仿卑劣的事和坏人是不道德的。所以，柏拉图主张，史诗的写作应尽量多用单纯叙述，非用模仿叙述不可，也只能模仿好人，而不要模仿坏人。①

柏拉图所讲的“单纯叙述”与“模仿叙述”的区分，大致与我们说的“叙述”与“描写”相同。他在谈到两者的区别时说：“如果诗人永远不隐藏自己，不用旁人名义说话，他的诗就是单纯叙述，不是模仿。”② 他的意思是说，单纯叙述是诗人直接出面说话，而模仿叙述则是诗人有意隐蔽自身而让作品中的人物出面说话，或让场景自己显示出来。这个意思显然就是指叙事的两种言说方式：叙述和描写。柏拉图最早发现了文学叙事中的两种言说方式，并准确地指出了两者之间的本质差别，这不能不说是柏拉图对早期叙事理论的贡献。但他对两种言说方式的评价（主要是贬低模仿叙述在叙事中的作用，认为这种方式是不必要的，甚至是有害的），则由于明显偏离文学叙事学的立场而站到了哲学、政治学、伦理学的立场看问题，从而遭到了后世某些流派的小说家越来越强烈的反对和抵制。从批判现实主义的小说里，我们已经看到了对于“描写”（柏拉图说的模仿叙述）的格外重视和推崇，特别是所谓“细节描写”更是大量地充斥在司汤达、巴尔扎克、福楼拜、列夫·托尔斯泰的作品中。这些作家为了达到一种现实主义的真实性，尽可能避免作者直接出面干预故事的进程（如果非要干预，也应该做到不留痕迹），希望通过一系列的细节描写，让场面、人物、情节自动地演示出来。当然，他们的作品里也不可避免地存在着大量的“叙述”（就是柏拉图说的单纯叙述），但两者之中，他们更偏爱描写则是毫无疑义的。而随后的

① 参见［古希腊］柏拉图《文艺对话集》，朱光潜译，人民文学出版社 1983 年版，第 47—56 页。

② 参见［古希腊］柏拉图《文艺对话集》，朱光潜译，人民文学出版社 1983 年版，第 49 页。

自然主义的小说创作在这方面走得更远。自然主义追求的是绝对的客观性，所以在理论上干脆完全禁止了作者对故事的任何干预，即使现实主义认可的那种隐蔽的、不留痕迹的干预也不行，作者所做的只是冷静地、不加选择地记录下眼前所发生的一切事实。所以，准确地说，自然主义小说家不是在“叙述”故事，而是在“记录”故事，这种记录故事的任务显然只有选用描写的方式才能承担。正因如此，毫无选择的、冗长的、琐细的描写的大量存在，就成为自然主义小说叙事的主要特征。而且，“描写”在自然主义小说里不只是一般的叙事技巧，而是作为基本的创作原则被使用的，即如左拉所说的：“自然主义小说家们着重描写，那倒不是像人们所责备他们的那样只是为了从描写中获得乐趣而去描写，而是因为他们投身于详情的描写加上以环境来补足人物的公式的缘故。……为了达到绝对完备，为了使他的调查达于整个世界并展现全部现实，他只不过每时每刻地记下人所活动并产生事实的物质环境罢了。”① 以罗布-格里耶为代表的“新小说”又在自然主义小说理念的基础上继续迈进，将描写在小说叙事中的地位和作用推向极致。“新小说”相信事物是一种不能被人任意摆布的纯然存在物，“动作和物体在成为某种东西之前就存在那儿了，它们以后仍然存在那儿，坚实，经久不变，始终是实在的，藐视自身的意义——因为这种意义要叫他们担当起介于模糊的过去和未定的将来之间某些虚幻的玩意的角色，然而这是办不到的”②。因此，“新小说”竭力反对包括现实主义在内的传统小说中所经常出现的那种无所不知的叙述者，罗布-格里耶反问道：“在巴尔扎克的小说中是谁在描述这客观世界？这位无所不知、无所不在的叙述者又是谁？他同时出现在一切地方，同时看到事物的正反两面，同时掌握着人的面部表情和他内心意识的变化，他既了解一切事件的现在，又知道过去和未来。这只能是上帝。”③ 罗布-格里耶认为这种叙述者的存在是根本不合理的，是全然荒谬的，应该代之以一个如同凡人一样的具体的、有限的叙述者，以便让事物依

① ［法］左拉：《戏剧中的自然主义》，载伍蠡甫、胡经之主编《西方文艺理论名著选编》（中卷），北京大学出版社1986年版，第221页。

② 参见［法］阿兰·罗布-格里耶《未来小说之路》，载伍蠡甫、胡经之主编《西方文艺理论名著选编》（下卷），北京大学出版社1987年版，第254页。

③ ［法］阿兰·罗布-格里耶：《新小说》，载伍蠡甫、胡经之主编《西方文艺理论名著选编》（下卷），北京大学出版社1987年版，第260页。

照它的本然状态不受限制地显露出来，用格里耶自己的话说就是，“新小说”的叙述者应该“是‘一个人’，是这个人在看、在感觉、在想象，而且是一个置身于一定的空间和事件之中的人，受着他的感情欲望支配，一个和你们、和我一样的人。书只是在叙述他的有限的、不确定的经验。他就是在这里的一个人，在现在的一个人，总之，他就是他自己的叙述者”[①]。这样的叙述者决定了他的主要的言说方式只能是描写，他所知很少，他无力驾驭事物，他之所以描写就是想让事物自己展示自己。因而，“新小说”的作品也往往是由大段大段的细致入微的物象和心象的描写构成的，充满了外部世界和内部世界的赤裸裸的自我袒露。

从小说叙事的角度看，描写的方式确实是极为重要的，决不如柏拉图所说描写是可有可无的，甚至是有害无益的。热奈特甚而认为，一篇小说的叙事可以没有“修饰成分”，但不可能不使用动词，而“动词也因其赋予行动场面不同的准确程度而可以多少带点描写性（只须比较‘抓起一把刀’和‘拿起一把刀’便会对此深信不疑），因而任何动词都很难完全不产生描写后果”。于是他下结论道，“描写可以说比叙述更必不可少，因为不带叙述的描写比不带描写的叙述更容易做到（或许因为物品不运动也可存在，而运动不能脱离物品而存在）”。[②] 很难想象一篇由毫无描写成分的单纯叙述写成的小说将会是什么样子，但完全用描写构成的小说却是时时可见的，尤其是在现代小说的范围内更是屡见不鲜的。

但是，我们也不认为描写可以超脱于叙述之外而单独存在，就像自然主义和“新小说”所竭力主张的那样。因为这种主张实际上已经彻底否定了小说之所以为小说的根本性质，即讲故事的叙事性，而把小说视为一种可以超越语言的纯粹戏剧性的演示，而这对小说来说是永远不可能的。小说只要还运用语言做媒介，它就必然是一种“讲述”，小说总是在讲述着什么，所谓描写也只能是讲述中的描写，是讲述的一种言说方式。而且在讲述的两种方式中，叙述是主要的，描写是辅助性的，尽管在某些小说中，例如在自然主义小说和“新小说”中，描写可以占有远远超出叙述的篇幅。归根结底，

---

① ［法］阿兰·罗布-格里耶：《新小说》，载伍蠡甫、胡经之主编《西方文艺理论名著选编》（下卷），北京大学出版社 1987 年版，第 260—261 页。

② ［法］热·热奈特，《叙事的界限》，载《外国文学报道》1985 年第 5 期，第 6 页。

描写是为叙述服务的，描写从表面上看是叙述的中断，但事实上描写是叙述的中介、过渡，或者说就是叙述的一个异在的组成部分。关于此点，热奈特说得更清楚："描写可独立于叙述进行构思，但实际上它可以说从不处于自由状态；叙述不能脱离描写而存在，但这种依赖并不妨碍它总扮演主角。描写自然是 ancilla narrationis（拉丁文，叙述的奴隶，引者注），须臾不可缺少，但始终服服帖帖，永远不得自由。有一些叙述体裁……描写可在其中占据极大位置，但按其使命依然只对叙事起辅助作用。"[①] 即使像罗布-格里耶的那种小说，热奈特认为，也是"几乎完全用页页变化极微的描写构成叙事（故事）的一种努力，这既可看作描写功能的大幅度提高，又可视为描写万变不离其宗，始终以叙述为目的的鲜明印证"[②]。因而我们不能仅仅以篇幅大小为标准评判描写的重要程度，应该根据小说的叙事本性确立描写的总体地位。从小说的叙事本性看，描写与叙述一样都是讲述故事的方式，只不过描写始终以叙述为目的，也可以看作是叙述的一种特殊形态。但是这种特殊形态要求比纯粹叙述更精细，包含更多的信息量，同时又尽可能不露出叙述者的痕迹，也就是造成一种不是叙述者在说话的假象，使人忘记是叙述者在叙述。所以，从这方面看，我们赞同热奈特给描写下的定义，即描写是"最大的信息量和最少出现的信息传递者"，而叙述则"正好相反"[③]，因而可以被看作是叙事的两种基本的言说方式。

描写与叙述的关系即如上述（描写和叙述是叙事的两种基本的言说方式，但前者始终以后者为目的），紧接着的问题就是：描写具有怎样的叙述功能？也就是描写在叙事的整体结构中起着何种作用？总起来说，描写既然是"最大的信息量和最少出现的信息传递者"，那么，描写就可以理解成一种"展现"（showing），就是场面和情境像图画一样从描写的言语中展示和呈现出来。当然，用词语描写的图画还不是用彩笔勾画出的图画，也不是舞台上表演出的场景，这种画面不能直接呈现，而是潜在地存在于描写的词语里面，需要通过特定读者的阅读和理解而获得"具体化"（concreteness），最终在特定读者的想象和幻想中浮现出来。因此，描写的叙述功能集中在一

① ［法］热·热奈特：《叙事的界限》，载《外国文学报道》1985 年第 5 期，第 7 页。

② ［法］热·热奈特：《叙事的界限》，载《外国文学报道》1985 年第 5 期，第 8 页。

③ ［法］热·热奈特：《叙事语式》，载《外国文学报道》1985 年第 5 期，第 25 页。

点，就是造成了一种图式化的画面感和身临其境的幻觉。这样一种总的功能体现在具体的作品中，可能会发挥出各种不同的具体作用，但大致说来，无非表现为两种作用。一种是穿插、点缀在纯粹叙述之中，使叙事更加具体、生动、逼真，以弥补单纯叙述所造成的单调乏味，以增强虚构故事的可信度。热奈特把描写的这种作用称为“装饰性的”作用，“长篇详尽的描写在此好像是叙事中间的休息和消遣，纯粹起美学作用，正如古典建筑中雕塑的作用一样”[①]。鲁迅的小说《孔乙己》全篇基本上都是娓娓道来的叙述，但其间也不断地插入了一些描写段落，譬如开头讲了鲁镇咸亨酒店的一般情况之后，提到了“孔乙己是站着喝酒而穿长衫的唯一的人”，接下来就是一段描写，详细刻画了孔乙己的相貌、穿着、买酒时说的话、店里喝酒的人对他的取笑以及他引起众人哄笑的有趣的反应。随后又是对孔乙己身世的一般讲述，再下面接着又有几个片断的精彩描写，如孔乙己怎样写茴香豆的“茴”字，怎样对孩子们说“多乎哉？不多也”，以及讲述者最后一次见到孔乙己的情形。最后一段是对孔乙己故事的结局的叙述。小说中这些夹杂在叙述中的描写性段落，其艺术审美的作用当然是多方面的，比如在塑造人物、揭示主题等方面。但其主要作用显然就是所谓“装饰性的”，因为它们有力地强化了叙事的实在性、生动性、可信性和艺术感染力。如果抽去了这些描写段落，仅用纯叙述连缀成故事，这篇小说曾给予人的那些特有的审美效果就会立即消失殆尽，小说本身也会立即变得索然无趣了。

小说中“描写”的另一种作用被热奈特概括为“解释性和象征性”的作用，他特别指出：“在巴尔扎克及其现实主义后继者们的作品中，对相貌、衣着和室内陈设的描绘带有透露并揭示人物心理的征象，又有其前因后果。”[②] 所有小说中的那些含有深意或意味深长的描写都属于这类描写，或者通过其外在现象的描写揭露其内在精神，或者让某种形象的描写中寓含和表征着某种思想情感的意义。而这种内在精神和思想情感意义又不是哪一种单纯的叙述所能够有效地表达出来的，必须要靠某种带有“解释性”的，或者带有“象征性”的描写。前者的例子比比皆是，都是大家所熟知的，毋庸赘述；后者的例子可以举出欧·亨利的《最后一片叶子》。正如这篇小

① ［法］热·热奈特：《叙事的界限》，载《外国文学报道》1985 年第 5 期，第 7 页。
② ［法］热·热奈特：《叙事的界限》，载《外国文学报道》1985 年第 5 期，第 7 页。

说的标题所预示的那样，这是一篇极具诗意象征性的小说，小说中多次描写到窗外的长春藤以及虽经寒风的猛烈摧击仍顽强地附着在藤干上的最后一片叶子。如“一棵老极了的长春藤，枯萎的根纠结在一起，枝干攀在砖墙的半腰上。秋天的寒风把藤上的叶子差不多全部吹掉了，只有几乎光秃的枝条还缠附在剥落的砖块上”，“经过了漫长一夜的风吹雨打，在砖墙上还挂着一片藤叶。它是长春藤上最后的一片叶子了。靠近茎部仍然是深绿色，可是锯齿形的叶子边缘已经枯萎发黄，它傲然挂在一根离地二十多英尺的藤枝上”。另外小说中还有不少类似的描写，我们就不一一列举了。可以清楚地看出，这几段描写都不是单纯地介绍故事发生的场景，而是别有一番深意在其中的。小说的作者对最后一片叶子不厌其烦的反复描写，显然带有明确的象征意义，它们象征着一个垂死的病人对生命的无限留恋和渴望，象征着人的生命的可贵和至高无上的价值。

四

从叙事话语出发，我们可以发现小说讲述故事时有叙述和描写两种言说方式，那么，接下来我们要问的问题是到底谁在小说里讲述故事？这个问题初看起来似乎非常简单，甚至根本不成为一个问题，一般读者会马上回答当然是作者在讲述故事了，每篇小说都署有作者的名字，说明这篇小说是这位作者写出来、编出来的，小说中的故事当然也是他讲述的了（如前所述，连柏拉图也是这样认为的）。这种常识性的回答表面看来好像很有道理，但仔细揣摩一下却又是很成问题的。首先“作者”（Writer）这个概念就有必要认真辨析一番。“作者”应该是与“读者”（Reader）相对提出来的，没有读者就无所谓作者，反之也一样。所以要准确地把握作者这一概念就不能离开读者，需要与读者联系起来理解。那么，读者是如何认识作者的？一般说来（特殊情况除外），读者并不认识“现实中的作者”，他对某某作者的印象和了解都是通过阅读这位作者的作品而获得的。所以，若要确切地界定作者这一概念，似乎应该这样说，作者就是由他所写的作品体现和显露出来的写作者的形象，或者说，是读者通过对作品的解读从作品中推想和建构出来的作品写作者的形象。由读者从作品中推知的作者当然与现实中的作者有着密切的关联，但显然又不能等同于现实中的作者。前一个作者与后一个作者可能一致（有些理论支持这种一致，如中国古代的“文如其人”说、“文气说”等），也可能不一致（有些理论认为这两种作者往往是不一致的，甚至是相反的，这也可以从读者的某些经验中见出，如某一读者读了某一作家的小说，对这位作家产生了某一印象，待到实际上结识了这位作家后，才知与原来的印象大相径庭），到底一致不一致，读者并不知道，似乎也没有必要知道。读者所知道的只是由作品体现出的并由他从作品中推想出的作者。当代美国著名小说理论家布斯把这种作品中的作者称为“隐含的作者”（Persona），以便与作品外的作者、即现实中的作者相区别。布斯认为，隐含的作者不过是现实中的作者进入作品之后而形成的“第二自我”，是现实中的作者体现在作品中的各式各样的“替身”，是戴上了各种“假面具”的现实中的作者。布斯所用的标识这一概念的英文词“persona”，其本意就是指古希腊戏剧表演中的面具，也就是指一种所谓“人格面具”。布斯说：“即使那种叙述者未被戏剧化的小说，也创造了一个置于场景之后的作者的化身，不论他是作为舞台监督，木偶操纵人，或是默不做声修整指甲而无动于衷的神。这个隐含的作者始终与‘真实的人’不同——不管我们把他当作什么——当他创造自己的作品时，他也就创造了一种自己的优越的替身，一个‘第二自我’。”[①] 这意思是说，作者原本就是在现实中生活的人，但他一旦以作者的身份创作作品，也就意味着将自己化身于作品之中了，成为隐含在作品中的作者。这个隐含的作者固然来自那个在现实中生活的人，但已经或多或少地变化了面目，变成了另外一个样子了，只能把他视为后者在小说创作条件下的化身、替身和变体。这就像在化装舞会上，一个人一旦跳起舞来就马上变成了一个蒙着假面的跳舞者，这个跳舞者当然与他未进入舞场之前是同一个人，但他在跳舞时却已经变得面目全非了。可以说，隐含的作者就是这种戴着面具的跳舞者。

毋庸置疑，把隐含的作者与现实中的作者区分开来，在理论上具有重大意义。长期以来，一般读者往往出于常识的成见而意识不到隐含作者的存在，把隐含的作者与现实中的作者不加区分地混为一谈，从而导致了文学读解中的一些错误和混乱，如离开对作品本身的具体阅读和感受，仅仅依据现实中作者的生平与思想理解和评价作品。而现代的小说理论中，如我们前面提到的自然主义理论，则又因为竭力排拒作品外的作者对作品叙事的介入与

---

① ［美］W. C. 布斯：《小说修辞学》，华明等译，北京大学出版社1987年版，第169页。

干涉，以致连隐含的作者的存在也统统否认了，这同样也造成了小说读解中的一些问题以及对小说叙事性的某种误解。布斯提出了“隐含的作者”的概念，从理论上划清了作品外的作者和作品内的作者的界限，这对于纠正上述两种偏向无疑具有重要的理论参考价值。

让我们再回到前面的问题，谁是小说故事的讲述者？笼统地说作者是小说故事的讲述者显然是不正确的。那么，能不能说作品中隐含的作者就是故事的讲述者呢？答曰：也不能。因为隐含的作者是指小说的写作者，而故事的讲述者是指小说里的叙述人（Narrator），这是两个不同的概念，分别回答了两个不同的问题，即谁在写？谁在讲？毫无疑问，写作者是公开地或潜在地存在于小说中的至高无上的决策人，他是小说叙事的真正的组织者和调控者，他担负着从布局谋篇直到遣词造句的全部创作任务，他直接或间接地创造着小说中的一切。布斯认为，隐含的作者在小说叙事的任何地方和任何时候都顽强地存在着，这种存在是任何力量也挥之不去、抹煞不掉的。他说：“隐含的作者的感情和判断，正是伟大作品的构成的材料。”他还直接引用了现代小说家亨利·詹姆斯的话——“作者创造他的读者，正如他创造了他的人物”——作为他的观点的佐证。他又转述了萨特的意思，认为：“萨特声称每一件事物都是作者操纵的表现信号，这肯定是正确的。”他断然强调：“虽然作者可以在一定程度上选择他的伪装，但是他永远不能选择消失不见。”① 总之，小说的写作者在小说文本中是无时不在、无处不在的，正是他创造了全部的叙事话语，操控着整个的叙事过程，包括选择、确立和转换小说的叙述人及其讲述方式（例如确定采用纯叙述的方式，还是采用描写的方式，如前所说，采用纯叙述的方式就是让叙述人直接出面讲述故事；采用描写的方式就是让叙述人暂时隐退，使场景自行显露）。所以，在小说作品里，写作者（隐含的作者）和叙述人（故事的讲述者）是两种不同的身份，写作者可以看作是驾驭全局的“君主”，叙述人则是执行命令的“臣子”。不仅如此，写作者还在本质上决定着叙述人的人选，支配着叙述人的叙述过程。

那么，写作者如何确立他的小说的叙述人呢？大体上有两种不同的方

① 参见［美］W. C. 布斯《小说修辞学》，华明等译，北京大学出版社 1987 年版，第 96、1、21、23 页。

式。一种是写作者直接出面担当叙述人，在这种情况下，写作者就是“一身而兼两任”，既是写作者，又是叙述人，同时以双重身份出现在小说中。另一种方式是写作者让自己暂时隐蔽在幕后，委托另一个他所假设的人物作为他的小说的叙述人，这个人物可以是小说故事中的人物，也可以是一个与小说故事没有太大关系的局外人和旁观者。在这种情况下，写作者与叙述人就是分开的，写作者只能隐藏幕后操纵叙述人。以上我们是从理论上讲了两种截然相异的比较纯粹的情况，事实上在具体的作品中，我们还可以发现在这两种不同情况之间的种种不同的复杂变化。如从写作者与叙述人之间的完全重合，到部分重合，再到部分分离，直到完全分离，这些中间状态的复杂变化，都应充分估计到，不能给以简单的理解。写作者与叙述人完全重合的情况，我们可以举出《阿Q正传》作为一个例证。《阿Q正传》应该说是鲁迅最著名的小说，这篇小说在叙事上的一个突出特点，就是在小说的开头加了一章议论性的序言，这章序言是用第一人称写的，使我们感兴趣的是，这个第一人称的“我”是谁？首先，这个“我”显然就是作者本人，更确切地说是作品中隐含的作者本人。因为这种议论性的言说方式的采用就说明了作者一开始就迫不及待地从后台走到了前台，直接地、公开地露面了。作者在这个序言里佯装不能确定他的故事的主人公的姓名、籍贯，极力表明主人公的许多事情他还弄不清楚，暗地里却用一种幽默的笔调把主人公的基本情况都介绍给读者了，使读者知道了主人公实际上是一个不配立传的、不配姓赵的、居无定所的、社会地位极为低下的小人物。同时，作者还通过这种“佯装不知”的方法，反而提高了读者对他的信任程度，也为下面就要讲述的故事的可信性作了有力的铺垫。其次，序言中的这个“我”不仅是作者本人，而且顺理成章地成为从第二章开始的故事的叙述人。因为在第一章序言里他以作者的身份直接出面对主人公的一般情况作了评述，接下来主人公的故事就开场了，“阿Q不独是姓名籍贯有些渺茫，连他……”，这里的故事的叙述人，只能是序言里的那位主人公的评述者，这一点，也可以从小说后来的叙事过程中又多次出现的几个评论性段落得到证实。如第四章开头的一段和小说的最后一段，都是议论性的文字，说明小说的作者已转化为叙述人，并与叙述人融为一体，必要时他还可以暂时抛开叙述，再次公开露面对所讲叙的事件加以评述。只不过作者在小说的第二章从主人公的评述者转成故事的叙述人时，叙事的人称发生了变化，由第一人称的“我”变成了第三人称的“他”。这种变化是必然的，当作者作为主人公的评述者时，他发表的是他自己对主人公的看法和见解，所以要用第一人称；当他作为故事的叙述人出现时，他只是故事的知情者而不是故事中的一个人物，所以必然要用第三人称。有意思的是，当他用第一人称评议主人公时，他竭力表白自己对主人公的家世和身世都不太清楚。但他用第三人称讲述同一个主人公的故事时，却俨然成为一个全知全能的叙述人，他显示出他对故事中的一切都了如指掌，不仅知道主人公的所作所为，甚至连主人公的内心所思所想也非常清楚，如小说中经常出现“阿 Q 知道……”“阿 Q 想……”“阿 Q 觉得……”等字眼。这表明作者运用人称变换的叙事技巧，顺利地完成了由作者身份向叙述人身份的转换，尽管这种转换的跨度较大（从半知情的作者到全知的叙述人），却使得读者于不知不觉中认可和接受了这种转换，自然而然地投身于故事所讲述的情境中去了。由此我们可以断定《阿 Q 正传》这部小说里，讲述故事的人和写作作品的人是同一个人，也即是小说的叙述人与作者是完全重合的。而鲁迅的另一部重要小说《孔乙己》则是叙述人与写作者完全分离的典型个例。我们知道，《孔乙己》是采用了第一人称的“我”来讲述故事的，这个“我”当然就是故事的叙述人。那么这个“我”是不是作者呢？显然不是。“我”只是作者在小说中设置的一个人物，是咸亨酒店的一个小伙计。“我从十二岁起，便在镇口的咸亨酒店里当伙计”，所以“我”熟悉常来喝酒的孔乙己，可以作为孔乙己故事的当事人和见证者。正因为这样，小说的作者没有采取直接出面作为叙述人讲故事的方式，而是虚设了故事中的一个人物——“我”，让他充当故事的叙述人。这样处理的好处是，因为“我”是故事的亲历者，通过“我”的口讲述这个故事可以产生更强的可信性和感染力。这样，在《孔乙己》这篇小说里，作者与叙述人就处于完全分离的状态中了。在这种状态中，作者不可能直接出面说话，他只能作为隐含的作者躲在隐蔽处控制着另一个叙述人，通过这种隐蔽的控制来实现他的种种艺术构思和目的。

现在我们已经辨清了故事的讲述者并不一定就是小说的作者，他只能是小说的叙述人。小说的作者作为全篇叙事的组织者，必要时他可以亲自出面担当小说的叙述人。但经常是为了艺术表现上的需要，他往往委托另外一个人物充任小说的叙述人，这个人物或者是他所虚构的小说中的某个人物，或者是其他的某个知情人。在后一种情况下，小说的作者与叙述人就是分开的，不容混为一谈，否则就分辨不清到底谁在写，谁在讲，谁是真正的讲述故事的人。

除此之外，要准确地分辨出故事的讲述者，还须弄清另外一个问题，即谁在以谁的眼光讲述故事？这个问题换个问法，就是要分辨出在故事的叙述中到底是谁在讲？谁在看？这意思就是说，在讲述故事的过程中，叙述人并不总是以他自己的眼光讲述故事的，有时候，叙述话语仍旧是由叙述人发出的，但叙述眼光却转移到了其他人物的身上。这就是说，叙述人不是用他自己的眼光，而是用别的什么人的眼光讲故事的。在这种时候，小说中的叙述人没有变，提供叙述视角的人却发生了变化。换个说法就是，小说中的"叙述声音"（Narrative Voice）没有变，"叙述眼光"（Narrative Sight）却发生了变化。这样，小说中就出现了叙述声音与叙述眼光的偏离和错位。这种偏离和错位，在传统的小说中并不多见（例如在巴尔扎克、列夫·托尔斯泰等人的小说里，叙述声音与叙述眼光往往是同一的），而在强调叙述视角变化的现代小说作品那里，却是随处可见的。

举一个简单的例子。现代英国著名作家康拉德写过一篇题名为《特务》（*The Secret Agent*）的小说，小说的主题涉及现代社会中人与人之间可怕的异化关系，描写了一对夫妇的关系由相互隔膜发展到相互仇恨，妻子竟对丈夫起了杀心，拿着一把切肉刀要杀死她丈夫。这时，小说里这样写道："维洛克先生听到地板咯吱咯吱地响，感到心满意足。他等待着。维洛克太太过来了。"这篇小说是以第三人称讲述的，在这一小段里，叙述人把叙述眼光突然转到了维洛克先生那里，让故事在维洛克先生的视角中展开，是维洛克先生而不是叙述人在听、在看、在感受。因而在这一段中叙述人所讲述的情景是按照维洛克先生所想象所理解的样子呈现出来的：忙碌了一天的维洛克先生，此时又累又饿，他听到了地板的响声，以为他的妻子给他送晚饭来了，所以他很满意，很高兴，看着他的妻子一步步向他走来。但他万万想不到的是，维洛克太太并不是给他送晚饭，而是怀揣一把利刃要来杀他，他已死到临头却还浑然不觉。这一切实情叙述人是清楚的，但叙述人不按他所知道的说出实情，而是按维洛克先生的错误的看法来讲述，这就是叙述声音与叙述眼光的分离和错位。如果叙述人以他自己的眼光叙述这一段，似乎应该是："维洛克先生听到地板咯吱咯吱地响，以为他妻子给他送晚饭来了，他心满意足地等待着。其实，这时维洛克太太正拿着一把切肉刀一步步地走近他。”这样的叙述显然不如小说中的叙述更能制造一种反讽和恐怖的效果，由此也可看到小说叙事中叙述眼光的变化所能起到的重要的艺术作用。

叙述眼光的变化不仅大量地存在于用第三人称叙述的小说里，即使在用第一人称叙述的小说里也有不少的体现。请看下面一例。“我给汽船加了点速，然后向下游驶去。岸上的两千来双眼睛注视着这个溅泼着水花、振摇着前行的凶猛的河怪的举动。它用可怕的尾巴拍打着河水，向空中呼出浓浓的黑烟。”这是康拉德最著名的小说《黑暗的中心》第三章中的一段。这一段第一人称叙述人“我”是汽船的船长马洛，第一句是从叙述人的眼光写的，第二句和第三句却暂时转换成了站在两岸观看的非洲土著人的眼光，因为船长马洛不可能把汽船理解成“河怪”，而土著人从未见过汽船，只有在他们的眼里看起来汽船才像“河怪”似的。所以，从他们的眼光去写，就更能反映出土著人看到汽船时的震惊和畏惧的情绪。但这样一来，叙述眼光就与叙述声音分开了。第一人称叙述中叙述声音与叙述眼光的分离还有更复杂的情况，例如美国作家弗茨杰拉德的名篇《了不起的盖茨比》第三章中有一段这样的描述：“我们正坐在一张桌子旁边，同桌的还有一位年龄跟我差不多的男人和一个动不动就放声大笑的喧闹的小姑娘。我现在很开心。”在这段话里，叙述人是追忆往事的第一人称“我”，叙述声音就是由这个“我”发出的，但叙述眼光却不是正在追忆往事的“我”的眼光，而是所叙述的往事中的“我”的眼光。这就是说，在这里出现了从正在追忆往事的“我”的眼光向正在经历往事的“我”的眼光的转换，或者说，出现了从“叙述自我”的眼光向“经验自我”的眼光的转换。我们之所以这样认为的理由是，叙述人没有说“我们那时……”“我那时……”，而是用了“我们正坐在……”“我现在……”这样的字眼。如果用前一种说法就是作为叙述人的“我”的眼光，而用后一些字眼则转成了正在经历往事的“我”的眼光。这种转换也显然造成了叙述眼光与叙述声音的错位，使叙述眼光远离了叙述声音。

综上所述，从小说叙事的角度看，“怎么讲”首先取决于“谁在讲”，而要确定“谁在讲”又需要把“谁在讲”与“谁在写”“谁在看”区分开来。也就是在叙事话语的层面上，把作品外的作者与作品中“隐含的作者”区分开来，把叙述人与“隐含的作者”区分开来了，把叙述声音与叙述眼光区分开了。所以，到底谁在讲述故事绝不是一个像初看起来那样简单的问题，对小说文体的诸多误解，差不多都来自对这一问题的简单化处理。譬如，把叙述人与“隐含的作者”混为一谈，进而又把“隐含的作者”与现实中的作者混为一谈，就是一种对小说文体的最常见而又最严重的误解。这种误解导致的后果就是，仅仅把小说文体归结为对现实现象或本质的再现和反映，而对于小说之所以为小说的“叙事性”则多有忽略。再譬如，叙述声音与叙述眼光的混淆不清，也是小说解读中常见的错误之一。我们知道，叙述声音来自叙述人，叙说眼光就不一定是叙述人的了。如果对其中的区别分辨不清，不仅搞不清谁在以谁的观点讲故事，而且也难以准确地把握故事错综复杂的细节和内容，以及充分地领略小说叙事技巧所显示的种种奥妙和效果。这一切的误解，归根结底，都需要通过对小说叙事性的深入研究，尤其是对小说叙述人的正确辨认给以澄清。

五

解决了叙述人的问题之后，我们需要进一步探讨的是叙述人与故事的关系。叙述人是讲故事的人，他怎样讲这个故事，首先取决于他与故事处于一种什么样的关系之中。借用一个空间概念来说，就是叙说人站在什么位置上讲这个故事。叙述人的“站位”是至关重要的。叙述人所站的位置不同，他与故事所构成的关系也就不同，他对这故事的讲法也就不一样。这就像我们看一座山，是站在山外还是站在山内，是站在山前还是站在山后，是站在山下还是站在山上，看的结果是很不一样的，尽管山还是这座山。总括起来看，叙述人的站位有这样两种情况，一是站在故事的外面或是里面，二是站在故事的远处或是近处，这就是说，叙述人的站位有个“内外”问题和“远近”问题。这是两个既有联系但又不同的问题，让我们分开来讲。

所谓内外问题，其实是个比喻的说法，它的实际意思是指，叙述人是作为故事中的一个人物、作为当事人讲述故事，还是仅仅作为虚构和编织故事的作者的“代言人”讲述故事。前者就是在故事之内讲述故事，后者就是在故事之外讲述故事。这种相对于故事来说的叙述人的“内”与“外”的不同站位，在叙事学中一般称之为“叙述视角”（Narrative Angle of Vision）。但在我们看来，用“叙述视角”这样一个说法，极易把“谁在讲”和“谁在看”的问题混淆了，也就是把“叙述声音”和“叙述眼光”混淆了。我们说过，叙述声音和叙述眼光并不总是统一的，有时统一，有时不统一。在两者统一的情况下，叙述人的站位和叙述眼光自然是一致的，就是说叙述人站在一定的位置上用他自己的眼光看待故事，在这种情况下，把叙述人的“站位”和他的“眼光”合起来，笼统地称为“叙述视角”尚勉强可以成立。但如果是在两者不统一的情况下，叙述人的“站位”与“叙述眼光”就是分离的，叙述人并没有用自己的眼光讲故事，再把这种情况称为“叙述视角”就显然是不合适的了。准确地说，“叙述视角”指的是“叙述眼光”而不是指叙述人的“站位”。为了避免混淆不清，我们将不再用“叙述视角”这种说法，而提出“内位叙述”和“外位叙述”的概念取代之。

“外位叙述”就是通常所说的“第三人称”的叙述，即叙述人“跳”出了故事的圈子之外与作者（作品中隐含的作者）合为一体，全然成为作者的“代言人”。所以，“外位叙述”的叙述人是作者，是作者借用叙述人的口在讲述，这样的叙述人讲到故事中的人物时必然要称呼第三人称的“他”或人物的名字。从这个意义上看，所谓“外位叙述”就是第三人称的叙述。可见，第三人称的叙述仅仅意味着叙述人代表作者站在故事之外讲述故事，但叙述人站在故事之外还可以选择各种不同的位置和角度，由此形成了第三人称叙述的三种基本模式，即全知型叙述模式、有限全知型叙述模式和客观型叙述模式。全知型叙述模式就是叙述人不设立固定的位置，而是处于上下、左右、前后全方位的运动中“观照”和“透视”故事，因而他是绝对自由的、无所不知的。他完全可以根据小说创作意图的需要不受限制地讲述人物的过去、现在和将来，甚至可以洞悉人物的内心世界，知道他们在想些什么，打算做些什么，还可以就人物的言行代表作家直接发表评论。这是一个“无所不知的叙述人”，以这样的叙述人讲述故事就称为全知型叙述模式。第三人称的全知型叙述模式在传统小说创作中占有极为重要的地位，许多经典作品都是运用这种模式写出的。如列夫·托尔斯泰的《安娜·卡列尼娜》，开篇第一句就是评论性的话语：“幸福的家庭家家相似，不幸的家庭各各不同。”我们首先要问这句话是谁说的？表面上是叙述人说的，实则是作者公开露面借助叙述人说的，而且这句话还预示着这位叙述人将用自己的（其实是作者的）叙述眼光讲述故事，而且这种叙述眼光的视点和视界也必是全方位的，就像阳光普照着大地一样。接着这句话之后的一段叙事也完全证实了这一点。叙述人对所讲的故事了如指掌，他知道“奥布朗斯基家里一片混乱”，他知道造成混乱的原因，他还知道这种混乱给家人们的内心带来了怎样的影响："大家都觉得，他们两个这样生活在一起没有意思，就算是随便哪家客店里萍水相逢的旅客吧，他们的关系也要比奥布朗斯基夫妻融洽些。"叙述人都钻到人物的内心中去了，一切都明明白白，一切都确定无疑，一切都可以由叙述人给我们提供，这就是比较典型的全知型叙述模式。

第三人称的有限全知型叙述模式较之全知型叙述模式，其相同之处在于叙述声音是一样的，都来自作为作者代言人的全知型的叙述人；其不同之处在于叙述眼光发生了变化，时常由全知型的叙述人转向了故事中的某个人物。就是说这种叙述模式的叙述眼光是处于变换交替状态的，有时属于全知型的叙述人，有时属于故事中的人物，有时也可能是混合不清的，所以被称为有限全知型叙述模式。我们知道，现代小说理论一般认为传统的全知型叙述模式是极为可疑的，尤其是认为那种无所不在、无所不知、无所不能的"上帝式"的叙述人更是难以置信的。在这种理论的影响下，20 世纪以来的小说开始消解全知型叙述模式的权威性，而越来越多地采用了有限全知型叙述模式。可以说，在以第三人称叙述的现代小说中，全知型叙述模式的重要地位已逐渐被有限全知型叙述模式所取代。下面我们举个简单的例子具体看看有限全知型叙事模式的特点。凯瑟琳·曼斯菲尔德的短篇小说《一杯茶》中有这样一段叙述："她出了商店，站在台阶上，呆呆地看着这个冬日的黄昏……刚刚亮起来的路灯显得悲哀。对面屋子里的灯光也同样悲哀，暗暗地亮着，好像在为什么事感到遗憾。行人躲在讨厌的雨伞下匆匆走过。罗斯·玛丽感到了一种莫名的痛楚。"这段共有五句话，第一句是叙述人依照他自己的眼光说的，讲述了女主人公的行动，"呆呆地"这个副词隐隐透露出女主人公忧伤的心情，可以看作是全知型叙述。第二、三、四句，叙述声音没有变，还是叙述人的，但叙述眼光显然转换成女主人公的了。"路灯"和"屋子里的灯光"都显得"悲哀"，是从谁的眼里显得悲哀呢？雨伞是"讨厌的"，是从谁的眼里看起来讨厌呢？这一切显然是从女主人公的眼里看出的，是女主人公以为如此的。因而这三句是以女主人公的眼光讲述的，不再属于全知型的叙述，而变成了一种有限视角的叙述。最后一句总述了女主人公的内心感受，是叙述人认为女主人公内心感到"痛楚"的，因而叙述眼光又转回到了叙述人，又与叙述人的声音合为一体，又变成了全知型的叙述。叙述人的声音不变，叙述眼光却在叙述人与人物之间来回转换，这就是有限全知型叙述模式。

第三人称的客观型叙述模式有两种表现形态，一种与全知型叙述模式相近，叙述人实际上也是“全知全能”的，但为了制造某种叙事效果故意佯装成不知，采取了一种客观地叙述故事的方式。这种叙述方式，特别是在许多全知型小说的开端是经常可以见到的。例如，威拉·卡瑟的短篇小说《雕塑家的葬礼》一开篇就这样写道：“在堪萨斯的一个小镇上，一群镇民站在火车站的旁轨处，等着夜班火车，车已经晚点二十分钟了。……他们不时朝东南方向张望，那儿铁路沿着蜿蜒的河岸伸向远方。他们低声交谈，焦躁不安地四处徘徊，似乎不明白究竟要他们干什么。”读到这里，读者一定很纳闷，车站上的这伙人在等谁？其实小说的叙述人是清楚的，因为他在下文马上就交待了谜底：车站上的这群人正在等早年从他们镇上出去的一位雕塑家的遗体，说明他原本就了解事情的全部经过。但在小说的开头叙述人故意“卖关子”，假装不知道，只是客观地描述了事件的现象。这样的叙述表面看是一种客观叙述，但实际上这种客观叙述仅仅体现为一种叙事技巧，目的不过是为了造成某种叙事效果。就这篇小说看，客观叙述技巧的运用，就是为了制造悬念，希望小说一开始就能紧紧抓住读者的注意力。当然，也有内容表现上的目的，以便更有力地揭示出镇民们的浑浑噩噩与浮躁不安。与此不同，客观型叙述模式的另一种形态，不是作为一种叙事技巧，而是建立在一种现代的小说理念的基础之上。这种小说理念或者认为对世界的认识只能通过实验的、实证的方式（如自然主义），或者认为世界从根本上说是不可知的（如“新小说”），因而竭力反对作者在小说叙事中无限度的介入，尤其反对“无所不知”的叙述人的存在，提倡一种冷静的、客观的叙事态度和方法，即只描摹“眼中所见”的世界表象，不涉及“心中所想”，不流露情感态度，更不公开发表意见。这种客观叙述与前一种客观叙述有着根本的不同：前一种客观叙述的叙述人是原本知情却“佯装不知”，实际上是一种以“客观”作为掩饰的全知型叙述；而后一种客观叙述的叙述人是“确实不知”或“宁肯不知”，因而是一种名副其实的客观叙述，与全知型叙述相比，除了“外位叙述”这一点相同外，在其他方面均正好相反。让我们比较下面的两段叙述，具体看看两种叙述模式的区别。我们可以假设这样一个生活片断：一个长期流浪在外的人正在思念家乡的老母亲。用客观叙述的模式讲述应是：“他伫立在窗前，若有所思的样子。窗外下着小雨，疏落的雨点滴落到地上的青草上。他回转身，拿起桌子上的一张已经微微发黄的小照片，照片里是一位老年妇女的头像。他看着看着，眼里流出了泪水。”用全知叙述的模式则是另外一种讲法：“他伫立在窗前，苦苦地思念着家中的老母，她老人家还好吗？现在正在干什么？窗外下着小雨，疏落的雨点击打着地上的青草，好似击打着他隐隐作痛的心。他回转身，拿起桌子上母亲的旧照片，看着老人家那微笑的面容，脑海里又浮现出一幕幕令人辛酸的往事，眼里禁不住流下泪来。”这两段都是第三人称的“外位叙述”，但前一段叙述人只描述了事件的现象，事件的实情留给读者去推测；在后一段里，叙述人则将事件的实情和盘端出，甚而深入到人物的内心所想，他连人物此时的所思所想都知道。这就是客观型叙述模式与全知型叙述模式的实质性区别之所在。

著名的结构主义者托多洛夫曾提出叙述人与人物的三种类型：叙述人大于人物，叙述人等于人物，叙述人小于人物。第一种类型是指叙述人知道得比人物多，并且不用向读者解释他凭什么知道。第二种类型是“叙述者和人物知道得同样多；对事件的解释，在人物没有找到之前，叙述者不能向我们提供”。第三种类型是说“叙述者比任何一个人物都知道得少”，好像一个不了解内情的旁观者。[①] 我们可以用这个理论解说第三人称叙述的三种模式。这三种叙述模式的叙述人都是作者的代言人，都在人物之外，都与人物相分离，不同仅在于叙述眼光的变化。其中全知型叙述模式的叙述人大于人物（叙述眼光可以透视人物内心），客观型叙述模式的叙述人小于人物（叙述眼光只停留在人物的表象），有限全知型叙述模式的叙述人总体上大于人物，但有时又等于人物（叙述眼光时常转向人物）。

如果说“外位叙述”就是通常所说的第三人称叙述，那么，所谓“内位叙述”就大致与“第一人称”叙述相当。如前所说，“外位叙述”的叙述人是处于故事之外的旁观者，一般情况下，也是作者的代言人，或者说作者直接出面担当故事的叙述人，这样的叙述人讲故事时称“他”。而“内位叙述”的叙述人则是处于故事之中的当事人，是故事中的人物，也就是作者委派故事中的人物充当叙述人，这样的叙述人讲故事时当然就称“我”。布

---

① 参见［法］托多洛夫《叙事作为话语》，载张德寅编选《叙述学研究》，中国社会科学出版社1989年版，第298—299页。

斯在论到小说人称问题时，曾提出“非戏剧化的叙述者”和“戏剧化的叙述者”的概念。前者是指叙述人退出故事之外，与作品中隐含的作者合而为一，“一部小说并不能直接归结于这个作者，就此而言，作者与隐含的、非戏剧化的叙述者之间并无区别”。后者是指“叙述者与创造他的隐含作者”的分离，叙述人进入故事情景，扮演其中的一个角色，从而与故事中的某个人物合而为一，“大多数作品都具有乔装打扮的叙述者，他们用来告诉读者那些需要知道的东西，但他们似乎只在表演自己的角色”。布斯认为，“非戏剧化”与“戏剧化”的区别对于小说的叙述效果来说是至关重要的。“在叙述效果中，最重要的区别或许取决于叙述者本身是否戏剧化了，取决于叙述者的信仰和特征是否与作者共有”，因而，叙述人称的研究应以此种区别为核心展开。[①] 布斯说的叙述人的这种“非戏剧化”与“戏剧化”的区别，与我们所说的“外位叙述”（通常用第三人称）和“内位叙述”（通常用第一人称）大体一致，可以相互参照。布斯进而指出，同是“戏剧化的叙述者”，但戏剧化的程度又有着诸多的差别。只要叙述人进入故事扮演其中的一个人物，就是布斯所说的叙述者的“戏剧化”，“在某种意义上说，甚至是那些最缄默的叙述者，一旦把自己作为‘我’来提及时……他也就被戏剧化了”。至于戏剧化的程度，则取决于“我”介入故事的程度，即取决于“我”仅是故事的旁观者，还是故事中的次要人物，抑或主要人物。由此他把“戏剧化的叙述者”看作是从“纯粹的旁观者”到“叙述代言人”的全部变化，“作为叙述者，被戏剧化了的诸种类型，其变化范围几乎与其他小说人物的变化范围一样广”，“在戏剧化的叙述者中，有纯粹的旁观者……也有叙述代言人，后者对事件的发展过程产生某些可以估量的影响”。[②] 这就是说，“纯粹的旁观者”是戏剧化程度最低的叙述人，“叙述代言人”是完全戏剧化的叙述人，而这种不同的戏剧化程度，又决定了所谓“内位叙述”所能产生的种种不同的叙事效果。

下面我们举出鲁迅的同样是第一人称的“内位叙述”的三篇小说，来说明不同的戏剧化程度所产生的不同的叙事效果。第一篇《孔乙己》，叙述人是酒店的小伙计，作者之所以选择这样一位叙述人，主要是为了给读者造

① 参见［美］W. C. 布斯《小说修辞学》，华明等译，北京大学出版社 1987 年版，第 168—171 页。
② 参见［美］W. C. 布斯《小说修辞学》，华明等译，北京大学出版社 1987 年版，第 170、172 页。

成一种较为客观的、有一定间离性的叙述效果。因为小伙计还是少年，涉事不多，文化也不高，他不可能对事件和人物有较深的感受和理解，只能作为一个与己无关的旁观者，从一个小孩子的观感去述说他所耳闻目睹的孔乙己的故事。选择这样的叙述人，有一个好处，就是借用一种平淡的、略有些童稚气的语调讲述一个悲惨的故事，更容易产生反讽意味和同情效果。第二篇《祝福》的叙述人的戏剧化程度明显比《孔乙己》更深入了一步，小说中的“我”不再是一个事不关己的旁观者，他与主人公有些交流，又目睹了她的惨死的过程，对她一生的经历也比较了解。尤其是这个“我”还是一个知识分子，他对主人公的遭遇有自己的感受、态度、思考和判断。所以，这位叙述人虽然不是主人公，但至少是一位“介入”故事较深的重要人物，这可以从小说中的“我”数次作自我内心解剖和直接发出感慨和议论中看出。《祝福》是一篇思想性很强的小说，设立这样一个处于“纯粹旁观者”和“叙述代言人”之间的叙述人，有利于激活读者的思索，更深入地理解作品丰富的思想内涵。再来看鲁迅的另一篇著名小说《伤逝》。《伤逝》的叙述人是故事中的男主人公“我”（涓生），“我”讲述了“我”与女主人公的爱情悲剧，在这里，“我”既不是旁观者，也不是主人公之外的次要人物，而是与女主人公同等重要的男主人公，是故事的自始至终的亲历者和第一当事人。这就是说，“我”在讲“我”的故事，“我”作为叙述人已被完全戏剧化了，“我”已彻头彻尾地成为“叙述代言人”，在整篇小说里，都贯穿着“我”的声音，“我”的感受，“我”的思想和“我”的情感。“如果我能够，我要写下我的悔恨和悲哀，为子君，为自己”，这是小说的第一句，仅这一句就足以代表了全篇的叙述基调，一种凄婉忧伤的情调从一种低沉的、耳语般的叙述声音中缓缓地流溢出来了。所以，使用这样的叙述人，不仅方便了“我”的情感的直接吐露，而且还使得这些情感显得更为真切、热烈，对读者更具有情感上的冲击力和感染力。

由上述例子可见，作为第一人称的“内位叙述”，其叙述人在故事里居于何种地位（叙述人戏剧化的程度），是一个非常重要的问题，它直接关系到一篇小说总体的叙事效果，有必要给以认真研究。同时，我们还看到，第一人称的叙述人在故事中的地位也显示出一个较大的选择、迂回、变动的空间和范围，情况比较复杂。比如第一人称的叙述人，可以充当的角色是多种多样的，他既可以充当故事里的局外人、旁观者，也可以充当故事里的次要人物、一般人物，还可以充当故事里的重要人物、关键人物直至主人公。在这些不同的角色中，叙述人介入故事的层次、所处的位置、所起的作用（即戏剧化的程度），都是不一样的，因此而造成的叙事效果也是不一样的。对这些不同的情况，也必须给以仔细的辨识。

第一人称的“内位叙述”还有一个重要问题需要探讨，这就是“内位叙述”中的“双重眼光”问题。这个问题在谈论“叙述声音”和与“叙述眼光”的区分时，已稍有涉及，现在让我们对此再作一点更详细的分析。我们说过，在第一人称的小说中，特别是在那些第一人称的“我”就是故事的主人公的小说中（如鲁迅的《伤逝》），或者在那些回忆录式的小说中（如普鲁斯特的《追忆逝水年华》），“我”既是故事的叙述人，又是故事的主人公，实际上就是“我”在讲“我”的故事。这样，在这些小说里，“我”的存在就是双重的，一重是正在讲故事的“我”，一重是故事中被讲到的“我”。有些论者把前者称为“叙述自我”，把后者称为“经验自我”。在第一人称的“内位叙述”中，区分“叙述自我”和“经验自我”并不困难。例如有这样一段叙述：“我记得那时我疯了似地冲出门外，奔向河边。我在河边毫无目标地、疾步地走着。月光下，河水闪亮着滚滚向前，发出怒吼声。河对岸，远山的轮廓生硬地突起，最终迷失在四周无尽的暗夜中。”很明显，这段里的第一个“我”是“叙述自我”，以后提到的“我”则是“经验自我”。但如果结合“叙述眼光”来看，事情就变得复杂起来。因为，在第一人称的“内位叙述”中，“叙述”声音自然出自“叙述自我”，“叙述眼光”却不一定总是“叙述自我”的，他可以在“叙述自我”与“经验自我”之间来回转换，这样就构成了所谓的“双重眼光”。在这里，重要的问题就是弄清：“叙述自我”是仅仅在用自己的眼光讲述呢？还是也在用“经验自我”的眼光讲述。弄清这个问题的关键在于，从叙述话语的分析出发，把“叙述声音”与“叙述眼光”区分开来，把叙述时“叙述自我”的眼光与故事进行时“经验自我”的眼光区分开来。还是看上面的例子，从“我记得……”开始，我们就听到了“叙述自我”的声音，这个声音是贯穿始终的。但在以后的叙述中“叙述眼光”显然发生了变化。如果说这个叙述段的开头是按照“叙述自我”的眼光展开的，是“叙述自我”在回忆时的所感、所想（那时我如何冲出门外，如何奔向河边，等等），那么，在叙述到“经验自我”在河边奔走时，“叙述眼光”就在不知不觉中转换了。说河水“发出怒吼”，说山的轮廓“生硬地突起”，这到底是用谁的眼睛看出的？到底是谁这样感受？是“叙述自我”还是“经验自我”？稍微分析一下叙述话语，就不难看出，“叙述眼光”是后者的而不是前者的。就是说这些独特的感觉和感受，是“经验自我”当时经验到的，此时，“叙述自我”已换成了“经验自我”的眼光在讲述，意思是说，在那时的“我”看来河水是“怒吼”的，山“生硬地突出”。这种转换，使得往事的回忆与读者的距离猛地拉近了，所渲染的情绪氛围骤然浓烈，感染力也愈加增强。如果“叙述眼光”没有转换，这里的叙述似应是：“月光下，河水在流淌着，远山的轮廓依稀可见。”这样叙述就显然平淡得多了。

需要特别指出的是，第一人称“内位叙述”中的“双重眼光”有时是缠绕、混合在一起的，很难将它们泾渭分明地区分开。这是因为，“叙述自我”和“经验自我”虽然在思想和观感方面存在着诸多差距，但从根本上看，又是同一个自我本体在不同时间和不同情境中的体现，总还有某些精神上的因素依然保持着一致性。正是这种一致性的存在，造成了叙述中“双重眼光”的相互缠绕和模糊不清。例如有这样一个叙述句：“我走着，走着，无形中感到前面的路开阔起来。”不用说，这里的“我”是指“经验自我”，是从“经验自我”的眼光看，感到了“前面的路开阔起来”。但细究一下，我们又可发现，其中似乎也混含着“叙述自我”的眼光，因为，即使正在讲故事的“叙述自我”从他此时的眼光看，也同样认为那时的“我”“前面的路开阔起来”。在这里，来自“叙述自我”和“经验自我”的两种眼光，至少部分地交叉融合为一体，变成了一种“双重眼光”的交混状态，我们很难也没有必要把这两种眼光区分得一清二楚。然而，在第三人称的“外位叙述”中，叙述人和故事中人物的两种眼光的分野，一般都是清晰可辨的。例如，同样是上面那句话，我们可以把它改写成第三人称加以对照。那句话改写成第三人称就是：“他走着，走着，无形中感到前面的路开阔起来。”显然，这里也有两种“叙述眼光”，一种是叙述人的，一种是“他”的，也就是人物的。但这两种眼光不是同时交混的，而是先后交替的，因而区分得非常清楚。就是说，句子的前一半“他走着，走着”，是叙述人说的，也是从叙述人的眼光看的；而后半句叙述眼光就转换到人物身上了，“前面的路开阔起来”只是“他”的感觉，是从“他”的眼光看的。两种眼光的转换轨迹很清晰，所以衔接的边界也很分明，没有丝毫的混合模糊之处。在这点上，与第一人称“内位叙述”中的“双重眼光”形成了鲜明的对比。但是，我们也要知道，“双重眼光”的交混状态一般来说并不是叙述中出现的混乱和失误，而是叙述人有意而为的一种叙述策略。即如上面列举的句子，“双重眼光”的糅杂和含混不定，恰恰增强和丰富了叙事话语的深层内涵和信息量。

叙述人的“站位”问题，除了内外之别，还有远近之别。“内外”和“远近”不是一回事，不能认为处于故事外面，就一定离故事远，进入故事内部，就一定离故事近。这就像一个人去视察一座房子，他在房子的外面，既可以远观，也可以近看，他走进房子的里面，同样也可以远观或者近看。譬如他可以总体上看看房内的整体结构，也可以分别仔细察看房内的客厅、卧室、卫生间等各个构成部分，这就有了远观和近看的区别。所以“内外”和“远近”还不是一回事，无论处于“外”还是居于“内”，都有个“远近”问题。

叙述人相对于故事的“远”或“近”，在叙事学中，一般被称之为“叙事距离”（Narrative Distance）。也就是说，叙述人在讲述故事时，并不总是保持与故事的同等距离，正如我们用摄像机拍照时可以把镜头拉远拉近一样，叙述人也要根据叙事的具体情况和需求，选择和调整远近不同的距离讲述故事。所以，叙述人在叙事时就显示出了远距离与近距离的区别和变化。许多著名的叙事学家，如布斯、热奈特等，都提出过叙事距离问题。他们认为这一问题的重要性就在于，叙事距离的不同直接决定着叙事中所采用的言说方式的不同。前面我们曾谈到叙事的两种基本的言说方式，即被柏拉图称之为“纯叙事”和“模仿叙事”的“叙述”和“描写”。如果从叙事距离角度看，所谓“叙述”就是远距离的，所谓“描写”就是近距离的，叙事的言说方式取决于叙事距离的远近。因而，叙事的距离问题和叙事的言说方式问题虽然也是两个问题，前者是从叙述人的“站位”方面说的，后者是从叙事话语的样式方面说的，但两个问题之间又有着极为密切的关联，叙事采用何种言说方式总是以叙事距离的选定为前提的。

事实上，叙述人与故事的距离可以有从极远到极近的无限划分，但在理论上我们可以归纳为两种，即近距离的叙事和远距离的叙事，犹如摄影中的近镜头和远镜头。总起来说，远距离的叙事体现为“全局概观”，而近距离的叙事体现为“局部审视”，这大概是远近两种距离叙事的根本区别之所在。鲁迅的短篇小说《风波》的第一段和最后一段就分别选用了近距离和远距离的讲述，我们可以对照起来具体看看两种讲述的区别。小说的第一段是这样写的："临河的土场上，太阳渐渐的收了它通黄的光线了。场边靠河的乌桕树叶，干巴巴的才喘过气来，几个花脚蚊子在下面哼着飞舞。面河的农家的烟突里，渐渐减少了炊烟，女人孩子们都在自己门口的土场上泼些水，放下小桌子和矮凳；人知道，这已经是晚饭时候了。"这段话语，用语上很精练，但对景物的描写却相当生动和细腻。我们读过后，不仅对晚饭前农家土场上的情形有了具体的了解（场边有乌桕树，许多蚊子在飞舞，农家在土场上摆出桌子吃晚饭，摆桌子之前还要泼点水，等等），而且还知道了一些更加细微的情况，譬如知道了那里的蚊子是花脚的，甚至听到了它嗡嗡叫着从耳边飞过，看到了被烈日晒了一整天的乌桕树的叶子，此时也开始"喘过气来"，不再是那种"干巴巴"的样子。毫无疑问，这样的描写，叙述人必须靠近所描写的对象，并给对象以细致入微的审视，才能做得到。这就是所谓近距离的叙事。我们再看小说的最后一段："现在的七斤，是七斤嫂和村人又都早给他相当的尊敬，相当的待遇了。到夏天，他们仍旧在自家门口的土场上吃饭；大家见了，都笑嘻嘻的招呼。九斤老太早已做过八十大寿，仍然不平而且康健。六斤的双丫角，已经变成一支大辫子了；伊虽然新近裹脚，却还能帮七斤嫂做事，捧着十八个钢钉的饭碗，在土场上一瘸一拐的往来。"这一段，除了"笑嘻嘻的招呼""捧着……饭碗，在土场上一瘸一拐的往来"等少数几处描写外，其余的都是远距离的叙事。叙述人好像退到很远的地方观望着他要讲的故事，他能够纵观到故事的全景、全貌、全过程，因而也能三言两语地（如果他愿意的话）概述出故事的来龙去脉。如果说"描述"是近距离叙事的主要特点，那么"概述"就是远距离叙事的主要特点。自从皇帝"不坐龙庭了"以后，七斤家的情况怎么样了？故事的叙述人对此都一一作了简要的讲述。特别是从"九斤老太早已做过八十大寿"和"六斤的双丫角，已经变成一支大辫子了"两句来看，这段追述的故事时间至少在三年以上，但叙述人却用了极少的话语（四句话）就将其交待清楚了，充分体现出远距离叙事的"全局概观"的性质。

上述例子证实了远距离叙事与近距离叙事的根本区别在于：一为"全局概观"，一为"局部审视"。由此根本区别，又导致了其他方面的诸多区别。首先，远距离叙事是简要的"概述"，近距离叙事是详尽的"描述"。这一点我们已经通过上面的例子说明过了。现在要特别指出的是，无论是“概述”还是“描述”，都存在着一些程度上的差别，这种差别是与叙述人“站位”的远近程度成正比的，站得越远，“概述”得越简略，站得越近，“描述”得越详细。我们说过，《风波》的第一段属近距离叙事，但这种近距离叙事，只能代表它所达到的一定程度，我们尚可举出其他许多比《风波》第一段“描述”得更详尽的例子。比如沃尔夫的《墙上的斑点》，其中对那个“斑点”的描绘，可以说细致入微到了无以复加的程度。小说从各个方面、各个角度反复多次地描绘“斑点”，“墙上的斑点是一块圆形的小迹印，在雪白的墙壁上呈暗黑色，在壁炉上方大约六七英寸的地方”，这是说明了“斑点”所处的位置。至于这个斑点是什么，小说里的描写就更多了，“它不像是钉子留下的痕迹。它太大、太圆了”，“可是墙上的斑点不是一个小孔，它很可能是什么暗黑色的圆形物体，比如说，一片夏天残留下来的玫瑰花瓣造成的”，“在某种光线下面看墙上那个斑点，它就像是凸出在墙上的。它也不完全是圆形的。……它似乎投下一点淡淡的影子”，“现在我越仔细地看着它，就越发觉得好似在大海中抓住了一块木板”，等等，类似的描写不胜枚举。如此琐细详尽的描写，让我们觉得叙述人好像手里拿着放大镜贴近墙壁在审视那个“斑点”。而在《风波》第一段中，给我们的感觉则是，叙述人只不过站在土场边，描述他肉眼所能看到的情景。由此可见，同样是近距离叙事，同样是细致的“描述”，程度上的差别有时可能很大。自然，远距离的叙事也是如此，也存在着程度上的差别，对此我们就不再举例赘述了。

其次，远距离的叙事由于是一种对故事全局的高度概括的叙述，因而在叙述节奏上就可以无限制地加快，就可以自由自主地超越所述故事的时空的限定。而近距离的叙事则刚好相反，它的“局部审视”的性质决定了，它的叙述节奏必然很慢以至于停顿，它只能局限甚而定格在一定的故事时空之中。我们还是以《风波》的第一段和最后一段为例，对照起来加以说明。《风波》的最后一段，从所述故事的时空来看，至少有三四年的时间，并涉及三个人物：七斤、九斤老太和六斤。但正如我们所知道的，这一段作为远距离叙事，从总体上对故事进行了简略的“概述”。叙述人仅用了四句话，就讲清了一个长达三四年之久的故事过程，其间涉及了三个人物的结局。叙述的节奏应该说是比较快的，除了第二句稍作过渡之外，其他三句每一句讲了一个人物。这样的叙述节奏突破了故事本身的时空限制以便快速推进叙述进程，显得非常紧凑和随意，而且也给读者提供了较大的信息量。而《风波》的开头一段则是近距离的叙事，所描述的是一个动态的场景，这个场景的主要内容是农家开晚饭之前的临河土场上的情形，其中又有诸多组件构成，如太阳的“通黄的光线”“靠河的乌桕树叶”、飞舞着的“花脚蚊子”“面河的农家烟突”、摆饭桌的“女人孩子”，等等。叙述人的讲述就被限定在这个场景里了，他无法超越这个场景快速地推进故事的叙述，他只能暂时逗留在这个场景里，并对这个场景里的各个组件一一加以描绘。这样一来，叙述的节奏就明显地变慢了。慢节奏的叙述能给人以鲜明生动的画面感和身临其境的逼真感。一般来说，一部小说的叙事节奏总是不断变化的，通篇都是快节奏或慢节奏叙述的小说极为罕见。因为只有把快节奏与慢节奏合理地结合起来，才能使小说的叙述错落有致、张弛有序、生动有趣。这就像我们观赏一个景点，不能老是走动，也不能停止在一个地方不动，应该一边走一边看，遇到好的景色就减慢速度或停下来多看一会儿。而小说叙事节奏的这种快慢交错的变化，从根本上看，又是由叙述人与故事的远近距离的变化所决定的。

再次，远距离叙事中的叙述人表现出较强的“主体性”，而近距离叙事的叙述人表现出较强的“对象化”。这里说的“主体性”是指叙述人在叙事中的主导作用，这种主导作用使读者明显地感觉到叙述人的存在；这里说的“对象化”是指叙述人已化身为所叙述的对象，给读者的感觉好像叙述人一时隐退起来，不存在了。按这种理解，应该说无论远距离叙事或者近距离叙事，都有主体性的一面，也都有对象化的一面。因为凡是小说中的叙事，都必有一个叙事主体，这个叙事主体就是叙述人；又都必有叙述对象，叙述对象的存在将使叙述人或多或少地对象化。只不过远距离叙事更多地偏向于“主体性”，而近距离叙事更多地偏向于“对象化”。让我们结合具体的例子说明这一区别。先比较下面的两段叙述。一段是：“在以后的几年里，她的生活发生了极大的变化，她结婚了，并且生了个男孩。遵照丈夫的意旨，她辞掉了律师所的工作，专心在家养护孩子。”另一段是：“有一天夜里，她被一个噩梦惊醒，就再也睡不着了。她眼睛直视着天花板，那上面有一片水影在不停地晃动，一道道弯曲闪动的光线，合起来又分开了，分开了又合起来。她知道，那是因为外面的月光照着浇花池的水又反射到天花板上的缘故而导致的。注视着那片不断晃动的水影，她的脑子里又渐渐混浊起来了。”这两段叙述，前一段明显属于远距离叙事，后一段则显然是近距离叙事。另外，从言说方式看，前一段是纯叙述，自始至终响彻着叙述人的声音；从叙述人称看，也是第三人称全知型的，叙述人无所不知，无所不能。所以给我们的感觉是，叙述人的主导作用非常突出，叙述人的主体意识也非常积极主动。从这段的第一句话开始直到最后一句，让我们感到叙述人的形象始终存在着，这种存在是鲜明的、确定无疑的。后一段虽然也是第三人称的全知型叙事，但由于它属于近距离叙事，属于具体的“描述”，叙述人细致地描写了“她”在梦醒之后的所感所想，这样，所描述的场面就突出到前景上来，暂时“掩盖”了叙述人的声音乃至存在，使我们感到，好像是场面自行呈示在我们面前，并不是由叙述人描述出来的，而叙述人的存在也好像是若隐若现，甚至是消逝不见了。正因如此，柏拉图才把这种“描述”称为“模仿”，就像戏剧那样让人物和场面自己展示自己。但把小说的“描述”比拟为、甚至等同于戏剧的“模仿”，其实是不正确的。戏剧的叙事用的是演员的“形体”，可以直接呈现人物的活动和场面，当然可以看作是“模仿”。但是，小说的叙事用的是“语言”，必然体现为叙述人的“讲述”，靠听者或读者的解读重现讲述的人物和场面，不可能直接呈现人物和场面。正如热奈特说的：“我们说叙述，包括口头的书面的叙述，是一种言语行为，言语行为只能表示，而不能模仿。”[①] 只是因为小说中近距离的“描述”，往往给人造成一种身临其境的逼真感，让人觉得好像是人物和场面自行呈现，好像是叙述人不存在了。实际上叙述人依然存在，他只是一时被“掩盖”在所描写的人物和场面中了，也就是他暂时“对象化”在他所描写的对象中去了。所以，我们认为，远距离的叙事偏向于叙述人的“主体性”的存在，近距离的叙事偏向于叙述人的“对象化”的体现，这也是两者之间的一个重要区别。

六

我们已经说过，在“叙述声音”不变的情况下，“叙述眼光”可以不断转换，既可以从叙述人转向人物，也可以从一个人物转向另一个人物。尤其

① ［法］热·热奈特：《叙事语式》，载《外国文学报道》1985 年第 5 期，第 23 页。

是在现代小说中，“叙述眼光”的频频转换更是屡见不鲜，这引起了现代叙事学家的高度重视，将其作为叙事学的一个重要问题提出。从根本上看，这种“叙述眼光”的转换是受作品中“隐含的作者”操控的，体现为“隐含的作者”出于某种叙事目的而施行的某种叙事策略，因而现代叙事学也把这个问题称为“叙述视点”（Narrative Point of View）的调节问题。

所谓“叙述视点”，就是指“叙述眼光”的发出之点。在小说叙事中，“叙述视点”大致可归纳为这样几类：第一类是从空间上划分的，“叙述视点”是在故事之外，还是在故事之内。如果在故事之外，“叙述视点”就是叙述人的，如果在故事之内，“叙述视点”就是故事中人物的。热奈特把这类叙述视点又称之为“无焦点”或“零度焦点”（叙述人的视点）和“内焦点”（人物的视点）。[①] 第二类是从时间上划分的，这里说的时间是指“叙述视点”出现的时间。“叙述视点”可以出现在故事完结之后，也可以出现在故事进行之中。前面我们曾提到“内位叙事”中的“双重眼光”，也就是“我在讲我的故事”。如果“叙述眼光”出自前一个“我”，就是故事完结之后的“叙述视点”；如果“叙述眼光”出自后一个“我”，就是故事进行之中的“叙述眼光”。例如这样一段话：“我清楚地记得，那一天我起得很早。外面的空气很清新，我深吸了几口，像喝了几口甘泉水。红艳艳的太阳从东方的地平线上正在升起，世界染成了令人惬意的玫瑰色。”这段前一句的“叙述视点”是作为叙述人（回忆故事的人）的“我”的，是在故事发生之后出现的，后两句的“叙述视点”是作为故事中的人物的“我”的（可以从“甘泉水”“令人惬意的玫瑰色”的感受见出），是存在于故事正在进行之时的。这种按时间划分的“叙述视点”，在第三人称的“外位叙事”中也是经常出现的。如“几年之后，他失去了报社的工作，接着又生了一场大病，差点儿死去”，这是故事发生之后的“视点”。再如“星光下，他看到一个人影向他走近了，步子迈得很大，急匆匆的样子。他万万没想到，来人就是他的哥哥本杰”。这段话的后一句也是故事发生之后的“视点”，但前一句则显然是从“他”当时的眼光看的，属于故事正在进行时的“视点”。乔纳森·卡勒把以时间划分的“叙述视点”称作“焦聚时间”，

① 参见［美］热·热奈特《叙述语式》，载《外国文学报道》1985年第5期，第30页。

他认为“焦聚时间的选择可以创造出极不同的叙述效果”①。比如侦探故事为了造成悬念，往往选择故事正在进行的“叙述视点”，而故事的结局要等到高潮时再和盘端出，当然，这时就要换用故事发生之后的“视点”了。最后一类“叙述视点”是根据视点发出人的知情程度划分的，如“全知视点”“客观视点”以及处在这两者之间的“有限视点”。如“他一点都不知道两个小时之后他将被一辆马车压死，而他所有的计划都将化为泡影”，这是“全知视点”，视点发出者不仅知道“他”内心的计划，连他两个小时后将要发生的惨剧都一清二楚。再如“那个老人点燃了一支香烟”，这是对人物外在行为的描述，没有讲他的内心情感和隐秘动机，属于“有限视点”。如果把这句话改成这样，“那个有着花白头发的人，把一根燃烧的小白棍衔在嘴里，然后一团烟雾从那根小白棍里飘散开来”，这显然是一个不知香烟为何物的人说的话，只讲眼睛所见的表象，属于“客观视点”。在乔纳森·卡勒看来，这类视点的“不同变化形式对于决定小说的整体效果起了很大的作用”，全知视点“能造成世界可知的感觉”，而有限视点和客观视点则“可能会造成极强的世界不可预知的感觉”②，这些感觉都势必极大地影响着小说叙事的效果。

现代叙事学中讲的“调节视点”（Focalize），就是指小说中“隐含的作者”为了达到某种叙事效果而对上述各种叙述视点有意识的选择和变换。一般说来，叙述视点的调节有下面几种方式：一是整部小说一旦选定了某种视点之后，就始终固定在这一视点上，不再加以变化。典型的例子有前面提到的《孔乙己》，全部的故事都是从“我”的眼光讲述的，视点一直是讲述人“我”的，“我”是酒店的小学徒，对故事的主人公并无很深的了解，选用“我”的视点讲述故事，能够产生特殊的反讽效果。再就是亨利·詹姆斯的小说《梅茜所知道的》更具代表性，小说从头至尾都贯穿着小女孩梅茜的视点，固定在不懂事的孩子的视点上讲述成人的故事，就更能显示出成人世界的另一种新面目。这就是“固定式”的视点调节。第二种方式可称为“变动式”的视点调节，就是“叙述视点”在叙述人与人物之间以及人

① ［美］乔纳森·卡勒：《当代学术入门　文学理论》，李平译，辽宁教育出版社、牛津大学出版社 1998 年版，第 93 页。

② ［美］乔纳森·卡勒：《当代学术入门　文学理论》，李平译，辽宁教育出版社、牛津大学出版社 1998 年版，第 95 页。

物与人物之间不断变换，这方面的例子我们可以举出福楼拜的《包法利夫人》。这部小说一开始的“叙述视点”是作为叙述人的“我们”的，后来转向了查理，再后来又转向了爱玛。司汤达的《红与黑》的“叙述视点”更是变化多端，让人有些眼花缭乱。在故事的发展进程中，频频变换视点，也可以造成许多特殊的效果，譬如深化人物的塑造，丰富故事的内涵，等等。视点调节的第三种方式是所谓“交叉式”，即同一个故事在不同的视点变化中被反复讲述。福克纳的《喧哗与骚动》是这种方式的著名例子，小说先后用了四个不同的视点，从四个不同的侧面讲述了发生在康普生家的故事。先是由康普生家的三兄弟（班吉、昆丁与杰生）以有限型的“内视点”，各自讲一遍自己所了解的故事，最后又用全知型的“外视点”把故事再次讲了一遍（以迪尔西为主线）。小说之所以选用这样的叙述方式，是为了显示这样的叙事意图：我们所生存的这个世界是错综复杂、变幻莫测的，我们很难探知到它的真相，我们不能对这个世界采取独断论的态度，应该容忍和倾听来自各个角度的感受和理解，甚至包括那些神经不健全的人的感受和理解。这就像新闻记者报道一个事件，他总要先尽可能多地采访事件的亲历者、见证人和旁观者，让他们每个人都讲一讲自己的所知，这样做比记者自己来叙述，应该说更能接触到事件的真相，更显得真实可信。总之，在小说叙事中，视点的调节问题不仅是叙事的技巧和方法问题，而且体现了视点调解人对故事的基本思考和理解，甚至关系到视点调解人的世界观、价值观。正如华莱士·马丁说的：“在很多情况中，如果视点被改变，一个故事就会变得面目全非甚至无影无踪。”①

七

下面我们要探讨的是“叙事时间”和“故事时间”的关系问题，这个问题最早被俄国的托马舍夫斯基所提及，他说：“在艺术作品中，需要区分情节时间和叙述时间。情节时间是被述事件大约完成的时间，叙述时间是通读作品所费的时间。……后一种时间概括为作品的容量。”② 后来的叙事学

① ［美］华莱士·马丁：《当代叙事学》，伍晓明译，北京大学出版社 1990 年版，第 158 页。

② ［俄］鲍里斯·托马舍夫斯基：《主题》，载什克洛夫斯基等《俄国形式主义文论选》，方珊等译，生活·读书·新知三联书店 1989 年版，第 123 页。

家，如热奈特、托多洛夫等，又对此问题做过详细的论述。托多洛夫甚而把“时间范畴”视为叙事理论的三大范畴之一，其他两大范畴是“语体范畴”（大致相当于我们探讨的言说方式、叙述声音等）和“语式范畴”（大体相当于我们探讨的叙述站位、叙述眼光以及视点调节等），而时间范畴所讨论的就是“表现故事时间与话语时间的关系”①。按托马舍夫斯基的解释，故事时间比较好理解，就是指小说中所叙述的故事从开头到结束的全部时间。这个时间，有的小说会明确标示出来，有的小说没有明确标示，读者可以按照叙述的线索推算出来，还有些小说的故事时间从叙述本身看就比较模糊，但也可以通过某些相关的提示给以大约的估计。总之，凡是小说中叙述的故事，都必然占有一定的时间区段，这一时间区段的长短，参照小说的有关标示是不难被划定的。但是，叙事时间的概念就比较复杂，需要做进一步的解释。首先，叙事是一种行为，具体地说是一种“说话”的行为，像所有的言语行为一样，“说话”要一句一句地说，也有一个先后的次序和过程，也要占用一定的时间。但这个时间显然不能以作者写作的时间来测定，因为作者写作的时间是经常间断的，其中包括大量的准备时间和思考时间，因而远远超过了纯粹“说话”的时间。所以，纯粹“说话”的时间的测定，不能以作者写作的时间为根据，应该以不间断地阅读这篇话语的时间为标准。这就是说，所谓的叙事时间就是指匀速地阅读整篇作品的时间。按照这样的理解，我们即可清楚地看到，叙事时间并不必然与故事时间等值，譬如我用一个小时的时间可以讲述包含二十年时间的故事，也可以讲述包含几分钟时间的故事，这样就产生了一个故事时间与叙述时间的关系问题。

关于叙述时间与故事时间的关系，可从以下几个方面讨论：首先是次序（Order）。事件与事件之间的因果联系，决定了故事本身固有的先后进程：从开端，到发展，到高潮，直到结局。但是，在叙事的时候，叙述人不一定非按照故事原有的顺序讲述它，他可以原原本本地讲述这个故事，也可以打破原有的顺序重新安排顺序讲述这个故事。如果叙述人打破了原有的故事顺序，就必然造成叙事的先后次序与故事的先后次序的错位和不一致。这种错位和不一致大体有这样几种情况：一种是把后来发生的事件提前讲述，如鲁

① ［法］托多洛夫：《叙事作为话语》，载张德寅编选《叙述学研究》，中国社会科学出版社 1989 年版，第 294 页。

迅的《祝福》，先讲了祥林嫂的死，然后再回过头来讲她的一生。祥林嫂的死原本是故事的结局，提到开头讲了，这就是一般所说的倒叙。再一种情况是，把将来发生的事件放到现在讲述，如："奔波了一天的他，此时正悠闲自得地躺在沙发上，随便翻着一本有插图的杂志，翻动书页的声音在静静的夜晚簌簌地响着。此时的他做梦也不会想到，几分钟后，他将被一把钢刀刺穿胸膛，而且钢刀的尖端正好扎进他那突突跳动的心脏。"这就把叙述人预知的而当事人还蒙在鼓里的事件预先讲了出来，在叙事学里，这也称为"预叙"。还有一种情况是所谓的"补足性倒叙"，就是暂时中断故事的主要线索的叙述，插入别的事件加以叙述。这别的事件可以和主线没有太大的关系，讲述它只是为了调节气氛；也可以是给主线添进某些先前漏掉的东西，现在讲述它是为了给以补充性的说明。例如鲁迅的《故乡》，故事的主线是讲"我"回到故乡搬家到谋生的异地去并遇到儿时的好友闰土的过程。故事一开始和母亲谈话时提到了闰土，这时"我"中断了和母亲谈话的叙述，插进了一段小时候与闰土交往的回忆，讲了少年闰土多么得活泼、机灵、可爱，然后又接续上与母亲谈话的叙述。这段插入的回忆就是"补足性倒叙"，目的是给中年闰土的后来出场作铺垫并与之构成鲜明的对照。对于"次序"问题，华莱士·马丁认为："当我们进入一个人物的记忆时，次序安排可能变得更为复杂，因为对前一阶段的回忆可能会引发对更早阶段的回忆，而在回忆中对叙事'现在'的涉及则将成为闪前。"① 所以，"次序"问题在回忆性和心理性小说中显得更为突出，如《墙上的斑点》，小说表面上只是描写一个小小的斑点，但伴随着这种描写的是"我"的被触发的杂乱的回忆和联想，这样就使得故事顺序和叙事顺序的关系变得极为复杂，须认真辨析才能理清。

其次是"持续"（Duration）问题。无论叙事过程，还是故事过程，都是持续不断的。但在叙事过程的某一区段，这种持续的时间是有快有慢、快慢不一的，而故事的持续时间则是匀速的，这就造成了叙事的持续时间与故事的持续时间的不相对应。换句话说，就是叙事过程与故事过程在时间持续上有差距，所以，这个问题也被称为叙事的"时距"问题。请看华莱士·马丁引述菲尔丁在《汤姆·琼斯》中说的话："一旦任何异乎寻常的场面露

① ［美］华莱士·马丁：《当代叙事学》，伍晓明译，北京大学出版社 1990 年版，第 150 页。

了头……我们就将不惜笔墨地将它尽量向我们的读者展示，但是，如果失去的大量岁月没有产生任何值得注意之事，我们也不怕在我们的历史中出现空白。”① 参照这个说法，我们可以把叙事时间的持续状态分为这样几种情况：一种是细致入微的描写，譬如“桌子上零乱地堆着好多书，有几本已经翻开了，桌子的一角摆着一盏早已过时的破旧的台灯，黄色的塑料灯罩已经发黑，罩面上布满了厚厚的一层灰尘……这就是他的书桌”。故事时间的持续毫无进展地停滞在书桌上，几乎等于零，而叙事时间的持续却在不断地延长，给我们的感觉是，故事时间暂时休止了，直到书桌的描写结束之后，它才重新开始。这种情况是叙事时间大于故事时间。第二种是场景性的描写，主要指人物言行的直接呈现，如：“他大手一挥，喊道：‘我走啦!’”人物言行的时间与叙述人物言行的时间大致持平，也就是叙述时间与故事时间基本相等。第三种情况指一切概略的叙述，比如“感激万端的国王把女儿嫁给了王子，国王去世之后，王子继承了王位，统治着这个国家，幸福地过了许多年”。叙事不过持续了一句话的时间，故事却度过了许多年，也就是说，一句话容纳了许多年的时间，叙述时间远远少于故事时间。最后一种情况指叙事上的空缺和省略，故事仍在进行，叙事人却有意忽略过了，什么也没讲。例如在讲述了主人公第一次来到某个小镇的故事以后，另起一行，接着说：“二十年之后，他再次来到了这个小镇上，发现一切都变了样。”从“他”第一次来到这个小镇，到“他”再次来到这个小镇，中间经过了二十年。这二十年“他”是如何度过的，叙述人什么也没有说。叙事时间是“零”，故事时间是二十年。这就是叙事中的“省略”，或者叫“无叙述”。由此可见，叙事时间与故事时间的差距是由叙事的详略造成的，而叙事的详略，又取决于叙述人对构成故事的各个事件的重要性程度的认识，重要的事件当然需要近距离的详写，不重要的事件则采取远距离的略写、甚至不写。这样就必然出现叙事进程与故事进程的时间差距。

叙述时间与故事时间的关系问题的最后一个方面是“频率”（Frequency）。这里说的频率是指故事中的事件被讲述的次数。通常，一次发生的事件被相应地讲述一次，数次发生的事件被相应地讲述数次，但在特殊情况下，也可能出现讲述次数的变化。比如，一次发生的事件可能讲述数次，而

① ［美］华莱士·马丁：《当代叙事学》，伍晓明译，北京大学出版社 1990 年版，第 150 页。

数次发生的事件也可能只讲述一次，这就是所谓讲述频率的变化。数次讲述一次发生的事件，也称为“重复叙事”（Changeable Narration），常见于第一人称回忆性的小说中。譬如普鲁斯特的《追忆逝水年华》。热奈特认为普鲁斯特有一种对“重复的陶醉”，他时常故意模糊回忆中的时间概念，在小说里多次描述同一事件，以反映他对日常生活的单调平庸的感受，“时间、日子、季节的返回、宇宙运动的周而复始，既是最经常的样式，又是我情愿称作普鲁斯特反复主义的最恰如其分的象征”①。一次讲述数次发生的事，如，“他每天都看到她……”，“他们经常见面……”，“他们频繁地谈论此事……”，“他反复地说道……”，等等。华莱士·马丁称这种叙事为“累积概述”（Iterative），并充分肯定了“累积概述”在叙事中的重要性。他说：“……对于反复发生的某种事件的一次性描述——这种现象之所以令人感兴趣是因为，当它被命名以后，它在叙事中被频繁使用的情况变得引人注目了，而且这还让人们注意到传统范畴——场面、概述、描写、阐明（exposition）——区分中的一个弱点。”② 这意思是说，“累积概述”打破了传统概念之间的严格分界，把场面、概述、描写、阐明都统统融为一体了。譬如，我们可以这样说：“他每天都看到她，她喜欢穿紫色的长裙，走路的姿态很轻盈，看起来像一朵悠悠飘动的云彩……”这句话总体上是累积概述（总述反复发生的事），但也是具体场景的描写（写到了她的服饰和走路的情形），也是一种一般性的阐明（因为不是描述单独哪一次走路的情形）。马丁认为，累积概述的发现和研究，动摇了传统概念的区分模式，促使人们对这一模式重新给以思考。

八

如前所说，我们认为小说话语是一种叙事话语，我们主要从叙事学的角度讨论了两大问题，一是小说讲什么？二是小说怎样讲？这两个问题换个提法就是，什么是故事？什么是叙事？要彻底搞清这两个问题很不容易，涉及对大量已有概念和范畴的清理和辨析，尚有待于更精细、更深入的研究。最后我们还想谈谈叙事话语的功能问题，作为对上述两个问题的补充性说明。

---

① ［法］热·热奈特：《叙事话语》，史忠义译，中国社会科学出版社1990年版，第92页。

② ［美］华莱士·马丁：《当代叙事学》，伍晓明译，北京大学出版社1990年版，第151页。

叙事话语有什么作用？或者换个问法，人们为什么要讲故事和听故事？故事给人们带来了什么？首先，故事给人们带来了愉快和满足。像一切文学话语都具有审美特性一样，小说的叙事话语也具有审美特性。无论讲故事或是听故事，都是一种本身就能给人带来审美愉悦的活动。只要人存在着，故事就存在着，因为故事能给人以审美的愉悦。这是一种特殊的审美愉悦，它产生于故事的本质特性。故事本质上反映了人的欲望及其命运。欲望是人的生命活动的第一推动力，人的生命活动也不可遏止地指向于欲望的满足。而故事就是对人的欲望及欲望在现实中的种种遭遇的记录和回顾。每个生命个体都不能不关切自己的欲望及其满足，由此一关切必然推及对故事的关切。这种关切又产生了一种新的欲望，即一种人类独具的“好奇心”和“求知欲”。这正如乔纳森·卡勒说的：“叙述的快乐、满足是与欲望相关联的。情节讲述的是欲望和欲望的命运，而叙述本身的发展是受以强烈的‘认识欲’的形式出现的欲望驱使的，是想知道的欲望：我们想要发现秘密，想要了解结局，想要掌握真情。”① 正是这种“想知道的欲望”的存在，驱使人们喜欢讲故事和听故事，也正是这种“想知道的欲望”的满足，产生了人们讲故事和听故事的审美愉悦。儿童是幼稚的，总是虚幻地想象这个世界，但有一点他不会弄错，这就是肚子饿了就想吃东西，身体疼痛了就哇哇哭叫，他以这个经验去推知他人，很想知道他人是不是也和自己一样。所以，一个人从小就喜欢听故事，故事中的主人公遇到危难，他替他着急，故事中的主人公化险为夷了，他也高兴得开怀大笑，他乐此不疲地纠缠着大人讲故事，一个劲地追问“后来怎样了，后来怎样了”。这个爱好一直保持下来，直到长大成人，并可能在这个爱好的基础上，又发展出编排故事和讲述故事的能力，这就是小说家。小说家就是专门讲故事的人，他使人类用语言讲述故事的技能和魅力不断获得发展。故事以及讲故事的人之所以存在的首要合理性，就在于故事能给人带来审美的愉悦。

此外，故事还具有另一种功能，就是教给人们认识他所生存的这个世界。由于人们总是以个体的形式存在着，通常他只能从个人的角度看世界、看他人，尤其是他很难洞见他人隐秘的思想和情感。小说中的故事，通过不

① ［美］乔纳森·卡勒：《当代学术入门　文学理论》，李平译，辽宁教育出版社、牛津大学出版社 1998 年版，第 96 页。

同的视点调节方法，从各个角度向我们展现了世界的无限丰富性，并且直接向我们袒露出人物内隐的思想动机，从而为我们提供了充分了解世界和他人的可能性，弥补了我们在现实生活中对世界和他人可能存在的局限和无知。这就是说，小说和故事在给我们带来愉快和满足的同时，又加赠给我们另一件可贵的"礼物"，这就是知识。回想一下，一个人从小到大，从故事和小说里学到了多少为人处世的知识啊！而且故事和小说对人的思想和感情的巨大影响，又常常是了无痕迹而又切切实实的，就像丝丝细雨滋润着人的"心田"，这就是所谓的"润物细无声"吧。不仅如此，在乔纳森·卡勒看来，故事和小说的认识功能还体现在其他许多方面，比如"小说表现强烈的愿望是怎样被驾驭的，以及如何使欲望适应社会实际"，因而"小说是一种使社会准则内在化的有力方式"，但同时小说"也提供了一种社会批评的方式。他们揭露世俗成就的空洞虚伪，揭露世间的腐败，说明它不能满足我们最高尚的愿望。他们在那些吸引读者的故事中，揭露被压制者的困境，通过认同使读者明白某些处境是不可容忍的"。[①] 这是指小说对人的道德和政治方面的影响以及社会批判的作用。尤其是小说的社会批判作用，使得小说冲破了"纯艺术"的范畴，具有了更突出的社会价值。小说不仅仅是一种给人以审美享受的艺术的话语结构，它还具有丰富的社会内容，它不断地提醒人们关注自己的生存状况，并激励人们为获得良好的社会处境而奋争。这个方面，在那些 19 世纪的批判现实主义以及某些现代主义的作品中，得到了最充分的体现。

但是，关于故事和小说的认识功能，乔纳森·卡勒也提出了一个值得思考的问题：既然小说的故事是虚构的，那么它提供的知识是否可靠？"叙述究竟是知识的来源，还是幻觉的来源？"这个问题其实我们在前面讲文学话语的"虚指用法"中已经触及到了，我们的总的看法是，文学话语的"虚指性"与"真值性"是可以统一的，小说作为文学话语的一种文体类型也不会例外。但乔纳森·卡勒却认为，"即使它的确有一个答案，看来我们也不大可能回答这个问题了"，因为"要回答这个问题，我们既需要掌握独立于叙述之外的这个世界的知识，也需要有一定的基础以确信这些知识比叙述

① 参见［美］乔纳森·卡勒《当代学术入门　文学理论》，李平译，辽宁教育出版社、牛津大学出版社 1998 年版，第 96—97 页。

所提供的更加可信。不过，是否存在这种有别于叙述且具有高度可信度的知识恰恰是正在争论的问题：叙述究竟是知识还是幻觉的根源?"① 乔纳森·卡勒的这种不可知论的观点，正是他的只讲解构不讲建构的解构主义立场的一种反映。

第三节 诗歌：抒情的文学话语

一

把诗歌话语与小说话语摆到一起对照一下，我们会发现，两者之间最突出的差别恐怕要算一为有韵的话语、一为无韵的话语了。的确，凡是诗歌都是有韵律的，都要分行书写，而小说则不需要韵律，也不必分行，只要分开段落书写就可以了。但这种差别只是外在特征的差别，还不是内在本质的差别。要寻求这种本质的差别，还须进一步追问，为什么小说是无韵的，而诗歌是有韵的？造成这种外在特征差别的根源是什么？简言之，小说话语"言说"的是什么，诗歌话语"言说"的又是什么？因为言说的方式总是以言说的内容为前提的，两者的本质区别应该体现在言说内容上。从言说内容看，如果说小说是"叙事"的，那么诗歌就是"抒情"的。当然，我们也不认为这种差别是绝对的。小说中也有抒情，甚至在现代小说中还产生了所谓诗化小说；诗歌中也有叙事，自古以来就有所谓的史诗、叙事诗。但小说中的抒情，无论其含量多大，都只能是叙事的手段，最终目的仍旧是为了叙事。同样，诗歌中的叙事，也都是作为抒情的手段存在的，实际上就是一种特殊的抒情方式。所以，即使诗化小说，只要还是小说，它的本质特性就是叙事；叙事诗也一样，只要还是诗歌，它的本质特性就是抒情。

关于诗歌的抒情特性，古代的诗学理论早已认识到并反复论述过，特别是中国古代诗论更是有"诗言志""诗缘情"的明确界定，这都是我们所熟知的。标榜反传统的现代诗论，虽然极为看重诗歌的语言形式，甚而把诗歌

① 参见［美］乔纳森·卡勒《当代学术入门 文学理论》，李平译，辽宁教育出版社、牛津大学出版社1998年版，第97页。

界定为“反常化”的语言（俄国形式主义），或者界定为有韵律的语言结构（“新批评”），但对诗歌的抒情特性依然不敢轻易否认，有的论者甚或也给以特别的强调。例如，托马舍夫斯基一面在说“诗是大幅度变形的语言”，一面又承认“诗语是情绪高昂的语言”。①“新批评”派的维姆萨特和比尔兹利说得更为明确和详尽：“诗是使情感固定下来的一种方式，可以说是让世世代代的读者都能感受其情感的一种方式。当不同文化环境中客观事物的功能经历了变化，或者是当客观事物作为单纯的史实，由于丧失了其迫切的时间性而丧失了情感价值的时候，尤为如此。”② 连形式主义的理论家们，都如此肯定了诗歌的抒情特性，因而，我们认为，用“抒情”和“叙事”把诗歌话语与小说话语区分开来，应该说是抓住了问题的根本之所在。两者之间的根本不同就在于，一者偏于叙事，另一者偏于抒情。

像叙事一样，抒情也出自人的本性中固有的一种欲求。我们知道，人是有感情的动物。“人禀七情，应物斯感，感物吟志，莫非自然。”③ 人的感情，无论是喜、怒、哀、乐，还是更高级的情感，都是一种以身体为基础的愉快或痛苦的感受。这种感受必然造成内心的紧张度，产生出要表露出来的冲动和内驱力。情感只要表露出来，就能感染他人，如果能达到一种相互的理解和同情，情感造成的心理紧张也就随之得到了缓解和释放。由此看来，人超出动物之处，并不在于有情感，而在于人的情感可以通过以人的方式表达，而达到相互感染和相互同情。那么，人的情感是如何表达的？也就是人是如何抒情的？人的抒情与叙事不同，叙事必须要有语言，而抒情未必非有语言不可。早在语言产生之前，猿人已经在通过各种方式抒情了，譬如用表情、手势、姿态、呼叫，等等。因此，抒情应该是比叙事更古老的一种人类的精神文化活动。从这个意义上看，抒情很可能是语言起源的最早的动力因素之一，最有力的证明就是，人类最原始的语言形态总是与猿人抒情时的呼叫有着直接的渊源联系。人的抒情活动促动了语言的产生，而语言的产生，又使得人的抒情活动具有了真正属人的高级性质。从此以后，人们可以借助

① 参见［俄］鲍里斯·托马舍夫斯基《主题》，载［俄］什克洛夫斯基等《俄国形式主义文论选》，方珊等译，生活·读书·新知三联书店 1989 年版，第 172、173 页。

② 参见［美］威廉·K. 维姆萨特、蒙罗·C. 比尔兹利《感受谬见》，载赵毅衡编选《“新批评”文集》，中国社会科学出版社 1988 版，第 247 页。

③ 刘勰：《文心雕龙·明诗》。

语言（原始语言而不是后来的逻辑语言）塑造形象诉说他的情感，这显然比其他非语言的方式可以更精确、更充分、更生动、更具感染力地抒发和传达他的情感。

那么，这是不是说只要出现借助语言塑造形象的抒情就意味着诗歌话语的产生呢？按照列夫·托尔斯泰的意见，一个人正在体验某种情感的时刻诉说他的情感，这还不是艺术，因而也不是诗。他认为，只有当一个人把已经体验过的感情"重新唤起"，并用某种语言塑造的形象形式诉诸他人，使他人也受到这种情感的感染，这才是艺术，这才是诗。他这样说："在自己心里唤起曾经一度体验过的感情，在唤起这种感情之后，用动作、线条、色彩、声音，以及言词所表达的形象来传达出这种感情，使别人也能体验到这同样的感情——这就是艺术活动。"[①] 托尔斯泰在这里泛指所有的艺术（这个观点值得商榷，此处悬而不论），其中当然也包括诗歌。意思是说，真正的诗歌话语就是抒情的话语，而所抒发的情感首先必须是真挚的，是抒情者确实体验过的，"艺术家的真挚的程度对艺术感染力的大小的影响比什么都大"，"艺术家越是从心灵深处汲取感情，感情越是真挚，那末它就越是独特"。托尔斯泰认为，感情的真挚是诗歌之所以为诗歌的首要条件。[②] 的确，诗歌中的情感与小说中的故事不同，小说中的故事可以而且必须虚构，但诗歌中的情感不能虚构。虚构故事，即如亚里士多德所说的"描述可能发生的事"，是为了提供更具普遍性的思想，不能视为对读者的欺骗；但如果情感是虚构的，不是出自真心而是出于其他目的而有意捏造的，则肯定是对读者的欺骗，是违背了最起码的艺术良心和道德，这在托尔斯泰看来是绝对不能允许的。所以，一切未经自己体验过的、凭空编造的、故意煽情的情感的"诉说"，都不能列入真正的诗歌话语，而真正的诗歌话语都必须首先是对真实情感的"诉说"。

但仅仅是对真实情感的诉说，就一定是诗歌话语吗？泼妇骂街的情感也是真诚的，但那些骂出来的话恐怕不能与诗歌话语相提并论吧。因而，托尔斯泰进一步提出，艺术的、诗歌的话语不能是"当下"情感的诉说，而是

---

① ［俄］列·托尔斯泰：《艺术论》，载伍蠡甫、胡经之主编《西方文艺理论名著选编》（中卷），北京大学出版社 1986 年版，第 413 页。

② 参见［俄］列·托尔斯泰《艺术论》，见伍蠡甫、胡经之主编《西方文艺理论名著选编》（中卷），北京大学出版社 1986 年版，第 424、425 页。

体验过的而又“重新唤起”的情感的诉说，而且还要寻求某种恰切的语言形式诉说出来。这样一来，真正的诗歌话语，除了感情的真挚外，至少还要有两点保证。一是所抒发的情感因为是“重新唤起”的，所以多少要经过理智的反思和“过滤”。就是说，并不是所有的真实感情都一股脑地袒露无遗，在质上要有所选择，要有主次的合情合理的搭配；在量上要有所控制，要掌握好适当的分寸。也就是说，一个诗人在抒发他的情感时，当然不能抒发假的情感，也不能有意隐瞒情感，但他要对他所抒发的情感进行一定审视、梳理甚至修整。他应该多少知道，他在这首诗里将抒发什么情感，哪些情感因素是主要的，那些是次要的，它们分别应抒发到何种强度。如果对这一切没有丝毫理智上的自觉和控制，情感的抒发就变成了某种类似于“泼妇骂街”的东西，变成了纯粹自发的情感发泄，这样说出的话语也就不是诗歌话语了。当然，理智对情感的反思和“过滤”也有一个“度”的问题，也不能过度。过度的理智控制必将扼杀情感固有的“热性”和“活力”，甚至改变了内在情感的“本色”，使情感变成了“概念”，使抒情变成了虚假的“煽情”。这样写出的作品也不能称为诗歌话语。

二是所抒发的情感必须要用一种恰切的语言形式诉说出来。所谓“恰切的语言形式”就是诗歌的话语形式。诗歌的话语形式当然不是一成不变的，需要不断地改革和创新。但是，诗歌之所以成为诗歌的那些基本的文体格式，则是不能轻易改变的。譬如韵律、分行书写、特有的措辞方式和修辞方式，等等。一个人把经过了反思的真实情感诉说出来，还不一定就是诗，还要看他是否采用了诗歌特有的基本语言形式。况且，诗歌在诸种文体中又是一种最注重语言形式的文体，正如休姆说的：“诗歌形式的选择和那些构成诗歌的独立的感情片断一样重要。”① 所以，只有既诉说了真实的情感，又用诗歌的形式去诉说，这样说出的话语才可能是诗歌话语。否则，只能算作抒情散文的话语。

我们已经确定，诗歌是人们用来抒情的一种艺术的方式，它的本质特性是抒情。即使叙事诗，和小说比较起来，也具有极为浓重的抒情色彩，其最终目的也是为了抒情，因而不宜归入叙事类文体的范畴，应该归入抒情的诗

① ［英］休姆：《语言及风格笔记》，载赵毅衡编选《“新批评”文集》，中国社会科学出版社1988年版，第284页。

歌范畴。我们又知道，诗歌是用语言来抒情的，用语言抒情就是对情感的诉说，那么，首要的一个问题是：谁在诉说？当然是诗人在诉说。但是，诗人在诗歌作品中体现为“抒情主人公”，所以，更准确的说法应该是抒情主人公在诉说。同一个诗人在不同的诗歌作品中体现为不同的抒情主人公，例如李白在《静夜思》中有一个抒情主人公的形象，在《行路难》中又有另一个抒情主人公的形象，在《战城南》《赠汪伦》等作品中又分别有不同的抒情主人公形象。这些抒情主人公形象，都是李白在作品中的不同的化身，但又不能简单地等同于作品外的李白。所以，要问谁在作品中诉说，更准确的回答应该是作品里体现出来的抒情主人公。那么，更进一步的问题是，抒情主人公怎样诉说？或者说，用语言的抒情有哪几种言说方式？基本的言说方式不外乎两类，一类是直接抒情，一类是间接抒情。先看第一类。

直接抒情就是抒情主人公运用语言直接诉说内心的情感，即通常所说的“直抒胸臆”的言说方式。比较典型的例子有陈子昂的《登幽州台歌》：“前不见古人，/后不见来者，/念天地之悠悠，/独怆然而涕下。”诗人一开口就是他的内心独白，中间没有任何遮掩，直接诉说了他的内心感受，一种深沉而又博大的历史沧桑感和悲怆感，随着诗人的话语的展开而流泻出来，犹如空谷足音，给我们的心灵以极大的震动。直接抒情的好处是，容易产生较强的情感冲击力和感染力，但也由于情感过于直露，往往流于空泛而经不住回味。所以单独使用直接抒情的方式，很难写出好诗。像陈子昂的这首诗，单靠直接抒情就达到了如此高的艺术成就，这在文学史上是不多见的。

间接抒情就是抒情主人公不直接诉说自己的内心感受，而是通过对某种有形的东西的形象化描述，间接地暗示或烘托出自己的情感感受。一般来说，情感只是一种体验和感受，它本身是抽象的、无形的，又加之它经常处于流动变化的状态，且它的内涵往往又是极为复杂和多向度的，令人难以捉摸，因而也往往难以用言词直接诉说和传达，只能借助形象的描述而间接地表达出来。而形象的描述之所以能表示情感，一是因为情感本身虽是无形的，但它在心中被激发起来时又总是在脑中伴随着大量的表象，这些表象与这种情感肯定有着密切的关联，在某种程度上它们可以起到印证和标示这种情感的作用；二是因为，从“格式塔”心理美学的观点看，情感可以表现为一种“心理场”的构成，表象也可以表现为一种“心理场”的构成，如果这两种“心理场”恰好对应，那么人们就可以用直观的表象传达情感。

例如，一棵垂柳之所以能表达悲哀的情感，并不是因为它看起来像一个悲哀的人，而是因为垂柳的表象与悲哀的情感，在“心理场”上是“异质同构”的，是相互对应的。因为上述的原因，情感通常要靠形象来表现。

所谓形象无非是指与我们有着密切关系的那些人、事、景、物的形象。依照所借用的形象的不同，间接抒情又可进一步区分为三种：第一种可称为“景象抒情”。景象是指景物的形象，“景象抒情”就是通过对眼中所见的景物的描绘表现内在的情感，即通常所说的“借景抒情”“情景交融”。在中国古典诗词中，此种方式的抒情大量存在，可举的例子比比皆是，如陶渊明的名句“采菊东篱下，悠然见南山”，于东篱采菊、抬头见山的场景描写中，见出了诗人的一种高远的恬淡之情。再如王维的《渭城曲》的前两句，“渭城朝雨浥轻尘，客舍青青柳色新”，一种依依惜别的情感在这一特定景色的描写中流溢出来。第二种是“意象抒情”。意象不同于景象，景象是诗人选取眼中所见的景物加以描写而成，借以表现自己内心的某种情感；意象则是诗人通过创造性的想象所设定的形象，并赋予这一形象以特定的意义。比如，李煜的“问君能有几多愁？恰似一江春水向东流”。在这里，滔滔不绝的、向东流淌着的一江春水就是一个意象。诗人由自己所感受到的无休无止的愁绪，联想到了不断向东流逝的一江春水，并用这一江春水的形象比拟自己的无限愁绪。这样，一江春水的形象就不再是一种景象，而成为一种意象，这就是所谓的意象抒情。再如，白居易的名句“离离原上草，/一岁一枯荣。/野火烧不尽，/春风吹又生”，也属于意象抒情。诗人创造了一个枯而复生的古原野草的意象，用以象征着友情的地久天长。第三种是“事象抒情”，诗人借以抒情的形象既不是景象，也不是意象，而是一系列人和事的形象，诗人通过对某些人和事的讲述，间接地表现他的有关的情感态度。“事象抒情”主要体现在叙事诗里，如杜甫的《三吏》《三别》等，特别是《石壕吏》更具代表性。在这首著名的叙事诗里，诗人讲述了他“暮投石壕村”后亲眼所见的一件事：夜里突然有公差来抓夫，房东老翁急忙爬墙逃走，老太太出面应付，经过苦苦哀求，结果老太太还是被抓走了。诗人讲述这个事件，不像小说家那样着重在事件本身，而是仅抓住几个小细节加以突出，如老翁的逃走、吏的凶暴、老妇的苦求，目的是为了表达他对民间疾苦的强烈同情之心，以及对战乱和暴政的愤懑之情。这一点也可以从诗人在讲述中不断夹杂着的带有明显倾向性的词语中看出，如“吏呼一何怒，妇啼一何苦”“夜久语声绝，如闻泣幽咽”。此为“事象抒情”。

总而言之，诗歌抒情的言说方式不外乎两类四种，即直接抒情、景象抒情、意象抒情、事象抒情。后三种都是借助形象的抒情，属于间接抒情。每一种抒情方式产生的审美效果是不一样的，直接抒情可以直接激发情感，迅速给人以强烈的审美感受，但又因为情感的过于直露而缺乏回味。后三种抒情方式，中间都隔着形象，需要经过形象的导引、提示、启发才能激发起情感，但因此也造成了含蓄蕴藉、回味无穷的审美效果。这四种抒情方式，在具体的诗歌写作中常常是交混使用的，当然，其中的某一种方式也可能占有主导地位。例如，叙事诗自然以事象抒情为主导方式，而咏物诗、田园诗等，则是以景象抒情为主导方式。

二

我们已经探讨了诗歌话语的本质特性——抒情，以及抒情的四种言说方式。以下我们将要探讨诗歌话语的外部特征。所谓外部特征就是本质特性的外在体现，因而讲外部特征也离不开与本质特性的内在联系。从诗歌话语的外部特征看，主要涉及反常化、韵律、意象性和修辞这样几个问题。先看反常化的问题。

众所周知，反常化这一概念最早是由俄国形式主义者提出的。我们在讲“文学话语的自指用法”时，吸取了这一概念，认为所有的文学话语在语用上都多少具有反常和变异的特点。但实际上，最能体现反常化特点的还是诗歌话语。俄国形式主义讲的反常化也主要是针对诗歌话语的。俄国形式主义的领袖人物什克洛夫斯基在提出艺术的反常化时，首先谈到的就是诗歌话语，指出“诗语也常常是陌生的”，“诗就是受阻的、扭曲的言语”。另一位俄国形式主义的代表人物托马舍夫斯基，也认为“诗是大幅度变形的语言”①。所谓诗歌语言的反常化主要是指对语言常规的偏离和冲犯。这里说的语言常规不仅仅指标准语言的即成规范，还包括诗歌话语本身的即成规范。这就是说，诗歌话语的反常化实际上包含两个方面的变异，一是对现有

① 参见［俄］维克托·什克洛夫斯基《作为手法的艺术》、［俄］鲍里斯·托马舍夫斯基《主题》，载［俄］什克洛夫斯基等《俄国形式主义文论选》，方珊等译，生活·读书·新知三联书店 1989 年版，第 8、9、172 页。

的标准语言的变异，一是对现有的诗歌话语本身的变异。前一种变异主要体现在语音、词汇、句法等语言的各个方面。如，在语音方面，诗歌语言讲求韵律；在词汇方面，诗歌语言可以打破常规地使用语词，使这个语词的词性或词义发生变化，还可以造出辞典里面没有的新词；在语法方面，诗歌话语可以颠倒正常的语序，可以省略某些必要的句子成分，如此等等。后一种变异主要体现为对诗歌的既有成规和惯例的改革和创新，如破除旧的和创造新的韵律，创造新的意象，创造新的隐喻，直至创造新的诗歌样式。这两种变异所造成的一个总的效果就是诗歌话语的新颖和独特。诗歌话语最忌讳陈词滥调、最讲求独创性的用语。诗语需要锤炼，需要琢磨，需要推敲，需要苦吟，需要别具一格，需要惊人之句，需要引人注目，总之，诗语是别一种话语，是不同凡响的话语。这一点连对反常化理论毫无所知的古代诗人们，也早已从感性上认识到了。被称为中国诗圣的杜甫就发出过“语不惊人死不休”的誓愿，尽管他又最强调诗歌的现实内容和社会作用。清代的剧作家兼戏曲理论家李渔也认为，作诗的诀窍就在于“同是一语，人人如此说，我之说法独异。或人正我反，人直我曲，或隐约其词以出之，或颠倒字句以出之，为法不一”[①]。在李渔看来，为诗之道最为关键处就是：我的说法与别人不一样（“我之说法独异”）。这其实就是反常化理论的一种经验性的精粹表述。所以，用反常化概括诗歌话语的新颖、独特、别致、突出、醒目、引人注意等诸如此类的特征，应该说还是切中肯綮、比较准确的。

但是，是不是说诗歌话语越反常越好呢？不是的。诗歌话语的反常化还是有个“度”的问题。如前所说，反常化就是对语言的正常规范的偏离，而在偏离正常规范之前，必须要对正常规范有所了解。一个对某种语言的正常规范毫不了解的人，说出来的话（如果能被称为“话”的话）也必然是反常的，但这种话语的反常化是毫无意义的。诗人追求话语的反常化是主动的、自觉的，是为了制造某种言语的效果。如果他对正常规范不了解，他就不能清楚地知道，他对语言的反常运用将会产生怎样的效果。英国当代语言学家克里斯特尔就特别强调，反规则地使用语言，必须要以对规则的掌握为前提。他指出：“当一个作家巧妙灵活地使用语言时，我们会本能地联想到我们自己的口语规范，而最终效果还要取决于我们对这些规范的认识以及它

① 参见李渔《窥词管见》。

们与语言特征的关系。按现代语体学的说法，我们看出这些特征如何‘突出’——从规范的、平淡无奇的惯用法中脱颖而出引人注目。”他还引用另一个语言学家的话说，一个诗人“在试图改变或突破语法规则之前必须先掌握它”。[①] 譬如，杜甫在写出“香稻啄余鹦鹉粒，梧桐栖老凤凰枝”这个反常化的句子时，心中一定清楚正常语序应该是什么样子，因为他肯定是在对照了正常语序并看出了反常语序所能产生的效果之后，才决定这样写的。此外，诗人对语言的反常化使用也不是毫无限度的，他不可能偏离全部的语言常规，他只能在接受绝大部分语言常规的约束的前提下，对少量常规给以有限度的突破。否则，他的反常化的言语将是不可理解的。克里斯特尔曾提出“语言的边缘”的概念，以说明语言反常化的限度。他认为：“作家在将语言推向极限时，是要冒风险的。如果他突破过多的规则，就会滚下边缘，陷入晦涩。”为了说明这一点，他还举出“ago”加名词短语表示不同时间意义的用法的例子。“several hours ago”（几小时前）、“many moons ago”（许多月以前）等，是这一语言结构的常规用法；而下面的一系列短语，则是这一语言结构的不断升级的反常化用法：“ten games ago”（十次游戏前），“several performance ago”（几次演出前），“a few cigarettes ago”（几支烟前），“three overcoats ago”（三件大衣前），“two wives ago”（两个妻子以前），“a grief ago”（一次悲伤前），“a humanity ago”（一种人性以前），“an incompleteness ago”（一次不充分前），等等不一。很明显，随着反常化程度的加强，读者“碰到的困难也渐次增加”。克里斯特尔引用别人的话指出，当这种反常化的加强达到一定的限度，超越了“语言的边缘”，“语者就将陷入滥用词语，沉溺于荒唐的胡言乱语，堕入规则荡然无存的空虚”，而“读者面对诗歌语言愈来愈偏离的用法”，也会“索性放弃理解其意义的努力”。[②] 诗歌说到底是情感的传达和交流，最终要依靠对诗歌语言的意义的理解，如果反常化导致了对意义理解的不可克服的障碍，那么，这种反常化本身也就无意义了。

与此相关的另一个问题是：我们不能对诗歌话语的反常化作脱离内容的

① 参见［英］戴维·克里斯特尔《剑桥语言百科全书》，潘炳信等译，中国社会科学出版社1995年版，第114页。

② 参见［英］戴维·克里斯特尔《剑桥语言百科全书》，潘炳信等译，中国社会科学出版社1995年版，第114—115页。

纯形式主义的理解，我们不能像某些极端形式主义者那样，认为反常化仅仅是语言突显自身的“自指性”的体现和手段，而与语言所指涉的意义毫无关系。我们不能赞同这种观点。就连创造这一术语的什克洛夫斯基也承认，诗歌话语的反常化是指向于强化人对事物的感觉的，“那种被称为艺术的东西的存在，正是为了唤回人对生活的感受，使人感受到事物”，“艺术的手法是事物的‘反常化’手法，是复杂化形式的手法，它增加了感受的难度和时延”，“它是专为使感受摆脱机械性而创造的”，“目的就是为了使感受在其身上延长，以尽可能地达到高度的力量和长度”。[①] 什克洛夫斯基把反常化与人对事物的感受联系起来，实际上也就是把反常化与作品的意义和内容联系起来了。“新批评”派的休姆也强调说，诗歌“选择新鲜的形容词和新颖的隐喻，并非因为它们是新的，而对旧的我们已厌烦，而因为旧的已不再传达一种有形的东西，而已经变成抽象的号码了。一个诗人说一只船‘横跨海洋’以得到一个有形的意象，来代替‘航行’这个号码式的字”[②]。这是说，反常化的词语并非只是为了让人感到新奇，而是为了让人重新感到“一种有形的东西”，因为只有反常化的词语才能把这种有形的东西传达出来。同什克洛夫斯基一样，休姆也是紧密结合作品的内容来理解反常化手法的。

在我们看来，反常化不过是诗歌话语的一种外部特征。什克洛夫斯基虽然看到了反常化具有强化感觉的作用，但他同时又把反常化手法视为诗歌话语的本质特性，这样的观点极易导致对反常化手法的极端形式主义的理解。我们认为，反常化作为诗歌话语的一种外部特征，只能是诗歌话语的本质特性的一种外在体现。正如我们已论证过的，诗歌话语的本质特性就是抒情，而不是韵律、意象、隐喻等等，也不是反常化的词语。这一切其他的特性，包括反常化的词语，从根本上说都是诗歌话语的抒情本性的体现和表征。抒情性的话语总带有或多或少的反常和变异的特点，这完全可以从一个人在日常生活中情感激动时说的话得到印证。情感激动时说的话显然跟情感平静时说的话不一样，这无论从语音、语调、语速等方面看，还是从措辞、句式、

① 参见［俄］维克托·什克洛夫斯基《作为手法的艺术》，载［俄］什克洛夫斯基等《俄国形式主义文论选》，方珊等译，生活·读书·新知三联书店1989年版，第6、8页。

② ［英］休姆：《浪漫主义与古典主义》，载赵毅衡选编《“新批评”文集》，中国社会科学出版社1988年版，第19页。

修辞格的运用等方面看，都会发生很大的变化，都可能出现大幅度的变异。譬如，一个人在盛怒时说的话比平时的声调要高得多，语速急促且不连贯，句子简短甚至有残缺，感叹句、呼告句、诘问句、反复句等明显增多，乃至不合情理的用语和语无伦次的现象也频频发生。为什么情感亢奋时的话语会出现如此大的变异？这与情感本身的一些特点有着直接的关联。首先，情感是极具个体性的。情感和思想不一样，思想依据的是普遍的逻辑，因而带有普遍性，而情感则完全是从个人的遭遇中产生的，因而没有完全同一的情感，只有具体的情感。同样是愤怒，每个人愤怒的具体内涵是不一样的，每个人每一次愤怒的具体内涵也是不一样的。其次，情感又往往带有非理性的色彩，情感可以受理性的节制，但它本身却不是理性的。情感的产生和发作基本上是个感时应物的自发过程，而不像思想那样是个逻辑过程。特别是激情具有更突出的自发性，它在一种强烈的内驱力的支配下，该行即行，当止则止，几乎全然不顾理性的约束和控制。再次，情感常常是复杂多变的。特别是未经理性梳理过的情绪性的东西，更是给我们以混杂不清和转瞬即逝的感受。上述三方面的特点综汇到一起，就造成了述说和表达情感的语言必然多少带有反常化的特征。所以，诗歌话语的反常化，如果离开了它所表达的独特的情感内容，是不可能得到真正合理的解释的。反常化的语言，从一开始就与它所表达的情感有着不可分割的联系。当然，我们并不否认，诗歌话语的反常化在其后来的发展中，因其自身的历史传承性和前后关联性，逐渐获得了某种超越内容的独立发展的地位。正是这种独立发展的地位，给人造成了一种假象，好像诗歌话语是专为反常化的程序而存在的，诗歌话语就是反常化话语本身。但实际上，从更深的根源上看，反常化只是诗歌话语实现自身的手段，不是诗歌话语为反常化而存在，而是反常化为诗歌话语而存在。反常化的独立地位只是相对的。反常化过去、现在、将来都只能是根植于诗歌抒情本性之上而开出的绚丽花朵。

三

阅读文学作品，最先接触到的是作品话语的声音，但是对某些作品来说，声音这个层面并不重要。譬如阅读小说，声音不过是引导我们进入故事情景的顺畅的通道，我们好像并没有特别感到声音的存在。但阅读诗歌就完全不一样了，我们首先感到的就是声音这个层面的存在，我们觉得诗歌话语的声音构成与一般话语明显不一样，它读起来顺口，听起来悦耳，这一点立即引起了我们的注意。这就是说，诗歌话语的声音一般都有整齐和谐的韵律。所以，整齐和谐的韵律应该说是诗歌话语的最为鲜明、最为突出的表征。

诗歌韵律（Metro）的构成包括两个要素，一个是节奏（Rhythm），一个是押韵（Be in Rhyme）。节奏是指语音以有规则的间隔相互交替而造成的一种抑扬顿挫的听觉感受。不同语言的诗歌，其节奏构成的模式也不一样。拉丁语诗主要是长短音相间构成节奏，英语诗主要是轻重音相间构成节奏，汉语诗主要是高低音相间构成节奏。此外，节奏的构成还涉及音节的数量，一定数量的音节以某种语音相间的形式循环出现，就形成了某种语言的诗歌的诸种节奏类型。如，汉语古典诗有四言诗、五言诗、七言诗等节奏类型。五言诗就是五个音节一行，而且这五个音节又是按照一定规则由高低音（平仄）相间组合而成的。七言就是七个音节一行。其他节奏类型，依此类推。英语古典诗的节奏类型主要有四种：抑扬格（一个轻音和一个重音相间）、扬抑格（一个重音和一个轻音相间）、抑抑扬格（两个轻音和一个重音相间）、扬抑抑格（一个重音和两个轻音相间）。每行诗按其所含重读音节的数量，又有单音步、双音步、三音步、四音步、五音步、六音步之分。押韵是指相似或相同的语音有规律地反复出现。比如李白的《静夜思》："床前明月光，／疑是地上霜，／举头望明月，／低头思故乡。"第一、二、四行最后一个音节的韵母都发"ang"音，因而这三行诗就是押韵的。当然，押韵并非只是押尾韵，相同音的重复也可能出现在每行诗的开头或者中间，也是押韵。这种押韵在英语诗中比较常见。一定的节奏模式与某种押韵形式交织在一起，就构成了一首诗特有的韵律。

现在需要进一步研究的问题是，韵律在诗歌话语中到底起着什么作用？许多诗人和诗论家都承认，韵律是诗歌话语不可缺少的要素，没有韵律就没有诗歌话语。但在具体论述到韵律的作用时，他们又往往只是片面地强调某一个方面的作用。我们认为，韵律之所以对诗歌话语特别重要，就是因为它在诗歌话语中有着不可替代的多方面的作用，应该给以综合的把握和认识。总括起来说，韵律在诗歌话语中主要发挥着三方面的作用：第一方面的作用就是，和谐的韵律可以独立地产生音乐性的审美效果。我们知道，语音是用来表义的，但按照索绪尔提出的任意性原则，语音与语义之间并没有必然的联系，语音的语义属性是人们赋予它的，而语音的自然属性则是它的物理属性（表现为一定频率的声波振动）。语音固有的这种物理属性，就使得语音具有了一种超越了语义的相对独立性。诗歌话语是讲求韵律的，所以，它的语音所产生的声波振动相对于人的耳朵是和谐的，能够给人的听觉造成一种舒适愉快的感受，这样，就产生了诗歌韵律的如歌般的（音乐性的）审美效果。黑格尔认为，诗的这种审美效果对于诗所能产生的魅力来说，具有头等重要的意义。他不无感叹地说："音乐和韵是诗的原始的唯一愉悦感官的芬芳气息，甚至比所谓富于意象的富丽辞藻还更重要。"① 韵律美之所以"更重要"，就是因为在诗歌的欣赏中它先于词藻美、意象美等而存在，最早作用于人的感官。但是，这里需要辨明的是，韵律美虽然是超语义的，但却不能理解为纯形式的纯感官的享受。正如许多论者已经论证过的，和谐的韵律给人带来愉快，并非仅仅因为它听起来好听，而是因为它同时满足了人的一种深层的心理需要。譬如节奏感，就是人类在长期的审美实践中形成的心理积淀，对于个体来说，就是一种与生俱来的心理需求。须知，环绕着人的自然界以及人的自然本身，无不显示出节奏的律动。布鲁克斯和沃伦就说过："事实上，我们居寓其间的大千世界总是搏动着各种节奏——视觉的、听觉的、触觉的节奏：四季的交替轮转、月亮的满盈亏缺、潮汐的涨落、候鸟的迁徙。人类的身体自身也充满了节奏的轨迹：心脏的怦怦跳动，呼吸的一吐一纳，醒和睡，作和息，餍饱和馑饥。"而且，不仅如此，在他们看来，"节奏是一切生命和一切活力的天然要素，理所当然地人类情感的体验和表达也深刻地包含了节奏……各种人类情感，爱、恨、痛苦、快乐或者悲伤，它们的表达无论是口头的还是其他方式，都不可避免地趋向于有节奏的形式"。② 由此看来，诗歌话语作为人类的一种艺术的抒情话语，必然趋向于对节奏和韵律的强烈追求，这既是人对韵律感的内在需求的一种体现，又是人对韵律感的内在需求的一种满足。人们从诗歌的韵律中再次感受到了大自然生命以及自身生命的律动，也再次感受到了自身情感的律动。这就是诗歌韵律能给我们带来强烈的审美愉悦的真正根源。而且这种审美愉悦表现为

① ［德］黑格尔：《美学》（第三卷下册），朱光潜译，商务印书馆1986年版，第68页。

② 参见［美］克林思·布鲁克斯、罗伯特·潘·沃伦《诗歌作为一种言说的方式》，载《延边大学学报》（哲社版）1993年第1期。

听觉的形式，但又不是纯听觉的，而是直接与听觉会合为一体的心理上和情感上的愉悦。这即是说，诗歌韵律虽是一种音响的组织形式，但仅仅是这种音响的组织形式（不联系语义因素），就足以显示出丰富的情感意蕴。也正因如此，日尔蒙斯基告谕诗人们，不要过分地依靠“词的逻辑上的实质内容”，应该巧妙地使用“词的读音”，“来向听众暗示朦胧的抒情情绪”，因为在他看来，诗原本就是为了“用如歌的词的组合向听众展示言词无法形容的情绪”①。在诗歌话语里，要想把语音与语义之间的联系彻底割断，当然是不可能的。但日尔蒙斯基在表露了他的形式主义偏向的同时，也正确地指出了韵律的情感内涵及其审美价值的独立性。仅从这点看，我们赞同他的上述观点。

韵律的第二方面的作用表现为功利性的，即，韵律以其独特的音响形式和对感官的愉悦，给人以深刻的印象，从而使诗句便于传诵和记忆。凡是能够长久地流传的诗歌，除了其他方面的优势外，韵律的和谐也应该是一个不可缺少的条件。兰色姆特别强调了诗韵的记忆作用，他甚至认为，韵律原本就是专为诗歌的记忆而设置的，诗歌“由于害怕我们忘记那些词语，所以就使它们具有了韵律，好强迫我们去注意它们”②。布鲁克斯和沃伦进而认为，人们最初创造有韵律的词语形式，并非出自纯粹的审美目的，显然有功利性的一面。他们指出：“在前文学文化里，一个部落的神话和历史、巫术咒语以及宗教仪式都进入某些语词形式，从而促进一代代的传达。在这一点上，形式具有一种保存和传递的实际功效，但我们应该记住，这种形式同时也把传达材料的要求与节奏的要求，有时候还有押韵、头韵等等的要求结合起来了。”③ 布鲁克斯和沃伦的观点不无道理，这也可以从以下事实见出：韵律的记忆功能，尤其是在那些从远古时代流传下来的民歌和童谣中得到了最为充分的体现。如：“豌豆粥儿烫，／豌豆粥儿凉，／豌豆粥儿在锅里，／煮了九天九夜长。”这首儿歌，从所表达的内容看，既没有微言大旨的寓

① 参见［俄］维克托·日尔蒙斯基《诗的旋律构造》，载［俄］什克洛夫斯基等《俄国形式主义文论选》，方珊等译，生活·读书·新知三联书店1989年版，第297页。

② ［美］约翰·克娄·兰色姆：《征求本体论批评家》，载赵毅衡编选《“新批评”文集》，中国社会科学出版社1988年版，第76页。

③ ［美］克林思·布鲁克斯、沃伦：《诗歌作为一种言说的方式》，见《延边大学学报》（哲杜版）1993年第1期。

意，也没有意味深长的意境，只是因为韵律的和谐，而获得了极为长久的传诵。为此，乔纳森·卡勒评论道，“我们记住了‘豌豆粥儿烫’，而不会费神去问豌豆粥儿为何物”，因为“富有韵律的组织使语言得到智慧的掩护，并且使它能牢牢地镶在机械的记忆之中”。[①] 可以设想，远古的人类在没有任何其他传记手段的情况下，却发明了韵律，使得相当数量的韵文材料得以流传下来。如此看来，像结绳记事一样，韵律也可以看作是最古老的词语传记手段之一，只是到了后来，它的审美功能才越来越凸显出来。

韵律的最后的也是最重要的一个作用是：通过自身的音乐性的审美效果，导引读者进入诗歌话语的意义层面，并进而实现诗歌话语的抒情目的。韵律的审美效果近似于音乐，但又与音乐不同。音乐建立在纯粹的乐音之上，而韵律则是以语音为依托的。语音又总是同语义紧密相连的，两者之间的关系就是索绪尔所说的能指与所指的关系，恰如一张纸的两面，撕开了一面，就意味着撕开了另一面。既然这样，韵律作为好听悦耳的语音，虽然有独立的审美价值，但又不可能与语义彻底分开。因此，韵律不是单纯的乐音，它必然与诗语的意义相关联，也必然与诗语所指向的情感相关联。日尔蒙斯基在批评某些现代诗歌流派“音韵化和向音乐接近”的创作倾向时指出，“这种表述仍然只是一种比喻”。他认为，“语言艺术是没有能力与作为声音艺术的音乐相竞争的”，但是从另一方面看，“如歌抒情诗在自己的特殊领域里，较之音乐拥有无可替代的优越性，它借以影响听众的并不是声音本身，而是发声的词语，亦即与意义相联系的声音，在如歌抒情诗中，使我们为之激动并唤起抒情‘情绪’的，正是渲染着激情的言语”，而言语的声响也同样地“渲染着一定的心理色调”。[②] 在这里，日尔蒙斯基正确地把诗歌韵律与纯音乐区分开来，并且指出这种区分的主要依据是，诗歌韵律不是纯乐音，而是言语的声响，因而与言语所传达的情感有着不可分割的关系。韵律本身是一种悦耳的声响，也蕴含着情感的意味，但它同时又借助于语音意指着某种意义和情感。再以李白的《静夜思》为例，这是一首按五言绝句的格律写成的诗，押上声“ang”韵，诗的音韵本身自然是极为悦耳动听

① ［美］乔纳森·卡勒：《当代学术入门　文学理论》，李平译，辽宁教育出版社、牛津大学出版社 1998 年版，第 83 页。

② 参见［俄］维克托·日尔蒙斯基《诗的旋律构造》，载［俄］什克洛夫斯基等《俄国形式主义文论选》，方珊等译，生活·读书·新知三联书店 1989 年版，第 346 页。

的，并且透露出一种沉宕而又嘹亮的情调，而这种情调又显然是与诗句所表达的悠悠思乡之情相呼应的。韦勒克作为“新批评”后期的代表人物，对诗歌的韵律问题自然也十分关注，对此做过大量专门而深入的探讨。他充分肯定了俄国形式主义的有关研究成果，譬如承认“他们在实验室的格律理论与音乐性格律理论的纯主观性之间找到了一条通道”，但他依然认为，他们“并没有建立起语调在‘可歌唱的’诗歌中具有组织力量的核心论点”，“许多东西仍是朦胧的、有争论的”。他着重指出的问题就是，韵律学应关注“语言学与语义学的必然联系”，提出“声音和韵律必须与意义一起作为艺术品整体中因素来进行研究”。[①] 韦勒克特别强调，在诗歌话语里韵律和意义是一个不可分割的整体，这种观点还是很有见地的。乔纳森·卡勒也极为重视韵律与意义的联系，他解释了韵律是如何导向意义的。他认为“通过韵律的组织和声音的重复达到突出语言，并使语言富有新奇感是诗歌的基础”，同时，韵律所造成的“突出”和“新奇感”也是通向意义的桥梁，“诗歌是一种能指的结构，它吸收并重新建构所指。在这个过程中它的正式风格对它的语义结构产生作用，吸收字词在其他语境中的意义并使它们从属于新的组织，变换重点和中心，变字面意义为比喻意义，根据对应的格式把词语组合起来”。[②] 我们阅读诗歌时的实际经验也印证着卡勒的观点。譬如我们读《静夜思》这首短诗，我们并没有感到它那优美的韵律把我们与诗的所指分开，相反，优美的韵律给予我们的新奇感和愉悦感，却激发了我们对诗句本身的高度注意以及进一步探究它的欲望。我们会依照自己的理解重构诗句的意义及其所包含的情感，我们会在这种重构中获得更高层次的愉悦和满足。这就是借助于韵律的审美感受进入到意义的领悟，而意义的领悟又反过来提升了审美感受。可见，韵律绝不是超然于诗外的纯形式，而是诗歌实现自身的凭借和基础。

四

我们讨论诗歌的间接抒情方式时，曾提到景象、意象、事象三种形象。

---

① 参见［美］韦勒克、沃伦《文学理论》，刘象愚等译，生活·读书·新知三联书店1984年版，第184—185页。

② 参见［美］乔纳森·卡勒《当代学术入门　文学理论》，李平译，辽宁教育出版社、牛津大学出版社1998年版，第83页。

这三种形象的性质是不一样的。其中，景象和事象是在记忆表象的基础上而形成的描摹性形象。而意象则是联想、想象、幻想的产物，是一种创造性的形象。按照韦勒克的说法，“视觉的意象是一种感觉或者说知觉，但它也‘代表了’、暗示了某种不可见的东西、某种‘内在的’东西”。为了印证自己的观点，韦勒克还转述了意象主义大师庞德的意见：“庞德对‘意象’作了如下的界定：‘意象’不是一种图像式的重现，而是‘一种在瞬间呈现的理智和感情的复杂经验’，是一种‘各种不同的观念的联合’。”① 无论是韦勒克还是庞德，他们都认为意象不是记忆表象的简单复现，而是被赋予了某种意义和意思在里面的一种创造性的幻象。意象不是纯粹的“象”，它还包含着“意”的一面。事实上，宽泛地讲，景象和事象也是意象，因为它们都是经过了诗人选择和加工的结果，也被赋予了一定的意义和意思，只是不如狭义的意象带有更强烈的主观创造的色彩。从这个角度看，意象应该是诗歌抒情的最普遍、最经常使用的方式，可以说，诗歌话语就是一种意象话语，和韵律一样，意象也是诗歌话语的突出特征之一。对意象主义诗歌理论有重要影响的休姆，就特别看重意象在诗语中的地位。他说：“诗不是号码式的语言，而是一种看得见的具体语言。……在诗中，意象不仅仅是装饰，而是一种直觉的语言的本质本身。”② 休姆敏锐地看到了意象在诗语中的突出地位，但他又把这种地位抬高到“本质本身”，这恐怕就有些失之偏颇了。因为在我们看来，诗语的本质是抒情，意象只能是诗语的重要外部特征之一。比较起来，还是韦勒克的看法更妥当一些。他认为：“像格律一样，意象是诗歌结构的一个组成部分，按我们的观点，它是句法结构或者文体层面的一个组成部分。总之，它不能与其他层面分开来研究，而是要作为文学作品整体中的一个要素来研究。”③ 如果说韵律属于诗语结构最外在的“言”的层面，那么，意象则属于中间的“象”的层面，还有一个最深层的“意”（情感意蕴）的层面。我们赞同韦勒克的观点，意象的研究应坚持整体的观

---

① 参见［美］韦勒克、沃伦《文学理论》，刘象愚等译，生活·读书·新知三联书店 1984 年版，第 202—203 页。

② ［英］休姆：《浪漫主义与古典主义》，载赵毅衡编选《“新批评”文集》，中国社会科学出版社 1988 年版，第 19 页。

③ ［美］韦勒克、沃伦：《文学理论》，刘象愚等译，生活·读书·新知三联书店 1984 年版，第 234—235 页。

念和原则，从诗歌话语三个层面的整体联系中，去探讨意象问题。

首先，从“言”的层面到“象”的层面，涉及意象的创造问题。这个问题实际上包含两个方面，一是意象是如何被构思的，也就是意象所运用的思维方式；二是意象是如何被说出的，也就是意象的言说方式。这两个方面是相互对应、紧密联系的。思维方式支配着言说方式，言说方式又印证和强化着思维方式。关于意象的言说方式，我们已经知道，意象是一种间接的抒情方式。要诉说的是一种情感，但不直接诉说它，而是通过设置和描述某种意象暗示和渲染出这种情感。这种方式在修辞学里被称为隐喻（Metaphor），即，欲说此物而不明说，以说他物暗指此物。故而，意象的言说方式就是隐喻。那么，隐喻是依据什么原则进行的呢？这就涉及了意象所使用的思维方式。简单地说，隐喻的原则就是“比拟”。通过比拟看出不同事物间的相近或相似之处，正是根据这种相近或相似之处，使一物代表和暗指另一物。如此看，意象所使用的思维方式就是比拟。

按照现代文化人类学的观点，比拟思维是人类原始思维的重要特征之一，也是人类最古老的思维方式。原始的神话、巫术、仪式、禁忌等这些人类最古老、也最有特色的文化成果，就是凭借比拟思维而创造出来的。原始的人类还无法客观地认识自然界，他只能从自身出发，以自己比拟他物，由自己推及他物，以为他物和自己一样也是一种有生命、有意识、有灵魂的存在物。这就是原始人类的比拟的或拟人化的思维，几乎所有的史前文化（神话、巫术等），都是靠了这种思维而被源源不断地创造出来。与比拟思维相联系的是隐喻言语。比拟思维必然产生隐喻言语。最早的言语都是隐喻性的，这可以从各民族语言的那些最基本的词汇构成中看出，诸如桌腿、河床、针眼、山脚之类，无不是隐喻的产物，即使一些抽象的概念词也显然是从隐喻中生出的，如英语中的“abstract”（抽象），含有“draw”（拉取、抽取）的意思；而“right”（正确）和“wrong”（错误）也包含着“stretched”（伸开的）和“straight”（笔直的）以及“wringing”（绞拧）或“sour”（酸臭的）的意义。只不过这些词由于经常被使用，它们的隐喻内涵已经不被觉察，变成了所谓的“死隐喻”了。众所周知，在启蒙主义时代，原始的思维、语言及其文化被视为蒙昧、野蛮、迷信的象征，因而，与之有着密切联系的诗歌中的意象，也长期不受重视，甚至被认为是一种多余、有害的东西而屡遭贬责。然而，19 世纪后期以来，随着象征主义、意象主义等现代诗歌流派的兴起，诗歌中的意象和隐喻又重新引起人们浓厚的兴趣，逐渐成为诗歌研究中的一个热点。人们不再把意象和隐喻看作是纯装饰性的、可有可无的东西，反而因为它们与原始文化的紧密关联而认为它们可以与一种伟大的、带有神秘色彩的精神相贯通，甚而认为它们就是诗歌的本质本身。如前所说，这种无限拔高意象和隐喻的观点是我们所不能苟同的。我们认为，与原始的思维方式和言说方式的联系，既不能降低也不能抬高意象和隐喻在诗歌中的身份和地位，只是说明原始的思维方式和言说方式在诗歌的意象和隐喻中获得了新的发展，而意象和隐喻依然属于诗语结构整体的中间层面的要素，因而也只有把意象和隐喻放回到这个整体中去认识，才能得到较为确切的结论。

总之，诗歌中的意象是以比拟的方式构思出来的，是以隐喻的方式言说出来的，如此创造出来的意象可以称为隐喻性的意象。请看莎士比亚的一首著名的十四行诗："在我身上你可以看到这样的时季，／当黄叶凋零已尽，或者几片空悬，／瑟缩的枝头，打着冷颤——／这荒凉的唱诗坛上再没有鸟儿甜蜜的吟唱。／在我身上你可以看到这样的傍晚，／夕阳的日光沉落于西天，／赶走它的黑夜将慢慢出现，／这死神的化身，把一切笼于睡眠。／在我身上你可以看到灼热的火焰，／寂灭，寂灭在他青春的灰烬里，／在他死亡的床榻上余息奄奄，／最后枯萎，渐渐缩进灰的一片，／看出了这些，你的爱会更加火热，／因为他转瞬之间就要辞你长往。"这首诗似乎讲了这样一个意思：我正在一天天衰老，人生是短暂的，相爱要不失时机。但是，诗人并没有直说这个意思，而是选取了自然界的三个现象（秋天、黄昏、火焰）与之相互对照，诗人看到了这三个现象与他要表达的意思之间存在着某种共同之处，这就是它们都意味着"一个过程就要到达终点"。正是依据这个相似点，诗人设置了三个隐喻；我是秋天，我是黄昏，我是渐渐熄灭的火焰。由此就构成了这首诗歌的三组意象，一是秋天的意象（黄叶凋零，光秃秃的枝头，荒凉的唱诗坛），二是黄昏的意象（夕阳西沉，慢慢出现的黑夜，死神，睡眠），三是渐渐熄灭的火焰的意象（寂灭，青春的灰烬，死亡床榻上的余息，枯萎，灰的一片）。这三组意象分别从三个不同的方面强化着同一个主题：我正在衰老，我一步步走向死亡，我渴望热烈的爱情。这个例子再次说明了，意象不是景象的描写，也不是事象的叙述，而是用隐喻说话，它总是启发、暗示、意味着某种意思，这就是意象的隐喻或隐喻的意象。

除了隐喻性的意象，我们还常常听到象征性的意象的说法。但事实上，象征性的意象并非自成一体，而是寄生或依附于隐喻性的意象。这就是说象征来自隐喻，反复使用的隐喻往往定型化为象征（Symbol）。韦勒克谈到象征与隐喻的区别时说道："一个'意象'可以被转换成一个隐喻一次，但如果它作为呈现与再现不断重复，那就变成了一个象征，甚至是一个象征（或者神话）系统的一部分。"① 隐喻是某一事物的形象的比喻，如果这形象的比喻反复不断地使用，就可能固定为某一事物的形象的替身、代表、标志甚至符号，这就从隐喻的意象转变成象征的意象了。比如，玫瑰花之为爱情的象征，十字架之为基督教的象征，鸽子之为和平的象征，黄昏之为暮年的象征，红旗之为革命的象征，等等。这些象征一开始使用时都是隐喻，当这种隐喻被普遍认同后也就变成了象征。

其次，从诗歌的"象"的层面到"意"的层面，还涉及诗歌意象的审美价值问题。诗歌所具有的魅力，其实主要来自两个方面，一为韵律，一为意象。如果没有韵律，诗歌的"形采"尽失；如果没有意象，诗歌的"神采"尽失。对诗歌来说，"神采"应该比"形采"更内在，因而也更重要。韵律需要通过意象才能接近作为诗的核心的情感，而意象本身就包容着诗的核心——情感。意象就是诗的情感意蕴的隐喻和象征，正如苏珊·朗格说的诗人创造的"艺术幻象"是人类情感的"艺术符号"②。但是，意象又不是与他所喻指的情感完全对应的，因为意象是一种可直观的形象，它本身包容的内涵可以是无限的，它所能传递的情感意蕴总是远远超出它所喻指的情感意蕴。譬如，艾略特的《普鲁弗洛克的情歌》一诗开篇的名句："当黄昏展开遮没了天空 / 像一个麻醉在手术台上的病人……" 这是一个具有双重比喻的诗句，"展开的黄昏"这个意象，喻指着一种末世的情怀，而"麻醉的病人"这个意象，又喻指着"展开的黄昏"。前一个比喻，显然取"临近黑暗的末路"的意思，但"展开的黄昏"的形象本身所包容的内涵却大大超出了这一意思，不仅暗示着"临近暗夜"，还含有"霞光满天，绚丽多彩"

① ［美］韦勒克、沃伦：《文学理论》，刘象愚等译，生活·读书·新知三联书店 1984 年版，第 204 页。

② 参见［美］苏珊·朗格《艺术问题》，滕守尧等译，中国社会科学出版社 1983 年版，第 129 页。

的美好的一面，以及其他的一些意蕴。同样，在后一个比喻中，喻体和本体也只是与“孱弱无力，被动无奈，毫无生机”这一方面的内涵相通，至于喻体中的其他方面的内涵（如“麻醉的病人”尚有绝处逢生的希望，因而也隐含着“摆脱困境，获得新生”的意味），则是无法与本体的意义一一对应的。属于“新批评”派的布鲁克斯指出：“诗人必须靠比喻生活。但是比喻并不存在于同一平面上，也并非边缘整齐地贴合。”[①] 这就是所谓的“形象大于思想”——意象所寓含的内涵总是大于所喻指的内涵。正是这一点，充分显示出了意象所具有的独特的审美价值，也是诗歌所具有的最重要的艺术魅力之所在。

意象的审美价值主要表现在两个方面，第一个方面就是意象的多义性。意象本质上是一种具体可感的形象，这一点决定了它的内涵的不确定性和含混性，尽管主观上我们可以赋予它某一种确定的含义，但在客观上它总要同时表现出多种多样的含义。例如庞德的著名的两行诗《在大都市的车站上》：“人群中许多面孔的显现；／潮湿、青黑的枝头上的点点花瓣。”诗歌把两个极不相同的意象叠加在一起，一个是“地铁车站里昏暗的灯光下拥挤的人群、簇簇晃动的面孔”，一个是“沾浸着雾水的、几近干枯了的枝条上残留的花瓣”。这两个意象的叠加无疑愈加造成了意义的增值和膨胀。那么，从这两个意象的对比中，我们到底看出了什么意思？是说现代人生活的沉闷单调，还是说在现代人的生活中尚存有一线生机？是说现代社会中人与人之间的难以沟通和隔膜，还是表达了对某种美好前景的祈求和渴望？是流露了无可奈何的悲观情调，还是张扬了积极进取的乐观精神？好像觉得什么也有点，但又觉得什么也不能肯定。这大概就是意象的多义性的表现。我们知道，燕卜荪是研究诗歌多义性（他称为复义性）的专家，他对“复义性”的解释是：“‘复义’本身可以意味着你的意思不肯定，意味着有意说好几种意义，意味着可能指二者之一或二者皆指，意味着一项陈述有多种意义。”[②] 在他看来，诗歌中的复义现象“牵涉到极为丰富的内容和强烈的效

① ［美］克林思·布鲁克斯：《悖论语言》，载赵毅衡编选《“新批评”文集》，中国社会科学出版社1988年版，第320页。

② ［英］威廉·燕卜荪：《复义七型》，载赵毅衡编选《“新批评”文集》，中国社会科学出版社1988年版，第310页。

果”，“而复义的作用是诗歌的基本要素之一”。[①] 布鲁克斯进而强调诗语的“悖论性”，认为诗语不仅是多义的，而且是所言非所指的、自我矛盾的、包含着悖论的。他指出，悖论就是诗歌意象语言（比喻）的“各种平面在不断地倾倒，必然会有重叠、差异、矛盾”[②]。他甚至把悖论看作是“诗歌不可避免的语言”，“诗人要表达的真理只能用悖论语言”。[③] 在我们看来，布鲁克斯所说的悖论不过是多义性的极端表现，对于诗歌来说，具有普遍意义的不是悖论，而是多义性。真正具有较高审美价值的诗，不一定含有悖论，但一定具有多义性，一定具有不断增值和无限延生的意蕴和内涵。

意象的审美价值的第二个方面，表现为意象的含蓄性。含蓄性与多义性直接相关，因为意象是多义的、难以确定的，所以在意象与它所传递的情感意蕴之间就如同隔了一层薄薄的“纱缦”，使我们在观照意象时，好像雾中看花、帘中望月一般，影影憧憧，似见似不见，这就是意象的含蓄效果。中国的古典诗词特别讲究意境的创造，所谓意境其实就是由多种意象组合而成的意象系统，意境所追求的主要的审美效果就是含蓄蕴藉。宋代的严羽说：“盛唐诗人，唯在兴趣，羚羊挂角，无迹可求。故其妙处莹彻玲珑，不可凑泊，如空中之音，相中之色，水中之月，镜中之象，言有尽而意无穷。”[④] 严羽认为，诗歌的极妙之处就在于它的含蓄蕴藉，就在于它创造了一种玲珑剔透的、含有无限韵味的、可望而不可即的艺术境界。清代的叶燮也说，诗歌“妙在含蓄无垠，思致微渺，其寄托在可言不可言之间，其指归在可得不可得之会，言在此而意在彼，泯端倪而离形象，绝议论而穷思维，引人于冥漠恍惚之境，所以为至也”[⑤]。所谓“冥漠恍惚之境”，就是一种涵盖万有而又“不可凑泊”的含蓄之境。这种诗歌之境，可以引发人的无限遐思，可以让人流连于其间而回味无穷，这也就是诗歌的含蓄之境界所产生的特殊的审美效果。法国当代理论家魏菲尔就从语言学的角度谈到诗语的含蓄性所

---

① ［英］威廉·燕卜荪：《复义七型》，载赵毅衡编选《“新批评”文集》，中国社会科学出版社1988年版，第307页。

② ［美］克林思·布鲁克斯：《悖论语言》，载赵毅衡编选《“新批评”文集》，中国社会科学出版社1988年版，第320页。

③ ［美］克林思·布鲁克斯：《悖论语言》，载赵毅衡编选《“新批评”文集》，中国社会科学出版社1988年版，第320页。

④ 严羽：《沧浪诗话》。

⑤ 叶燮：《原诗》。

造成的审美效应，他说："诗歌中的名词含蓄，耐人联想，具有象征的性质。它是一个听任读者把自身由于诗人所遣用的动词而唤起的幻景注入其内的容器。"① 含蓄的诗语之所以能成为一个"容器"，而不是一个有确指的符号，就是因为它是一个"艺术符号"，它表述了一个隐喻，它描绘了一个意象或一个意境，它的含义丰富而又朦胧，它开启了读者的想象，并引导读者以他的想象去填充它本身所具有的无限的艺术空间。而这也正是诗语的妙趣之所在。再举柳宗元的《江雪》为例，这首诗最吸引我们的地方并不是因为它描写的景象美，而是它的意境的深邃和含蓄。我们感到了这首诗极富内涵，但要确定它的含义，又觉得有把捉不定的困惑。正是这种"困惑"将我们导向了诗的境界，我们的思绪在"千山""万径"的广阔空间中翱翔，每一次"翱翔"都有收获，每一次"翱翔"又似乎都不能穷尽。这大概就是这首诗为什么常读常新，具有永久魅力的原因吧。

五

诗歌话语的本质特性是抒情，而其外部特征除了上面讲的"反常化""韵律""意象性"外，还有"修辞"。平时我们使用语言说话、写文章，主要是追求表达和交流的效率（以尽可能少的语言把要传达的信息准确、清楚地传达出来）。此外，还往往追求所说的话语产生某种效果，如必要的生动性以及一定的说服力和感染力。要产生这样的效果，就得运用一些语言技巧，以构成一些"巧妙"的表达方式。语言学里，把这种为了某种表达效果而使用的语言技巧及其特殊的表达方式称为"修辞"（Rhetoric），把在长期的修辞实践中形成的较为定型的表达方式称为"修辞格"（Rhetorical Figures of Speech）。我们知道，诗歌话语是一种抒情话语，是一种反常化的话语，是一种讲究韵律的话语，是一种充满着隐喻和意象的话语，这种话语必然更加追求措辞用语的巧妙性和生动性，更加追求艺术的感染力量，因而也就与修辞有着更加密切的关系。可以说，诗歌话语是大量使用各种修辞手段的话语，无论是诗歌的抒情，还是韵律、意象、反常化等等，都需要通过修辞手段的使用才能实现。从这个意义上看，诗歌话语就是一种"花言巧

① ［法］魏菲尔：《名词与动词——诗学笔记》，载刘小枫主编《现代性中的审美精神——经典美学文选》，学林出版社 1997 年版，第 900 页。

语”，当然这里说的“花言巧语”不是贬义的，而是褒义的。日尔蒙斯基说：“诗的材料不是形象，也不是激情，而是词。诗便是用词的艺术，诗歌史便是语文史。”① 这段话，除去它的极端的形式主义倾向，应该说是基本正确的。诗的确是“用词的艺术”，也就是修辞的艺术。乔纳森·卡勒更明确地说道：“诗歌与修辞学相关：它是使用大量修辞手段的语言，并且是极富感染力的语言。”所以，卡勒不无道理地认为，“诗歌学科已被看作延伸的修辞学的一部分，这种延伸的修辞学对各种语言活动的资源进行研究”。②在古希腊，诗歌话语的修辞学性质是备遭贬责的，特别是以柏拉图为代表的一派，更是因此而把诗歌视为有意欺骗和误导公众的不道德的话语，而给以猛烈的攻击和诋贬。但是20世纪中期以后，现代诗歌理论的某些流派，却对诗歌的修辞学性质大加肯定和推崇，从而使诗歌的修辞学研究急剧发展起来，并且取得了一系列令人注目的成果。

诗歌常用的修辞方式都是与增强词语的生动性和感染力有关的，譬如前面已谈及的节奏的调配、韵律的安排以及比喻、象征等等。比喻可说是诗歌最常用的修辞方式，是创造诗歌意象的最重要的手段。比喻是按照事物之间相似和相近的原则设置的。如“我的爱人像一支旋律／奏出甜蜜和谐的声音”，使用的是相似性的比喻，取喻体和本体间的共同点（一个漂亮的女人同一首乐曲一样都是美的和令人心悦的）为依据。而这样的诗句“王杖和皇冠必将滚落／在尘埃中它们就等于／可怜的镰刀和铁锹”，则属于相近性的比喻，喻体和本体存在着某种时间或空间上的联系。“王杖”和“皇冠”都是皇帝惯用的装备，以此指喻皇帝至高无上的地位；“镰刀”和“铁锹”都是劳动群众常用的工具，以此代表着下层老百姓的地位。这种比喻也被称为转喻。相近性的比喻还有一种叫提喻的，一般是用某一事物的部分代指它的全体，如“过尽千帆皆不是，／斜晖脉脉水悠悠”，以“帆”（船的一部分）指代船，是为提喻之例。比喻在表述形式上还可分为明喻和隐喻。明喻的喻体与本体之间有比喻词连接着，如“离恨恰如青草，／更行更远还生”。隐喻则无比喻词的连接，甚至也可没有表述本体的词语。如“老骥伏

① ［俄］日尔蒙斯基：《诗学的任务》，载什克洛夫斯基等《俄国形式主义文论选》，方珊等译，生活·读书·新知三联书店1989年版，第217页。

② 参见［美］乔纳森·卡勒《当代学术入门 文学理论》，李平译，辽宁教育出版社、牛津大学出版社1998年版，第73、73—74页。

枥，／志在千里；／烈士暮年，／壮心不已”，此句没有比喻词；“蚍蜉撼大树，／可笑不自量”，既没有比喻词，也没有被喻指的本体（以微弱之力抗拒不可抗拒的力量的人和事）。以上两例皆为隐喻。

诗歌里，为了表达较强烈的情感，也常常运用拟人和夸张的修辞手段。拟人就是把无生命的东西当作有生命的东西来写，其实拟人也是比喻的一种变体，即以生命现象比拟无生命的现象。如李白的名句“我寄愁心与明月，／随风直到夜郎西”，把明月写成可以传送诗人的离情愁绪的信使，以表达诗人强烈的思友之情，这是拟人。夸张就是故意说出“言过其实”的惊人之语，以达到突出特征、加强印象、耸动情感的表达效果。夸张一般依附于比喻之上并与比喻交混使用。如李白的“白发三千丈，／缘愁似箇长”，整句是个比喻，以白发之长喻指愁情之大，而白发又长至“三千丈”，显然是夸张之言，极言愁情之强烈，比喻与夸张并用了。再如，白居易的“安得大裘长万丈，／与君都盖洛阳城”，也是比喻之中有夸张，以大裘覆盖洛阳城，比喻让天下的穷人都穿上新衣服，诗人又希望这件大裘能“长万丈”，这又在比喻中加上了夸张，愈加强化了诗人同情人民疾苦的博大的人道情怀。

以上讲的几种修辞方式主要用于诗歌的间接抒情，总的效果是追求意象的生动性和感染力。至于诗歌中的直接抒情则经常使用另外的一些修辞方式，诸如呼告、重复、排比、拈连等。这些修辞方式也称为“形式修辞”，主要体现为语音、人称、句式的特殊变化，而不直接涉及意象的设置。“呼告”是直接抒情最常见的修辞手段，如雪莱的名诗《秋风颂》里的句子，“哦，不羁的西风哟，／你秋神的呼吸”，“哦，你吹舞我如波如叶如云吧”，激烈的情感使诗人暂时离开了与读者交流的轨道，转而向不在场的“西风”说话。西风作为一种无生命的自然现象，当然听不懂诗人的话语，这些话语只能作为一种祈使的言语行为存在，但这种祈使言语行为显然更有利于诗人不可遏止的情感的直接抒发，这就是呼告的修辞方式。“重复”是指某一字词、语句的反复出现，如，李清照的名句“寻寻觅觅，冷冷清清，凄凄惨惨戚戚”，连用十四个叠字；余光中《乡愁四韵》中的“给我一瓢长江水啊长江水——／酒一样的长江水，／醉酒的滋味，／是乡愁的滋味。／给我一瓢长江水啊长江水”，反复出现“长江水”“滋味”等语句。运用重复的修辞手段，可以使诗中某些重要的思想情感突出，还可以加强诗歌的韵律感。

排比与重复相近似，不同仅在于，重复是指同一字句的复现，而排比是指相似的句式的复现。比如杜甫的《前出塞》：“挽弓当挽强，／用箭当用长。／射人先射马，／擒贼先擒王。”四行诗的句式基本相同，同一句式接连四次出现，不仅读来上口，增强了节奏感，而且造成了一种环环相扣、层层递进的不可阻挡的气势，不断强化着情感的冲击力和思想的说服力，也称为“排比”。

总之，修辞就是把话说得更动听一些、更别致一些、更生动一些、更美妙一些，所谓“巧言”“美言”是也。修辞对文学话语尤其是对诗歌话语来说，是不可缺少的。中国古典诗词最讲词句的“锤炼”，实际上就是最讲修辞。但是，修辞在诗歌话语中只是手段，不是目的。修辞以它自身所造成的种种独特的效果，使语音更好听（对韵律的作用），使语词更突出（对反常化的作用），使语象更生动（对意象的作用），使诗歌所抒发的情感更具感染力（对诗歌的抒情本性的作用）。这就是说，修辞作为手段是与目的密切相关的，修辞作为“怎么说”是与“说什么”密切相关的。修辞的作用首先体现在韵律、反常化、意象等诗语的外部特征上，并通过这种作用最终为诗语的抒情本性服务。上述原则，应该是我们研究诗歌的修辞问题时特别注意的。

第四节　剧本：“对话”的文学话语

戏剧话语是指构成戏剧剧本的话语，谈论戏剧话语不能不涉及对剧本在戏剧艺术中的作用以及对戏剧艺术本身的理解。戏剧是综合运用各种艺术手段的艺术。要创作一部戏剧，需要各种艺术家的共同参与，譬如要有剧作家写出剧本，要有美术家设计服装、道具、布景，要有音乐家配置乐曲（古典戏剧和歌剧中都有歌唱），要有工艺美术家制造灯光和音响效果，更重要的，还要有演员在舞台上演出剧情。如此看来，戏剧是一门集文学、美术、音乐、表演等诸种艺术于一身的综合性艺术。在戏剧所综合的各种艺术要素中，演员的表演最为重要，因为戏剧的故事和情节就是靠演员的表演在舞台上直接呈现出来的。戏剧（Drama）一词，它的希腊语的本义就有“扮演”“表演”的意思。亚里士多德在他的《诗学》（西方第一部研究戏剧的专著）中就指出，“悲剧是对于一个严肃、完整、有一定长度的行动的模仿”，而它的模仿的方式“是借人物的动作来表达，而不是采用叙述法”①。小说采用“叙述法”，所以小说是文学艺术，戏剧“借人物动作来表达”，也就是靠演员的表演来表达，所以戏剧是以舞台表演为根本的艺术。日本戏剧理论家河竹登志夫给戏剧下的定义就是：“所谓戏剧，是以演员的形体为媒介、并在现众面前加以表现为其首要使命的。这是古、今、东、西永恒不变的本质，戏剧的优劣成败、剧作家的创作及归宿，盖出于此。”② 这个定义突出强调了戏剧的舞台表演性，并且认为戏剧中包括文学在内的其他艺术要素，都是以舞台表演性为“归宿”的。所以，戏剧虽是一种综合性艺术，但其根本要素是舞台表演。要真正搞清戏剧话语的特性，就必须紧密结合舞台表演这一戏剧的根本要素来认识才行。这正如托马舍夫斯基在谈到戏剧体裁时所说的：“戏剧文学是适于舞台表现的文学。戏剧表演的使命便是它的基本特征。因此，在研究戏剧作品时，不能不谈将其搬上舞台的条件，也不能不谈它的形式对舞台表演形式的依赖。”③ 这就是说，戏剧话语的形式取决于舞台表演的形式。那么，舞台表演的形式是怎样的呢？

舞台表演是指演员按照剧情与角色的规定在舞台上所设置的一定场景中演示角色的言语和行为，它由演员表演和周围的舞台设施构成。而演员表演又是由道白和动作构成的。因而，总起来说，舞台设置的场景（包括道具）、演员的道白以及动作是舞台表演的两大要素。这两大要素的实现，必然要求其他艺术种类的配合，如要求美术、音乐等为舞台演出配置布景、道具、灯光和音响效果以及乐曲和歌唱等，当然，也要求文学预先为舞台演出提供一个可以参照的剧本。由此也决定了剧本写作的基本原则，这就是剧本一般由两个部分组成，一部分是剧情说明，一部分是剧中人物的道白。所以，剧本的写作跟小说不一样。小说的故事情节完全是靠叙述人的叙述展开的，小说里主要是对场景、人物的心理和言行以及事件过程的叙述和描写。而戏剧的故事情节是用舞台表演的方式直接展示的，之所以需要剧本，并不是让它负担叙述故事的任务，而是让它为舞台演出提供必要的文字的依据和

---

① 参见［古希腊］亚理斯多德《诗学》，载《〈诗学〉〈诗艺〉》，罗念生、杨周翰译，人民文学出版社 1962 年版，第 19 页。

② ［日］河竹登志夫：《戏剧概论》，陈秋峰等译，中国戏剧出版社 1983 年版，第 39—40 页。

③ ［俄］鲍里斯·托马舍夫斯基：《主题》，载［俄］什克洛夫斯基等《俄国形式主义文论选》，方珊等译，生活·读书·新知三联书店 1989 年版，第 148 页。

参照。具体地说，就是说明舞台场景的设计和变化及在这一场景中演员的行为，创作演员要说的台词及伴随的表情、手势，以方便戏剧主题在舞台上的演示。这样，就形成了剧本的两个主要的构成部分。托马舍夫斯基说："戏剧作品的正文分为两部分。一部分是人物的道白，为了念诵的方便，道白一般写得很详细。另一部分是情景说明，它们为舞台表演的领导人——导演指明该用的舞台手段。"① 在托马舍夫斯基看来，剧本是一种非常特殊的文学样式，它可以被阅读，但它又不像其他文学样式那样是专为阅读而写的，它首先是为导演和演员而写的，是为舞台上的演出而写的，它在写法上只涉及人物道白和情景说明两个部分。所以托马舍夫斯基这样界定剧本作品："采用角色道白加情景说明的方式写出的作品，就是'戏剧形式'的作品。"② 按照这个界定，戏剧话语是以两种形态存在的，一种形态表现为角色道白，一种形态表现为情景说明。下面我们就对这两种形态分别加以论述。

"道白"是演员在舞台上说的话，又称为台词。道白分为独白和对话。"独白"是演员在没有其他角色在场时说的话，或者说是演员的"自言自语"。独白一般出现在剧情发展的特殊时刻，是人物内心世界的自我袒露，或是向观众追述故事的来龙去脉。独白，无论对表现人物性格，或是推动剧情的进展，都起着重要作用。如莎士比亚的《哈姆雷特》第三幕第一场中哈姆雷特的那段著名的独白（"生存还是毁灭，这是一个值得考虑的问题，默然忍受命运的暴虐的毒箭，或是挺身反抗人世的无涯的苦难，在奋斗中扫除这一切，这两种行为，哪一种更高贵?"）直接透露出悲剧主人公内心深处的矛盾，正是这一矛盾导致了他行动上的迟疑不决。独白大都抒情意味较浓，远远偏离日常口语，是戏剧话语中最接近诗歌话语的部分。"对话"是两个或多个剧中人物之间的话语交流，对话的内容主要是实施问答、劝导、探询、讨论、争执等言语行为，反映了人物之间错综复杂的关系。剧情主要是在人物的对话中不断展开的。对话是戏剧话语的主体。克里斯特尔在批评把戏剧话语混同于诗歌话语或小说话语的观点时说："但是戏剧毕竟不是诗歌或小说。它首先是对话。除少数例外，戏剧没有叙述框架，只有剧中人物

① ［俄］鲍里斯·托马舍夫斯基：《主题》，载［俄］什克洛夫斯基等《俄国形式主义文论选》，方珊等译，生活·读书·新知三联书店1989年版，第150页。

② ［俄］鲍里斯·托马舍夫斯基：《主题》，载［俄］什克洛夫斯基等《俄国形式主义文论选》，方珊等译，生活·读书·新知三联书店1989年版，第150页。

的语言和人物在其中活动的可视场景提供剧情。作为不可能像在小说中常有的那样回顾、插议或提供观点。一切都必须由对话完成。”[①] 在这里，克里斯特尔提出，把戏剧话语与诗歌话语和小说话语区分开来的主要之点就是展示“剧中人物”的对话，“剧中人物”的对话就是戏剧话语最突出的特征，因为戏剧是靠演员表演展示剧情的，而演员表演主要就是对话。当然，从根本上说，所有话语的本质都是对话，但戏剧话语是专门展示剧中人物的对话。正是因为这一点，我们才把戏剧话语称为展示人物之间“对话”的话语。小说话语主要是叙事的，诗歌话语主要是抒情的，戏剧话语主要是展示对话的，三者间的区别大致如此。所以，讨论戏剧话语主要是讨论剧本中的对话。依照亚里士多德的意见，戏剧的演出是一种模仿。模仿就要尽量接近于被模仿物，人物的对话也要尽量显得像日常生活中的对话。但是从另一方面看，戏剧的模仿又是一种艺术的创造，人物的对话既要体现戏剧艺术的风格，又要体现演员表演的风格，因而本质上属于艺术的文学话语（舞台话语），与日常话语中的对话又有着较大的出入，更何况古代戏曲和歌剧的台词，时常以唱词（韵文）的形式出现，更是与日常话语不一样。英国批评家福勒认为：“演员与观众的关系是一种双重关系：他必须模仿男男女女，使观众看了感到逼真；同时他又必须体现我们扮演某种角色的欲望。可是当我们扮演一个角色时，我们只能是我们自己，这无疑是一个矛盾。要体现第一层关系，他的语言必须像人们的日常的言语一样，而要体现第二层关系，他的语言就不必模仿平常的言语。”[②] 舞台上的对话，既不能太反常了，也不能太平常了，应根据剧种与风格的不同，在反常与平常之间要掌握一个恰当的分寸。克里斯特尔也认为：“戏剧对话也必须具有代表性，令人信服。但令人信服并不见得真实。没有一个剧作家会推出日常言语录音似的东西，满是犹豫口吃、句法零乱、词义含糊的表达。”[③] 总之，受戏剧舞台表演性的规定，剧中人物的对话比日常生活中的对话，语音上要更响亮、更上口，

---

① ［英］戴维·克里斯特尔：《剑桥语言百科全书》，潘炳信等译，中国社会科学出版社 1995 年版，第 119 页。

② ［英］罗杰·福勒：《现代西方文学批评术语辞典》，周永明等译，春风文艺出版社 1988 年版，第 257 页。

③ ［英］戴维·克里斯特尔：《剑桥语言百科全书》，潘炳信等译，中国社会科学出版社 1995 年版，第 119 页。

结构上要更精练、更紧凑。

除此之外，剧中人物的对话一般还要符合以下几个方面的要求：首先，人物的对话要能表现出他们各自的个性。“言为心声”，人物的身份、职业、气质、性格不同，说出的话也就不一样。在日常生活中，我们往往可以通过一个人说的话来推知他的个性，所谓“未见其人，先闻其声”是也。剧中人物的对话，其中一个重要作用，就是表现人物的个性。所以描写人物的对话，就应尽可能使用合乎这个人物的身份和性格的语言，以便让人在言谈中见出人物的性格。我国清初著名的戏曲理论家李渔对台词的写作问题，曾提出“语求肖似”的主张。他认为，要写活人物的语言，就要“说一人肖一人，勿使雷同，弗使浮泛”，“说张三要像张三，难通融于李四”。[①] 戏剧和小说不一样，小说家可以综合运用多种手段塑造人物性格，但剧作家受舞台演出的规定性限制，他只能用人物对话的描写表现人物性格。因之，对剧本创作来说，写活人物对话尤为重要。剧作家老舍在《话剧的语言》一文中说：“要知对话是人物性格的‘声音’，性格各殊，谈吐亦异。作者必须苦思熟虑，如此人物，如此情节，如此时机，应该说什么，应该怎么说。”[②] 老舍本人作品的一个突出特点就是人物语言的个性化。如他的《龙须沟》最后一场，新沟建成了，住在龙须沟的人们都欢欣异常，即使在这种情况下，作者让每个人物说出的话还是各具特色。“娘子”是旧社会受过苦的劳动妇女，性格又比较直爽，首先提议为新建的龙须沟凑钱立纪念牌坊。“二春”是一位朝气蓬勃、活泼热情的青年女性，立即响应道：“这是好意见！”“四嫂”也是受过苦的妇女，但没有娘子那般的豪气，所以她说：“要凑钱，我捐一斤小米儿！”二春的母亲王大妈是个老年妇女，对新沟落成也很高兴，但思想不免保守，只是说：“沟修好了，我可以接姑奶奶啦！”特别是“程疯子”的语言更是充满了翻身做主人的喜悦，因为他会说“数来宝”，又有些文化，借此进行宣传，他热情地唱道：“听着啊啊——给诸位，道大喜，人民政府了不起！了不起，修臭沟，上手儿先给咱们穷人修。……修了沟，又修路，好教咱们挺着腰板儿迈大步。迈大步，笑嘻嘻，劳动人民努力又心齐。齐努力，多做工，国泰民安享太平！”这些人物面对的是同一件

① 参见李渔《闲情偶寄·词采》《闲情偶寄·宾白》。

② 老舍：《话剧的语言》，载《剧本》1962 年第 1 期。

事，甚至怀着同一种心情，却说出了不同的话语，从而体现出了他们各自不同的个性。

其次，人物的对话要具有动作性。这里说的动作包括两个方面，一是指与对话伴随的动作，如表情、手势、语调、内心活动等；二是指对话引起的行为，如因争执而相互厮打，合谋共商之后采取的行动，等等。戏剧的表演受时空的限制，时间不能太长，限于两三个小时之内，空间也仅限于在舞台范围内的活动。受这种局限，人物的对话不能像小说那样自由而从容地叙写，而应该尽量简短、紧凑，造成一种热烈而又有张力的氛围，以便迅速地推动剧情的发展。否则，既不能有效地适应舞台的演出，也不能在规定的时间内不断地吸引住观众的注意力。为此，就要求戏剧中的对话，必须与动作紧密配合，必须伴随动作并激发动作。俄国的别林斯基说："戏剧性不在于仅仅的对话，而是在于谈话的一方对另一方的生动影响……戏剧首先应该避免长篇的对话，让每一个字表现为一种事件。……其中每个人物都追求自己的目的，并且只为自己而行动，从而不自觉地促成这出戏的整个事件。"① 别林斯基在这里说的，对话的戏剧效果在于"一方对另一方的生动影响"，以及对话要"表现为一种事件"，就是指对话要具有动作性。启蒙主义思想家狄德罗对某些剧作给以肯定的评价时，也往往从对话的动作性着眼。他称赞道："对动作的描绘，使作品增添魅力。……你看对动作的描绘给台词以何等的力量，何等的意义，还有何等的感染力！人物犹如在我的眼前，无论他在说话，或保持沉默，总是在我眼前，而他的行动比他的语言更感动我的心。"② 让我们举个例子看看戏剧中的对话是如何体现动作的。高尔基的《布雷乔夫和别的人们》第一幕中有一段对话是这样的：

> 舒拉：那你来教教我呀，好叫我懂了，好不叫有人来拦我。……
>
> 布雷乔夫：咳，这……不是教能教得会的！你有什么事，克谢尼亚？你总这么转来转去的做什么，寻找什么？
>
> 克谢尼亚：医生已经来了，巴希金也在等着。列克山大拉（注：舒

---

① ［俄］别林斯基：《诗的分类和分型》，载《别林斯基论文学》，新文艺出版社 1958 年版，第 191 页。

② ［法］狄德罗：《论戏剧艺术》，载《文艺理论译丛》1958 年第 2 期，第 146 页。

拉的别称），把裙子拉好，看你是怎么个坐法？

布雷乔夫：（坐起来）好吧，叫医生进来吧。躺下对我不好，躺着就更难受。哎哟。……快跑开吧，舒里诺克（注：舒拉的卑称）！不要扭了脚腕子，当心！

医生：您好！觉得怎么样？

这段对话主要涉及三个人。布雷乔夫是一家之主，已经生了癌症，不久就要死去了。舒拉是他的私生女，平时他最疼爱她。克谢尼亚是他的妻子，很担心他死后遗产会落到舒拉的手中。对话是在家中的饭厅展开的。先是布雷乔夫躺在长椅上教训他的爱女舒拉。克谢尼亚悄悄走进来，默不作声偷听他们的谈话，唯恐与遗产有关。布雷乔夫发现了她，很了解她的心思，先问她“你有什么事”，后又大声吼叫“你转来转去寻找什么”，实际上是暗示她我知道你在偷听。克谢尼亚平日很害怕丈夫，再加上心虚，一时不知说什么好，慌乱中只得回答“医生来了”，但却把一肚子怨气发在舒拉身上，埋怨舒拉坐相不好，让她“把裙子拉好”。当舒拉又蹦又跳地走开时，布雷乔夫又大叫“不要扭了脚腕子”，看得出他对舒拉又疼爱又不放心。总之，这是一段极富行动性的对话，每一句都在向听者实行言语行为，而且都引起听者的行为。从这短短的对话里，可以看到每个人物的心理活动和意向动机，也可看到他们各自的性格，还可看到他们彼此之间的关系和家庭气氛。与此同时，这段对话也预示了他们各自的下一步行动，以及随之而来的剧情的进展。

以上两点主要讲了剧中的对话与日常对话相接近的一面，目的是为了像现实生活一样，使人物的对话能表现人物的性格，推动剧情的进展。但剧中人物的对话毕竟不是日常话语，而是一种艺术的戏剧话语，它还存在着有别于日常对话的一面。特别是有时为了追求某种特殊的戏剧效果，剧中的对话还会使用一些特殊的语言技巧，显示出明显地超越常规的反常化和变异。根据语言哲学家格赖斯的研究，人们日常生活中有效的口语交际是按照一定的规则进行的，即对话的双方或各方要遵守一种“合作原则”，其中包括（1）“数量准则”，即所说的话应达到为实现交谈目的所必需的信息量；（2）“质量准则”，即所说的话应准确地表达出所要表达的意思，不说违反逻辑或自知虚假的话；（3）“关联准则”，即对话应有内在联系，不能答非所问，不能毫无联系地转换话题；（4）“方式准则”，即谈话应简明扼要，尽量避免晦涩和歧义。但在仔细分析戏剧话语时，我们发现，剧中人物的对话并不严格遵守上述规则，而且还时常有意违反上述规则，由此产生了一种所谓的言外之意，在语用学中被称为“会话含义”。让我们举几个例子来看看。《哈姆雷特》第三幕第四场中，有哈姆雷特与他母亲之间的一段对话：

哈姆雷特：母亲，您叫我有什么事？

王后：哈姆雷特，你已经大大得罪了你的父亲啦。

哈姆雷特：母亲，你已经大大得罪了我的父亲啦。

王后：来，来，不要用这种胡说八道的话回答我。

哈姆雷特：去，去，不要用这种胡说八道的话问我。

王后：啊，怎么，哈姆雷特！

哈姆雷特：现在又是什么事？

王后：你忘记我了吗？

哈姆雷特：不，凭着十字架起誓，我没有忘记你，你是王后，你的丈夫的兄弟的妻子，你又是我的母亲——但愿你不是！

这段对话的第三句和第五句，是哈姆雷特回复她母亲的话，但这两句回复都显然违背了一般对话的“关联原则”，哈姆雷特并没有正面回答他是不是“得罪了父亲”，是不是“胡说八道”，而是仿照他母亲的口气，反说他的母亲“得罪了父亲”，他的母亲“胡说八道”。这种“答非所问”的对话，不仅符合一个佯装疯癫的人说的话，而且还暗示出了话语之外的某种意思，这就是，哈姆雷特认为克劳狄斯并不是他的父亲，而是杀害他父亲的仇人，但他母亲却成为他的仇人的妻子，他对此极为愤慨，所以反唇相讥他的母亲得罪了他的父亲，他的母亲胡说八道。由此可见，戏剧的对话有时正是通过违反一般会话规则而造成一种“弦外之音”的效果，使听众获得更多的回味余地和艺术的享受。再如，曹禺的《雷雨》第二幕里的一个场景，鲁侍萍向周朴园亮出真实身份后，提出要见见亲生儿子周萍，在这种情况下，两人有了以下对话：

周朴园：他现在在楼上陪着他的母亲看病，我叫他，他就可以下来见你。不过是——（顿）他很大了，——（顿）并且他认为他母亲早就死了的。

鲁侍萍：哦，你认为我会哭哭啼啼地叫他认母亲么？我不会那样傻的。

值得注意的是周朴园的答话，这段答话有两次停顿，吞吞吐吐，该说的不说，这就违背了会话的“数量准则”；同时，这段话也显然违背了会话的“质量准则”，掩饰了真实意图，表现出言不由衷，找借口搪塞对方。这种对会话常规的违背，在人物那里是很自然的，因为周朴园知道不能拒绝鲁侍萍与亲子见面的请求，但又害怕他们母子相认，揭露了真相，这个意思又不好明说，所以就用了上面那种支吾搪塞的说法，以暗示鲁侍萍可以见见儿子，但不能相认。这种说法既增加了话语本身的内涵（多了一层“会话含义”），又给观众留下了更多的思索空间，以便使观众更深入地揣摩人物的心理和个性。再者，还有一些象征意味很强的现代戏剧，如被称为现代第一剧的贝克特的《等待戈多》，人物的对话更是古怪离奇，甚至荒唐、不着边际，让人听了摸不着头脑。而实际上，剧作者恰恰通过这些不合逻辑的、无意义的话语，揭示“生活是荒诞的，人们总是在作无望的期待”这一戏剧主题，揭示“人类在一个荒谬的宇宙中的尴尬处境”这一象征意义。另外，在戏剧的人物对话中，还经常出现“省略”“沉默不语”这样的有违会话常规的现象，这其实也是剧作家有意为之的，在这些“省略”“沉默”的背后往往都隐藏着一定的“潜台词”，都是为了制造出“此时无声胜有声”的舞台效果。

戏剧话语包括人物道白和情景说明两个部分，人物道白（主要是人物对话）构成了它的主体部分，而情景说明也是必不可少的。情景说明分为舞台场景的说明和表演说明。前者指明剧中人物活动的时间、地点、场景设置、环境氛围、表演所需的各种物品，以及舞台上的视觉效果（灯光的明灭、黎明、日出、月光等）和听觉效果（雷声、雨声、铃声、枪声、各种噪音、乐器声等等）；后者指明各个角色的举动、手势和表情等副语言特征。托马舍夫斯基认为：“情景说明是向演员及导演传达艺术构思的辅助手段，一般用散文语，写得较为朴素。”① 如果说人物对话是戏剧语言中最富于艺术特色的部分，需要详细叙写，那么，情景说明则属于附加的说明性文字，通常都写得简明扼要。舞台场景说明加在每一幕的开头处，对时间、地点、场景布置、出场的人物等作简短交待，表演说明一般插在人物名字之后和台词中间的括号里，只用一两句话甚至一两个词给以扼要的提示。

当然，对不同的剧作者或不同的剧种来说，情景说明的格式、篇幅、语言风格也不尽相同。有时我们也能见到采用艺术语体写的情景说明，如曹禺的《北京人》第三幕第一景的舞台场景说明就是这样，不仅篇幅长，用语也极富特色。以下是这个说明的第一段：

> 在北平阴历九月稍尾的早晚，人们已经需要加上棉绒的寒衣。深秋的天空异常肃穆而爽朗。近黄昏时，古旧一点的庭院就有成群成阵像一片片墨点子似的老鸦在老态龙钟的榆钱树的树巅上来回盘旋，此呼彼和，噪个不休。再晚些，暮色更深，乌鸦也飞进了自己的巢，在苍茫的尘雾里，传来城墙上还未归营的号手吹着的号声。这来自遥远、孤独的角声打在人的心坎上，说不出的熨帖而又凄凉，像一个多情的幽灵独自追念着那不可唤回的渺若烟云的以往，又是惋惜，又是哀伤，那样充满了怨望和依恋，在薄寒的空气中不住地振抖。

可以看出，这决非一段简单的舞台说明，作者的目的显然是想传达出一种特殊的氛围和情调，所以作者满怀深情地、委婉动人地描绘了北平城深秋黄昏的景象。尤其是对老鸦、号声的描写，用了比喻、拟人等手法，大肆渲染，更显得细致入微，情深意长，读起来就像一首诗。这种写法在舞台说明中虽不多见，但也别有一番风味。表明作者很善于通过舞台说明揭示剧情发生的典型环境，传达浓郁的情感和某种象征意义。

相比之下，田汉的《获虎之夜》的舞台说明就是另一种写法，极为平实简明，很能代表一般舞台说明的风格。这段说明文字如下：

---

① ［俄］鲍里斯·托马舍夫斯基：《主题》，载［俄］什克洛夫斯基等《俄国形式主义文论选》，方珊等译，生活·读书·新知三联书店1989年版，第150页。

时间：某年冬夜。

地点：长沙东乡某山中。

人物：（略）

布景：魏福生家的“火房”（即乡人饭后之休息室，客来时之应接室，冬夜之围炉向火处）。开幕时魏福生坐炉旁吸水烟。其母老态龙钟坐圈椅上吸旱烟。莲姑十八九岁好女子，虽山家装束而不掩其美。将泡好之茶用盘子托着先奉其祖母，次奉其父，次托盘四杯出“火房”送给其家的佣工。福生目送其女出去，对其妻低语。

这样的舞台场景说明，分项列举，用语精练，一目了然。布景一项，采取了动态描述，一开幕就指明了每个人物的动作，寥寥数语就使每个人物活动起来，很自然地进入到了剧情。

表演说明更是体现为简短的提示语，一般插入人物的对话中，用以指出与人物的对话相伴随的表情和动作。它的主要作用固然是指导演员的排练和演出，但也往往与人物言语结合起来，对揭示人物性格、推动剧情发展起到某种积极的作用。例如《雷雨》第二幕里，周朴园与侍萍不期而遇，随着谈话的深入，往事的原委真相逐步揭开，周朴园的表情也随之发生了一系列的变化。当侍萍谈到梅姑娘跳河时，他“（苦痛地）‘哦’”；当侍萍说“她是个下等人……在年三十夜里投河死的”时，他“（汗涔涔地）‘哦’”；当侍萍说“这个人现在还活着”时，他“（惊愕）‘什么?’”；当侍萍说“那个小孩也活着”时，他“（忽然立起）‘你是谁?’”；当侍萍说“我是从前伺候过老爷的下人”时，他“（低声地）‘是你?’”；他“（不觉地望望柜上的相片，又望望侍萍。半晌。）（忽然严厉地）‘你来干什么？……’”对周朴园这一连串的表情动作的提示，并非只是有利于演员的表演，有时也标示着剧情的急速发展和紧张的舞台气氛，使读者感受到了周朴园激烈的内心活动和变化，这对于深刻地理解人物性格的复杂性和矛盾性无疑有着极大的帮助。托马舍夫斯基甚至认为，表情说明的重要性不亚于对话，他说：“这种富于表现力的表情有时可能是话语的等价物（替代物）。比如，头和手的动作能够无言地表达肯定、否定、同意、不同意、心灵活动等等。甚至全剧都可以用表情来演（哑剧）。”① 可见，表情说明在剧本中虽然只是体现为简单词语的提示，但构思和写作时，却不能掉以轻心，应该给以必要的重视。

戏剧话语虽然有着上述的一些基本的文体规则，但这些规则也不是一成不变的。戏剧话语不仅随着创作的流派、风格以及创作个性的不同，而有着诸多的变化，而且更为重要的是它还随着时代的不同，而体现为不同的历史形态。从西方古代看，戏剧是由韵文来表演的，表演形式上要有合唱队的参与。所以，古代的戏剧话语主要表现为韵文的形式，像诗歌一样要讲韵律，还要插入为数不少的合唱队的唱词，这只要浏览一下古希腊留存下来的大量剧本，就可以对古代戏剧话语的这种特征有个大体的了解了。因而，有人认为古代的戏剧就是“一首供演出的诗”，被称为诗剧。亚里士多德研究悲剧的专著就题名为《诗学》，看来，在古代，戏剧写作因为它的韵文形式是被归入“诗学”来研究的。中古以后，戏剧话语最显著的变化是逐渐趋向于散文化，这种变化可以从文艺复兴时期的剧本中清楚地看出。例如在莎士比亚的剧作中，早已取消了合唱队的演唱形式，舞台表演趋向于个性化和性格化，由于悲喜剧的合流，口语化的俗言俚语开始进入人物的语言中，但诗语化的人物独白依然大量地存在于莎士比亚的那些最有名的剧本中，这可以看作是戏剧话语由韵文向散文过渡时旧有模式的遗留和残迹。经过了文艺复兴、古典主义和启蒙主义等时代长期的发展演变，特别是以易卜生为代表的现实主义戏剧兴起之后，戏剧话语基本完成了它的散文化过程，其主要标志就是，以采用加工过的日常话语为特征的话剧已成为现代戏剧的最重要、也是最有代表性的剧种。

所以，从古至今，戏剧话语的确是发生了很大变化。古代戏剧主要是韵文语体，现代戏剧主要是散文语体。当然，我们并不否认，即使是在现代的话剧话语中，也不乏诗化言语的存在，况且在某些具有象征性和梦幻性的现代派戏剧话语中，还重新出现了诗化的倾向。但是这种诗化言语和诗化倾向，只是作为个别的、局部的成分和因素存在的，不足以改变现代话剧话语在总体上的散文化特征。我们也不否认，除了话剧之外，现时代仍然保留和发展着诗剧、歌剧等韵文语体的剧种，但是这些剧种作为一种古典的戏剧形

① ［俄］鲍里斯·托马舍夫斯基：《主题》，载［俄］什克洛夫斯基等《俄国形式主义文论选》，方珊等译，生活·读书·新知三联书店 1989 年版，第 149 页。

式，已失去了往日的主导地位。在现时代占主导地位的戏剧形式，只能是近代以来新兴的散文体话剧。这正如托马舍夫斯基所说的："与心理小说和风俗小说的演变相呼应，话剧有力地排挤着十九世纪的其它体裁。"① 因而，我们现在研究戏剧话语，应当以话剧的散文语体为主要对象，应当着重研究话剧的散文语体与小说和一般散文不同的区别性特征。至于诗剧和歌剧的韵文语体，似应归属于另一种研究的范围。顺便提一下，中国传统戏曲也是一种歌舞剧，其做、唱、念、打的独特表演形式，决定了它的剧本用语也是极为特殊的，主要是曲词与宾白相兼，而以曲词为主。曲词与一定的曲调紧密配合，在写法上有些特殊的要求和规则，也不同于一般的诗歌话语，需要给以专门的研究。

第五节　散文：自由的文学话语

广义的散文（Prose）概念，无论在西方还是中国，都是指与韵文对称的一切无韵的、散体排列的文体和文章。这样的散文概念外延范围就相当广泛了，不仅小说、话剧属于散文，就连各式各样的论文、公文、纪实文、散体抒情文等都应归于散文的范畴。但我们在这里所说的散文是指狭义的散文，这种狭义散文的概念是近代以后才形成的，它的外延范围已大为缩小了。首先是那些非文学性的散体文章，诸如论文、公文等，已被排除在外；其次是那些虽为散体、但已独立成体且有鲜明特征的文学文体，诸如小说、剧本等，也被排除在外了。这样一来，我们说的散文是指除去诗歌、小说、剧本之外剩余下来的一切具有文学性的文本作品。可以看到，即使狭义的散文，其涵括的文章种类也是非常繁杂的，如随笔、小品、杂论、时评、游记、特写，甚至日记、偶感等等，无论是记事的、议论的、抒情的，只要有文学性，又不是诗歌、小说、剧本，都可以归入散文这个范围。这些归入散文的文章，由于种类混杂繁多，除了散体排列和多少有些文学性这两点之外，我们很难再找到他们之间还有什么其他的共同性。所以，对于散文来说，我们只能给它一个否定性的定义，只能说它不是诗歌、小说、剧本，至

① ［俄］鲍里斯·托马舍夫斯基：《主题》，载［俄］什克洛夫斯基等《俄国形式主义文论选》，方珊等译，生活·读书·新知三联书店 1989 年版，第 154 页。

于它是什么，除了概念含混而又宽泛的“文学性”外，就很难给以确定的概括了。由此可以说，散文作为一种文学文体，是最无定式、定型、定则的，如果说它有特征，那么，它的最突出的特征就是不拘一格、自由自在。它不像诗歌那样非要有一定的韵律，也不像小说那样非要讲述一个故事，也不像剧本那样一定要为演出写出台词。诗歌、小说、戏剧在写法上都有些惯例和成规，这些惯例和成规早在作者写作之前就已存在，作者的文体创新只能在文体规范的基础上进行，因而总要受到或多或少的限制。但散文在写法上基本没有一定要遵守的既定成规，或者说它的成规就是无拘无束、散漫自由，可以随意挥洒、率性而为。在文学体裁的大家族中，散文是一种最不讲固定的格式、章法的体裁。它的篇幅一般比较简短，但也可以有长篇巨制，如某些文学价值较高的历史散文、长篇报告文学等；它的取材范围极为广阔，上至天文地理、下至社会人生，小到花鸟鱼虫、身边琐事，大到民族命运、历史巨变，无所不可，几乎没有限制；它在语言表达方面也毫无限制，只要作者觉得需要，所有的语言表达方式，无论叙事、抒情、论理、摹状，都可任其使用。总之，散文的最突出特征就体现在一个“散”字上，这里的“散”并非仅指散体的形式，而是意味着开放、杂容、流动、不断的变化，散文就是这样一种无定式的自由自在的文学话语的体裁样式。

作为古代散文大家的苏轼，在谈到他的散文写作时说：“吾文如万斛泉源，不择地而出，在平地滔滔汩汩，虽一日千里无难。及其与山石曲折，随物赋形，而不可知也。所可知者，常行于所当行，常止于不可不止，如是而已矣。”[①] 这段话虽是苏轼对自己文章写作的经验描述，却也道出了散文话语最重要的特性。散文话语由于没有文体定式的束缚，可以直接从作者的心田流出，犹如从泉眼中流出的泉水，向四外自由地蔓延流淌，遇山石则回旋激荡，遇洼地则顺势急注，遇高坡则渗入地下、自行消迹。这个比喻说明了散文话语最重要的特性就是自由性。散文话语的自由性就体现在：言情、状物、说理、叙事这几种言说方式，既可以单独使用某一种，也可以混合使用好多种，不像小说那样只能偏于叙事，不像诗歌那样只能偏于抒情，也不像戏剧那样只能偏于对话；在措辞用语方面，也是全凭兴之所至，信笔挥洒，只要说清了要表达的意思，不用考虑所言之音是否合乎韵律，所叙之事是否

① 苏轼：《文说》。

完整，所写之人是否丰满，所议之理是否成体系。在散文话语面前，一切成规都形同虚设，都终将失去效力。也许，散文话语的唯一成规就是自由地表达自己要表达的一切。

散文话语因无一定之规而显得自由奔放，正是这一点，却历来成为某些论者诟病和攻击散文的口实。以杂文大家著称的鲁迅就曾在一篇文章中谈到，某位“高超的学者”指责散文小品“形式既绝对无定型，不受任何文学制作之体裁的束缚，内容则无所不谈，范围更少有限制”，故而不是“严肃的工作”，应将其清扫出文学作品之列。对此，鲁迅反唇相讥道：“但他所谓‘严肃的工作’是说得明明白白的：形式要有‘定型’，要受‘文学制作之体裁的束缚’，内容要有所不谈，范围要有限制。这‘严肃的工作’是什么呢？就是‘制艺’，普通叫‘八股’。”[①] 鲁迅的意思是说，散文的无定型、无束缚、无限制的自由性，不仅不是它的缺陷，恰恰正是它的长处。鲁迅的观点无疑是正确的，至于散文的长处何在，鲁迅除了说散文不是“八股”，未做更进一步的说明。

我们认为，认定散文话语是一种自由的文体，并不是说散文话语可以毫无章法地信口雌黄，而是说散文话语基本解除了固定规则和格式的挤压与捆绑，因而最有利于作者创作个性的自由而充分的发挥。散文话语的自由性正是散文作者创作个性的自由性的体现。所以，散文话语并非真的毫无章法，它只是没有来自外部的、强制性的、既定的章法，它的章法来自内部，这种内部的章法全然取决于散文创作者的个性，即人们常说的散文是“形散神不散”。所谓“形散神不散”就是指散文话语既是自由的，又是有章法的。之所以有章法，是因为每一篇散文都有某一特定的创作个性贯穿始终，但创作个性又是千差万别、千变万化的，从这方面看，散文话语又是没有章法的，至少没有统一的、固定的章法，可以自由地创造。可见，散文话语的自由是一种有章法的自由，而这种有章法的自由又是以个性化为基础的。当我们说散文话语是自由的，实际上就是说散文话语是最具个性化的，最能体现个人风格的。散文话语的无定式的自由性之所以是一个长处，就是因为这种自由性的存在更能激活作者个人创造性的充分发挥。

---

① 鲁迅：《做“杂文”也不易》，载《鲁迅全集》（第7卷），人民文学出版社1973年版，第685—686页。

当然，诗歌、小说、戏剧的话语也要有个人创造性的发挥，但这种发挥总会或多或少地受到已有文体规范的限定，难以得到充分的展现。唯有散文的话语，虽然也要接受来自读者、社会的某种规定性，但由于摆脱了文体规范的这层束缚，遂使个人的创造性得到了最大限度的展示。所以，在诸种文类中，散文话语应该说是最有创造性的、最能体现个人风格的话语。阅读散文作品，我们不仅可以明显地感受到每个作家的语言特色和风格的差别，甚至能够觉察到某一位作家在风格上的细微变化。如果说小说的特殊魅力在于故事性，诗歌的特殊魅力在于抒情性，剧作的特殊魅力在于戏剧性，那么，散文的特殊魅力则来自它的多样化的个体风格。散文可以没有故事，可以没有人物，可以没有冲突，但不可以没有独具风格的话语。散文是以独具风格的话语取胜的。那些轻视、反对散文的论者往往以为，散文没有一定的文体规范的限制，因而最容易写作，最容易成名，好像只要去写，人人都可以成为散文家。实际的情况决非如此。现代散文大家梁实秋深有体会地说："散文是没有一定格式的，是最自由的，同时也是最不容易处置，因为一个人的人格思想，在散文里绝无隐饰的可能，提起笔便把作者的整个性格纤毫毕现地表现出来。"① 散文虽然卸去了"一定格式"的枷锁，从"一定格式"的束缚中解放出来，获得了自由，但同时又承担起了为这种自由负责的责任。在散文面前，写作者无处藏身，他既不能化身为故事的叙述人，也不能化身为故事中的人物，他只能赤裸裸地展露自身，将自己的全部个性真诚地、毫无保留地灌注到他所写作的作品中去。中国古代所说的"文如其人"，也许并不完全适合于诗歌、小说和戏剧，但却完全适合于散文。散文就是散文家这个人。散文家这个人体现为他的作品的独特的题材、思想、情感、结构，并最终体现为他的作品的独特的语言风格。的确，每一个略通文字的人都可以写出一篇散文，但要写出一篇真正具有较高审美价值的散文，却非要写作者全身心地投入、并显现为独特的语言风格不可，而这正是散文的"不容易处置"之处，需要写作者具有突出的个性特征和强大的创造力和表现力。这里，让我们以朱自清的著名散文《绿》为例做点具体的说明。文中这样描写梅雨潭的绿："我的心随潭水的绿而摇荡。那醉人的绿呀，仿佛一张极大极大的荷叶铺着，满是奇异的绿呀。我张开两臂抱住她，但这是怎样一个

① 梁实秋：《论散文》，载《中国现代散文理论》，广西人民出版社1983年版，第35—36页。

妄想呀。——站在水边，望到那面，居然觉得有些远呢！这平铺着、厚积着的绿，着实可爱。”读过这段如诗如画的描写，给我们最强烈的感受，首先是语言的那种特殊的节律和格调——低回婉转中透露出被抑压的激奋昂扬，仿佛暗夜中回荡着的号角声，浑厚而又悠长，使我们想起作者的另一篇散文《荷塘月色》的语言情调。其次是从这段文字所描写的带有象征意味的情景中，流溢出来的深沉而又执着的爱的情感。这又使我们想起《背影》中表现出来的作者对父亲的那种“寸草难报”的幽幽深情。最后是与独特的语言风格和独特的情感体验相印合的作者个性的凸现。文中的那些词语及其所表现的那种情调和情感，这一切都使我们真切地感到，作者的写作无异于生命的投放，文字是从他的心田中汩汩地流出来的，个性也就浇铸在他的文字之中。我们从中看到的是一个超然物外而又悲天悯人、对真善美无比向往和苦苦追求的人格形象。而当代散文家宗璞同样写到“绿色”的散文《西湖漫笔》，却显然表现出了另一种个性。下面是文中的一段描写：“几天中我领略了一个字，一个绿字，只凭这一点就使我流连忘返。雨中去访灵隐，一下车就觉得绿意扑眼而来。道旁古木参天，苍翠欲滴，似乎飘着的云丝也是绿的。飞来峰层层叠叠的树木，有的绿得发黑，深极了，浓极了；有的绿得发蓝，浅极了，亮极了。峰下蜿蜒的小径，布满青苔，直绿到石头缝里。”这里写的绿是一种动态的、跳跃的绿，反映了作者轻松、欢快而又惬意的心情，语言的节律和格调偏于明快亮丽，展露了作者个性中外向的、活泼的一面，这与朱自清所描写的那种宁静、凝重的绿形成了鲜明的对照。

尽管散文很不容易写好，但问津者、尝试者却又确实颇多。这就无怪乎有的论者把散文比作一个“大客厅”，说道：“在文学这个公寓里，各种文学的形式都有各自的居室，被墙隔开；只有散文没有自己的居室，它是客厅。谁都可以到客厅里来坐坐，聊聊天，包括文学以外的人，但是客厅不属于谁，客厅是大家的，它的客人最多，主人最少。”① 这个比喻无疑是贴切的，它极为生动地说明了，散文作为一个客厅，不是私人的，而是公共的，在这里进出自由，不需要门票，也不必检查任何证件，于是在此驻足歇息者就必然甚多了。而在“文学公寓”的其他房间里，都制定了严格的活动规则，不了解这些规则的人就不敢贸然进入。由此也可看出，造成散文“谁

① 周涛、张占辉：《散文的前景：万类霜天竞自由》，《中国作家》1993 年第 2 期。

也可以写写”的原因与散文“难以写好”的原因是一样的，都是因为散文不拘一格、可以自由地表现个性的缘故。所以，常常出现这样的情况，许多原本写小说、诗歌或剧本的作家，时常为了满足自由表达的需要，也会涉足散文的写作，并因此写出传世的散文来，如中国现代作家中的鲁迅、郁达夫、茅盾、冰心、徐志摩、老舍等等，即是如此。这也使得散文不仅是最自由的文体，也是包容性最强的文体。散文的这种无限定的开放性和包容性，既造成了散文极为多样的形态和鱼龙混杂、参差不齐的复杂面目，同时，也使散文变成了一个多种形式、多种风格争奇斗艳的实验场和竞技场。许多新的题材、新的主题、新的表现手法、新的语言风格，乃至新的创作理念和原则，往往首先在散文领域里酝酿成形，萌生出幼芽，而后移植到其他的文学样式里，并在其他的文学样式中生根、开花。从文学发展的历史看，散文的繁荣常常成为诗歌、小说、戏剧等其他文学样式将要获得巨大发展的先兆，甚至预示着一个新的文学时代的到来。如，伴随着欧洲 17、18 世纪散文创作的繁荣，出现了 19 世纪的小说创作的繁荣，而中国五四时期散文的风行，也显然对这个时期文学写作的崭新气象发生过积极的影响。这一切都表明，散文兼容并包的开放性，又导致了它极强的外向的播撒力和增值力。散文吸纳着八面来风，同时又将新鲜的空气不断地吹向文坛。某种意义上，我们甚至可以说，散文简直就是文学嬗变的“策源地”和“辐射点”。

与上述散文的内在包容和外在辐射的特性相对应，散文话语不仅是自由自在的、完全个性化的，而且还具有多种形式混合杂交的、不断变异和不断更新的特点。在散文话语里，既有小说叙事话语的因素，也有诗歌抒情话语的因素；有戏剧对话话语的因素，还有论文的论说话语的因素。散文话语把这一切的语言表达因素杂糅交混起来，使它自身具有了真正的“杂多的统一”的形态。凡是语言可能有的所有的表达方式、句法结构、修辞手段，散文几乎都可拿来游行自如地运用，并在这种综合的运用中，创造出文学表达的新样态、新形式、新风格，从而又反过来导引其他文学体裁的语言范式的改变。散文话语的这种混杂性、多变性，以及对其他文类的文学话语的积极的渗透性，即使从同一位作家的身上也可以清楚地看出。例如鲁迅，作为中国现代文学史上最重要的作家之一，他的文学成就主要体现在小说和散文两个方面。总起来看，他的所有的文学作品固然显示出了某种统一的语言风格，但他的散文话语却显然比他的小说话语更加形式多样，更加变化多端，因而也更多地给予他的小说话语以深刻的影响。他的小说作品主要展示了他的叙事才能，而在他的散文作品里，既有偏于叙事的《朝花夕拾》，又有偏于抒情的《野草》，更有大量的议论性的随笔杂感和讽刺杂文，这不仅有利于展示他创作个性的各个方面，而且也使他语言表现的才能获得了全面的、充分的发挥。甚至从他的偏重于某一表达方式的单篇的散文中，也能看到他对于多种语言表现手段的混合运用和频繁的转换。例如《藤野先生》一文，如同题目所标示的，是一篇写人记事的散文，语言表达上当然以叙事、描写为主。但散文的叙事、描写不像小说那样，非要写出一个完整的故事和人物不可，所以显得比较散漫、随意。文章一开始，作者荡开一笔，先写了“头顶上盘着大辫子”的“清国留学生”，又写了“中国留学生会馆”的混乱状况，还写了作者如何离开东京来到仙台，以及在仙台如何因为“物以稀为贵”而受到了优待，“不但学校不收学费，几个职员还为我的食宿操心”。然后才开始提到学校的课程，引出了藤野先生的出场，但文章至此已用去了全部篇幅的五分之一。即使这样，对藤野先生的刻画也是极为简约的，仅仅以作者与藤野先生短短两年的交往为线索，选取了有代表性的几件小事和几个细节给以叙述和描写。而且在叙述和描写中还不时夹杂着议论，特别是文章的最后两段，渐至转成了抒情性的议论，使全文在充满了怀念之情的话语中结束。《藤野先生》作为一篇写人记事的散文，除了叙事和描写外，还大量运用了其他的语言表达手段。鲁迅散文对多种语言表达手段的交混使用，由此可见一斑。此外，鲁迅散文的语言风格也没有固定的程式，而是处于不断地发展流变之中。在某些散文里，鲁迅展现了他创作个性的某个侧面和某种语言风格，在另一些散文里，鲁迅又展现了他创作个性的另一个侧面和另一种语言风格。由于鲁迅创作个性的博厚阔大，他的语言风格迂回变化的空间也极大。从《野草》到《朝花夕拾》，从《热风》《坟》到《且介亭杂文》，从《而已集》《三闲集》到《花边文学》，鲁迅散文的语言风格一直如风起云涌般地变幻莫测，真可谓一本一个模样，一篇一个姿态。而且，鲁迅散文的这种风格变化，又迅速地折射到他的小说创作中去，使他的小说话语也有多种风格的呈现。如《孔乙己》《祥林嫂》等篇什的语言，与其说是小说话语，不如说是更靠近《朝花夕拾》的散文化的话语。而《狂人日记》《伤逝》的语言风格，则显然与《野草》的语言风格相呼应；《故事新编》里的语言所表现出来的那种嬉笑怒骂的格调，又是与他的那些冷讽热嘲的杂文的语言一脉相承的。单从鲁迅一个作家的散文创作中，即可见出散文话语的包容性和多变性，以及散文话语对其他文体话语的导向作用，更何况从不同作家的创作及其相互影响中，理当更能看到散文语言的这些特性。

总而言之，在诸种文学话语中，散文话语是一种非常特殊的文体类型，它的特殊性就在于它没有一定的体裁规范的限制，任凭作者创作个性的随意发挥，由此决定了散文话语的自由性、多样性、多变性、开放性等特征。散文成了一所“公共客厅”，可以允许人们自由出入。也许正是因为这样，散文在理论上历来重视不够，散文理论远远滞后于诗歌理论、小说理论、戏剧理论。但事实上，散文话语以创作个性为基准、无严格规范的特性，恰恰就是它的优势之所在，正是这一点使得散文话语在整个文学话语大家族中获得了举足轻重的地位，有力地影响着其他文学话语样式。散文话语也以其多样化的、自由创新的形式，“润物细无声”地浸染着其他文类的话语。因此，如何更全面、更深入地研究散文话语的特性，如何将散文话语理论提升到应有的高度，也就成为当今文学话语文体类型研究的一个亟待深掘的重要课题。

主要参考文献

［俄］巴赫金：《陀思妥耶夫斯基诗学问题》，白春仁等译，生活·读书·新知三联书店 1988 年版。

［俄］M. 巴赫金：《巴赫金文论选》，佟景韩译，中国社会科学出版社 1996 年版。

［俄］巴赫金：《哲学美学》，晓河等译，河北教育出版社 1998 年版。

［俄］巴赫金：《文本　对话与人文》，白春仁等译，河北教育出版社 1998 年版。

［英］约翰·塞尔：《心灵、语言和社会》，李步楼译，上海译文出版社 2006 年版。

［法］雅克·德里达：《文学行动》，赵兴国等译，中国社会科学出版社 1998 年版。

［英］伯纳德·科姆里：《语言共性和语言类型》，罗天华译，北京大学出版社 2010 年版。

［英］路德维希·维特根斯坦：《哲学研究》，蔡远译，中国社会科学出版社 2009 年版。

［美］苏珊·朗格：《艺术问题》：滕守尧等译，中国社会科学出版社 1983 年版。

［美］苏珊·朗格，《情感与形式》，刘大基等译，中国社会科学出版社 1986 年版。

［美］希利斯·米勒：《重申解构主义》，郭英剑等译，中国社会科学出版社 2000 年版。

［美］希利斯·米勒：《文学死了吗》，秦立彦译，广西师范大学出版社 2007 年版。

［美］韦勒克、沃伦：《文学理论》，刘象愚等译，生活·读书·新知三联书店 1984 年版。

［美］拉尔夫·科思主编：《文学理论的未来》，程锡麟等译，中国社会科学出版社 1993 年版。

［意］贝内代托·克罗齐：《美学或艺术和语言哲学》，黄文捷译，中国社会科学出版社 1992 年版。

［英］罗宾·乔治·科林伍德：《艺术原理》，王至元等译，中国社会科学出版社 1985 年版。

［美］M. H. 艾布拉姆斯：《镜与灯》，郦稚牛等译，北京大学出版社 1989 年版。

［德］恩斯特·卡西尔：《语言与神话》，于晓等译，生活·读书·新知三联书店 1988

年版。

［美］乔纳森·卡勒：《当代学术入门·文学理论》，李平译，辽宁教育出版社、牛津大学出版社 1998 年版。

［美］弗雷德里克·詹姆逊：《语言的牢笼》，钱佼汝译，百花洲文艺出版社 1995 年版。

［美］弗雷德里克·詹姆逊：《马克思主义与形式》，李自修译，百花洲文艺出版社 1995 年版。

［英］艾·阿·瑞恰兹：《文学批评原理》，杨自伍译，百花洲文艺出版社 1992 年版。

［法］R. 巴特：《符号学美学》，董学文等译，辽宁人民出版社 1987 年版。

［美］刘若愚：《中国的文学理论》，田守真等译，四川人民出版社 1987 年版。

［法］米盖尔·杜夫海纳：《美学与哲学》，孙非译，中国社会科学出版社 1985 年版。

［波兰］罗曼·英加登：《对文学的艺术作品的认识》，陈燕谷等译，中国文联出版公司 1988 年版。

［俄］什克洛夫斯基等：《俄国形式主义文论选》，方珊等译，生活·读书·新知三联书店 1989 年版。

［德］H. R. 姚斯等：《接受美学与接受理论》，周宁等译，辽宁人民出版社 1987 年版。

［法］让-伊夫·塔迪埃：《20 世纪的文学批评》，史忠义译，百花文艺出版社 1998 年版。

［英］雷蒙德·查普曼：《语言学与文学》，王士跃等译，春风文艺出版社 1988 年版。

［美］罗伯特·司格勒斯：《符号学与文学》，谭大立等译，春风文艺出版社 1988 年版。

［英］特伦斯·霍克斯：《结构主义和符号学》，瞿铁鹏译，上海译文出版社 1987 年版。

［德］伽达默尔：《真理与方法》，王才勇译，辽宁人民出版社 1987 年版。

［德］加达默尔：《哲学解释学》，夏镇平等译，上海译文出版社 1994 年版。

［瑞士］费尔迪南·德·索绪尔：《普通语言学教程》，高名凯译，商务印书馆 1980 年版。

［法］皮埃尔·布尔迪厄：《言语意味着什么——语言交换的经济》，褚思真等译，商务印书馆 2005 年版。

［美］爱德华·萨丕尔：《语言论》，陆卓元译，商务印书馆 1985 年版。

［法］海然热：《语言人——论语言学对人文科学的贡献》，张祖建译，生活·读书·新知三联书店 1999 年版。

［美］华莱士·马丁：《当代叙事学》，伍晓明译，北京大学出版社 1990 年版。

［法］保罗·利科：《哲学主要趋向》，李幼蒸等译，商务印书馆 1988 年版。

［美］W. C. 布斯：《小说修辞学》，华明等译，北京大学出版社 1987 年版。

［法］米歇尔·福柯：《词与物——人文科学考古学》，上海三联书店 2001 年版。

［美］A. P. 马蒂尼奇：《语言哲学》，牟博译，商务印书馆 1998 年版。

［英］约翰·斯特罗克：《结构主义以来》，渠东等译，辽宁教育出版社、牛津大学出版社 1998 年版。

［瑞士］沃尔夫冈·凯塞尔：《语言的艺术作品》，陈铨译，上海译文出版社 1984 年版。

鲁枢元：《超越语言——文学言语学刍议》，中国社会科学出版社 1990 年版。

俞建章、叶舒宪：《符号：语言与艺术》，上海人民出版社 1988 年版。

赵毅衡编选：《“新批评”文集》，中国社会科学出版社 1988 年版。

张隆溪：《道与逻各斯》，四川人民出版社 1998 年版。

涂纪亮主编：《语言哲学名著选辑》，生活·读书·新知三联书店 1988 年版。

涂纪亮：《西方现代语言哲学比较研究》，中国社会科学出版社 1996 年版。

王一川：《语言乌托邦——20 世纪西方语言论美学探究》，云南人民出版社 1994 年版。

桂诗春编著：《实验心理语言学纲要》，湖南教育出版社 1991 年版。

唐跃、谭学纯：《小说语言美学》，安徽教育出版社 1995 年版。

伍蠡甫、胡经之主编：《西方文艺理论名著选编》，北京大学出版社 1987 年版。

王逢振等编：《最新西方文论选》，漓江出版社 1991 年版。

张毅：《文学文体概说》，中国人民大学出版社 1993 年版。

申丹：《叙述学与小说文体学研究》，北京大学出版社 1998 年版。

杨大春：《文本的世界》，中国社会科学出版社 1998 年版。

王岳川：《艺术本体论》，上海三联书店 1994 年版。

罗钢：《叙事学导论》，云南人民出版社 1994 年版。

徐友渔等：《语言与哲学——当代英美与德法传统比较研究》，生活·读书·新知三联书店 1996 年版。

龚见明：《文学本体论——从文学审美语言论文学》，广西师范大学出版社 1998 年版。

张瑜：《文学言语行为论研究》，学林出版社 2009 年版。

王月：《希利斯·米勒文学言语行为理论研究》，山东大学 2012 年博士论文。

J. L. Austin, *How to Do Things with Words*, London: Oxford University Press, 1962.

J. Hillis Miller, *Speech Act in Literature*, Stanford, California: Stanford University Press, 2001.

J. Hillis Miller, *On Literature*, London: Routledge, 2002.

J. Hillis Miller, *Literature as Conduct: Speech Acts in Henry James*, New York: Fordham University Press, 2005.

后　　记

正当2018年骄阳似火、酷暑难挨的时节，我完成了这部书稿。在松了一口气的同时，似又觉得意犹未尽，想再说几句话。我读了多年哲学的书，虽大多尽是一知半解，但也渐至悟出了一点心得，即，无论古今中外的哲人们怎么谈来谈去，所谈论的主要内容无外乎四个东西以及这四个东西之间的关系，这四个东西就是：现实、思考、言说、行为。显然，这四个东西都是针对人来说的，现实是人所面对的现实，而思考、言说、行为也是人的思考、言说和行为。这表明，哲学指向的终极问题一直都是人的问题。也许更多地受现代语言哲学的影响，在这四个东西中我更倾向于"言说"，理由如下：现实确实存在于人之外，但现实又总是人所言说的现实，言说总是界定着现实；思考虽是言说的前提，但思考本身就是一种"内在的"言说；言说不仅导致行为，而且言说本身就是行为，正是言语行为改造和构建着新的现实。进而我又领会到"话语"这一概念的实质：每个人都在言说，世界充满了言说。由于每个言说归根结底都在言说着"人"这一终极共同主题，每个言说之间就必然构成了或赞同或反对的种种对话关系，就必然在这种种对话关系中达成某种"和而不同"的"协议"，从而推动着人对于"人"这一终极共同主题的认识不断进步。言说促成对话，对话促成协议，协议促成进步。因此，言说、对话、协议的总和就集结成我所理解的"话语"。正是基于以上认知，我选择了"文学话语"这一课题，并尽其所能地写出了这部书稿。

依照上述我信守的理念，我当然承认我的书稿也不过是诸多言说中的一种言说，也不过是众声喧哗中的一种声音，而且很可能是一种比较微弱的声音。但我同时又期待着，我的声音也能得到其他声音的回应和反响，正如我发出的声音原本就是对其他声音的回应和反响。若是，幸莫大焉！因为这将证明我的书稿具有了参与和推动学术话语的对话和进步的价值。

最后，我要感谢所有支持和帮助过我的人。感谢我的硕士导师狄其骢教授（已故）、我的博士导师曾繁仁教授、国家社科基金项目的评审者以及学界的前辈老师同仁朋友们，没有他们的引导、鼓励和认可，我不仅写不出这本书，甚至连写作这本书所必需的精神的乃至物质的条件也不具备。我还要特别感谢人民出版社的王萍编审，正是在她的辛苦劳作和指导下，本书才得以顺利定稿和出版发行。

王汶成

2018 年 8 月 6 日

责任编辑:宫　共
封面设计:肖　辉　王欢欢

图书在版编目(CIP)数据

文学话语的类型学研究/王汶成著.—北京:人民出版社, 2018.10
(2021.4 重印)
ISBN 978-7-01-019821-7

Ⅰ.①文…　Ⅱ.①王…　Ⅲ.①文学语言—研究　Ⅳ.①I045

中国版本图书馆 CIP 数据核字(2018)第 217541 号

文学话语的类型学研究

WENXUE HUAYU DE LEIXING XUE YANJIU

王汶成　著

人民出版社 出版发行

(100706 北京市东城区隆福寺街 99 号)

北京一鑫印务有限责任公司印刷　新华书店经销

2018 年 10 月第 1 版　2021 年 4 月第 3 次印刷

开本:710 毫米×1000 毫米 1/16　印张:17.25　字数:290 千字

ISBN 978-7-01-019821-7　定价:47.00 元

邮购地址:100706　北京市东城区隆福寺街 99 号

人民东方图书销售中心　电话(010)65250042　65289539